Unicorn
独角兽书系

飓光志
[卷三]

渡誓
Oathbringer
(中)

[美] 布兰登·桑德森——著
徐羚婷——译

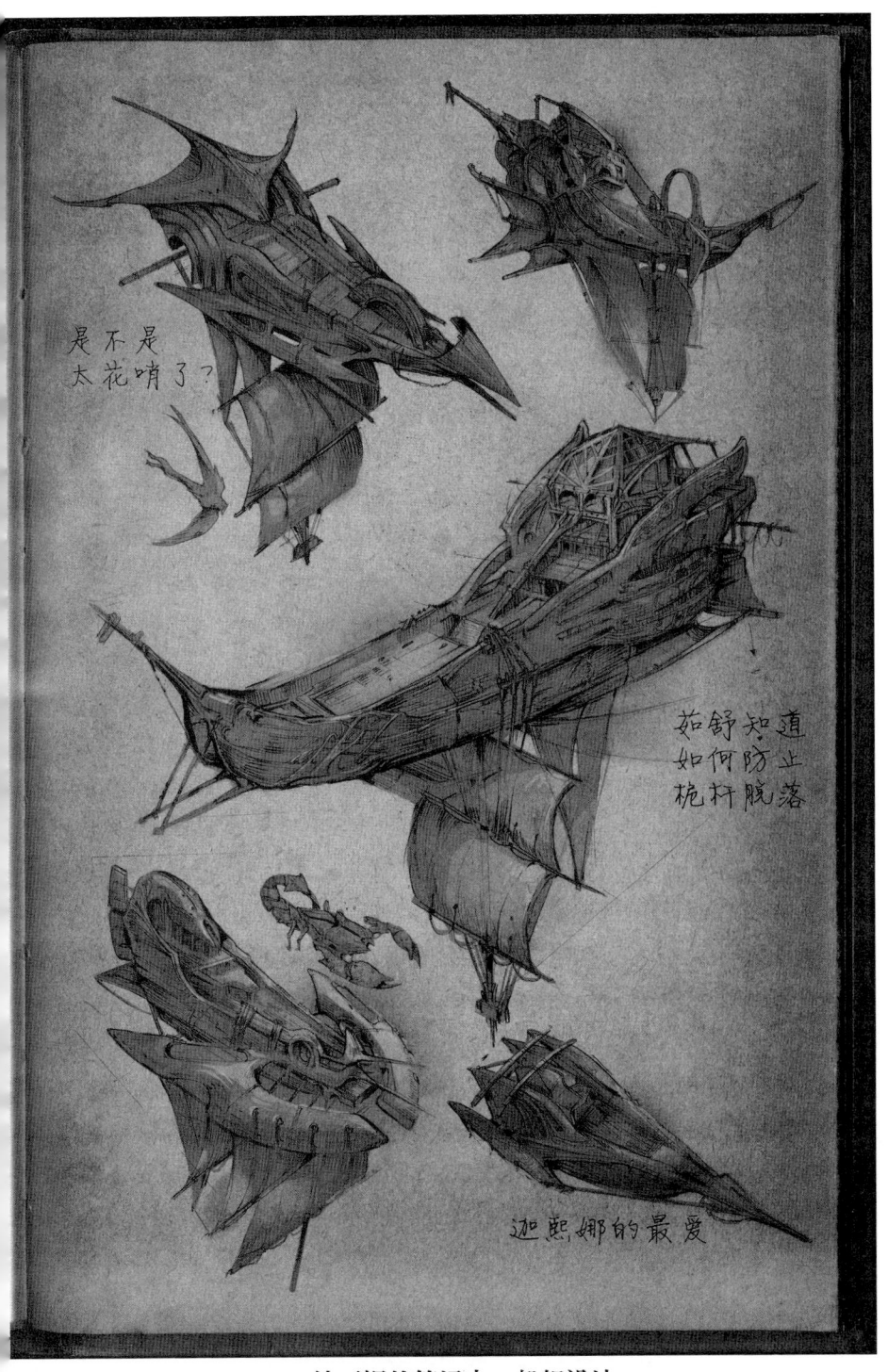

纳瓦妮的笔记本：船舰设计

44

光明的一面

我们非常好奇,因为我们认为这个世界极其隐蔽,在我们的众多领域之中都无足轻重。

浣纱跟她的手下正坐在酒馆帐篷里歇脚。她把靴子摆到桌上,翘起椅子的前腿,聆听着周围的勃勃生机。屋里的人喝酒闲聊,屋外的人在路上溜达,有说有笑。他们让这座石冢重新活跃了起来,温暖的喧嚣环绕着浣纱,让她十分享受。

一想到塔城的规模,她还是感到恐惧。这么大的地方到底是怎么造出来的?就算不松开裤腰带,它也能一口吞下浣纱见过的大多数城市。

也罢,最好别想了。还是得低调点,避开会使文书和学者分心的问题,只有这样才能把事办成。

她转而关注起旁人。他们组成了一个没有鲜明特征的群体,多种声音融汇在一起,但大众还是可以选择专注于特定的面孔,真正看清内里,从而找到丰富多彩的故事,这就是人类的伟大之处。世人过着形形色色的生活，每一种生活都带着些许奥秘，蕴含无穷的细节，就像图腾那般，近看其中的分形线，才会发现每一个微小的分支都拥有完整的结构，所以近看一个人，才会发现他的独特之处，其实他本来的样子并不完全与他所属的大类相匹配。

"那么……"阿红正和伊什娜交谈着。这天，浣纱带了三名手下接受女密探的训练，自己则在旁听，设法判断这名女子是不是值得信任，抑或是不是什么卧底。

"好极了。"阿红继续说，"可我们什么时候才能学习用刀子的窍门？我不是说我急着去杀人，只是……要知道……"

"知道什么？"伊什娜问。

"刀子耍起来很溜。"阿红说。

"很溜？"浣纱睁开眼睛。

阿红点点头。"就是很棒、很厉害，但又十分顺畅的意思。"①

"人人都知道刀子耍起来很溜。"盖兹补充道。

伊什娜翻了个白眼。这名矮个女子穿着带有少量刺绣的修身裙，左手藏在衣袖中。她的衣着和姿态都表明她是暗眼种女子中社会地位比较高的。

浣纱引来了更多注意，这不仅仅是她的帽子和白风衣使然，那些男子还在估量自己是不是想要靠近她。他们不会这么对待伊什娜，毕竟那女人的举止和身上那条保守的长裙让他们望而却步。

浣纱呷了一口酒，享受着酒的滋味。

"你们肯定听过一些惊悚故事，"伊什娜说，"但密探的活儿绝不是在巷子里拿刀子捅人。如果非得让我这么干，我都不知道要怎么办。"

其他三人顿时泄了气。

---

①溜（deevy）：作者自造的柔刹流行语。

"关键是仔细收集情报。"伊什娜接着说,"你们要去侦察,但不能被侦察。你们要让别人提起对话的兴趣,但不能让他们记住。"

"好吧,那盖兹没戏了。"阿红说。

"是啊,"盖兹说,"要让我提起别人风操的兴趣?见鬼去吧。"

"给我闭嘴,好吗?"瓦沙尔说。这名瘦高个士兵凑上前,没有碰那杯廉价的酒。"怎么才能不让别人记住?"他问,"我长得这么高,盖兹又是独眼,难免会被人记住。"

"你们得学会转移别人的注意力,让他们关注可以改变的表层特征,而不是不可改变的固有特征。阿红,如果你戴上眼罩,这个细节就会扎根在别人的脑海里。瓦沙尔,我能教你怎么驼背,这样别人就不会注意你的身高。如果你再用上不寻常的口音,别人就会那样形容你。盖兹,我能安排你躺在酒馆的桌上,假装醉得不省人事。醉鬼是不会有人搭理的,所以没人会注意你的眼罩。"

"离题了,还是要从侦察开始。如果你们想派上用场,就得学会迅速评估地势,记忆相关的细节并汇报。现在都闭上眼睛吧。"

他们不情不愿地照做了,浣纱也是。

"好,"伊什娜说,"谁能描述一下酒馆里的人?话说在前头,不准偷看。"

"呃……"盖兹挠挠眼罩,"吧台那儿有个美女,大概是泰勒拿人。"

"她穿的衬衣是什么颜色?"

"嗯,领口开得很低,里面长着两棵不错的石壳木……呃……"

"还有个丑得要命的眼罩男,"阿红说,"个子矮,很烦人,还会趁你不注意喝你的酒。"

"瓦沙尔?"伊什娜问,"你呢?"

"我记得吧台那儿有几个男的,"他回答,"穿着……塞巴里尔军的制服?可能一半的桌子都有人坐。我说不上来。"

"好点了。"伊什娜说,"我没指望你们一下子就学会。无视这些情况是常有的事,不过我会教你们,让你们——"

"等一下,"瓦沙尔说,"浣纱呢?她记得什么?"

"吧台那儿有三个男的,"浣纱心不在焉地说,"一个年纪大一点,头发花白,另外两个是士兵,都长着鹰钩鼻,可能是亲戚,小点的那个在喝酒,大点的那个在泡盖兹注意到的女人。那女人不是泰勒拿人,但打扮得很像,穿着深紫色的衬衣和森绿色的裙子。我不喜欢这种搭配,但她似乎挺喜欢。她看上去很自信,习惯玩弄对她有意思的男性,但我觉得她是过来找人的,因为她对士兵不理不睬,一直回头看。"

"男招待年纪比较大,长得很矮,得站在箱子上才能写菜单。我敢打赌他没干多久,因为有人点单时,他得看过酒瓶上的铭文才能找到对应的酒。女招待有三个,一个休息了。除了我们以外,还有十四位客人。"她睁开眼,"我可以把他们的情况告诉你。"

"不必了。"伊什娜在阿红轻轻鼓掌时说,"真是了得,浣纱,不过我得说,客人其实不止十四位,还有第十五位。"

浣纱一惊,又环视帐篷,重新数了数。桌边有三个……那边有四个……门口有两个女的站在一起……

帐篷后面的一张小桌旁,还有一个女的安稳地坐在椅子上,先前没有人发现。她衣着朴素,用一件阿勒斯卡乡村风格的衬衫搭配半裙。她是不是故意选择了与白色的帐篷和棕色的桌子相衬的打扮?她在那儿干什么?

浣纱把情况记下来,想了想,忽然一阵警觉。那女人偷偷地把一本小笔记本放到了腿上。"她是谁?"浣纱伏低身子,"为什么监视我们?"

"她不一定在监视我们。"伊什娜说,"市场里这类人挺多的,都像老鼠那样窜来窜去,尽可能收集情报。她没准只是一个人,挖到消息就拿去卖，但她也有可能在为轩亲王办事。我以前就是干这行的。从她监视的对象来看，她估计要写一篇关于军风的报告。"

浣纱点点头，全神贯注地听伊什娜传授记忆的诀窍。伊什娜建议浣纱的手下学着认读铭文，利用诸如在手上做标记的方式追踪情报。浣纱听说过类似的诀窍，包括伊什娜谈及的所谓"思维博览"法。

最有趣的要数伊什娜在汇报上的建议，她讲解了什么是有意义的内容，以及寻找这类内容的方法，还讲解了如何留意轩亲王的名字、如何用日常的语言指代更要紧的事，以及如何听醉得恰到好处的人说出不该说的话。她表示，讲话的口吻才是关键。重大的秘密揭晓时，如果只将注意力放在隔壁桌的争论上，就算是坐在五尺开外也会漏听。

伊什娜几乎描述了一种冥想的状态：坐下来倾听一切，脑海中只领会特定的对话内容。浣纱觉得很有趣。但训练了大概一个小时，盖兹就抱怨头脑昏沉，仿佛刚喝了四瓶酒。阿红则打起瞌睡，两颗眼珠都朝中间靠拢，显得不知所措。

瓦沙尔却闭着眼睛，一口气把酒馆里每一个人的特征都描述给了伊什娜。浣纱咧嘴一笑。自从她认识瓦沙尔以来，这人每到执勤时都好像背了一块大石头，动作很慢，但找地方坐下休息的速度却很快。看到瓦沙尔这么有干劲，她很受鼓舞。

其实浣纱已经不记得过去多久了，因为她的精神一直很集中。市场里响起铃声，她听到后便低声骂道："我真是个风操的笨蛋。"

"浣纱？"瓦沙尔问。

"我得走了。"她说，"沙兰跟别人约好了。"谁又能想到，即便收获了古老而神圣的称号，决意挑起力量与荣誉的脊梁，竟也要开这么多会？

"没有你在，她就搞不定吗？"瓦沙尔问。

"风操的，你就没留意过那姑娘吗？她连自己的脚都会忘记，要不是那两只脚还连在腿上的话。继续练习！我们稍后见。"她戴上帽子，匆匆穿过独立市场。

不久后，沙兰·达瓦安稳地穿回蓝色修身裙，在乌有斯麓的地下走廊里漫步。浣纱对手下的指导相当令人满意，但风杀，她有必要喝这么多吗？沙兰几乎消化了整整一桶酒才恢复清醒。

她深吸一口气，走进先前的藏书室，发现到场的人不仅有纳瓦妮、迦熙娜和忒夏芙，还有许多虔诚者和文书，以及梅·亚拉达和来自卡哈巴兰斯的阿德罗塔吉娅，甚至还有三名留着长胡子、喜欢预测天气的古怪读风者。听说，读风者有时会利用风向预知未来，但他们从不公开提供此类服务。

站在他们身边，沙兰真想求铭守符保佑，可惜浣纱一张都没有准备。浣纱其实是个异端，她思考宗教的次数，就跟她思考拉尔艾洛林的瀛丝①价格的次数一样。起码迦熙娜还有胆量选择一种立场并公布出来，而浣纱只会耸耸肩，说点俏皮话。这——

"嗯……"图腾在沙兰的裙子上低声说，"沙兰？"

也对，她刚才一直站在门口吧？想到这儿，她便走了进去，偏偏从嘉娜拉身前经过。那名娇媚的少女挺胸抬头，鼻孔朝天，一副伶俐的口齿让沙兰很不自在。

沙兰不喜欢高傲的嘉娜拉，但她自然不介意嘉娜拉跟阿多林的关系。她也曾尽量避开阿多林的众多前女友，不过……好吧，这就好比要在战场上避开无处不在的战士。

会场上一片嘈杂，众人谈论着度量衡、标点的正确位置和高塔内的气压变化。沙兰以前恨不得身处这样的场合，这阵子却总是在会议上迟到。是什么改变了？

---

①瀛丝：柔剌常见的衣料，取自沿海的水生植物，广泛用于贵族服装，与地球上的丝绸相似。

我知道自己有多狡诈，她心想，紧挨着墙壁，从一名年轻漂亮的虔诚者身边走过。那名虔诚者在和一名读风者探讨亚泽尔的政治，这方面的书阿多林拿来过，沙兰几乎没有细读。另一边，纳瓦妮正和一位穿着大红色修身裙的工程师交流法器技术，后者急切地点头赞同，说："没错，可要怎么保持稳定，光明女士？帆装在下方，船会翻的，对不对？"

沙兰平时跟纳瓦妮走得很近，本来拥有研究法器科学的大好机会，可她为什么没有投入进去？在思想、疑问和逻辑的包围下，她忽然有种手足无措的感觉。与会者学识渊博，让她相形见绌。

得有个人来应付，她心想，我也可以有学者的一面，不是浣纱，不是"光辉女士"，而是——

图腾又在她的裙子上发出哼声。她退回到墙边。不，这……这就是她吧？沙兰不是一直想要成为学者吗？她不需要另一个人格来应付，对不对？

……对不对？

一阵紧张过后，她呼出一口气，迫使自己镇定下来，终于从小包里掏出纸簿和炭笔，来到迦熙娜面前。

迦熙娜抬抬眉毛："又迟到了？"

"不好意思。"

"我本想叫你帮着解读我们收到的晨颂文翻译，但没时间了，我母亲要开会了。"

"我也许能帮你——"

"我还有些东西要收尾。我们可以会后再谈。"

沙兰就料到迦熙娜会突然打发她走。她知趣地走到靠墙的椅子旁坐了下来。"如果迦熙娜知道我刚刚面临了深深的不安，她肯定会表现出些许同情心，对吗？"

"迦熙娜？"图腾问，"我觉得你没注意到，沙兰。她不是很有同情心。"

沙兰叹了口气。

"可是你很有同情心!"

"我起码能博取别人的同情心。"她强打起精神,"我确实属于这里,对不对,图腾?"

"嗯。对的,你当然属于这里。你想把他们画下来,是吗?"

"一流的学者不止会画画。忠于油彩的丹多斯通晓数学,首创了美术中的比例研究;迦莉德是发明家,她的设计至今仍被天文学界沿用,她推出仪表后,水手才能在海上测量经度;迦熙娜是史学家,但又不单是史学家。这也是我的目标。"

"你确定吗?"

"我想是的。"但问题在于,浣纱想要整天跟手下喝酒说笑,打磨刺探的技巧,而"光辉女士"想要练习剑术,待在阿多林身边。沙兰究竟想要什么?这要紧吗?

纳瓦妮总算宣布开会,与会者纷纷落座,一侧是文书的席位,另一侧是各大虔诚会的席位,和迦熙娜隔得很远,读风者则在外围坐下。沙兰发现雷纳林正站在门口探头张望,来回倒换双脚,但没有入场。当几名学者扭头看他时,他后退几步,仿佛是被那些人的目光逼走的。

"我……"雷纳林说,"父亲说我可以过来……单纯旁听。"

"非常欢迎,堂弟。"迦熙娜冲着一把凳子扬起头,示意沙兰搬过来给雷纳林坐。沙兰照办了,甚至没有提出异议。她可以成为学者。她一定要当最优秀的学徒。

雷纳林低着头,绕过坐成一圈的学者,一只手紧紧攥着从口袋里垂下来的链子,骨节都发白了。一坐下,他就两手交替地拉扯那根链子。

沙兰尽力做笔记,没有走神去画别人,幸好议程比往常有意思。

多数学者都在纳瓦妮的倡议下工作,试图理解乌有斯麓的机制。第一个发言的是年迈干瘪、时常让沙兰想起父亲名下虔诚者的英娜达拉,她说自己的团队一直想把塔城的通道和房间的异常形状所代表的含义弄清楚。

她继续长篇大论,谈到了塔城的防御工事、空气过滤系统和水井,还指出了一系列形状怪异的房间和绘有幻想生物的奇诡壁画。

等英娜达拉终于说完,卡拉米才开始汇报自己团队的成果。组员们发现了某些嵌在墙壁中的金制品和红铜制品,认定这些东西都是法器,但它们似乎不起任何作用,就算安装了宝石也不例外。卡拉米分发了图解,说组员们付出了诸多努力,想为宝石柱注入飓光,但目前还没有成功,能运作的法器只有升降梯。

"我认为,"首席读风者艾瑟巴打断道,"用于升降梯的齿轮占比可能会揭示建造者的本性。您瞧,这就是指相①的学问,通过手指的宽度可以判断一个人的运势。"

"这……怎么会跟齿轮扯上关系?"忒夏芙问。

"处处都有关系!"艾瑟巴说,"您的无知恰恰说明了您文人的身份。光明女士,您的字是很漂亮,可您也要多留心科学呀。"

图腾发出一声低鸣。

"我从没喜欢过他。"沙兰悄声说,"他在达力拿身边表现得很好,实际上却是个又卑鄙又平庸的家伙。"

"平庸?那么……我们在累计他的哪一种属性,样本量又有多少人?"②

"您难道不觉得,"嘉娜拉说,"我们提的问题有些不合时宜吗?"

---

①指相(digitology):作者的自造词,由单词 digit(手指、脚趾)和表示学科的后缀 -ology 复合而成。

②原文中,沙兰用 mean 来形容一个人卑鄙,这个词在数学上又有平均值的意思,图腾听成了后者。

沙兰眯起眼睛，但还是忍住妒意。没必要因为阿多林的旧情就去记恨别人。

只是，嘉娜拉感觉不太对劲。宫廷里的女性不少都是这样，笑起来很矜持，仿佛事先操练过，像是在故作风趣，不是真心想笑。

"此话怎讲，孩子？"阿德罗塔吉娅问嘉娜拉。

"光明女士，我们讨论升降梯、讨论奇怪的法器柱和曲折的走廊，仅仅想要从设计上理解这些东西，或许我们应该先弄明白塔城的需求，再回过头来确定这些东西要怎样迎合那些需求。"

"嗯，"纳瓦妮说，"好吧，我们都知道外面种着庄稼，那么这些嵌在墙壁里的法器能供热吗？"

雷纳林喃喃自语。

与会者都看着他。听到他开口说话，没什么人表现出惊讶，他很快缩了回去。

"你讲了什么，雷纳林？"纳瓦妮问。

"不是那样的，"他轻声说，"法器没有那么多件，都只能算做一件。"

文书和学者面面相觑。王子……经常激起这种反应，引来不安的目光。

"光明贵人？"嘉娜拉问，"难道你暗地里是法器师？会在夜里阅读女性书写体，研究工程技术？"

有几个人轻笑起来。雷纳林满脸通红，眼帘垂得更低了。

他这种级别的人物是不能取笑的，沙兰心想，感到两颊发烫。阿勒斯卡的廷臣极其注重礼节，却不一定怀着善意。相比达力拿或阿多林，雷纳林一向是更容易接受的攻击对象。

奇了，沙兰也会生气。她不止一次为雷纳林的古怪而震惊，这回他出席会议，不过又是一个例证。他终于考虑遁入虔诚会了吗？所以才在文书的会议上抛头露面，仿佛自己已是女子的一员？

与此同时,嘉娜拉竟敢为难他?

纳瓦妮张口欲言,却被沙兰打断:"嘉娜拉,你肯定不想当众侮辱轩亲王的儿子吧?"

"什么?不,我当然不想。"

"那好,"沙兰说,"如果你刚才想侮辱他,手段也太差劲了。听说你聪明过人,充满了智慧和魅力什么的。"

嘉娜拉冲她皱起眉头。"……你是在夸我吗?"

"我不是在夸你的胸部,而是在夸你的头脑!你可是冰雪聪明,思维犀利得都不需要磨尖!脑筋还动得这么快,别人停止思考时,你却还是在思考!你的思路非常清晰,说出来的话每次都让人叹服,所以……嗯……"

迦熙娜瞪着她。

"嗯……"沙兰举起笔记本,"我在做记录呢。"

"母亲,能休息一会儿吗?"迦熙娜问。

"好主意。"纳瓦妮说,"休会十五分钟,大家都想想塔城会有哪些需求,是不是能做到自给自足。"

说完她站起身,与会者又三三两两地聊了起来。

"我发觉了,"迦熙娜对沙兰说,"你没有把你的伶牙俐齿当刀子使,还在当棍子使。"

"对啊。"沙兰叹了口气,"有什么指导吗?"

迦熙娜瞅了她一眼。

"你都听到她对雷纳林的评价了,光明女士!"

"我母亲马上就要说她了。"迦熙娜回应,"我母亲会小心的,言辞也会审慎。不像你,冲着她就是堆砌辞藻。"

"对不起。她真的惹到我了。"

"嘉娜拉是个傻瓜,有点小聪明就沾沾自喜,却蠢得都不知道那点小聪明是多么渺小。"迦熙娜按揉两颞,"飓风在上,所以我才不收学徒。"

"因为学徒太会找麻烦了。"

"不,因为我不怎么会带学徒。我手上有相关的科学证据,你只是最新的实验对象罢了。"迦熙娜摩挲着太阳穴,示意沙兰走开。

别人都在拿饮料时,沙兰羞愧地走到墙边靠了上去,笔记本抱在胸前。

"嗯!"图腾说,"迦熙娜好像没有生气,你为什么要难过?"

"因为我又傻又笨,"沙兰说,"还不知道自己有什么目标。"就在一两周前,她不是天真地以为自己想通了吗?不管她到底"想通"了什么。

"我看到他了!"一旁响起一个声音。

沙兰吓了一跳,赶紧扭过头,发现雷纳林正盯着她的裙子和融入刺绣的图案。那个图案很容易忽视,但定睛一看就很明显。

"他没有隐形?"雷纳林问。

"他说做不到。"

雷纳林点点头,抬眼看着她。"谢谢。"

"谢什么?"

"谢谢你捍卫了我的名誉。阿多林通常会捅别人一刀,你的做法友好多了。"

"呃,谁都不该用那种口气对你说话,别人绝不敢这么对待阿多林。再说,你的话没错,这个地方就是一尊巨大的法器。"

"你也感觉到了?大家总是法器来法器去的,然而研究的方向一开始就错了吧,对不对?这就好比说着推车的部件,却不知道那本身就是一辆拖车。"

沙兰凑近道:"雷纳林,我们战斗过的那个怪物,它的触须可以一直延伸到乌有斯麓的顶部。我无论去哪儿,都有种不对劲的感觉。位于中心的宝石柱是跟一切相连的。"

"对，这不只是法器的集成，更是一尊由许多法器组成的大型法器。"

"但它有什么用？"沙兰问。

"它有城市的用。"雷纳林蹙眉道，"嗯，我是说，它是一座城市，拥有一座城市的功能……"①

沙兰浑身发颤："一座由灭者驱动的城市。"

"所以我们才发现了这间大厅和法器柱，"雷纳林说，"没有那个怪物，可能还办不到呢。我们总是看着光明的一面。"

"从逻辑上讲，"沙兰说，"也只有光明的一面能看，因为反面是黑暗的一面。"

雷纳林大笑起来，让她想起兄长们是怎么笑她说的话的。可能不是因为那是世上最好笑的东西，而是因为笑一笑不是坏事。她记起了迦熙娜的言语，不禁朝那名女子看去。

"我知道我堂姐很吓人，"雷纳林对她耳语道，"可你也是光辉骑士，沙兰，不要忘了。只要我们想反抗，还是可以反抗的。"

"我们真想反抗吗？"

雷纳林苦笑道："大概不想吧。她通常都是对的，旁人只会觉得自己成了十蠢之一。"

"这倒没错，只是……如果还要被她像个孩子似的使唤，我都不知道自己还能不能忍受。我感觉快疯了，这该怎么办？"

雷纳林耸耸肩。"我发现，要是不想做迦熙娜吩咐的事，最好的办法就是在她找人发号施令的时候离她远远的。"

沙兰为之一振。说得很有道理。达力拿需要光辉骑士拿出行动，不是吗？她得换个地方把事情想清楚……比如去塔冠城执行任务？不

---

①雷纳林患有自闭症，说话时可能会出现语言组织的问题，这一段展示了他的交流障碍。

是需要有人潜入王宫启动誓约之门吗?

"雷纳林,"她说,"你是天才。"

他涨红了脸,但还是露出笑容。

纳瓦妮宣布会议继续,与会者坐下来,接着探讨法器的议题。迦熙娜轻拍沙兰的笔记本,沙兰练习着速记法,会议记录做得更到位了。她已经没有那么烦恼了,因为她有了逃离的策略和路线。

当她还在体会时,她发现有个高大的人影走了进来。就算没有站在光线前,达力拿·寇林也会投下影子。全体人员忽然安静下来。

"抱歉,我来晚了。"达力拿瞅了瞅手腕和纳瓦妮给他的臂表,"请不要因为我的缘故而停下。"

"达力拿?"纳瓦妮问,"你以前都不参加文书会议的呀。"

"我只是觉得应该过来看看,"达力拿说,"了解我的组织在这一环的运作。"他坐到席位外围的一把凳子上,就像一匹试图在小马的表演台座上落座的战马。

与会者又讨论起来,显然都很难为情。沙兰本以为达力拿会有意识地避开这类会议,不与女人和文书……

雷纳林望了他父亲一眼,达力拿扬起拳头作为回应。沙兰侧过头看着这一幕。

达力拿是为了不让雷纳林尴尬才进来的,沙兰意识到,如果风杀的"黑荆棘"决定参会,那么王子的出席就不是什么不体面或娘娘腔的行为。

她没有看漏,雷纳林竟然抬起了目光,注视着余下的议程。

45 启示

> 正如海浪必须继续涌动,我们的意志也必须维持坚定。
> 维持独立。

虚渡带着莫阿什飞抵阿勒斯卡的中部城市雷沃拉尔,把他丢在城外,推向一群地位较低的仆族。

由于被拽着飞行,他的手臂还在作痛。他们为什么不像卡拉丁那样,使用力量将他甩到上方,让他变轻?

他伸了伸手臂,转头四顾。他曾在一支定期前往塔冠城的车队里干活,来过雷沃拉尔好几次,却没有饱览当地的景色。大城市郊外都有小规模的建筑群,专供像他那样赶车或送货的当代牧人安身。他们有着"屋檐之民"的称号,男男女女游离在文明的边缘,虽然能在时局变坏时脱身,但无法真正融入社会。

从市容来看,屋檐文化已经在雷沃拉尔大行其道。虚渡把人类驱逐到郊外,似乎占领了整片风操的城区。

一路拖着他过来的虚渡一言不发地与他分别。接管他的仆族似乎是仆族智者战士和他在车队时见过的普通驯化仆族的混血种,说着一口流利的阿勒斯卡语,把他推向一群关在小猪圈里的人类。

莫阿什坐下等待。看来虚渡派了巡逻兵,专抓掉队的人类。终于有仆族过来了,把他和别人赶向城外的一座防风堡,那里是飓风期间用来安置军队或多支车队的地方。

"别捣乱。"一名仆族女子特意望了莫阿什一眼,"别抵抗,抵抗就是找死;别逃跑,逃跑就是找打。你现在是奴隶了。"

有几个人哭了起来,看上去都是农场主,他们紧抱着的财物少得可怜,都被仆族搜过了。从红肿的双眼和破烂的包裹便能看出他们的损失有多惨重。灭世风暴夷平了农场,他们只能来到大城市避难。

莫阿什身上没有值钱的东西,至少现在没有。仆族让他先走,他进入防风堡,有种不现实的感觉,仿佛被人抛弃了。在来这儿的路上,他还以为自己要么会被处决,要么会被审讯,结果却沦为了奴隶。就算在撒迪亚斯军中,他也没有当过真正的奴隶,只是被派去扛桥送死,但额前没有留下烙印。他摸了摸左肩,感受着被衬衣盖住的第四冲桥队文身。

这座庞大的防风堡形如一条石头做的巨型面包,天花板很高。莫阿什缓步前进,双手插在外套的口袋里。一群群难民挤在一起,用充满敌意的目光看着他,哪怕他不过是另一个同类。

不管他风操的往哪里去,都会遇到敌意。像他这样的年轻人,对暗眼种来说长得太高大,也显得太自信,旁人往往会把他看成一个威胁。他在祖父母的鼓励下加入车队,想干点有用的事,可就算长辈出于好心,最后也还是被杀了,而莫阿什……他只能容忍着这种目光度过余生。

一个独立自主、不受控制的人才是危险的,他其实对自己的身份感到很害怕。不会有人接纳他的。

除了第四冲桥队。

然而第四冲桥队是个特例,他没有通过试炼。格雷夫斯叫他割掉徽章是正确的,毕竟这才是他的真面目:所有人都搂紧孩子,用不信任的眼光看着他,并朝他扬起头,示意他继续前进。

他大步走在防风堡的中部,这座建筑很宽敞,需要柱子支撑屋顶,柱子如树木般耸立,通过塑魂术伸进下方的岩石。墙边挤满了人,中间却空荡荡的,由配备武装的仆族巡视。他们设立了招聘站,把车子当作演说的舞台。莫阿什走向一辆车。

"以防遗漏,"一个仆族高声道,"有经验的农民要向前门的布鲁报告,他会分一块地给你们种。今天也要有人在城里运水,还要有更多人去清扫上一场飓风留下的狼藉。"

人们开始高声表达意愿,莫阿什却皱起眉头,凑近旁边一个人,问:"他们要派活儿给我们干?我们不是奴隶吗?"

"是奴隶没错,"那人说,"不干活就没饭吃。我们可以选择自己想干的,但其实没几个风操的选择,还不都是脏活累活。"

莫阿什一怔,发现对方长着浅绿色的眼睛,但那人还是举起手,自愿承担曾由仆族代劳的运水工作。莫阿什又把双手插进口袋,继续在室内穿行,检视着仆族的三座招聘站。

这些说着一口流利阿勒斯卡语的仆族让他不安。他已经料到虚渡会拥有巨大的力量和古怪的口音,但普通仆族似乎和人类一样,对运势的逆转感到困惑。他们已经长高了,像极了仆族智者。

三座招聘站各自办理一个工种,位于远端的那一座招收农民、缝纫女工和鞋匠,旨在产出粮食、制服和靴子,看来仆族正在备战。莫阿什问了问,得知他们已经抓走了铁匠、箭匠和武器匠,隐瞒这三种本领的人一旦被发现,全家的配给都会减半。

位于中间的招聘站办理运水、保洁、烹饪等基本劳务,最后一座则是莫阿什最感兴趣的,那里招收干重活的人。

他在那儿徘徊,听到仆族询问是否有人自愿在部队行军时拉辎重车，显然红甲蟹不够应付了。

没人举手。这活儿听起来就很可怕，更别提还要上战场了。

这下他们得施压了，莫阿什心想。或许可以把一些光眼种赶到一起，让他们像驮兽那样在石地上跋涉，他很乐意看到这一幕。

正要离开最后一座招聘站时，他看到一群抄着长杆的人倚靠在墙上，大腿上绑着的皮套装了水袋，另一侧的裤腿上则缝着旅行工具包。根据以往的经验，他知道包里有什么，无非是碗、调羹、杯子、针线、补丁、打火石和火绒。

他们都是车夫，那些长杆是赶车时用来敲打红甲蟹的外壳的。莫阿什也尝试过好几次这种打扮，但他待过的不少车队都用脚程更快的仆族代替红甲蟹拉车。

"喂，"他信步走向那群车夫，"格夫还在吗？"

"格夫？"一名车夫说，"那个造车子的老头？只有半根芦秆那么高，连粗话也讲不好？"

"就是他。"

"他大概在那儿，"年轻人长杆用指了指，"在帐篷里。可没有活儿了，老兄。"

"铁头怪①在行军呢，"莫阿什竖起拇指朝后头指了指，"会需要车夫的。"

"名额已经满了。"另一人说，"为了看结果，都有人打起来了，剩下的人都得拉车。记住，别太招摇，不然会被套到车上。"

他们朝莫阿什亲切地笑了笑，莫阿什向他们行了一个旧的车夫礼，仿佛在比画容易引起别人误会的不雅手势，朝着他们所指的方向走去。真是一帮典型的车夫，就像一个大家庭，却也容易争来争去。

所谓的"帐篷"其实只是几块从墙上拉下来的布，系在杆子上，

---

①铁头怪：人类对变成虚渡的仆族的蔑称。

杆子都插在装满石头的桶里,看着就像一条沿着墙壁而建的通道,底下有许多年长的人在咳嗽、抽鼻子。光线很暗,偶尔只有放在翻倒的箱子上的齐普发出光亮。

通过话里的口音就能认出车夫。他问起了当年认识的格夫,获准深入幽暗的帐篷通道,终于发现格夫就坐在通道的中段,仿佛想要拦住别人。他已经在打磨一块木头了,似乎是一根车轴。

他眯起眼睛看着莫阿什走上前,问:"莫阿什?当真?是什么邪风把你吹来了?"

"就算我告诉你,你也不会信的。"莫阿什在老者身边蹲下。

"你那时在贾姆的车队,"格夫说,"正要去破碎平原呢。后来我以为你死了,连一颗没光的齐普也不赌你还会回来。"

"有眼光。"莫阿什向前弓身,把胳膊搭在膝盖上。在这条仅仅用布帐围起来的通道里,外面传来的嘈杂声听起来却很遥远。

"孩子?"格夫问,"你来这儿干吗?"

"我只想要找回自己。"

"这就跟风操的飓风之父吹笛子那样没道理,小伙。可你不是头一个去了破碎平原,回来后却变得不正常的人,肯定不是。去他飓风之父的,就是这样,不会有风操的错。"

"别人想把我搞垮,诅咒之地的,他们还真的做到了,可那家伙重塑了我的人生,让我焕然一新。"莫阿什顿了顿,"我却全都抛弃了。"

"行吧,行吧。"格夫说。

"我总是这样。"莫阿什低语,"格夫,为什么我们总是在收下宝物之后才发现自己不喜欢?好像我们一点也不值得拥有那种纯洁的玩意似的。我握着矛,却戳到自己身上……"

"矛?"格夫问,"小伙,你风操的当兵了?"

莫阿什怔怔地望着他,随即站起来伸展手脚,让格夫看清那件除去徽章的制服外套。

格夫在黑暗中眯起眼睛。"跟我来。"老车匠有些吃力地起身，把木头放在椅子上，颤颤巍巍地领着莫阿什深入布帐围起的通道，来到一块更像房间的地方，那里连着一座大石堡远端的墙角，有十好几个人正鬼鬼祟祟地坐在一起说话。

格夫拖着步子想要进去，看门人却抓住他的手臂。"格夫？你应该守在岗位上的，蠢货。"

"我就风操的守在岗位上呢，你个浑蛋。"格夫挣开手臂，"光明贵人想知道我们是不是找到当兵的了，好啊，还真风操的给我找到了一个，还不快点让开。"

门卫把注意力转向莫阿什，瞟了他的肩膀一眼。"叛逃了？"

莫阿什点点头。不止一个方面如此。

"怎么回事？"一名士兵站起来，个子很高。他的轮廓，他的光头造型和服装剪裁，似乎……

"有个逃兵，光明贵人。"门卫说。

"从破碎平原来的。"格夫补充道。

是轩领主帕拉达，莫阿什意识到。瓦马尔的亲戚和摄政，臭名昭著的严酷之人，曾把雷沃拉尔搅得天翻地覆，逼走了不少拥有旅行权[①]的暗眼种，路过的车队没有不抱怨他的贪婪和腐败的。

"从破碎平原来的？"帕拉达问，"好极了。逃兵，跟我讲讲轩亲王那儿有什么消息吧。他们知道我这边的难处吗？稍后会有援军吗？"

他是管事的，莫阿什心想，看到了别的光眼种。他们踩着高档的靴子，穿着光鲜的制服，料子自然不是丝质的，却也裁剪得当。墙边摆着丰盛的食物，外面的人却在讨饭、干重活。

他本来都抱着希望了……但那自然是愚蠢的。虚渡的来袭没有打

[①] 旅行权：六等暗民及以上等级的沃林公民可在沃林国家自由出行。

倒光眼种,他在外面看到的人不过是几个牺牲品,郊外那些阿谀奉承的暗眼种也证实了这一点,他们之中有士兵、有护卫,也有特权阶层的商人。

都下诅咒之地吧!他们明明得到了逃离光眼种统治的机会,却变得更低声下气了!在那一刻,莫阿什被同胞的卑劣所环绕,忽然得到了一个启示。

他没有沉沦,而是所有人都沉沦了:不仅包括阿勒斯卡社会的全体光眼种和暗眼种,或许还有全人类。

"怎么?"摄政厉声问,"说话啊!"

莫阿什茫然不知所措,仍旧一言不发。他不是例外,总能毁掉别人的馈赠;只有卡拉丁那样的人才是例外,而且是异常罕见的例外。

这些人做出了证明。没有理由遵从光眼种。他们没有权力和威信,得到了机会却白白浪费。

"他……他大概哪根筋搭错了,光明贵人。"门卫说。

"是啊,"格夫补充道,"本该跟您提一下的,他现在脑子出了点风操的毛病,去他的混账。"

"够了!"摄政指了指莫阿什,"把这人丢出去。如果我们要恢复我的地位,那就没空犯傻!"他又指了指格夫,"把这人揍一顿,下回安插一个能干点的,否则下一个就是你,克德!"

老格夫被人揪住时还吵吵嚷嚷的。莫阿什只是点头默许。那帮人当然是这种作风。

卫兵挟住他的胳膊,押着他来到帐篷的一端,掀开门帘,把他拖了出去。他们在一名神色疲惫的女子身前经过,女子想要把一块面饼掰开,分给三个正在哭的小孩,他们的哭声也许都能传到光明贵人的帐篷里,可那里就有一摞堆得高高的面饼。

卫兵把格夫丢到大堡垒中部的"街道"上,叫他滚远点,可莫阿什几乎没听清,只是站起来掸了掸身上的灰尘,走向第三座招聘站，那里招收苦工。

　　他自愿报名了最艰难的活儿：为虚渡的军队拉辎重车。

46
梦碎之时

你还指望我们什么？我们不需要受到外界的干扰。雷瑟已被牵制，我们不关心他的囚禁。

冲桥手斯卡跑上乌有斯麓外面的斜坡，在寒风中呼出一团团热气。为了保持专注，他默默计算着步数。乌有斯麓空气稀薄，跑步时更吃力，但这只能在室外注意到。

他配备着全套行军包和装备：口粮、设备、头盔、坎肩，背上绑着盾牌，手里握着矛，腿上甚至牢牢卡着胫甲，所有东西加起来几乎和他一样重。

他终于到了誓约之门的平台顶上。风操的，位于中心的建筑似乎比他印象中还遥远，可他还是努力加快步伐，拼命小跑过去，装备叮叮作响。最后，他浑身是汗，呼吸愈发急促，一抵达控制室就冲了进去。等终于停下后，他抛开矛，两手扶着膝盖，大口喘着粗气。

第四冲桥队的多数队员都在这里等候，一些人身上散发着飓光。斯卡是他们之中唯——一个经过两周的训练却还没有学会吸取飓光的人——好吧，除了达彼得和瑞莱恩。

西格吉尔看了看纳瓦妮·寇林分配的钟表，那个设备跟一只小盒子一样大。"大概花了十分钟。"他说，"十分钟不到。"

斯卡点点头，擦了擦额头。他从市场中心出发，跑了一里多的路程，再穿过高地，冲向斜坡。风操的，他把自己逼得太紧了。

"德雷赫，"他气喘吁吁地说，"德雷赫花了多久？"两人是一起出发的。

西格吉尔望了望那名肌肉发达、仍然闪耀着余下飓光的高个子冲桥手。"不到六分钟。"

斯卡哀叹一声，坐了下来。

"基础水平同样重要，斯卡。"西格吉尔在笔记本上记下铭文，"为了做比较，我们需要了解普通人的能力。不过别担心，你肯定很快就会搞清楚的。"

斯卡一下子仰面躺倒在地上，发现偻朋就在屋顶上走来走去。风操的赫达孜人。

"德雷赫，按照卡拉丁的说法，你是不是使出了四分之一基础风行术？"西格吉尔接着说，还在做笔记。

"是的。"德雷赫说，"我……我居然知道精确的用量，西格。怪了。"

"所以在屋里称重的时候，你的体重减少了一半。但四分之一风行术为什么只会减少一半体重？不应该减少百分之二十五的体重吗？"

"这要紧吗？"德雷赫问。

西格吉尔看着他，好像他说了什么疯话。"当然要紧！"

"下次我会斜着使出风行术。"德雷赫说，"我倒要看看，不管住哪个方向跑，是不是都能像跑下山那样。或许没这个必要，留住飓光后……我觉得自己可以永远跑下去。"

"嗯，新纪录诞生了……"西格吉尔嘟哝道，还在书写，"你比偻朋快。"

"他是不是也比我快?"雷滕的声音从斗室的墙边传来。他正在观察铺在地上的瓷砖。

"你中途停下弄了点吃的,雷滕。"西格吉尔说,"就连石头也比你快,他可是像个女孩那样蹦蹦跳跳地跑完了最后三分之一的路程。"

"那是吃角族人的胜利之舞,"石头在雷滕附近说,"很有男子气概。"

"不管有没有男子气概,这都违背了测试的要求。"西格吉尔说,"至少斯卡还乐意关注正规的跑法。"

斯卡在别人闲谈时还躺在地上。西格吉尔已经决定要做测试,卡拉丁本该出面将他们传送到破碎平原,但他还是像往常那样迟到了。

泰夫特在斯卡身边坐下,用挂着眼袋的深绿色眼睛打量着他。卡拉丁已经任命他们两人及石头和西格吉尔为副军尉,但他们的职责从未适配这个军衔。泰夫特俨然是无懈可击的次中队士官。

"给。"泰夫特递上一个包着肉丸的赫达孜风味荞鞯卷,"雷滕带来了食物。吃点吧,小伙子。"

斯卡硬是坐起来。"我没有比你小那么多,泰夫特。我几乎不是小伙子了。"

泰夫特自顾点头,嚼着荞鞯卷。斯卡最终还是吃了起来。味道挺好,不像很多阿勒斯卡食品那么辣,但还是不错,很可口。

"别人一直对我说,我很快就会学会。"斯卡说,"可万一我学不会呢?风行骑士团容不下一个只能靠脚走路的副官,我会落得和石头一起做饭的下场。"

"干后勤又没啥不好。"

"对不起,士官,你还是闭上这张臭风嘴吧!你知道我为了拿起一根矛,等了有多久吗?"斯卡从背包边上拾起武器横放在腿上,"我精通矛术,也有实力战斗,只是……"

偻朋离开屋顶，转了个身，双腿朝下缓缓飘到地上。轮到比西格了，他飞向屋顶，居然一头撞了上去，偻朋看得哈哈大笑。比西格跳了起来，朝下看着众人，很难为情。但何必难为情？他正站在屋顶上呢！

"你以前当过兵吧？"泰夫特推测道。

"没当过，但不是没试过。你听说过黑冠卫士吗？"

"那是亚拉达的亲卫队。"

"这么说吧，我提交了申请，却没有得到重视。"

不错，我们也招募暗眼种，但不招募小矮子。

泰夫特哼了一声，吃着荞鞑卷。

"他们说，如果我搞到装备，上面可能会再考虑。"斯卡说，"可你知道盔甲有多贵吗？我那时只是一个劈石头的工人，却幻想着在战场上收获荣耀。"

冲桥手从不谈论过去的规矩已经改变了，但斯卡说不清具体是什么时候改变的。团队壮大以后，这自然成了情感宣泄的一种方式。

众人的过去浮出水面：泰夫特是个瘾君子；德雷赫揍过军官；亚斯打算和兄弟叛逃却被抓了；就连单纯的胡勃也参与过醉酒斗殴——他可能只是跟着小队一起行动，结果却有人送命了。

"你还以为我们高大威猛的队长现在应该已经到了？"泰夫特说，"我敢发誓，卡拉丁的表现可是一天比一天更像光眼种。"

"瞧你说的，千万别被他听到。"斯卡说。

"我爱说啥说啥。"泰夫特没好气地说，"如果那孩子不来，没准该换我去。这下有事干了。"

斯卡愣了愣，抬头望着泰夫特。

"不是的。"泰夫特低吼道，"我已经好些天没怎么碰过那玩意了。看看你们是怎么对我的，还以为一个人从不会在晚上寻欢作乐。"

"我还什么都没说呢，泰夫特。"

"明知道我们受过苦,却觉得不需要什么东西来提神醒脑,那才是傻。火藓不成问题,成问题的是这个风操的世界,全疯了。"

"那是当然,泰夫特。"

泰夫特瞄了他一眼,随后专心地看着手里的荞鞡卷。"所以……大伙知道多久了?我是说,有没有人……"

"不久。"斯卡连忙说,"大伙甚至都没放在心上。"

泰夫特点点头,没有看穿谎言。其实,大多数人已经注意到泰夫特有时会偷溜出去搓火藓。这在军中并不罕见,但为了搓火藓,不惜缺勤、卖制服换钱,最后昏倒在巷子里,那就另当别论了。犯了这种事,轻则被撤职,重则……好吧,会被派去扛桥。

问题在于,他们再也不是普通的士兵了,可他们也不属于光眼种。他们的定位很不寻常,无人理解。

"我不想多讲。"泰夫特说,"你瞧,我们不是在讨论要怎么让你发光吗?这才是当务之急。"

没等他追问下去,"飓风恩护者"卡拉丁终于给了队友面子,带着斥候和来自其他冲桥队的候选人来到控制室,那些候选人一直在为摄取飓光而努力。目前,只有第四冲桥队的成员掌握了这项本领,但队伍里也有几个从没有正经扛过桥的人,比如倭朋的亲戚胡伊奥和普尼奥,还有像科恩那样在几个月前被编入第四冲桥队的前任深蓝卫士①,因此别的队伍还是有希望的。

不算那些已经在和第四冲桥队训练的人,这回卡拉丁带来了大约三十名新人,从制服的肩章来看,他们均来自别的联队②,有些还是光眼种。卡拉丁提到过,他请求考尔将军从全军挑选最有潜质的精

---

①深蓝卫士:曾是寇林家族的亲卫队,在塔地之战中遭受重创,剩余成员被重新整编。

②联队:阿勒斯卡军编制,两千人左右,由将军统帅。后文提及的考尔将军是寇林军的头号大将。

锐,把他们召集起来。

"都到齐了吗?"卡拉丁问,"很好。"他大步走向控制室的一侧,肩头挎着一袋发光的宝石。手中现出那把华丽的碎瑛刃后,他把瑛刃插进墙上的锁眼。

卡拉丁把剑推向壁画标出的特定位置,带动整面可旋转的内墙,开启古代装置。地面开始发亮,室外整座岩石高地的周围腾起盘旋缠绕的飓光。

卡拉丁把瑛刃固定在指向破碎平原的地标位置。光芒散去后,他们来到了纳拉克。

斯卡把背包和护甲靠在墙上,大步走出去。据他们所知,岩石平台的整个顶面都被传送过来了,与这里先前的地貌交换了位置。

有一群人攀上斜坡,在平台边缘与他们见面。一个名叫里斯蒂娜的矮个阿勒斯卡女子在他们经过时点了点冲桥手和士兵的人数,记在账上。

"怎么花了这么久,光明贵人?"她对眼睛微微发出蓝光的卡拉丁说,"商人们都开始抱怨了。"

启动誓约之门需要耗费飓光,卡拉丁袋子里的一些宝石会变暗。不过奇怪的是,双向传送所消耗的飓光并不比单向传送多太多,他们便尽量等到两边都有人想要切换位置时再操作。

"商人们下次过来,"卡拉丁说,"你就告诉他们,光辉骑士不是他们的门卫。要是没办法自己宣誓,他们就得习惯等候。"

里斯蒂娜一阵窃笑,把他的话记了下来,好像真的要去传达似的。斯卡不由得乐了,见到这么有幽默感的文书还是很难得的。

卡拉丁带领众人在纳拉克城内穿行。这里曾是仆族智者的要塞,如今却成了阿勒斯卡军营和乌有斯麓之间愈发重要的驿站。建筑坚如磐石,由飓砂和经过雕刻的巨壳生物甲壳精心构筑。斯卡总是把仆族智者想象成在亚泽尔和雅克维德之间迁徙的牧民,以为他们是凶恶的蛮族，没有文明，只能躲在洞穴里躲避飓风。

然而这座城市架构精良，布局周密，一栋摆满艺术品的房屋已被发现，作品风格令阿勒斯卡的文书困惑不解。仆族拥有艺术，就算在战时也没有放下画笔，就像……嗯，就像普通人一样。

斯卡看了看正扛着矛走路的申——不，是瑞莱恩，这名字真难记——忘了他通常都在队伍里，不免感到惭愧。瑞莱恩跟别人一样是第四冲桥队的成员，对不对？他愿意放弃战斗留下画画吗？

他们经过岗哨，那儿站满了达力拿军的士兵，还有不少鲁特哈军的士兵，制服呈大红和浅蓝两色。达力拿安排别的部队执勤，以防不同公国的士兵之间发生争执。由于破碎平原已无战事，士兵都变得躁动起来了。

路过一大群在附近高地上训练冲桥的士兵时，斯卡看到他们的黑色制服和头盔，忍俊不禁。高地突击又开始了，但比往常更有组织纪律，战利品也由轩亲王平分。

这天轮到黑冠卫士出动了，会不会有人认得斯卡呢？可能不会，哪怕他当时引起了不小的骚动。为了搞到装备让申请通过，只有一种合理的方式：从黑冠卫士长那里偷过来。

斯卡本以为他们会称赞他的聪明才智。他渴望成为黑冠卫士，他会竭尽全力加入他们的行列，对不对？

错了。他的"回报"是打上奴隶烙印，最后被卖到撒迪亚斯的部队。

他抬手拂过额前的伤疤。出于飓光的功效，其他冲桥手的烙印都已愈合——反正他们也用文身全遮住了——不像斯卡。他是目前第四冲桥队里唯一一名还留有奴隶烙印的战士，这似乎是另一个让他有别于同伴的地方，真是讽刺。

好吧，除了他还有卡拉丁。不知道为什么，卡拉丁的伤疤也没有愈合。

他们来到高地的操练场,穿过了以前扛过的战桥①,那座桥被几根由塑魂术变出的岩石标杆固定。卡拉丁召集军官开会,石头的几个孩子则设立了饮水站。那名高大的吃角族人似乎非常热衷于让自己的家人与卡拉丁共事。

斯卡跟上卡拉丁、西格吉尔、泰夫特和石头。虽然他们站得很近,但本该是莫阿什的位置却空了出来,很是扎眼。第四冲桥队的一员完全下落不明,感觉太不对劲了。卡拉丁对此避而不谈,他的沉默就像处刑人的斧子,一直悬在他们头上。

"跟着我们操练的人都没开始吸入飓光,"卡拉丁说,"我很担心。"

"才两周呢,长官。"西格吉尔说。

"没错,只是茜尔认为有几个人'感觉到了',可她不愿告诉我是谁,就怕出错。"卡拉丁指了指新人,"我请求考尔再送一批候选人过来,因为我觉得人越多,找到新扈从的可能性就越大。"他顿了顿。"我没有规定不能选光眼种。也许应该规定一下。"

"我不知道干吗要这么规定,长官。"斯卡伸手一指,"那是科洛特军尉,挺好的一个人,在勘察的时候帮过我们。"

"把光眼种招进第四冲桥队,感觉就是不对劲。"

"你自己不也是光眼种吗?"斯卡问,"还有雷纳林,嗯,以及所有争取到瑛刃的人。说不定石头也算一个,他在族人间的地位大概等同于光眼种,哪怕他的眼珠不是浅色的——"

"好吧,斯卡。"卡拉丁说,"有道理。在我陪同艾尔霍卡出发前,我们没有太多时间。我希望对新人更加严格要求,看看他们有没有可能念出誓言。大家有意见吗?"

---

① 即第四冲桥队在获得自由前所用的战桥,现用于纳拉克周边高地的通行,原文中写作 Bridge Four,与队伍同名。

"把他们推下悬崖吧,"石头说,"把会飞的人招进来。"

"有什么正经点的建议吗?"卡拉丁问。

"那就让我带他们练练阵形吧。"泰夫特说。

"好主意。"卡拉丁说,"风操的,我真希望我们知道古代光辉骑士团扩招的方法。是征兵呢,还是只等别人引来灵体?"

"引来灵体就不是扈从了,"泰夫特摩挲着下巴,"而是会成为正式的光辉骑士,对吗?"

"有道理。"西格吉尔说,"没有证据表明扈从只差一步就能成为光辉骑士。我们会永远做你的后盾,但关键不在于个人的能力,而在于你的决定,抑或是你的灵体的决定。你选择扈从,扈从为你效力,开始吸取飓光。"

"行吧。"斯卡不自在地说。

众人都向他望去。

"谁先来安慰我,"斯卡说,"我就用拳头捶谁的脸。要是碰上风操的吃角族人,够不到他的脸,我就捶他的肚皮。"

"哈!"石头说,"你够得到我的脸,斯卡。我看你跳得挺高的,几乎和平常人一样高了。"

"泰夫特,"卡拉丁说,"去带候选人练习阵形。叫队里的其他人看着天色,之后恐怕会有更多针对车队的袭击。"他摇摇头。"可是这些袭击没有道理。所有情报都显示,军营里的仆族已经去阿勒斯卡了,那些融族为什么还要不断侵扰我们?他们不会有兵力来利用他们造成的任何补给问题。"

斯卡与西格吉尔对视,西格吉尔耸耸肩。卡拉丁有时就是会用这种与众不同的口吻,他把阵形和矛术教给他们,让他们骄傲地以战士自居,然而他们只经历过几次实打实的战斗,能对战术和策略有什么了解?

队伍解散后,泰夫特小跑过去训练候选人。卡拉丁安排第四冲桥队上飞行课,队员依次练习了着陆、空中冲刺、之字形阵形,很快习惯了方向的转变。看着同伴化为光线划过天幕,斯卡有点心烦意乱。

他陪着卡拉丁监督新人练习阵形。在光眼种、暗眼种混编的阵列中,光眼种没有一句怨言。不止卡拉丁和泰夫特,其实他们所有人都容易表现得好像光眼种在某些方面更显威风,然而多数光眼种只是做着普通的工作,得到的报酬却比暗眼种多。

卡拉丁望着新人,又扫了一眼空中的第四冲桥队。"斯卡,"他说,"我在想,阵形对我们来说有多重要?能不能设计出适用于飞行的新阵形?如果敌人可以从四面八方袭击,战局就全变了……"

大约一个小时后,斯卡走去喝水,碰上了从空中降落取水的同伴。他们善意的打趣让斯卡很享受。他并不介意。什么时候第四冲桥队不逗弄人了,那才需要警惕。

别人不久后就飞上了天,斯卡目送着他们,喝了一大口石头做的当季饮品(石头称之为茶,味道却像米汤),觉得自己很没用。等这些新人开始发光,他在第四冲桥队的位置会不会被取代?他会不会调到其他职位?会不会有其他人和队员一同欢笑,因为长得太矮而被嘲弄?

风操的,他丢开茶杯,心想,*我讨厌自怨自艾*。自从黑帽卫士将他挡在门外,他就没有闹过脾气,现在他也不愿闹脾气。

他在口袋里摸索宝石,决定多加练习。这时,他发现琳正坐在附近的岩石上望着新人操练阵形。她的姿势无精打采,看得出很沮丧。好吧,他理解那种心情。

他把矛扛在肩上,信步走过去。另外四名女斥候去了饮水站,其中一人说的话惹得石头发出中气十足的笑声。

"你不一起去吗?"斯卡朝列队经过的新人扬起头。

"我不了解阵形,斯卡。我没有受过训练,甚至连矛都没有摸过。我平时就是送信、传令,在平原上侦察。"她叹了口气,"我学得还不够快,是不是?在我失败以后,他就去找新人测试了。"

"别犯傻。"斯卡挨着她坐到那块大石头上,"你不能被踢出去。卡拉丁只是想尽量多招募有潜质的新人。"

琳摇摇头。"大家都知道,我们已经迎来了新世界,等级和瞳色变得不再重要。"她仰头望向天空,那儿正有人操练,"新世界是如此光辉,我也想成为其中的一分子,斯卡。我实在太想了。"

"好啊。"

琳看着他,可能在他的眼里读到了同样的心情。"风操的,我竟然没想到,斯卡。对你来说肯定更难受。"

他耸耸肩,从口袋里掏出一颗拇指大小的绿宝石。就算在明亮的日光下,绿宝石依旧散发着耀眼的光芒。"你听说过我们的队长'飓风恩护者'头一次吸入飓光的事吗?"

"他跟我们讲过。就是那天,他听了泰夫特的话,知道自己有这个本领,然后——"

"不是。"

"那就是那天,他被倒挂在营房的外墙上,熬过了一场飓风,身上的伤都被飓光治好了。"琳说。

"也不是。"斯卡举起宝石,"应该是那次出桥,我排在第二排,情况很糟,我们朝高地冲锋,那里有许多仆族智者结阵,排在第一排的冲桥手大多被箭射死了,只有卡拉丁还活着。"

"于是我暴露了,就在他身旁,第二排。那时候,冲在前面的人往往在劫难逃。仆族智者想要搞垮我们的桥,就盯着我们放箭,我自然躲不过。我知道自己死定了。我就知道。看到箭矢飞过来,我小声做了最后一次祷告,希望来生能过得好一点。"

"接着……箭矢居然移位了,琳,居然风操的朝卡拉丁的方向转了过去。"他翻动绿宝石,摇摇头,"是有一种特殊的风行术可以让物体在空中转弯。卡拉丁用手撑着木桥,在上面抹了一层飓光,就把箭矢吸引了过去。最后我没有中箭，那是我头一次确信，有什么特别的事发生了。"他放下宝石塞进琳手里。"那时候，卡拉丁是无意识的。我们也许只是太用力了，你知道吗？"

"可这没道理！他们都说要把飓光吸进来，这到底是什么意思？"

"我也不知道。"斯卡说，"每个人的描述都不一样。为了搞明白，我想破了脑袋。他们说要猛吸一口气，只是不能为了呼吸而呼吸。"

"这就十分清晰了。"

"还用问吗？"斯卡轻敲放在她掌心的宝石，"对卡拉丁来说，不紧张的时候见效最快，如果集中注意力，就会变困难。"

"那么我就得看似无心实则有意地吸入什么东西，但同时不能把这个过程当做呼吸，又不能太用力？"

"难道你不想把那帮人倒挂起来让他们被飓风吹一吹吗？然而我们也只能听他们的建议了，所以……"

琳看了看宝石，把它举到面前，吸了一口气。这么做似乎无关紧要，但又何妨？宝石没有反应，她便反复吸气，足足试了十分钟。

"我不懂，斯卡。"她放下宝石，终于发话，"我一直在想，也许我不属于这里。你是不是没注意到？至今没有女人做到。我算是硬插进来的，也没人要求——"

"住口。"斯卡拿回绿宝石，又举到她面前，"别说了。你真想成为风行骑士吗？"

"求之不得。"她轻声回答。

"为什么？"

"因为我想飞翔。"

"理由不够充分。卡拉丁不会因为被冷落而耿耿于怀，也没考虑过飞起来的感觉有多棒。他一心只想拯救其他人——拯救我。我再问你，你为什么想加入风行骑士团？"

"因为我想帮忙！我想做点事，不想干站着等敌人打过来！"

"那你还有机会，琳。这个机会千载难逢、万里挑一，你要么伸手抓住，认定自己有这个资格，要么放弃走人。"他将宝石塞回她手里，"不过，如果你选择退出，那就没得抱怨。只要你继续努力，机会总是有的。等到你放弃的时候，梦就碎了。"

琳对上他的目光，攥紧宝石，猛地吸进一口气。

她身上发出光芒。

她惊叫一声，张开五指，发现宝石变暗了。她充满敬畏地看着斯卡："你干了什么？"

"什么也没干。"斯卡说。这才是问题所在，但他还是觉得自己不能眼红。或许这就是他的命运：帮助别人成为光辉骑士。他要当教导员吗？

泰夫特看到琳在发光，赶紧跑了过来，嘴里骂骂咧咧的，但没有恶意。他抓住琳的胳膊，拽着她朝卡拉丁走去。

斯卡满意地深吸一口气。算上石头，他已经帮助了两个人成为光辉骑士。他……他可以接受这种身份，对不对？

他漫步走向饮水站，又要了一杯喝的。"这臭烘烘的玩意是啥，石头？"他问，"你没把刷锅水当茶吧？"

"我用的可是吃角族的老秘方，"他说，"有着光荣的传统。"

"比如那种蹦蹦跳跳的舞蹈？"

"那可是正式的战舞。"他说，"烦死了，胆敢不敬的冲桥手，头上都得挨上一拳。"

斯卡转过身，一只手靠在桌上，望着斥候小队奔向热情洋溢的琳。他感觉很好，好得出奇，甚至有些兴奋。

"我大概非得习惯臭烘烘的吃角族人了，石头。"斯卡说，"我在考虑加入你的后勤队。"

"你以为我会让你接近煮菜的锅子？"

"我可能学不会飞了。"他奋力压下正在嗷嗷叫苦的那部分意识,"我不得不接受现实,所以得另找方式帮大伙一把。"

"哈,可现实是,你刚才就在发光啊!你都不考虑一下吗?"

斯卡僵立在原地。他定睛一看,发现面前举着杯子的手上腾起了缕缕飓光。他不由得大叫一声,丢下杯子,从口袋里掏出两颗变暗的齐普。他用来练习的宝石已经交给琳了。

斯卡抬头瞅瞅石头,憨笑起来。

"我大概可以让你洗碗。"石头说,"可你老是把我的杯子扔到地上。太不敬了……"

看到斯卡离他而去,他便渐渐止住了话头。斯卡跑向同伴,激动地呼喊着。

47 尽失

但我们确实欣赏他的主动。如果你向我们之中某个合适的对象提出请求，也许会找到好的听众。

我是司掌战事的令使塔拉内拉塔艾林。虚渡即将回归，灭世即将来临，我们必须做好准备。由于过去的灾难，你们一定会忘记许多。

如果你们忘记了，卡拉克会教你们铸造青铜。我们会直接通过塑魂术变出金属块。但愿我们也能教你们锻造钢铁，但铸造比锻造容易得多，而且你们必须配备很快就能出产的器具。石器对付不了即将发生的事。

维德尔可以对手术师进行培训，杰兹雷恩会教你们如何领导民众。灭世轮回，人事尽失。我会练兵。我们应该有时间。艾沙总说有一种方法可以防止信息在灭世之后丢失，而你们已经发现了意料之外的情况，我们会加以利用。飓能者担任卫士……骑士……

来日艰辛，但经过训练，人类将存活。务必带我去见你们的领袖，其他令使应该很快就会加入我们。

我想，这次我来晚了一步。我想……恐怕……噢，神哪，恐怕我失败了。不。这不合理,对吗?过了多久了?我在哪里?我……我是司掌战事的令使塔拉内拉塔艾林。虚渡即将回归,灭世即将来临……①

迦熙娜阅读着疯人的话语,浑身发颤。她翻过一页,发现下一页也布满了类似的概念,循环往复。

这不可能是巧合,一字一句又非常具体。这位被抛弃的令使去过塔冠城,还被视为疯人。

迦熙娜靠到椅背上。白牙化为完全的人形走上书桌,穿着往常的挺括正装,两手背在身后。这只灵体通体乌黑,就连衣服和面部也不例外,皮肤上却有七彩光芒在流转,犹如裹着油层的纯黑大理石隐隐闪着色泽。

迦熙娜没有搬进乌有斯麓外围带阳台的舒适居所,因为那里太容易被刺客或奸细侵入。她住在达力拿营区的中心,房间不大,通风口都用布堵住了。如果要透气,靠门外的穿堂风就够了,她不想让任何人从通风井窃听。

居室中央,三支对芦不知疲倦地运作着。目前她还无法购得对芦,只好花重金租了一些,都和塔石科的对芦配对。这些塔石科的对芦已被送到公国内最权威、最可靠的情报中心之一,数里之外,一名文书正在仔细地修改迦熙娜寄去保管的每一页笔记。

"迦熙娜,这位发言者,"白牙轻拍她刚才在读的纸页,言简意赅地说,"也就是讲出这些话的人,是一名令使。我们的怀疑得到了证实。十令使都在,其中倒下的那一位也依然在②。"

"我们要找到他。"迦熙娜说。

---

①参见《光辉真言》插曲七,译文做了一定的修正。

②墨灵在讲话时喜欢用"是"(be)来表示事物的真实性或确定性,可理解为"这里有"(there is something here)或"存在"(exist),本系列中根据语境处理,多译为"有""在"或"存在"。

"必须去裂影界搜寻。"白牙说,"在这个世界,人类想要躲藏很容易,但在另一端,他们的灵魂却显而易见。"

"除非有人知道怎么隐藏灵魂。"

白牙望向屋角那叠越堆越高的笔记,这时一支芦苇笔完成了书写,迦熙娜起身更换纸张。她有三只存放笔记的箱子,其中一只被沙兰挽救,另外两只却随着"风之愉悦"号沉入了海底,所幸她事先寄走了备份。

但这要紧吗?这页被她加密的笔记所含的一行行信息将仆族与虚渡联系在一起,是她从史料中百般求索、辛苦得出的,如今却已是常识。她在专业上的领先地位一下子就被抹消了。

"我们失去了太多时间。"她说。

"是啊,但我们必须抓住失去的东西,迦熙娜。非抓住不可。"

"敌人呢?"迦熙娜问。

"他采取了行动,显然很愤怒。"白牙摇摇头,在她更换纸张时挨着她跪下,"在他面前,我们什么都不是,迦熙娜。他要毁掉你我的同类。"

芦苇笔停住了,另一支开始写下她的回忆录的开篇语句。这是她毕生的作品,她时不时地在写,即便弃用了好几稿,但在读到最新一稿时却还是不满意。

"你觉得沙兰变得怎么样了?"她摇摇头,问白牙。

白牙皱起眉,抿紧嘴唇。他的面部棱角分明,不像人类,而像雕刻师未完成的塑像毛坯。

"她……她很麻烦。"他回答。

"这倒是一点都没变。"

"她也不稳定。"

"白牙,在你眼里,没有哪个人类是稳定的。"

"你就很稳定。"他抬起下巴,"你像灵体一样,实事求是地思考，始终保持本性，不会忽然改变。"

迦熙娜冷冷地瞪了他一眼。

"基本是这样，"他补充道，"基本是这样。但没错，迦熙娜，比起其他人类，你简直就像一块石头！"

她叹着气站起来，与白牙擦身而过，回到书桌前。令使的谵语十分扎眼，她躬身落座，感到疲惫。

"迦熙娜？"白牙问，"我……我说错了吗？"

"我可没有你认为的那么像一块石头，白牙。只是有时候，我多希望自己能有一副铁石心肠。"

"这些胡话让你不安。"他又走过来，把乌黑的手指按在纸上，"为什么？你读过不少让你不安的资料。"

迦熙娜往后一靠，耳畔传来三支芦苇笔在纸上沙沙而写的声响。对芦写下的大部分笔记恐怕无关紧要。她的内心深处搅动着，点点回忆涌了上来：在一间暗室里，她被儿时的疾病折磨，吼得嗓音嘶哑，但似乎没有人记得。

她从中学到了一个道理：她爱的人仍然会伤害她。

"你有没有想过失去理智是什么感觉，白牙？"

白牙点点头。"我想过。考虑到祖先的遭遇，我怎么可能不去想？"

"你说我是一个讲理的人，"迦熙娜低语，"这是不对的，因为我也像许多人一样，会被情绪和欲望左右。然而，等我平静下来，我却总是能仰赖自己的头脑。"

除了那一次。

她摇摇头，又拿起那张纸。"我害怕失去理智，白牙。这让我恐惧。成为令使是什么感觉？眼看着自己的头脑慢慢变得不可信赖，他们要如何忍受？他们是不是已经没有这方面的意识了？又或者，他们有没有清醒的时刻，可以搜寻和整理自己的记忆……拼命判断哪些信息是可靠的，哪些信息是虚构的……"

她瑟瑟发抖。

"祖先。"白牙点点头，又说了一遍。他不常谈起在光辉变节期间失落的灵体。他和他的同类当时还是灵体意义上的孩子，过了一年又一年，却没有前辈给予培养和指导。直到几个世纪后的今天，墨灵才逐渐恢复在人类背弃誓言后所遗失的文化和社会秩序。

"你的学徒，"白牙说，"她的灵体是秘灵。"

"这是坏事吗？"

白牙点点头。他偏爱简单直接的动作，别人无法见到他耸肩。"秘灵很成问题。他们喜欢谎言，迦熙娜。他们尽情沉浸其中。谁要是在集会时说出一句假话，就会有七只秘灵围过去，发出刺耳的哼声。"

"你们和他们打过仗吗？"

"跟秘灵没有什么仗可打，不像荣灵。秘灵只拥有一座城市，他们不希望扩大统治。"白牙轻敲桌面，"但这只秘灵建立了纽带，也许会有长进。"

新一代墨灵中只有白牙与光辉骑士形成了纽带。他的一些同类宁愿杀了迦熙娜，也不想让他拿现有的成果冒险。

这只灵体气度高贵，腰背挺直，举止威严。他能随意改变自身的大小，但不能改变自身的形状，除非在实界域完全化为碎瑛刃。他取了"白牙"这个名字，象征着反抗：他不由亲族定义，也绝不容忍命运所宣称的苦难。

像他那种高等灵和普通情绪灵的差别在于是否有足够的能力决定如何行动。高等灵是活生生的矛盾体，和人类一样。

"沙兰再也不听我的话了。"迦熙娜说，"我告诉她的小事，这孩子一件都不服从。这几个月的独立生活已经改变了她。"

"她一向不乖，迦熙娜。她就是那样的人。"

"以前，她至少会假装留心我的教导。"

"可你说过，应该让更多人质疑自己的身份。你不是说，他们太容易把自以为对的东西当真吗？"

迦熙娜轻敲桌面。"你的话当然没错。我宁可让她挣脱藩篱，也不想让她安于其中，难道不是吗？她听不听我的话并不重要，可我十分担心她能不能掌控自身的处境，不做冲动的事。"

"那你会怎么改变呢？"

问得太好了。迦熙娜在小书桌上的纸卷中搜寻着。她从幸存的军营线人手中收集了有关沙兰的情报，发现沙兰果真在她缺席时表现出色。这孩子需要的或许不是更多条理，而是更多挑战。

"十支骑士团现在又有了。"白牙在她身后说。这些年间，够格者只有迦熙娜和白牙两位，对于其他拥有智能的灵体是否决意重组骑士团，白牙一直闪烁其词。

然而，他总是断言荣灵不会回归，因此风行骑士团也不会回归。荣灵统治裂影界的企图显然不讨别的族群的喜欢。

"光辉变节之后，十支骑士团最终都消亡了。"迦熙娜说。

"只有一支没有消亡，但胜似消亡。"白牙表示赞同。

迦熙娜转过身，迎上他的双眼。他的眼部没有瞳孔，深黑的表面上仅仅闪着油光。

"我们必须把知策讲的话告诉别人，白牙。这个秘密迟早要揭开。"

"不行，迦熙娜。这会再次引发光辉变节，到时候就完了。"

"真相并没有毁了我。"

"你本来就很特别，没有知识可以毁了你，但其他人就……"

迦熙娜与他对视，收拢堆在一边的纸页，说了一句"再看吧"就把资料抱到书桌上，把它们装订进一本书里。

48 劳动的韵律

然而我们屹立于海中,乐意留在自己的领域,用不着你来管。

莫阿什肩上拖着一根粗大的结绳,哼哼唧唧地走过凹凸不平的地面。虚渡的车已经用完了,这次携带的物资太多,载具也不够用。

至少带轮子的载具不够用。

莫阿什被分配去拉木橇,这个木橇本来是一辆拖车,轮子坏了以后装了一对钢制的长滑行板。他排在队列的第一位,因为仆族监工认为他最积极。

他怎么能不积极?大约半数的普通车辆都由行速缓慢的红甲蟹牵拉,而他却戴着手套、穿着结实的靴子,跟扛桥时比起来简直太幸福了。

这里的景色也更优美。阿勒斯卡中部远比破碎平原肥沃,地上长满了石壳木和虬曲的树根。木橇碾过这些植物,"吱吱嘎嘎"地颠簸前进,但他起码不用把木橇扛在肩上。

周围拉车的、拉木橇的有好几百人,车板上堆满了食物、刚砍的木材和熟好的猪皮及鳗鱼皮。一些拉车的人在走出雷沃拉尔的第一天就倒下了，虚渡将他们分成两组，一方面送心有余而力不足的人回城，一方面鞭笞弄虚作假的人，转而让他们去拉木橇。

这么做看似残酷，实则公平。车队继续前进，莫阿什对人类劳工的优厚待遇感到惊讶。虽然严苛、虽然不留情面，但虚渡明白，只有吃得好、睡得足，奴隶才会发奋干活。莫阿什等人甚至没有被锁链锁起来，毕竟在会飞的融族的密切注视下，逃跑毫无意义。

几周以来，莫阿什不知不觉享受起了长途跋涉和拉木橇的感觉。他浑身疲惫，内心安定，陷入了一种宁静的韵律。这自然比当光眼种的日子好多了，那时他还得不停操心暗杀国王的阴谋。

听命于人的感觉可真好。

发生在破碎平原的事不是我的错，他在拉木橇时想道，**我是被迫的，怪不到我头上**。这个念头给了他安慰。

只可惜目的地显而易见。这条路他小时候就和叔叔跟着车队走过好多次，过了河直接去东南方向，还要途经艾沙原野和墨池镇。

虚渡正在朝塔冠城行进，意图占领王都。车队里有数万配备斧头或矛的仆族，莫阿什到现在才知道他们处在一种叫作战斗态的形态，体格健壮，身披壳甲。他们的经验还不丰富，看过他们的晚训就明白，这些仆族基本等同于从乡村强征入伍的暗眼种。

不过他们正在学习，也能接触到融族。随行的融族不是在空中飞舞，就是在拖车边上大步前进，专横傲慢、气势汹汹，周身散发着黑暗能量。他们似乎分成不同的种类，但个个都令人生畏。

一切都在向都城汇聚。可他开心得起来吗？毕竟他在塔冠城都遭受了什么？他的祖父母被关在牢里挨冻等死，孤苦无依，而风杀的艾尔霍卡国王却在好人日渐虚弱时不管不顾。

人类到底配得上这座王国吗？

他小时候就从车队随行的虔诚者那儿听说，很久以前人类就取得了胜利。亚哈里提安——人类与虚渡的最终对抗，发生在数千年前。

可他们用这场胜利做了什么？将一部分人奉为虚假的神，只因他们的眼睛让人联想到光辉骑士。人类百年间的生存经历不过是一连串谋杀、战争和偷窃。

人类已经无法自制，所以虚渡才会回归，所以全能之主才会降下此等苦难。

不错，越往前进，莫阿什就越欣赏虚渡。虚渡军行事高效、进步迅速，而且车队供给充足，监工发现莫阿什的靴子穿旧了，当晚就给他换了一双新的。

每一辆车或木橇都配备两名仆族监工，不过这些监工收到了少用鞭子的要求。岗位培训时很安静，莫阿什偶尔能听到一名曾是奴隶的监工和那只向他们指路的隐形灵体对话。

虚渡都很聪明，有干劲、有效率。如果塔冠城沦陷在这股势力中，那也只是人类活该。人类的时代或许已经过去了。莫阿什辜负了卡拉丁和队友，但他的行为不过是人类在堕落时期的表现，不能怪到他头上。他是阿勒斯卡文化的必然产物。

唯有一个奇怪之处破坏了他的观察。虚渡似乎比他加入过的人类军队友好得多，只是……

这里也有一群仆族奴隶。

他们拉着一辆木橇，总是和人类分开走。他们处在劳动态，而不是战斗态，不过除此之外，他们看起来和其他仆族一模一样，都有着大理石般的皮肤。这群仆族为什么要拉木橇？

起初，当莫阿什在阿勒斯卡中部一望无际的平原上蹒跚前行时，他还觉得这种景象令人鼓舞。这说明虚渡是平等的，也许只是有力气拉木橇的人太少了。

然而这些拉木橇的仆族为什么会得到如此糟糕的待遇？监工几乎没有掩饰自己的厌恶，他们还能无限制地鞭打这些可怜的家伙。当莫阿什朝那边看时，经常发现其中有人被殴打、被大声训斥或被虐待。

他望着这一幕，听着那边传来的声音，心都揪了起来。其他成员似乎配合默契，军中的一切都显得那么完美。

这些可怜虫究竟是谁？

※

监工喊了休息，莫阿什放下绳子，从水袋里喝了一大口水。这是行程的第二十一天。他之所以知道，只是因为其他一些奴隶一直在算日子。经他判断，他们走过墨池镇已经几天了，正在通往塔冠城的最后一段路上。

他没有理会其他奴隶，而是在木橇的阴凉处坐下，木橇上堆满了砍来的木材。在他们身后不远处，一座村庄着火了，可由于消息传得快，里面一个人也没有。虚渡为什么要烧这座村庄，却不烧先前路过的村庄？没准是为了传递信息（那道烟确实是不祥之兆），也有可能是为了防止任何从侧面进攻的军队占用这座村庄。

当人类劳工还在等待时——莫阿什不知道他们的名字，也没有去问——被鞭子抽得浑身是血的仆族奴隶却艰难地走了过去，而监工还在吆喝他们继续前进。无孔不入的残酷待遇让他们疲惫不堪，他们已经落后了，不得不在别人喝水休息时追赶进度。当然，这只会耗尽他们的力气，对他们造成伤害，让他们更加落后，从而又被鞭打……

这就是第四冲桥队在卡拉丁加入之前的境遇，莫阿什心想，别人都说我们倒霉，但那只是愈演愈烈的恶性循环罢了。

身后飞舞着疲灵的仆族奴隶刚刚经过，莫阿什的一名监工就叫他所在的队伍扛起绳子继续前进。监工是一名年轻的仆族女子，暗红色的皮肤上只有稀疏的白色大理石花纹。她穿着修身裙，哪怕这一看就不是行装，还加长了左袖遮住禁手。

"他们到底要怎么办？"莫阿什在拿起绳子时问。

"什么怎么办?"仆族女子回望他。风操的,要不是长着那样的皮肤,说话时带着抑扬顿挫的古怪嗓音,她简直就像车队里漂亮的马卡巴克姑娘。

"那群仆族到底做了什么才换来这么粗暴的对待?"他问。

他其实不指望得到回答,但仆族女子顺着他的目光看去,摇了摇头。"他们信奉的神是假的。他们还把他带到了我们之中。"

"全能之主吗?"

她笑道:"那是一个活生生的、真正的伪神①,就像我们那些永生的神。"说完,她抬头望着一名融族在空中飞过。

"确实有很多人认为全能之主真的存在。"莫阿什说。

"那么你为什么要拉木橇?"她打了一声响指,用手一指。

莫阿什捡起绳子,和其他劳工一起排成两排汇入庞大的行军纵队,木橇刮擦着地面,车轮嘎吱作响。仆族智者希望赶在临近的风暴之前抵达下一个城镇。一路上,不管碰到普通的飓风还是灭世风暴,他们都在沿途的村庄里躲避。

劳动的韵律坚实有力,没过多久莫阿什就浑身冒汗。他逐渐习惯了柔刹东部霜冻之地附近的寒冷天气,但这里快要入夏了,阳光炙烤着他的皮肤,感觉很奇怪。

他拉着木橇,很快就追上了仆族奴隶。两辆木橇并排前进了一段时间,莫阿什希望那些可怜的家伙能跟上他的同伴,借此激励自己。然而一个奴隶滑倒了,整支队伍猛地停了下来。

鞭刑开始了。皮鞭猛地抽在仆族身上,惹得他们大声叫唤。

够了。

莫阿什扔下绳子,走出队伍。监工惊得在他身后大喊,但没有跟

---

①仆族监工默认能够操纵飓能的光辉骑士是神(这里特指在前文帮助过仆族的卡拉丁),但在她的族人概念中,神也分真伪。

上来，也许是太诧异的缘故。

他走到仆族拉的木橇前，发现那儿的奴隶正挣扎着站起来，准备重新上路，有几个人脸上和背上都有血迹。滑倒的大个子仆族蜷缩着躺在地上，双脚在流血，难怪走不动路。

两名监工正在鞭打他。莫阿什抓住一人的肩膀，把他推了回去。"住手！"他厉声喝道，把另一个监工推到一边，"没看到你们在干什么吗？这不就变得和我们一样了吗？"

两名监工盯着他，目瞪口呆。

"你们不能互相虐待，"莫阿什说，"绝对不能。"他朝倒地的仆族转过身，伸出手想扶那人起来，却从眼角的余光中看到一名监工抬起手臂。

莫阿什扭身挨了一鞭，马上从空中抢过鞭子绕在手腕上，借势把监工扯向自己。监工脚步踉跄，莫阿什一拳砸中他的面门，揍得他仰面摔在地上。

莫阿什这一手刮到了仆族侧体的甲壳，怪疼的。他甩甩手，瞪着另一名监工。那人惊叫一声，丢下鞭子往后一跳。

莫阿什一点头，抓住倒地奴隶的胳膊，把他拉起来。"坐到木橇上去，把脚伤养好。"说完走进仆族的队列，站到那个奴隶的位置，把绳子拉紧放在肩上。

莫阿什自己的监工终于镇定心神，追了过来。他们跟先前与莫阿什对峙的两名监工商量，那两名监工中有一人正在料理眼睛周围的流血伤口。他们说话时声音很轻，口气迫切，还时不时地向他投来畏惧的目光。

最后，他们决定不予追究，任由莫阿什和仆族一起拉木橇，并找人换上了他在另一辆木橇旁的位置。有一阵子他以为事情不止如此，甚至看到一名监工在和一名融族讨论，但他没有受罚。

在余下的行程中，没人再敢对仆族奴隶举起鞭子。

49 光明之子

二十三年前

达力拿把手指捏在一起,搓着干燥的红褐色苔藓。苔藓沙沙作响,仿佛匕首在骨头上划过,令人难受。

他立刻感受到了暖意,犹如一团火烬。一缕轻烟从他长满茧子的手指间腾起,冲进鼻孔,扑面而来。

一切渐渐消失。喧闹的场子和人挤人的体味都远去了,拨云见日般的快感袭过全身。他长舒了一口气,连巴辛不小心给了他一肘都没注意。

在大多数场合都有人给轩亲王让位,但进了这个光线昏暗的场子,坐到斑驳的木桌边,人的出身就不重要了。喝杯好酒,手里搓搓苔藓,总算能放松了。这里可没人管他是不是体面,也没人管他是不是喝多了。

他不用听人汇报哪儿又造反了,也不用想着借助武力解决问题,手里挥着剑,心里满是激越……

他搓得更用力了。他得忘了战争,享受当下。类似的话伊薇常挂在嘴边。

哈拔端着酒回来了。这个一脸胡子的瘦削男人打量着坐得满满当当的长凳,放下酒,撵走一个趴在桌上的醉汉,挤到巴辛身边。哈拔是光眼种,出身显赫,曾是达力拿麾下的精兵,风光了一阵,如今却有了封地,做了高官。很少有人能像他那样,对达力拿敬礼时不会用力地发出声音。

但巴辛呢……巴辛倒是个怪人。这个发福的男人是一等暗民,走遍了半个世界,还鼓励达力拿跟他一起去看另外半个世界。他依然戴着那顶愚蠢的宽边软帽。

哈拔哼哼着把酒传给别人。"巴辛,如果你没有这么大的肚皮,挤到你旁边可就容易多了。"

"光明贵人,我只是想做分内的事。"

"分内的事?"

"总要有人服从光眼种吧?我起码有个体量,保证能多多为你效力。"

达力拿接过酒杯,但没有喝。火藓的劲头暂时没过。别人也在搓,昏暗的石屋里烟雾袅袅。

迦维拉尔就不喜欢这玩意,不过他很享受现在的生活。

昏暗的场子中央,两名仆族推开桌子,开始把钻石齐普放到地上。看客纷纷退后,跟前有了个发光的擂台。两个赤膊大汉推搡着穿过人群,叽叽喳喳的场子响起兴奋的吼声。

"要赌吗?"哈拔问。

"要。"巴辛回答,"我赌三枚石榴石马克那个矮的赢。"

"行。"哈拔说,"可我不要钱,赢了的话给你我的帽子。"

"成!哈!终于承认它有多潇洒了吧?"

"潇洒?风操的,巴辛,我要替你烧了它。"

达力拿往后一靠,被火藓搞得昏昏沉沉。

"你要烧我的帽子?"巴辛说,"风操的,哈拔,你也太过分了。我潇洒害你眼红了是吧?"

"女人见了你的帽子就会跑开,也就这点潇洒了。"

"那可是西域的稀罕货,谁都知道潮流来自那里。"

"是啊,来自里亚弗和伊泽尔。你在哪儿买的来着?"

"淳湖。"

"啊,文化和时尚的重镇!接下来要去巴甫兰德购物吗?"

"陪酒女可分不清其中的差别。"巴辛没好气地说,"我们能不能认真看比赛?我还盼着赢走你的马克呢。"他喝了口酒,还是忐忑地摆弄了一下帽子。

达力拿闭上眼睛,感觉快睡着了,这样就不用去想伊薇,没准还能梦到打仗……

擂台上,摔跤手缠斗在一起,都想把对方推出去,他们呼哧呼哧的喘息声让达力拿想起了战斗。他睁开眼睛,放下苔藓,往前凑近了点。

矮点的摔跤手挣脱了对手的招式,两人俯身兜圈,双手抢起。随后又是一番纠缠,矮个子摔得对手失去了平衡。这人重心低,动作更稳,达力拿心想,高个子就仗着架子和力气,才勉强接招,姿势非常难看。

两人竭力退向擂台边缘,高个子都没来得使出勾腿。达力拿和前面的观众同时起立,举手欢呼。

好一场竞争和比拼。

差点没让我杀了迦维拉尔。

达力拿坐了回去。

矮个选手赢了。哈拔叹了口气,乖乖给钱,几颗发光的球币滚到了巴辛跟前。"下一局呢?要么拿双倍,要么全赔?"

"不了。"巴辛掂量着马克,"应该够了。"

"要拿去干什么?"

"拿去哄人,让几个有头有脸的小公子哥也戴这种帽子。"巴辛说,"不骗你,风声传出去,就成流行了。"

"你这个蠢货。"

"只要时髦就行。"

达力拿伸手捡起地上的火藓丢到桌上,盯着看了一会儿,喝了一大口酒。下一回合开始,两名选手上阵交锋,达力拿皱了皱眉。风操的,他怎么老是陷入这种局面?

"达力拿,"哈拔说,"有消息吗?我们什么时候再下天堑?"

"天堑?"巴辛问,"凭什么?"

"你傻吗?"哈拔问。

"傻个屁。"巴辛说,"我大概喝多了。天堑怎么了?"

"谣传他们要设立轩亲王,"哈拔说,"是那个老头的儿子,叫什么来着……"

"塔纳兰。"达力拿说,"可我们不会下天堑,哈拔。"

"国王当然不能——"

"我们不会去的,"达力拿说,"你们还得练兵呢,而我……"又一口酒下肚。"我要当父亲了。我兄长可以用外交手段处理天堑的事。"

哈拔靠回去,不客气地把酒杯搁到桌上。"有人公然造反,国王可没办法用政治手段来解决,达力拿。"

达力拿攥住火藓,但没有摩挲。他那么在乎天堑,有几成是要守护迦维拉尔的王国,又有几成是想再度体验激越?

该死,最近他觉得自己就像个废人。

一名摔跤手把对手推出擂台,打乱了围出边线的润石。见输赢已定,一名仆族小心地把润石摆好。

这时,有个侍从大师走到达力拿桌边,小声传话:"光明贵人,很抱歉，正赛要取消了，还请知悉。"

"什么？"巴辛说，"怎么搞的？马赫不准备打了？"

"真不好意思。"侍从大师又赔不是，"他的对手闹肚子了，比赛只得取消。"

消息显然在场子里传开了。观众嘘声一片，连喊带骂，酒都翻了。一名魁梧的光头男子袒胸站在擂台边，和几个光眼种组织者吵起了来。他指了指擂台，怒灵涌出周围的地面。

对达力拿眼来说，这番闹腾仿佛在召唤他去战斗。他闭上眼睛，吸了口气，有种远比揉搓火藓来得爽的快感。风操的，真该喝得更醉的，他就要倒下去了。

不如速战速决。他丢开火藓，站起来脱掉衬衣。

"达力拿！"哈拔说，"干什么呢？"

"迦维拉尔说我需要多关心人民的悲伤，"达力拿站到桌子上，"这里似乎就充满了悲伤。"

哈拔瞠目结舌。

"看在老交情的分上，赌我赢吧。"达力拿从桌子的另一端跳下，推搡着人群，"谁去告诉那家伙，就说有人要跟他比！"

沉默像一股臭气般从达力拿身上蔓延开来。他不知不觉地来到擂台边，挤满光眼种和暗眼种的坐席刚才还闹哄哄的，现在已经悄然无声。名叫马赫的摔跤手后退一步，墨绿色的眼珠瞪得大大的，怒灵消失了。他体格强壮，两条膀子粗得都鼓起来了，据说他还没有输过。

"如何？"达力拿问，"你不是想要和人比吗？我也需要锻炼一下。"

"光明贵人，"摔跤手说，"这一局是自由式，怎么摔、怎么抱，都行。"

"太好了。"达力拿说，"怎么？怕伤着轩亲王？我保证从宽发落。"

"伤着您?"那人说,"风操的,我害怕的可不是这个。"话是这么讲,但他明显在发抖,一个也许是经理的泰勒拿女子觉得他太失礼,猛地拍了拍他的胳膊。摔跤手只好鞠躬退场。

达力拿转身四顾,一大片观众的表情忽然变得不自在起来。他已经打破了这里的规矩。

聚会解散了,仆族在捡地上的润石。达力拿似乎太急着下判断了,这里还是看重身份的。他来观战别人也都忍了,可他就是不能参赛。

诅咒之地的。他低声抱怨,恼火地走向座位,地上的怒灵一直跟着他。他一甩手,接过巴辛递来的衬衣。以前在他的精锐部队里,从最底层的矛兵到最高层的军官,谁都能跟他对打或摔跤。风操的,他还和厨子面对面较量过几次,参与的人都觉得很有趣。

他生着闷气,坐下来穿好衣服。刚才他动作那么快,把扣子都扯掉了。人们陆续离去,场子安静下来。达力拿只是紧张地干坐着,他的身体还在期待那场永远不会到来的比赛。激越感不见了,没有什么能让他感到充实。

不久后,屋里就只剩他和几个朋友了。他们盯着空桌子、没人喝的杯子,还有洒得到处都是的酒水出神。不知怎么的,周围的味道比满座时还难闻。

"光明贵人,这样也许最好。"哈拔说。

"我想再次回到士兵中间。"达力拿低声说,"我想再次行军。走过一大段路,睡得才最安稳。诅咒之地的,我想战斗,我想面对的是不会看我是轩亲王就收起拳头的人。"

"那我们就去寻找这样的战斗吧,达力拿!"哈拔说,"国王肯定会让我们去的。打不了天堑,还能打赫达孜,再不济还有那些岛呢。我们可以为他带来领地和荣耀!"

"前面那个摔跤手,"达力拿说,"他……他话里有话。他认定我会伤害他。"达力拿用手指敲打桌面。"他是被我的名声吓跑的,还是有别的更具体的原因?"

巴辛和哈拔面面相觑。

"什么时候的事?"达力拿问。

"两周前,你在酒馆里跟人掐架。"哈拔说,"还记得吗?"

达力拿回想起一片百无聊赖的朦胧,被光芒和鲜艳的色彩打破,充溢着激昂的情绪。他长出一口气:"你不是说人都没事吗?"

"人是没死。"哈拔说。

"只是……有人被打断了腿。"巴辛坦承,"还有人只能把胳膊截掉。另一人被打傻了,话都讲不清,像个小孩一样。"

"这远远不叫没事。"达力拿气冲冲地说。

"抱歉,达力拿,"哈拔说,"在'黑荆棘'面前,被打成这样已经是最轻的了。"

达力拿抱起胳膊搁在桌面上,牙齿咬得嘎嘣响。火藓失效了,只给了他一阵快感,可他只想体会激越,那样更上头。即使是现在,他也感到烦躁,有种要掀桌子、砸场子的冲动。先前他已经挡不住诱惑跃跃欲试,之后却空欢喜一场。

看着失控的自己,他满心愧疚,但丝毫没有放手作战的满足感。

他握住酒杯,里面却是空的。飓风之父啊!他扔掉酒杯,霍地站起来,想要放声大叫。

还好摔跤场的后门缓缓打开了,分散了他的注意力。一张苍白的脸孔探进来,看着眼熟。托奥换上了阿勒斯卡打扮,一袭迦维拉尔喜欢的新式套装,但衬着那么瘦的身子,显得很不合适。托奥平时缩手缩脚,就爱睁大眼睛装单纯,谁都不会把他误认成军人。

"达力拿?"托奥瞧了瞧洒出来的酒和上了锁的润石壁灯,"警卫说可以来这里找你。嗯……我打扰你们小聚了吗?"

"啊,是托奥。"哈拔慵懒地往后一靠,"你不来,我们又怎能尽兴?"

托奥瞄了一眼地上那一大片火藓。"我永远理解不了你在这些地方都长了什么见识,达力拿。"

"光明贵人,他就是来体察民情的。"巴辛把火藓揣进口袋,"您也明白,我们暗眼种总是爱堕落,需要好的榜样来——"

见达力拿抬起手,他便不说了。达力拿可不需要下属为自己打掩护。"托奥,怎么了?"

"噢!"里拉人说,"他们刚要差人传话,可我想自己把消息送过来。听着,我妹妹生了。早是早了点,产婆却不见怪,都说这是自然的,当——"

达力拿倒抽一口气,仿佛肚皮上挨了一拳。早了点。产婆。我妹妹。

他冲向门口,没听到托奥的后话。

伊薇看起来像是刚打过仗。

这种表情达力拿在士兵脸上见过许多次:汗涔涔的额头、半昏半醒的疲乏模样、犹如气流的疲灵在一旁打转。这标志着一个人突破了自己预设的极限。

伊薇露出恬静而满意的微笑,一副胜利的表情。达力拿挤过一脸慈爱的医生和产婆,来到她床前。她有气无力地伸出左手,手腕之下只包着薄纱。这在阿勒斯卡人看来是亲密的举动,可伊薇还是比较喜欢这只手。

"宝宝呢?"达力拿握住她的手,柔声问。

"是个儿子,健康、强壮。"

"儿子。我……我有儿子了?"达力拿跪在床边,"在哪儿呢?"

"在洗身子呢,大人。"一名产婆说,"马上就抱回来。"

"扣子都扯开了。"伊薇小声说,"达力拿,你又打架了?"

"只是玩玩而已。"

"你每次都这么说。"

达力拿紧握妻子包着薄纱的手,简直乐坏了,连责备的话都顾不上了。"伊薇,你和托奥是想求人保护才来阿勒斯卡的。你们找到了一个战士,伊薇。"

伊薇也握了握达力拿的手。看护抱着襁褓中的婴儿走过来,达力拿抬起头,看呆了,连站都站不起来。

"听着,"那名女子说,"很多男人一开始都很忐忑——"

她的话被打断了,达力拿忽然有了力气,把孩子从她怀里夺了过来。他用双手把孩子高高举起,放声大笑,金珠般的傲灵在他身边涌现。

"儿子!"他说。

"大人!"看护说,"小心点!"

"他是寇林家族的人,"达力拿把孩子抱在怀里,"是铁打的。"他低头看着男孩,男孩蹬蹬腿,挥挥小拳头,脸蛋红扑扑,头发浓密得出奇,金色之中掺杂着黑色,非常漂亮,别具一格。

小宝贝,愿你有爸爸的那股劲儿,达力拿心想,揉了揉孩子的脸蛋,*至少也要有妈妈的一点体贴。*

望着那张小脸,达力拿欣喜若狂,终于明白了。这就是迦维拉尔对未来、对阿勒斯卡、对打造一座能够长存的王国如此深思熟虑的原因。达力拿活到现在,身上血迹斑斑,灵魂受到折磨,心中也积满飓砂,简直快成石头了。

但这个男孩……他可以统治公国,辅佐堂兄的朝政,度过光彩的人生。

"光明贵人,孩子叫什么名字?"来自纯洁会的老虔诚者艾沙尔问,"如果您乐意的话,我就烧掉对应的铭守符。"

"名字……"达力拿说,"阿多达?"含义是光。他瞥了伊薇一眼,伊薇点头同意。

"大人,不加后缀吗?您看是用'丹'还是'岱'?"

"用'林'吧。"达力拿低语。取"诞生"之意。"就叫阿多林好了。"这名字既好听又传统,意蕴也深远。

达力拿依依不舍地把孩子交给看护,看护又把孩子送回母亲身边,说要尽快教宝宝吃奶。屋里的人大多鱼贯而出,不再打扰。达力拿发现有个威武的人影站在后头。他刚才怎么没看见迦维拉尔?

迦维拉尔抓住达力拿的胳膊,刚走出门口,就在他背上重重拍了一下。达力拿还晕乎乎的,几乎没有感觉到。他得庆祝庆祝,给全体官兵买酒,放个假,或者干脆在城里跑跑,欢呼一下。他当父亲了!

"今天是个好日子,"迦维拉尔说,"大好的日子。"

"你是怎么克制这种激动的?"达力拿问。

迦维拉尔笑道:"我把这种情绪当作对自身努力的回报。"

达力拿点点头,端详起兄长。"你怎么了?有些不对劲。"

"没什么。"

"别骗我,哥哥。"

"我不想扫你的兴。"

"可是我很在意,迦维拉尔。这会扫我的兴,你说什么都没用。别瞒着我。"

国王斟酌一番,朝达力拿的书房点点头。他们穿过主厅,路过了无比艳丽的家具,家具色彩斑斓,带着花纹,上面摆着长绒垫。这一部分是出于伊薇的品味,但也是……近期生活的体现。达力拿的生活就是如此奢华。

书房的装修倒是他喜欢的,有壁炉和几把椅子,铺着朴素的地毯。一个柜子里放着各种异国烈酒,每一种都装在独特的酒瓶里。他不忍心喝，不然会破坏陈列。

"是你女儿吧？"达力拿揣测道，"她疯疯癫癫的。"

"迦熙娜没事，正在恢复。不是她的原因。"迦维拉尔蹙着眉，面容严峻。经过一番争论，他才同意戴王冠。尽管造日王没有这么做过，尽管史书的记载表明，杰泽雷泽艾林也不愿这么做，人们还是热爱王冠的象征意义，而西域的君主大多没有免俗。迦维拉尔选择的是黑色的铁环，头发越白就越显眼。

壁炉已被仆人燃起，现在快灭了，只有一只火灵还匍匐在余火上。

"我失败了。"迦维拉尔说。

"什么？"

"'天堑之城'拉萨拉斯的事。"

"我还以为——"

"是政治宣传，"迦维拉尔说，"意在平息塔冠城批评的声音。塔纳兰正在组建军队，进驻要塞。更糟糕的是，别的轩亲王大概都在鼓励他，想看看我会怎么处理这件事。"他鄙夷道："有人说，我这几年变得软弱了。"

"他们错了。"达力拿这几个月和迦维拉尔同吃同住，看得清清楚楚。他的兄长没有变得软弱，依旧渴望征服，只是换了个做法，打起了嘴仗，将各大公国握在手心，逼迫他们服从。

余火就像心跳一样跃动着。"达力拿，你有没有想过王国真正伟大的年代？"迦维拉尔问，"那时候人们还向阿勒斯卡人看齐，国王们都前来讨教。那时候……光辉骑士还没有变节。"

"一群叛徒。"达力拿说。

"那一代人的行为，真能否定那么多代人的统治吗？造日王执政期间，我们都尊敬他，可转眼间就忘了由光辉骑士团所领导的那几百年。他们帮助人类抵挡了多少次灭世？"

"嗯……"虔诚者在祷告时应该提到过吧？达力拿试着推测："十次？"

"毫无意义的数字。"迦维拉尔晃晃手指，"史书里之所以写'十次'，是因为'十'这个数字听起来至关重大。不管怎样，我的外交努力都失败了。"他转身面对达力拿。"弟弟，是时候展现强硬姿态了。"

不好了。几个小时前，他肯定会兴奋得跳起来，可见过那孩子后……

没几天你又会等不及了，达力拿告诫自己，**人不会一瞬间就改变。**

"迦维拉尔，"他低语，"我很担心。"

"达力拿，你不还是'黑荆棘'吗？"

"我担心的不是能不能打胜仗。"达力拿站起身，情急之下推开椅子，不由得踱起步来，"迦维拉尔，我就像头野兽。你没听说我在酒馆里打架的事？风操的，我不值得别人的信任。"

"你是全能之主造就的。"

"不骗你，我这个人太危险了。我当然能平定这场小叛乱，让渡誓见点血。这样好是好，可接下来呢？回来继续自我封闭吗？"

"我……也许有办法帮你。"

"得了。安稳的日子我也有过，可我没法像你那样纵情政治。我要的可不只是言语！"

"你只是在拼命克制自己。你想要摆脱杀意，却没有用别的东西来代替。照我的命令去做，回来以后我们可以再讨论。"

达力拿在兄长身边停下，有意跨出一步，站到兄长的影子里。**牢记你在为他卖命。**达力拿再也不会回到那个差点让他袭击兄长的地方。

"什么时候让我骑马去天堑？"达力拿问。

"不要去。"

"可你刚才还说——"

"我是派你去打仗,但不是去对抗天堑。王国饱受外患侵扰,赫达孜的新王朝在威胁着我们,某雷希家族已经得势,而西南部又有雅克维德人进犯,虽然他们声称是盗匪所为,但军队组织有序,无非是在试探我们的反应。"

达力拿缓缓点头。"你希望我去边境作战,提醒大家我们仍然能够动用武力。"

"正是如此。弟弟,现在的情况对我们来说很危急,诸侯都在质问:阿勒斯卡值不值得统一?凭什么要向国王折腰?塔纳兰就是其中的代表,只是他很小心,还没有公然造反。如果你向他出兵,其他轩亲王就会联合起来支持叛军。王国可能会分裂,一切都得重新开始。

"这种事我决不允许,阿勒斯卡必须统一。就算要把诸侯锻打成铁水,我也在所不惜,就是要让他们长个记性。你先攻打赫达孜,再攻打雅克维德,提醒所有人,他们为什么害怕你。"

达力拿遇上迦维拉尔的视线。不……迦维拉尔并不软弱。他现在养成了王者的思维,谋求长远的目标,但他的决心一如既往地坚定。

"保证完成任务。"达力拿说。风操的,真是情感爆发的一天。他阔步向门口走去,想要再看看孩子。

"弟弟?"迦维拉尔说。

达力拿转过身,望着沐浴在快要熄灭的火光中的迦维拉尔。

"言语很重要,"迦维拉尔说,"比你想的重要得多。"

"也许吧。"达力拿说,"但如果言语是万能的,你也就不需要我动刀了,对不对?

"也许吧。要是我知道该怎么说的话,我觉得言语就够用了。"

50

六号楼三十七号房

我们嘱咐你,不要返回奥布罗岱。那里已归我们所有,一个新的化身正在逐渐显现,她还很年轻。以防万一,她已被大量灌输了对你的强烈厌恶。

对达力拿来说,飞行的感觉很像航海。

受到气流和水流的影响,海上有种令人深感不安的气息。人们无法控制海浪,只能乘船出海,祈求不要被大海吞噬。

与卡拉丁军尉一同飞行,达力拿心中涌起了相同的情绪。一方面,破碎平原上空的景色非常壮丽,几乎可以看到沙兰说过的那种地貌;而另一方面,这种旅行方式极不寻常,他们经受着狂风的捶打,如果没有用恰当的动作活动双手或是弓起后背,就会被吹到与别人截然不同的方向。卡拉丁只好不断来回,为同伴纠正被风吹偏的位置。这时如果往下看,抽空想想自己到底飞得有多高……

好吧,达力拿胆子不小,但他还是很高兴纳瓦妮牵着他的手。

飞在另一侧的是艾尔霍卡,他旁边则是卡达什和一名在纳瓦妮门下担当学者、年纪很小的虔诚者。这五人由卡拉丁和他的十位扈从护送。风行骑士团已经稳步训练了三周,在让成群的士兵在军营之间进行往返飞行后,卡拉丁终于同意带上达力拿和国王。

就像在船上一样,达力拿心想。如果顺着飓风飞行,又会是什么感觉?卡拉丁正打算以这种方式将艾尔霍卡的小分队送往塔冠城,让他们飞在飓风的前锋,以便持续补充飓光。

你在想我,飓风之父回应,我感觉到了。

"我在想你是怎么对待船只的。"达力拿轻声说。风声盖住了他的话音,但他想表达的意思却顺利地传递给了飓风之父。

人们不该冒着飓风留在海面上,飓风之父回应,人们不属于波浪。

"那天空呢?人们属于天空吗?"

有些人属于,飓风之父勉强承认。

达力拿只能想到冒着飓风出海有多可怕。他只短暂地坐船去过沿岸一带。

不,等等,他心想,当然有过一次,去山谷的时候……

他几乎不记得那次航行了,但这不能都怪到夜妖头上。

卡拉丁军尉迅速飞过,似乎只有他真正掌握了飞行的诀窍。即便是他的部下,飞起来也不像飞鳗那么优雅,倒更像掉落的石头。他们缺乏卡拉丁的技巧和控制力,虽然可以在出岔子时施以援手,但只有卡拉丁有能力为达力拿等人施行风行术。他表示想要多加练习,为最终飞往塔冠城做准备。

卡拉丁碰了碰艾尔霍卡,让国王减速,随后依次放慢每个人的速度,将他们聚拢便交谈。他的部下则停下来,飘浮在附近。

"怎么了?"达力拿悬在数百尺的高空中,尽量不去在意。

"没什么。"卡拉丁伸手一指。

由于视线被风遮挡,达力拿先前没有看到十座排列在破碎平原西北边缘的军营。从高处看,那十个环形岩坑显然曾是穹隆状的山丘,弯曲的侧壁宛如拢起的双手。

仍有两座军营满员,塞巴里尔已建立部队将附近的森林划为己有。达力拿的军营人员较少,但还驻扎着几支次中队和一些工人。

"这么快就到了!"纳瓦妮说。她的头发被风吹得乱糟糟的,大多从精心编结的发辫中散了出来。艾尔霍卡也没有好到哪儿去,他头发直竖,就像抹过蜡的泰勒拿长眉。两名光头的虔诚者当然没有此类烦恼。

"确实很快。"艾尔霍卡重新扣起几颗散开的制服纽扣,"任务的前景很乐观。"

"没错。"卡拉丁说,"我还想在飓风前方多试试。"他抓住艾尔霍卡的肩膀,让国王逐渐往下飘。

卡拉丁依次把每一个人送下去。达力拿终于再次踏上了石地,不由得松了一口气。只要再经过一座高地就能抵达军营,一名在那儿站岗的士兵正热切地朝他们招手,动作幅度很大。不出几分钟,寇林军的一队士兵就围到了他们身边。

"让我们带您进去,光明贵人。"领队手按剑柄尾端,"铁头怪仍在这一带活动。"

"他们在这么靠近军营的地方发动过袭击?"艾尔霍卡惊讶地问。

"没有,但这并不表示他们不会发动袭击,陛下。"

达力拿倒不是很担心,但他什么话也没说,只是和其他人一起跟着那些士兵走进军营。受命主管营务、长得高挑优雅的光明女士迦萨莱与他们见面并同行。

在乌有斯麓的奇异楼道里生活许久,现在又能走在曾经驻扎过五年的地方,感觉很轻松,一部分原因是他发现军中的设施基本完好无损,经受住了灭世风暴的考验。大多数建筑都是石砌的营堡,原本穹丘地貌的西部边缘成了遮挡飓风的坚实屏障。

"我唯一担心的是后勤能不能跟上。"简单参观过后,达力拿对迦萨莱说,"从纳拉克和誓约之门出发,路途会很漫长。把兵力分散在军营、纳拉克和乌有斯麓,恐怕更容易遭到攻击。"

"确实,光明贵人。"那名女子说,"我会尽力为您提供可用的方案。"

不巧的是,他们也许需要在这儿进行耕作,更需要出产木料。从高地上得来的琼心石无法一直养活塔城的居民,而且根据沙兰的估算,深渊恶魔很可能就要被猎杀殆尽了。

达力拿看了看纳瓦妮。她认为应该在破碎平原及周边地区建立新王国,让农民前来耕作,安排老兵退伍,展开比以前规模更大的生产。

其他人则不同意她的观点。无主山岭很少有人定居,不是没有原因的。那儿生存环境严酷,石壳木个头更小,作物也会减产。与其在灭世期间建立新王国,不如维护现有的资源。阿勒斯卡的国力或许能供养乌有斯麓,但这取决于卡拉丁和艾尔霍卡是否能收复王都。

参观结束后,一行人走进达力拿的营堡,在原先的客厅吃饭。那儿显得空荡荡的,大多数家具和地毯已被搬进了乌有斯麓。

饭后,达力拿不知不觉地站到窗边,有种格格不入的奇怪感受。离开军营不过十周,这个他一度十分熟悉的地方已经不属于他了。

纳瓦妮和随行的文书在他身后吃着水果,一边看纳瓦妮画的草图,一边轻声交谈。

"噢,我还是认为要让别人体验一下,光明女士!"文书说,"飞行实在太棒了,您觉得有多快?自从光辉变节以来,可能还没人达到过这个速度呢。想想看,纳瓦妮!我们一定比最快的马和最快的船还要快。"

"专心点,茹舒。"纳瓦妮说,"看我画的草图。"

"我觉得这里算得不对,光明女士。船帆张不起来。"

"不要求完全准确，"纳瓦妮说，"只是看看概念。我想问的是，能行吗？"

"还需要加固，这是肯定的。至于转向机构……确实需要加工。不过已经很巧妙了，光明女士。得拿给法里拉尔看看，他肯定能评判这艘船能不能造出来。"

达力拿从窗边移开视线，迎上纳瓦妮的目光。她露出笑意。她总说自己不是学者，而是学者的恩主，旨在鼓励、指导那些真正的科学家。然而，当她又取出一页纸，开始深入勾勒想法时，只要见过她眼中的神采，就会明白她只是太谦虚了。

她又画起草图，片刻后却停下来，侧头望了望摆着对芦的地方。红宝石正在闪烁。

是芬恩！达力拿心想。泰勒拿女王要求在今晨的飓风中送她去亚哈里提安降临时的幻境，那是她从公开的记载中了解到的。达力拿很不情愿让她在没有人监督的情况下独自经历幻境，但还是照做了。

他们一直在等待她对亚哈里提安的评论，因为她早上没有回应他们的通话请求。

纳瓦妮布置好对芦，让芦苇笔开始书写。芦苇笔只写了一小会儿。

"真快。"达力拿说。

"只有两个字。"纳瓦妮抬头看着他，"'同意'。"

达力拿长舒一口气。芬恩终于愿意出访乌有斯麓了！

"传话，就说我们会派一名光辉骑士过去。"达力拿从窗边走开，看着纳瓦妮写下回复。在素描本上，他瞥见了某种像船一样的装置，只是船帆位于船底。怎么会这样？

芬恩说到这个份上，似乎算数了。见纳瓦妮又埋头讨论工程事宜，达力拿便悄悄地走出住处，在营堡内穿行。营堡感觉空荡荡的，犹如剜去果肉的果壳，没有侍从来回奔波，也没有士兵。卡拉丁和他的部下不知去了哪里，卡达什也许还在随军的虔诚院内。卡达什很希望去那儿，也乐意与卡拉丁一同飞行，这让达力拿非常欣慰。

自从上次在对练场的较量后，他们就没怎么说过话。也罢，或许亲眼见证风行骑士的力量，会改善卡达什对光辉骑士团的看法。

达力拿发现营堡的后门没有安插守卫，不免吃了一惊，但暗地里还是感到高兴。他独自溜了出去，走向随军的虔诚院，不为寻找卡达什，而是另有目的。

不久后，他来到了军中常见的虔诚院。院内有一些外观一致的平整圆形建筑，由阿勒斯卡的塑魂者用空气变出，也有几栋手工建造的小石楼，只是看上去更像营房，而不是敬拜的场所。达力拿并不想让军民忘记他们在打仗。

他在虔诚院里漫步，发现自己缺了向导就不认路了，因为那些建筑几乎一模一样。他在楼宇间的空地上止步，空气中弥漫着飓风带来的潮湿岩石的味道，四周安静得只剩屋檐滴水的声音。他的右手边有一组漂亮的页岩皮木雕刻，形如一**叠叠**方形的盘子。

风操的。他应该了解随军的虔诚院吧？总不该迷路吧？**驻扎在军营的这些年，你到底多久才来一次？**他确实想要常来，与自己选择的虔诚会的祭司交谈，但他面前总是有更要紧的任务，而且虔诚者也强调他没必要来，他们会以他的名义祈祷并焚烧铭守符。正因如此，领主高官名下通常拥有虔诚者。

就算在最黑暗的征战时期，他们也向他保证，只要追随率军作战的感召，他就能侍奉全能之主。

达力拿弯腰走进一栋楼，里面辟出了许多用于祈祷的小房间。他沿着走廊穿过防风门，进入还微微散发着香火味的中庭。事到如今，虔诚者还会对他动怒，似乎荒唐至极，毕竟率性而为的道理，他们教导了他一辈子，然而他打破了平衡，惹来了麻烦。

他在盛满湿香灰的火盆间穿行。人人都喜爱现有的体系：光眼种可以过着没有愧疚和负担的生活，始终确信自己是神的意志的积极体现；暗眼种可以免费接受各种技能培训；虔诚者可以从事学术研究。他们之中最优秀的人奉献一生，最差劲的人则庸碌一生，但地位崇高的光眼种家族还能拿没有进取心的孩子怎么办？

一阵响声引起了达力拿的注意，他离开中庭，望向一条黑黝黝的走廊。光线从远端的房间倾泻而出，他毫不意外地发现卡达什就在里面。那名虔诚者正从墙上的保险柜里把一些账本和书籍搬进地上的背包，一支对芦在一旁的台子上书写着。

达力拿走进房间。头顶上留着疤的虔诚者吓了一跳，一见是达力拿便放松下来。

"我们还有必要再谈吗？"问完他就回头整理背包。

"没必要。"达力拿说，"我其实不是来找你的。我想找一个以前住在这儿的患者，就是那个自称令使的疯人。"

卡达什侧过头："啊，也对，就是那个带着碎瑛刃的疯人？"

"虔诚院收治的其他病人都在乌有斯麓得到了悉心照料，已经没有危险。只有他失踪了，不知道为什么。我想看看他的房间是不是能提供有关他下落的线索。"

卡达什朝他看去，掂量着他的诚意，随后只能叹口气，站了起来。"我不在收治疯人的虔诚会。"卡达什说，"不过我有入院记录，应该能告诉你他以前住在哪个房间。"

"谢谢。"

卡达什查阅完一摞账目，终于心不在焉地指了指窗外，说："去六号[1]楼的三十七号房。整栋楼归英莎管，她的记录里列着疯人的详细治疗情况。如果她也匆匆离开了军营，肯定留下了大部分文件。"他指向保险柜和自己的背包。

---

[1] 原文为 shash，是沃林数字中的六，兼有"危险"之意。

"谢谢。"达力拿动身要走。

"你……你真的觉得这个疯人是令使?"

"我觉得很有可能。"

"他讲话时带着阿勒斯卡的乡下口音,达力拿。"

"他看上去还像马卡巴克人呢。"达力拿回应,"这已经够奇怪的了,你说是不是?"

"移民家庭又不少见。"

"可移民家庭会带着碎瑛刃吗?"

卡达什耸耸肩。

"假设我找到了一名令使,"达力拿说,"假设我们确认了他的身份,而你接受了相关的证据,如果他把同样的事告诉你,你会相信吗?"

卡达什叹了一声。

"你绝对想搞清楚全能之主是不是死了,卡达什。"达力拿退回到房间里,"说你不想。"

"你知道这意味着什么吗?这意味着你的统治没有宗教基础。"

"我知道。"

"而你在征服阿勒斯卡时的行为,也并非出于天命,达力拿。"卡达什说,"你的行为能被所有人接受,只因为你的胜利是全能之主垂爱的证据。没有全能之主,你算什么?"

"告诉我,卡达什,你真的不想搞清楚吗?"

卡达什看着停止书写的芦苇笔,摇摇头。"我不知道,达力拿。当然没那么难。"

"问题不就出在这儿吗?这一切对我这样的人有过什么要求吗?它对我们任何人有过什么要求吗?"

"它要求你做好你自己。"

"这不过是自我满足罢了。"达力拿说,"你是剑士,卡达什。如果没有对手,你会变得更优秀吗?如果不举杠铃,你会变得更强壮吗?好吧,在沃林教的影响下,我们几百年间都在回避这些问题。"

卡达什又瞥了对芦一眼。

"怎么了?"达力拿问。

"跟你一同前往破碎平原的腹地时,我留下了大部分对芦。"卡达什解释道,"我只带上了一支与塔冠城的虔诚者中转站连接的对芦,以为够用了。后来那支对芦用不了了,我就只能拜托塔石科的情报员。"

卡达什举起一只盒子放到桌上,打开盒盖。盒子里还有五支对芦,笔上的红宝石闪着光,表示有人想要联系卡达什。

"这些对芦连接着雅克维德、赫达孜、卡哈巴兰斯、泰勒拿和新纳塔楠的领导人。"卡达什数了数,"他们今天通过对芦召开了会议,讨论灭世和灭世风暴的本质,或许还有你。我提到过今天要来取回自己的对芦。很显然,这场会议让他们都很想冲着我问下去。"

寂静徘徊在两人之间,被五道红色的闪光照亮。

"那支在闪烁的笔呢?"达力拿问。

"连接着帕拉奈图书馆和那儿沃林学研究的带头人。他们一直在破译晨颂文,利用的是光明女士纳瓦妮提供的线索,而这些线索来自你收到的天启。他们寄来的是正在破译的文稿中的相关段落。"

"证据,"达力拿说,"你想要确凿的证据来证明我看到的幻象都是真的。"他大跨步上前,按住卡达什的肩膀。"在回复沃林教的领袖之前,你却在等那支笔传来的消息?"

"我希望掌握全部事实。"

"原来你知道我看到的幻象都是真的!"

"很久以前我就认为你没有发疯。近来,更成问题的是影响你的源头。"

"凭什么虚渡要送来天启?"达力拿问,"凭什么他们要赋予我们强大的力量？这不合情理，卡达什。"

"你对全能之主的言论也是如此。"他抬起一只手打断达力拿，"我不想再挑起这个话题。前阵子你是不是问过我，有没有证据证明我们在遵循全能之主的戒律？"

"我只要求真相。"

"真相已经有了，我会摆出来给你看。"

"我很期待。"达力拿走到门口，"卡达什？根据我痛苦的经历，真相也许很容易理解，但很不容易认识到。"

达力拿走进下一栋楼，数着房号。风操的，这栋楼感觉就像一座监狱，大部门房门都开着，里面都是一个样，只有一扇小窗、一张石板床和一扇厚木门。虔诚者能接触到各领域的研究动态，知道什么样的环境对病患有益，可真有必要把这些疯人锁起来吗？

三十七号房的门还闩着。达力拿用力摇了摇门，索性扭肩撞了上去。风操的，这扇门可真厚。他不假思索地横出一只手，试图召唤碎瑛刃，但毫无反应。

你在干什么？飓风之父质问道。

"对不起，"达力拿甩了甩手，"习惯了。"

他蹲下来，想要透过门缝往里看，却突然有了一个念头，吓得大叫一声。他们会不会干脆把疯人留在屋里让他饿死？这不可能，是不是？

他起身问："我能运用我的力量吗？"

束缚的力量？飓风之父问，**这怎么能打开门？你是铸契骑士，你的目标是团结，而不是分裂。**

"那另一种飓能呢？"达力拿问，"幻象中的光辉骑士就用了，石头不仅变形了，还上下起伏。"

你还没准备好，况且铸契骑士对那种飓能的用法跟护地骑士不同。

好吧,透过门缝似乎能看到屋里有光,也许建筑的外墙上会有可以爬进去的窗户。

在走出这栋楼的路上,他探头望了望虔诚者的房间,发现了一间办公室,跟卡达什的那间很像。他没有找到任何钥匙,但书桌上依然摆着笔墨,可见他们是匆忙撤走的,墙上的保险柜里很可能还留着入院记录,只是达力拿自然进不去。风操的,他真怀念拥有碎瑛刃的日子。

他绕到建筑的外墙边查看窗户,顿时觉得自己很蠢,花了这么多时间却进不了门。其实已经有人在外墙上凿出了一个窟窿,平整的切面显然是碎瑛刃的杰作。

达力拿跨了进去,小心地绕开落到屋里的墙壁残片,这些残片表明碎瑛武士是从外面切割的。他没有找到那个疯人。虔诚者在撤离时很可能对这个窟窿视而不见,毕竟发现奇怪窟窿的消息决不能传到高层的耳朵里。

他也没有找到任何有关令使下落的线索,但他至少明白了这件事少不了碎瑛武士参与。某个有权有势的人物曾想闯入这间病房,所以疯人自称令使的行为也变得更加可信。

那么是谁带走了疯人?他们是不是对他做了什么?令使死后的肉体会发生什么?别人也能得出迦熙娜的结论吗?

达力拿正要离去,却在床边的地上发现了什么。他跪下来,赶走一只飓虫,捡起一个小东西。那是一枚缠着黄绳的绿镖,他皱着眉把它翻过来。就在这时,他听到远处有人在喊他的名字,于是抬起头。

他发现卡拉丁正站在外面的院子里叫他。他走上前,把小镖递过去。"军尉,你见过类似的东西吗?"

卡拉丁摇摇头,随后闻了闻镖尖,马上扬起眉毛:"尖头沾着毒液，是从黑毒①中萃取的。"

"你确定吗？"达力拿收回小镖。

"十分确定。您是在哪里发现的？"

"在令使住过的病房里。"

卡拉丁哼了一声。"您还需要时间搜查吗？"

"不需要太多时间。"达力拿说，"不过，如果你能召唤碎瑛刃，事情就更好办了。"

不久后，达力拿把他从虔诚者的保险柜中取出的记录递给纳瓦妮。他把小镖扔进袋子，也递了过去，提醒纳瓦妮镖尖有毒。

卡拉丁将一行人接连送到空中，他麾下的冲桥手接住他们，利用飓光将他们稳住。最后轮到达力拿了，但他却在卡拉丁朝他伸手时抓住了那名军尉的胳膊。

"你想练习在飓风前面飞行，"达力拿说，"那你能去泰勒拿吗？"

"大概能，"卡拉丁说，"如果我尽快用风行术把自己往南甩的话。"

"那就去吧。"达力拿说，"如果你愿意，可以再带上一个人做测试，让他也飞在飓风前面，不过重点还是去泰勒拿城。既然芬恩女王愿意加入联盟，我希望当地的誓约之门能运作起来。世界已经在我们的眼皮底下发生了变化，军尉。诸神和令使一直在交战，而我们却太专注于自己的小问题，甚至没有察觉。"

"等下一场飓风来了，我就去。"说完，卡拉丁让达力拿升空。

---

①黑毒：一种剧毒的植物。

51 回到原点

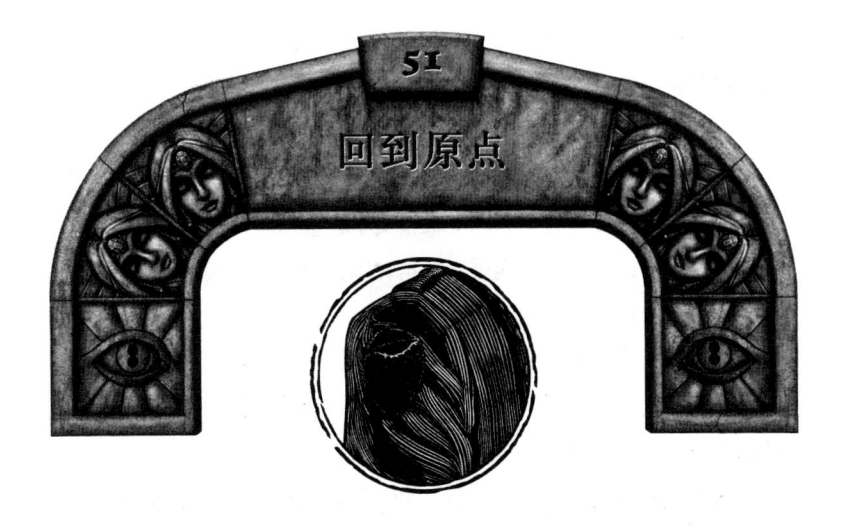

这回我们就透露这么多。如果你还不满足,那就亲自去寻访这片水域,克服我们设立的考验。

只有这样,你才能赢得我们的尊重。

莫阿什加入了新的队伍,虽然那些跟他一起拉木橇的仆族不喜欢他,但他也不担心。最近他连自己都喜欢不起来了。

他不希望也不需要被崇拜。他很清楚被打倒、被鄙视的感觉。谁受到跟仆族奴隶一样的对待,谁就不会相信莫阿什这种人,只会问自己莫阿什到底想得到什么。

拉了几天木橇后,地貌渐渐发生变化,开阔的平原变成了辟有耕地的山丘。他们经过了一大片人工修建的石崖,这种石崖以牢固的木栅为基底,在飓风中收集飓砂,附着的飓砂硬化后,会逐渐在迎风面形成小丘,几年后就能抬高木栅的顶部。

这种石崖需要经过好几代人的努力才能长成可以投入使用的规模,但在这个环绕阿勒斯卡历史最悠久、人口最稠密的中心区的地方，它们就如冻结的岩石波浪，西面笔直，东面倾斜而光滑，广阔的果园在荫蔽之下成排铺开，栽培的树木大多不比人高。

果园西端，破败的树木参差不齐，那里也需要建造屏障。

莫阿什以为融族会烧掉果园，但他们并没有这么做。喝水休息时，莫阿什细细端详着一名高个融族女子，她悬浮在离地十几尺的空中，脚尖朝下，脸部比仆族更有棱角，体态如灵体一般，飘逸的服装更突出了这一印象。

莫阿什背靠木橇，从水袋里喝了一大口水。一名新来的监工在附近盯着他和他的仆族同伴，顶替了之前被他揍过的那位。这时又有几名融族策马小跑而过，动作显得很熟练。

这一类融族不会飞，他心想。他们身上冒出的黑暗光芒没有赋予他们风行术的本领，而是有别的作用。他回头望了望那名离他最近、还盘旋在空中的融族。然而那一类融族几乎从不走路，抓住我的那位就是如此。

卡拉丁可不会像他们一样在空中停留那么久，飓光会耗尽的。

她正在仔细观察果园，莫阿什心想，她看上去很佩服。

那名融族在空中转身飞走了，长衣在身后飘荡。过长的袍子对其他人来说并不方便，但对经常飞行的生物来说，效果却十分炫目。

"不该是这样的。"莫阿什说。

不远处，队伍里的一名仆族哼了一声："你以为呢，人类？"

莫阿什瞥了那名仆族一眼，后者坐在堆满木料的木橇的阴影里，身材高大，双手粗糙，大片皮肤都黑黝黝的，带着红色的大理石花纹。别人都叫他"萨尔"，那是阿勒斯卡暗眼种的简单名字。

莫阿什朝虚渡扬起头。"他们应该无情地扫荡，摧毁一切障碍，成为毁灭的化身。"

"然后呢？"萨尔问。

"还有那家伙，"莫阿什指向飞翔的虚渡，"她在这里找到了果园，却很高兴。他们只烧了几座城镇，似乎打算放过雷沃拉尔，在那里种地。"莫阿什摇摇头。"现在本该是乱世，可乱世中，没人会整天种地。"

萨尔又哼了一声，似乎不比莫阿什更了解，但他为什么要呢？他在阿勒斯卡的乡村长大，对历史和宗教的一切认知都是通过人类的视角得来的。

"你不该这么随便地谈论融族，人类。"萨尔起身道，"他们很危险。"

"我反正不知道。"莫阿什说着，又有两名融族从他头顶经过，"我杀死的融族很轻易就倒下了，但我觉得她没想到我能反击。"

监工来找他们时，他把水袋递过去，看了看萨尔，发现萨尔正目瞪口呆地望着他。

我杀了他们的神的事，也许不该向他提起，莫阿什心念着，走回自己的位置。他排在最后，离木橇最近，只能整天盯着仆族汗涔涔的后背。

他们再次拉起木橇，莫阿什预计又得干上漫长的一天。走过果园，就意味着距离塔冠城只有一天多一点的路程了，他认为虚渡会奋力催促他们在夜幕降临前到达都城。

可令他惊讶的是，部队随后偏离了直通都城的道路。他们在山坡间穿行，来到塔冠城城郊的一座小镇。他想不起小镇的名字，那儿的酒馆很不错，也欢迎车队来访。

当然还有其他虚渡军队在阿勒斯卡活动，因为他们明显不是在几周前、就是在几天前占领了这座城镇。仆族在此巡逻，他见到的仅有的人类已经在田里耕作了。

部队到达后，虚渡又让莫阿什大吃一惊。他们选出一些拉车的人，把他们放了。他们都是途中表现最差的弱者，监工让他们步履蹒跚地朝塔冠城走去，那里却还远得看不清。

他们是想利用难民加重城市的负担,莫阿什心想,那些不再适合干活或战斗的人都会被打发走。

虚渡的主力部队搬进了城郊的大防风堡,不会立刻攻城,而是修整、备战。

年少时,莫阿什曾纳闷过,为什么不至少花上一天就走不到塔冠城的郊区。其实,这里和城墙之间什么都没有,只有空旷的平地,就连原先的山丘也在几百年前就被挖平了。现在他可算弄清楚这么做的目的了。若要围攻塔冠城,这里就是距离最近的军队驻地。在城下扎营是行不通的,因为会被第一场飓风卷走。

运送补给的木橇在小镇上分成几路,一些去了一条看似空无一人的街道,莫阿什的那辆则去了另一处。他们居然经过了他偏爱的"堕落塔"酒馆,他能看到蚀刻在背风面岩石上的铭文。

最后,他所在的队伍被叫停,他松开绳子,舒展双手,松了一口气。他们来到一大片空地上,附近有一些仓库,仆族正在那里切割木材。

堆木场?莫阿什心中闪过一个念头,顿时觉得自己很傻。这么大老远地把木头拖过来,他还能指望什么?

但这依然是堆木场,就像军营里那些。他大笑起来。

"别这么开心,人类。"一名监工说,"接下来的几周,你都要在这儿干活,建造攻城的器械。围城开始后,你要站在前排,扛着攻城梯冲向塔冠城出名的城墙。"

莫阿什听罢笑得更厉害了。他笑得撕心裂肺,浑身发颤,根本停不下来;他笑得不能自已,直到喘不上气,才晕头转向地躺倒在坚硬的石地上,眼泪顺着两颊流下。

穆里兹的最新来信写道:

这个女人我们调查过了。

伊什娜对你夸大了自身的重要性。她确实参与过哈马拉丁家族的间谍活动，话是不假，但她其实只是打下手的，并不是真正的密探。

我们已经认定她对你无害，允许她接近你，不过你不能太信任她的忠心。如果你除掉她，我们会应你的要求替你掩盖她的失踪，但我们不反对你留用她。

沙兰叹了口气，靠回到椅背上。她正在艾尔霍卡国王的觐见室外等候，不料却在挎包里发现了这封信。

不能指望伊什娜了，她不会提供关于鬼血会的有用情报。这封信简直透着满满的占有欲。什么叫"允许她接近你"？风操的，好像他们已经把沙兰当成了自己人似的。

她摇摇头，在挎包里翻了翻，拿出一只毫不起眼的小钱袋，没人知道她用小而简单的幻术改造过。钱袋看上去是紫色的，实际上却是白色的。

有趣的不是幻术本身，而是幻术的原理。她曾练习过将幻象附着在图腾身上或是某个位置上，但她一直需要消耗自己体内的飓光才能维持幻象的运作。这次，她倒是把幻象跟钱袋内的一颗润石相连，只让润石供应飓光。

过去的四小时里，织光术幻象不必消耗额外的飓光，她只是把幻象创造出来，附着在润石上。这枚蓝宝石马克逐渐变暗了，就像法器内置的宝石在消耗飓光一样。她还在外出时把钱袋单独留在房间里，回来时发现幻象依然在原位。

这起初只是一个实验，探究如何替达力拿创造虚拟的世界地图，这样她就能把地图交给他，自己则不必留在会议上。但现在，她却发觉这能有各式各样的应用。

觐见室的门开了，她赶紧把钱袋丢回挎包里。一名侍从大师把几名商人领了出来，朝沙兰鞠了一躬，招呼她进去。她有些犹豫地走入觐见室，只见屋里堆满家具，铺着蓝绿相间的精美地毯，灯盏中的钻石闪闪发光，墙壁依照艾尔霍卡的吩咐粉刷一新，遮住了原始的岩层纹理。

国王身穿蓝色的寇林制服，正把一张地图铺在房间一侧的大桌上。"还有吗，赫尔特？"他问侍从大师，"我想差不多了吧……"他一转身，渐渐止住了话头。"光明女士沙兰！你一直等在外面吗？你可以马上来见我呀！"

"我不想打扰您。"沙兰走了过去，侍从大师马上准备茶点。

铺在桌上的是塔冠城地图，那是一座宏伟的城市，似乎和魏德纳一样壮观，旁边一摞文件像是城里的对芦发来的最终报告。一名枯瘦的虔诚者坐在附近，准备为国王朗读或应他的要求做笔记。

"我们就要准备好了。"国王察觉了沙兰的兴趣，"之前耽搁了太久，快让人受不了了，但肯定有这个必要。在陪同本王出行之前，卡拉丁军尉还想带上其他人训练，我表示尊重。"

"他叫我跟他一起飞到飓风顶上，"沙兰说，"去泰勒拿城开启誓约之门。他十分担心会有人掉下去，不过我也备着飓光呢，万一发生不测，应该不会有事。"

"好极了。"艾尔霍卡说，"确实是个不错的办法。可你来见我不是为了谈这个吧？你有何请求？"

"其实是这样的，"沙兰说，"陛下，我能和您私下谈谈吗？"

艾尔霍卡皱皱眉，却还是命令手下退到走廊上。来自第十三冲桥队的两名护卫犹豫不决，国王不容辩驳地说："她是光辉骑士，你们以为我会出什么事？"

护卫鱼贯而出，只有沙兰和艾尔霍卡留在桌边。

沙兰深吸一口气，改变了脸面。

她没有扮成浣纱或骑士，而是换上了阿多林的幻象，以免秘密暴露。在人前这么做，还是难受得出奇，因为她依然对外宣称自己与迦熙娜同属异唤骑士团,这样多数人就不会知道她有变成别人的能力。

艾尔霍卡吓了一跳。"啊,"他说,"啊,没错。"

"陛下,"沙兰将脸部和身体变为早前画好的清洁女工的模样,"这次行动恐怕不会像您预想的那么简单。"

他们最近收到了从塔冠城发出的信,信里满是恐惧和担忧,提及了暴乱和笼罩在王宫上空的黑暗,还说有灵体显形了,开始伤害人类。

沙兰换成一名士兵的脸面。"我一直在筹备密探小队,"她解释道,"专攻渗透和情报收集。我始终保持沉默的原因是很明显的,我也想为这次行动出力。"

"我不确定达力拿会不会让我从他身边带走两名光辉骑士。"艾尔霍卡的语气有些迟疑。

"就干坐在这儿,我也不能替他办多少事。"沙兰仍旧以士兵的面目示人,"再说任务是他主导,还是您主导?"

"当然是我主导。"国王愣了愣,"别自欺欺人了,如果他不让你去……"

"我又不是他的附庸。"沙兰说,"我是个独立自主的人,目前也不受您支配。如果您到了塔冠城,却发现誓约之门已经被敌人占领,请问您要怎么办?您会让那个冲桥手杀进去吗?还是有更好的选择?"

她换上了以前画过的仆族女子的脸面。

艾尔霍卡点点头,绕着她踱步。"你说要带一支密探小队?有意思……"

不久后,沙兰带着艾尔霍卡正式起草的御令走出房间。御令要求达力拿允许沙兰协助完成任务。卡拉丁也说过,除了那几个会飞的冲桥手，他觉得完全可以再带六个人过去。

阿多林和艾尔霍卡已经占据两席，那么还剩下四人。沙兰把御令塞进禁袋，放在穆里兹的信旁边。

*只要离开这儿就好，*沙兰心想，*我得远离他们、远离迦熙娜，至少先得搞清楚自己的目标。*

她对自己的行为其实是有一部分意识的。既然她念出了光辉骑士的信条，就越来越难把事情抛到脑后了，可她却在逃避。

不过，她还是可以协助那群要去塔冠城的人。进城寻找秘密确实让人兴奋，她不仅在逃离的路上，还会帮阿多林收复祖国。

图腾的哼声从她的裙子上传来，她也跟着哼了哼。

52 子随父名

十八年半前

达力拿吃力地走回军营。他不禁怀疑，要是没了这身瑛甲的力量，自己估计就站不直了。他每呼出一口热气，金属头盔的内部便会起雾。这种头盔在他合上面甲以后，内部总会变成半透明的状态。

他率军击溃了赫达孜人，守住了阿勒斯卡北部的疆域，占领了阿卡克岛，赫达孜国内随即爆发了内战。如今，部队已南下，在边境与雅克维德人交战。解决赫达孜所花的时间远远超出了达力拿的预期，他已经出征整整四年了。

四年的峥嵘岁月。

达力拿径直走向持甲侍卫的营帐，沿途接应着随从和传令兵，没有理会他们的提问，可那些人还是尾随在他身后，就像一只只飓虫，觊觎着巨壳生物的猎物，等待争食的机会。

进了营帐，他展开双臂，让侍卫脱卸甲片。除去头盔，汗湿的皮肤暴露在外，感觉凉飕飕的；除去手臂护甲，底下便是内衬的布甲。左侧的胸甲裂开了，侍卫交头接耳，小声讨论着修复方法，好像除了注入飓光让盔甲复原,还有别的事要做似的。

最后,只剩下铠靴没脱了。他把脚拔出来,仅凭意志才维持着军姿。少了瑛甲的匡助,宛如沙柱的疲灵在他身边冒了出来。他走到一组行军垫跟前躬身坐下,斜靠在上面。他叹了口气,闭目养神。

"光明贵人?"一名持甲侍卫问,"嗯……这里是放——"

"现在不是了,我要在这里听取汇报。"达力拿断然插话,连眼睛都没睁开,"收拾收拾,不必要的东西就丢下,赶快给我走。"

几名侍卫听明白了,刚才盔甲撞击的声音戛然而止。他们小声嘀咕着,连忙走出了营帐。达力拿刚享受了无人打扰的五分钟,就听到附近传来了脚步声。门帘沙沙作响,伴着皮衣摩擦的动静,有人在一旁跪了下来。

"启禀光明贵人,末轮战报已到。"那是卡达什在说话。风操的,怎么想都该是达力拿麾下的军官,那些人可是相当"训练有素"。

"快讲。"达力拿睁开眼。

卡达什已到中年,可能还比达力拿年长两三岁。他曾被矛刺中,留下了一道贯穿脸部和头顶的歪斜伤疤。

"我们完全击溃了敌军,光明贵人。"卡达什说,"弓箭手和轻步兵紧追不舍,至多消灭两千人,接近半数。如果把敌军围困在南边,就还能扩大胜果。"

"千万不要围困敌人,卡达什。"达力拿说,"要为他们留条后路,否则他们会反抗得更厉害。击退他们比剿灭他们更有利。我们损失了多少人?"

"只有两百。"

达力拿点点头。用最少的损失,换取最具毁灭性的打击。

"长官,"卡达什说,"这帮袭击我们的人,我看是完蛋了。"

"还要找出更多这样的团伙,这会持续好几年时间。"

"除非雅克维德派出一整支军队,与我们发生武力冲突。"

"不可能。"达力拿揉揉前额,"雅克维德的国王非常精明,他并不想全面开战,只想看看有没有领土争端能突然解决。"

"明白,光明贵人。"

"感谢汇报。快退下,去阵前安插几个风杀的哨兵,别碍着我休息。禁止任何人进入,就连夜妖也不行。"

"遵命,长官。"卡达什走到位于营帐另一端的门帘边,"嗯……长官,您在战场上的表现,就如暴风一般勇猛。"

达力拿未作回应,只是闭着眼睛往后一仰,执意和衣而睡。

可他就是睡不着。听完汇报,他不由得浮想联翩。

他的部队只配有一名操办辎重的应急塑魂者,而边境地区广袤崎岖,雅克维德将领的指挥能力也要强过赫达孜将领。在这种环境下,很难击败可以机动作战的敌人,刚结束的首场战役也证实了这一点。要想压制雅克维德的各式军事团体,把他们拖入正式的战争,就得做好谋划,不断与其进行小规模的交锋。

他向往从前的日子,那时的战斗更加粗暴,少了点协调。也罢,他不再年轻,在赫达孜也学到了一点:迦维拉尔再也不会替他做困难的事了。他有营地要补给,有士兵要养活,还有后勤工作要安排,这几乎和回到城里听文书谈论污水处理一样糟糕。

只有一处不同:他可以在这里得到回报。只要经过计划和谋略,以及与将领的辩论后,就会产生激越感。

尽管很疲惫,他还是惊讶地发现自己仍能拥有这种感觉。在内心深处,激越感就如刚被烤过的石头那般温暖宜人。他很庆幸战斗拖了这么多年,赫达孜人曾想夺取那片地区,眼下雅克维德人也想考验他;他很庆幸其他轩亲王没有派兵增援,而是等着看他能靠自己取得什么成就。

最重要的是,他很庆幸斗争还没结束,哪怕这天赢得了一场关键的战役。风操的,他太喜欢这种感觉了。数百人想把他打倒,而他却把他们打得灰头土脸、支离破碎。

营帐外,要求见面的人接连被拒绝了。他尽量不让自己每次都感到兴奋。他最终会回答他们的问题,只是……不是现在。

当思绪终于不在脑海中萦绕时,他沉入了梦乡,直到一个出乎意料的声音传来。他从睡梦中惊醒,猛地坐直。

居然是伊薇。

他一跃而起。激越感苏醒了,又一次在他胸中澎湃。他掀开帐篷的门帘,瞠目结舌地看着站在外面的金发女子,她穿着沃林裙,裙摆下却伸出一双结实的行军靴。

"啊,"伊薇说,"老公。"她上下打量着达力拿,一脸不快地噘起嘴。"怎么没人准备洗澡水?仆人呢?还不帮他宽衣?"

"你怎么来了?"达力拿喝问。他本来不想冲着她吼,可他太累了,太震惊了……

伊薇在他爆发之前就往后一缩,双目圆睁。

达力拿感到一阵愧怍,可凭什么?身在自己的军营,他就是"黑荆棘",怎能被家长里短缠上!伊薇的到来,等于是侵犯了他的天地。

"我……"伊薇说,"我……军营里也有其他女人——其他妻子——而且女人上战场是很正常的……"

"阿勒斯卡女人从小就受过这方面的教育,对战争很熟悉。"达力拿厉声道,"我们以前又不是没说过,伊薇,我们——"话到一半,他朝几个护卫望去,发现他们不自在地挪了挪步子。

"进来,伊薇。"达力拿说,"我们私底下谈。"

"好吧。那孩子们呢?"

"你把孩子们带到了前线?"风操的,她就不知道把孩子们留在镇上?那里有长期固定的指挥所。

"我——"

"快进来。"达力拿指指营帐。

伊薇畏畏缩缩地，很快照做了，怯怯地从达力拿身边走过。她来干什么？达力拿不是刚回过塔冠城探望吗？肯定……没过多久……

也可能是挺久之前了。他确实收到过伊薇的好几封信，有些已经让泰莱布的夫人念给他听了，有些还没念。他把门帘放好，回身面对伊薇，不想急急躁躁的，免得坏了心情。

"是纳瓦妮建议我来的。"伊薇开口道，"她说你等了这么久才探望一次，实在不太像话。达力拿，阿多林已经一年多没见过你了，年幼的雷纳林就连父亲都没见过。"

"雷纳林？"达力拿跟着念了一遍，想要搞懂名字的含义。这名字不是他取的。"雷拉……不，雷……"

"雷纳林。雷，是我的母语；纳，随父亲的名字；林，是说孩子出生了。"

飓风之父啊，看这东拼西凑的。达力拿结结巴巴地念出三个字。"纳"是"像"的意思。

"'雷'在里拉语里有什么含义？"达力拿挠挠脸颊，问道。

"没什么含义，就用在名字上，指我们儿子的名字，或者指单人旁的他。"

达力拿低叹一声。所以这孩子的名字就是"生而为己"的意思，岂不是很妙?!

"我用对芦问你取什么名字，你没有回答。"伊薇指出。

纳瓦妮和雅莱怎么会取这么荒唐的名字？风操的……就知道她们会纵容伊薇，平时她们总是想让伊薇变强势。达力拿正要去取酒，却想起这不是自己的营帐，除了给盔甲上的油，没有任何能喝的东西。

"你不该来的。"他说，"这里很危险。"

"可我希望当个更像样的妻子，让你想要跟我在一起。"

达力拿为难地说："就算这样，也不该带上小孩。"他一屁股坐到垫子上，"假如王领保住了，迦维拉尔成功加冕，两兄弟就会成为公国的继承人。他们要待在塔冠城,确保平安无事。"

"我还以为你想见他们呢。"伊薇走上来,全然不顾达力拿的责备,伸手解开他穿的软甲,探到底下摩挲他的肩膀。

这感觉妙不可言。达力拿的怒气消去了。有个老婆当文书名正言顺,确实很不错,他只是希望自己看到她的时候不要如此内疚。他不是她理想的伴侣。

"听说你今天打了一场大胜仗。"伊薇柔声道,"你为国王争光了。"

"你不会喜欢的,伊薇,我杀了好几百人。你再不走,就得旁听战报了,里面会提到伤亡数,很多人都死在我手里。"

伊薇沉吟了一会儿。"就不能……让他们投降吗?"

"雅克维德佬不是来投降的,而是来战场上考验我们的。"

"那士兵呢?他们死前能听劝吗?"

"什么?你想让我在击杀敌人之前,还要停下来挨个劝降?"

"能不能——"

"不能,伊薇。那是行不通的。"

"哦。"

达力拿站起来,忽然着急了:"我们去见孩子们吧。"

他步履艰难地走出营帐,穿过军营,双脚就像包着飓砂砖那般沉重。他不敢佝偻着身子,仍要在军中男女面前树立强硬形象,无奈这身软甲穿得皱皱巴巴的,沾满了汗水。

与塔冠城相比,这片地区都是郁郁葱葱的,茂密的草丛点缀着苍劲的树木,缠结的藤条悬荡于西面的悬崖峭壁,再往雅克维德那边靠,脚下便是扭来扭去的枝蔓了。

两兄弟就待在伊薇的车驾旁。小阿多林骑着一头红甲蟹,正在吓唬它,一手挥着木剑向几名护卫炫耀,他们都乖乖地夸奖了他的动作。他还不知从哪儿找来了碎掉的石壳木外壳,用线串起来做了身

"盔甲"。

达力拿心想：风操的，他长大了。上次见阿多林时，这孩子才刚会走路，还在牙牙学语，不过一年多一点，就口齿伶俐，说败在他手下的敌人都是邪恶的飞天红甲蟹。

一见达力拿，阿多林就停下来瞥了伊薇一眼，等她点头同意，才从红甲蟹背上爬下来——达力拿以为他会摔跤三次。安然无恙地落地后，他敬了个礼。

伊薇笑容满面，轻声道："他问我最好怎么跟你对话，我说你是将军，是所有士兵的领袖，他听了以后就想到了这一出。"

达力拿蹲下来。小阿多林立马往后一缩，伸手去抓母亲的裙子。

"怕我吗？"达力拿问，"你真聪明，我是个危险的人。"

"爸爸？"男孩紧紧揪着母亲的裙子，骨节都发白了，却没有躲起来。

"哎，不记得我了吗？"

生着杂色头发的男孩迟疑地点了点头。"记得。每天晚上我们烧祈祷符的时候，都会求你不要有事，只管跟坏人打仗。"

"我宁可不要碰上好人，但我没法选择对手。"达力拿站起来，有种莫名的感受。难道是不常去见这孩子，觉得惭愧了？还是看到这孩子的成长，觉得自豪了？他心底的激越感仍在骚动，为何在战斗之后仍未散去？

"你弟弟呢，阿多林？"达力拿问。

阿多林指了指看护怀里抱着的小家伙。达力拿还以为那是个婴儿，但他已经快学会走路了。看护把他放下来，慈爱地看着他，他蹒跚地走了几步便坐到地上，想要一片一片地抓起缩回去的叶子。

这孩子一声不吭，只是在抓叶子的时候一本正经地盯着地上。达力拿盼着初见阿多林时的那份激动劲儿……可风操的，他累坏了。

"能让我瞧瞧你的剑吗？"阿多林问。

达力拿这时只想去补觉,但他还是召唤出瑛刃插进地里,没有指着阿多林。男孩睁大了眼睛。

"妈妈说我还不能有自己的碎瑛甲。"阿多林说。

"泰莱布正有这个需要,先给他用。等你长大了就有了。"

"好呀。我要靠它赢一把碎瑛刃回来。"

伊薇在一旁轻轻咂舌,摇了摇头。

达力拿笑了,挨着瑛刃跪下,把手搭在男孩的肩膀上。"儿子,打仗的时候我会为你赢一把的。"

"不要。"阿多林昂首道,"我想像你一样,靠自己去赢。"

"这是一个值得努力的目标。"达力拿说,"但军人要愿意接受帮助,不能固执己见,硬着头皮也要自己上,毕竟骄兵必败。"

男孩歪过头,皱了皱眉:"你的头皮还不硬吗?"说完叩了叩自己的小脑袋。

达力拿笑了,起身让渡誓消失。残存的激越感终于退去,他对伊薇说:"我累了,得歇一歇。至于你的职责,以后再说吧。"

伊薇带他上了一辆防风车,安排他就寝,这下总算能睡上一觉了。

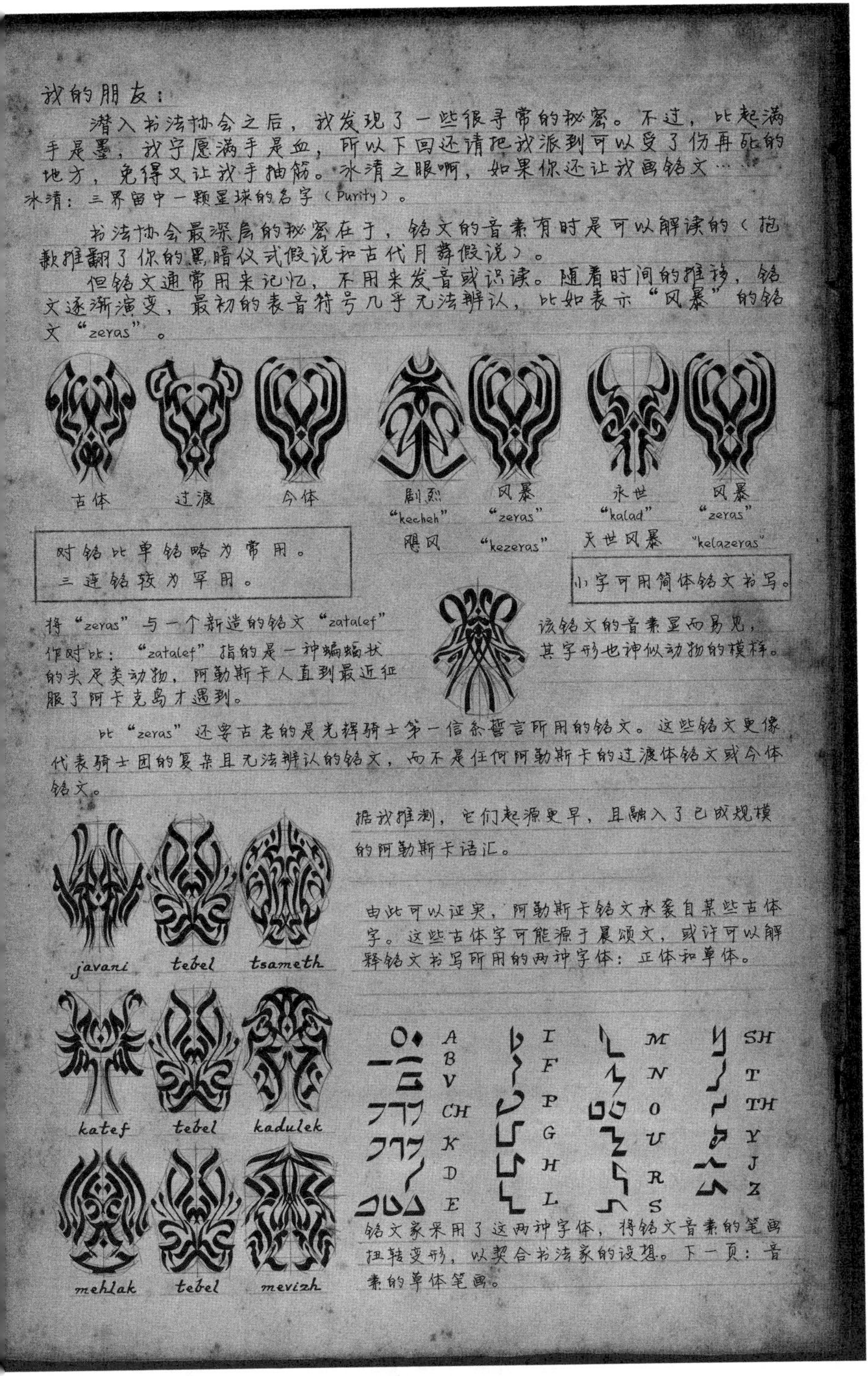

我的朋友：

　　潜入书法协会之后，我发现了一些很寻常的秘密。不过，比起满手是墨，我宁愿满手是血，所以下回还请把我派到可以受了伤再死的地方，免得又让我手抽筋。冰清之眼啊，如果你还让我画铭文……

冰清：三界田中一颗星球的名字（Purity）

　　书法协会最深层的秘密在于，铭文的音素有时是可以解读的（抱歉推翻了你的黑暗仪式假说和古代月葬假说）。

　　但铭文通常用来记忆，不用来发音或识读。随着时间的推移，铭文逐渐演变，最初的表音符号几乎无法辨认，比如表示"风暴"的铭文"zeras"。

| 古体 | 过渡 | 今体 | 剧烈 "kecheh" | 风暴 "zeras" | 永世 "kalad" | 风暴 "zeras" |

飓风 "kezeras"　　　　天世风暴 "kelazeras"

时铭比单铭略为常用。
三连铭较为罕用。

小字可用简体铭文书写。

　　将 "zeras" 与一个新造的铭文 "zatalef" 作对比："zatalef" 指的是一种蝙蝠状的头足类动物，阿勒斯卡人直到最近征服了阿卡克岛才遇到。

该铭文的音素显而易见，其字形也神似动物的模样。

　　比 "zeras" 还要古老的是光辉骑士第一信条誓言所用的铭文。这些铭文更像代表骑士团的复杂且无法辨认的铭文，而不是任何阿勒斯卡的过渡体铭文或今体铭文。

据我推测，它们起源更早，且融入了已成规模的阿勒斯卡词汇。

| javani | tebel | tsameth |

由此可以证实，阿勒斯卡铭文承袭自某些古体字。这些古体字可能源于晨颂文，或许可以解释铭文书写所用的两种字体：正体和草体。

| katef | tebel | kadulek |

| A B CH D E | I F P G H K | M N O U R S | SH T TH Y J Z |

| mehlak | tebel | mevizh |

铭文家采用了这两种字体，将铭文音素的笔画扭转变形，以契合书法家的设想。下一页：音素的草体笔画。

阿勒斯卡铭文解析

53 如此扭曲的切割

朋友：

你的来信非常耐人寻味，甚至颇有启发意义。

雅克维德的古希尔纳森王朝，是在南赫特国王去世后建立的。同时代的记录无一留存，两百年后才有文献传世，著者纳塔塔·维德诨名"媚眼"，自诩治学严谨，但以现代的标准来看，当时的历史研究尚处于起步阶段。

迦熙娜很久以前就对南赫特之死感兴趣，因为他只统治了三个月。前一任国王是他的兄长南哈耳，南哈耳带兵征战，最后病死在今日的特里雅克斯，南赫特便继承了王位。

在短暂的任期内，南赫特躲过了六次暗杀，实属奇迹。他的妹妹想把丈夫推上王位，首先动了杀心，向南赫特下毒，只是南赫特没有中毒，后来就处死了他们。没过多久，南赫特的外甥试图在夜间行刺，据说南赫特睡得不熟，只用剑就打倒了对手。

接着，来自表亲的袭击让南赫特瞎了一只眼，南赫特的弟弟、叔叔和亲生儿子也纷纷出手。憋屈的三个月就快到头，"媚眼"如此记载:"伟大但疲惫的南赫特召集全家族设宴,遥指艾米亚的雅兴。众人到齐后,南赫特却将他们挨个处决。尸体在巨大的柴堆中焚烧,烤熟的人肉被端上可供两百宾客进餐的宴会桌,由南赫特独享。"

"媚眼"纳塔塔以喜好夸大而闻名。她在文中解释了南赫特是怎么噎死在宴会上,而且无人搭救的,字里行间竟带着逗趣的意味。

类似的传说在沃林教国家的历史长河中不断重演。国王死后,其兄弟或子嗣便登上王位,就连那些血统不纯、却觊觎王位的人,也常常拐弯抹角地找理由攀附王室。

迦熙娜对"媚眼"的记载意兴盎然,却也存有疑虑。她正要走进乌有斯麓的地下室,相关的思绪竟还萦绕在心头,看来她昨晚阅读的故事已经留在了脑海里。

她探出头,朝乌有斯麓曾经的地下书库张望。走廊两边通往晶柱的房间里,学者济济一堂。他们伏案而坐,桌子都是部队分头搬下来的。达力拿派了斥候调查灭者逃窜的通道,据说那里有纵横交错、布局狭长的洞穴。

斥候顺着水流步行多日,终于找到了一个通往图法利亚丘陵地带的出口,必要时就有别的路可以离开乌有斯麓,在誓约之门之外又多了一种补给手段,这无疑是个好消息。

上层的通道一直有人把守,地下室目前看上去非常安全,所以纳瓦妮才把这块区域改造成了学术设施,用于解决达力拿发现的问题,为信息、技术和科研设立前哨。在阿勒斯卡很罕见的专灵却是这里的常客,如浪花般在头顶波动,其间也有形如微小暴雨云的论灵穿过。

迦熙娜不禁莞尔。十多年来,她都梦想着通过组织有序的方式,努力将王国最优秀的人才联合起来,结果却没有得到重视,所有人只想探讨她所缺乏的对神的信仰。好吧,他们现在倒是全神贯注了,原来只有真正到了世界末日,人们才会认真起来。

雷纳林正站在角落观摩。这阵子他经常与学者为伍,但他依然穿着带有第四冲桥队袖章的制服。

迦熙娜心想：堂弟，你不能永远寻求兼顾，总要决定自己的归属。人生是如此艰难，但只要鼓起勇气做出选择，就可以活得更有意义。

雅克维德先王南赫特的故事给迦熙娜带来了一些启示，她感到很不安：王族面临的最大威胁通常是内部的成员。为什么许多古老的王室总是有谋杀、贪婪和内斗情结？又是什么让仅有的几个例外显得如此与众不同？

她越来越善于保护家族不受外部威胁，她会小心地铲除那些企图推翻国王的人，但她又能做什么来保护家族不受内部威胁呢？在她缺席的时候，王国之威已经动摇了。她的弟弟和叔叔就像无法咬合的齿轮，将自身的意志强加于对方，可她也知道他们深爱着彼此。

她决不会让家族从内部瓦解。如果阿勒斯卡要在灭世中幸存，就得在坚定的领导下维持王位的稳定。

她进入藏书室，走到自己的写字台前，在这里可以背对墙壁观察别人。

她打开挎包，摆好两块写字板。一支对芦早早地亮了起来，她转动红宝石，表示准备好了。一条消息传了回来：我们将在五分钟后开始。

在这段时间里，她仔细打量室内的各个小组，读着她能看到的学者的口型，出神地做着速记。她从一段对话跳到另一段对话，每次只收集少量信息，并记下说话者的名字。

——测试证明这里有差别。气温明显低于附近海拔高度相同的山峰——

——我们只能认为光明贵人寇林不会重拾信仰了。那接下来怎么办？——

——不知道。也许能想办法让法器联动，模拟这种效果——

——那孩子会是我们强有力的新鲜血液。他对数字占卜术很感兴趣，还问我们能不能真的靠数字占卜术预测事件。我会再和他谈谈——

最后一段话是读风者说的。迦熙娜抿紧嘴唇，低声说："白牙？"

"我会盯着他们的。"

他离开迦熙娜身边，缩成一粒尘埃大小。迦熙娜记了一笔，提醒自己要劝劝雷纳林，不能让他和一群傻瓜浪费时间，那些人可是自以为能靠蜡烛熄灭后冒出的烟来预卜未来的。

她的对芦终于又动了。

光明女士，我已经接通了来自泰勒拿的乔琦和来自亚泽尔的艾悉德，这是她们的密码，以后的记录将严格按照她们的标号进行。

好极了，迦熙娜回复道，验证了两串密码。"风之愉悦"号沉没后，她原来的对芦丢了，造成了很大的不便。她无法直接联系重要的同行或情报员，所幸塔石科有专门的机构可以应对这类情况，人们随时都能新买到与该公国①出名的情报中心相连的对芦。

如果相信情报员，就可以联系到任何人。迦熙娜就认识一位，她亲自和那人面谈过，并花重金雇佣那人干保密工作。在通笔结束后，那人会烧掉迦熙娜的通笔记录。综合考虑，这已经是最安全的措施了。

迦熙娜的情报员将立刻在塔石科与另外两名情报员会合。三人周围会有六块对芦的写字板，分别用于接收主人的留言，实时传回整段对话内容，包括另外两人的留言。这样一来，每一个参与对话的人都能看到源源不断的留言，无需在回复前停下来等待。

纳瓦妮谈过改善这种体验的方法，据说可以通过调整对芦来连接不同的人，但迦熙娜没时间研究这个领域。

---

①塔石科隶属于亚泽尔帝国，由亲王统治，所以称其为公国。

用于接收留言的写字板逐渐被两名同行的字迹填满。

乔琦写道：迦熙娜，你还活着！死而复生，真是了得！

艾悉德回复道：我不敢相信你真以为她死了。迦熙娜·寇林在海上遇难？飓风之父倒更有可能会死。

迦熙娜在传信的写字板上写道：你的信心让人欣慰，艾悉德。片刻后，这段话就被抄录进了通用的对话记录。

乔琦写道：你在乌有斯麓吗？我什么时候能去看你？

迦熙娜回复道：只要你愿意让大家知道你不是女的。对方以活跃女性学者的身份和独特的哲学观念闻名于世，但"乔琦"只是笔名，其后的真身是一名大腹便便的男子，如今已经六十多岁了，在泰勒拿城开了一家糕点店。

乔琦愉快地回复道：哦，可你那座美妙的城市肯定也需要一些糕点。

艾悉德写道：我们以后再讨论你的傻事好吗？我有消息要告诉你们。她是亚泽尔朝廷的宗卿，那是一种兼任文官的神职人员。

乔琦写道：那就别浪费时间了！我就喜欢消息，和加了馅料的甜甜圈是绝配……不，不，应该是松软的奶油面包……

迦熙娜写道：消息？刚写下就露出笑意。这两人和她是同门，都是头脑最敏锐的求真者，不管乔琦看起来是什么样。

艾悉德写道：我一直在追踪的一个人，现在越来越确定就是令使中的判官纳公了，也就是你们所说的纳兰。

乔琦问：哦，又讲起童话故事了？令使？真的吗，艾悉德？

艾悉德写道：你不会还没发现吧？虚渡已经回归了，那些我们不屑一顾的传说现在却值得重新审视。

迦熙娜写道：我同意。可你凭什么认为自己找到了一名令使？

艾悉德写道：有很多原因。此人袭击了王宫，迦熙娜。他想杀死一伙盗贼，而新任大帝就在其中——你可千万不要说出去。我们正在尽力宣传大帝的平凡身世，但忽略了他企图盗窃的事实。

乔琦写道：活着的令使想杀人？那我觉得我的消息也挺有意思的：有人看到了收藏家亚克西斯。

艾悉德写道：不止如此，迦熙娜。我们还找到了一名来自缘舞骑士团的光辉骑士。其实那是以前的事了……

乔琦写道：以前的事？你忘了她在哪儿了吗？

她逃走了。她只是个孩子，迦熙娜。雷希人，在街头长大。

迦熙娜写道：我想我们可能见过她，我叔叔在最近一场幻境中就遇到了一个奇人。你们竟然让她从身边逃走了？

艾悉德回复道：你有没有试过去抓一名缘舞骑士？她追着令使去了塔石科，可当地的元首却说她已经回来了，而且还在躲着我。不管怎样，这个疑似纳兰的人肯定有问题，迦熙娜。令使不是什么对我们有用的资源。

迦熙娜写道：我会提供令使的素描。我有他们真面目的画像，画像的出处是你意想不到的。艾悉德，你对他们的看法没错，他们已经沉沦了，不会成为有用的资源。你看过我叔叔经历的幻象的记录吗？

艾悉德写道：那些记录我有，不知道放哪儿去了。是真的吗？大多数消息人士都认为他的状况……不太好。

迦熙娜写道：他好得很，我向你保证。幻象与他所属的光辉骑士团有联系。我会把最近几份记载寄给你，内容均和令使有关。

艾悉德写道：飓风在上，"黑荆棘"居然是光辉骑士？他们很多年都没有出现过了，现在就如石壳木般冒了出来。

艾悉德对那些靠征服赢得名声的人评价不高，哪怕她对这类人的研究已经成了她学术工作的基石。

对话持续了一段时间。乔琦一反常态，变得严肃起来，直截了当地谈到了泰勒拿的状况：灭世风暴一再来袭，当地遭到了重创，泰勒拿城的城区整片整片地化为了废墟。

迦熙娜最感兴趣的还是那些偷走船只的泰勒拿仆族，他们渡过风暴，大批大批地离开了。结合"飓风恩护者"卡拉丁与阿勒斯卡仆族的交流，虚渡的真实身份有了新的诠释。

对话继续进行，艾悉德抄录了一段她在一本探讨灭世的旧书中发现的有趣记载，他们由此谈到了晨颂文的翻译，尤其是一些雅克维德虔诚者所做的工作，他们的进度比卡哈巴兰斯的学者更快。

迦熙娜扫了一眼藏书室，找到了她的母亲，只见纳瓦妮正坐在沙兰旁边讨论婚礼的筹备。雷纳林还躲在房间远端，不是在自言自语，就是在跟灵体说话。迦熙娜不经意间读起了他的口型。

——是从这里传出来的，就在房间的某个地方——

迦熙娜眯起了眼睛。

她写道：艾悉德，你不是想绘制每一支光辉骑士团所对应的灵体吗？

艾悉德回复道：我其实已经取得了很大的进展。在观摩的请求得到批准后，我亲眼看了看缘舞骑士的灵体。

迦熙娜写道：那识真骑士的呢？

乔琦写道：噢！我找到过相关的参考资料。据说识真骑士的灵体就像通过晶体反射后打在表面上的光。

迦熙娜思索片刻，暂时退出了对话，反正乔琦都说要去上厕所了。她悄悄离开座位，去往房间的另一侧，并从纳瓦妮和沙兰附近走过。

"我一点也不想逼你，亲爱的。"纳瓦妮说，"现在环境这么动荡，你自然也想过得安稳点。"

迦熙娜停下脚步，把闲手搭在沙兰肩上。年纪更轻的姑娘精神一振，循着迦熙娜的视线看向雷纳林。

"怎么了？"沙兰轻声问。

"我也不知道。"迦熙娜说，"只是有点奇怪……"

她指的正是雷纳林的站姿和话语。雷纳林不戴眼镜的样子还是不太对劲,仿佛完全变了个人。

"迦熙娜!"沙兰一下子紧张起来,"快看门口!"

听到那女孩的语气,迦熙娜马上吸入飓光,转身面朝门口。那里站着一名魁梧的方脸男子,穿着森绿和纯白两色的撒迪亚斯军制服。其实,他已经当上了撒迪亚斯公国的轩亲王,否则最起码也得是摄政王。

然而迦熙娜只承认他是梅里达斯·亚马兰。

"他来这儿干吗?"沙兰咬牙切齿地问。

"他是轩亲王。"纳瓦妮回答,"没有上级的直接命令,士兵不得阻碍他的行动。"

亚马兰用那双凌厉的浅褐色眸子注视着迦熙娜。他大步走来,身上散发的到底是自信还是自负?"迦熙娜,"他越靠越近,"我听人说可以在这里找到你。"

"是谁说的?"迦熙娜回应,"记得提醒我去找这个人,然后把他吊死。"

亚马兰浑身一僵。"能借一步说话吗?就一会儿?"

"我想不能。"

"我们得谈谈你叔叔。我们两个家族之间的分歧对谁都没有好处,我希望能弥合这道鸿沟,而你的话正是达力拿愿意听的。迦熙娜,拜托了,你可以好好引导他。"

"我叔叔在这方面一向有自觉,不需要我'引导'。"

"说得你好像还没有这么做似的,迦熙娜。大家都看得出来,他已经开始认同你的宗教信仰了。"

"那就太不可思议了,因为我根本没有宗教信仰。"

亚马兰叹了口气,四处张望。"算我求你,借一步说话。"

"门都没有,梅里达斯,给我离开。"

"我们以前关系很亲密。"

"那只是我父亲的期望,不要信以为真。"

"迦熙娜——"

"你真的该走了,免得有人受伤。"

亚马兰没有理睬她的建议。他瞧瞧纳瓦妮和沙兰,再上前几步。"我们都以为你死了,我要亲眼看看你是否安好。"

"这下你看够了,请回吧。"

亚马兰却抓住迦熙娜的前臂。"何必呢,迦熙娜?为什么总是拒绝我?"

"因为你是卑鄙小人,就凭你有限的智商,最多只能达到最低程度的平庸。我实在没别的想法了。"

"平庸?"亚马兰咆哮道,"你侮辱了我的母亲,迦熙娜。她把我培养成王国史上最顶尖的军人,你知道她有多辛苦。"

"我知道,在怀胎的七个月里,她把能找到的军人都招待了,巴不得他们的精华能沾到你身上。"

梅里达斯双目圆睁,面颊涨得通红。一旁的沙兰不加掩饰地倒吸一口凉气。

"你这大不敬的荡妇!"亚马兰放开迦熙娜,嘶吼道,"假如你不是女的……"

"那我们大概就不会聊这些了,除非我是猪,这样你才会兴致倍增吧?"

亚马兰猛地横出手,后退一步,准备召唤碎瑛刃。

迦熙娜微微一笑,朝他伸出闲手,任由飓光袅袅升起。"来吧,梅里达斯,再找理由呀,你敢吗?"

亚马兰盯着迦熙娜的闲手,屋里自然安静下来。这都是被他逼出来的。他眼神一晃,两人四目相对,最后还是他转身离场,肩膀耷拉着,仿佛想要甩开学者的侧目和嗤笑。

迦熙娜心想：他可有点麻烦，甚至比以前还麻烦。亚马兰真心以为阿勒斯卡就指望他拯救了，还兴致勃勃地想要去证实。如果放着他一个人，他会把军队都撕成碎片，就为了证明他膨胀的自我。

她会跟达力拿聊聊。他们或许能想出办法让亚马兰忙活起来，免得他再闹事。如果行不通，她也不会把自己要采取的另一项措施告诉达力拿。虽然她已经很久没和外界联系了，但她相信这里会有可以雇佣的刺客。那些人听说过她的名声，知道她行事谨慎，给钱大方。

一旁传来一声尖叫，迦熙娜瞥了一眼，发现沙兰正精力充沛地坐在座位上，嗓子里发出兴奋的呼声，还飞快地鼓起掌来。她的禁手藏在袖子里，拍手的声音没有那么响亮。

好极了。

"母亲，"迦熙娜说，"我能跟我的学徒说几句话吗？"

纳瓦妮点点头，视线停留在亚马兰离去的门口。她是撮合过迦熙娜和亚马兰，但迦熙娜不怪她，毕竟亚马兰的真面目很难看透，以前他和迦熙娜的父亲来往密切时则更是如此。

纳瓦妮退开了，沙兰独自留在堆满报告的书桌前。

"光明女士！"迦熙娜坐下后，沙兰说，"太妙了！"

"刚才这么激动，是我失态了。"

"你真聪明！"

"我一开始没有侮辱他，但攻击了他的女性亲属的道德名誉。这叫聪明？抑或只是在欺压别人？"

"哦，嗯……好吧……"

"随他吧。"迦熙娜插话道，不想再讨论亚马兰的事，"我一直在考量你的学业。"

沙兰浑身一僵。"我最近太忙了，光明女士，但我很快就能去看你布置的书目了。"

迦熙娜揉揉前额。这孩子……

"光明女士，"沙兰说，"我想我可能要请个假。"她语速极快，话都挤在了一起。"国王陛下要我跟他一起去塔冠城。"

迦熙娜皱皱眉。塔冠城？"开玩笑，他们有那名风行骑士陪同，为什么还要带上你？"

"国王担心他们可能要潜入城市，"沙兰说，"假如那里被占领了，甚至还得从中间穿过。我们无法得知围城战进展到什么地步了，如果艾尔霍卡必须在不被发现的情况下到达誓约之门，我所掌握的幻术就会派上大用场，因此我要去。这的确很不方便，还请见谅。"她深吸一口气，眼睛睁得大大的，唯恐迦熙娜对她发火。

这孩子。

"我会和艾尔霍卡谈谈。"迦熙娜说，"我觉得这么做可能太极端了。现在，我希望你本着学术目的，画一下雷纳林和卡拉丁的灵体，画完交给我……"她渐渐没了声音。"他在干什么？"

雷纳林站在远处的墙边，墙上铺满了巴掌大小的瓷砖，他轻拍其中一块，不知怎么就让它像抽屉一样弹了出来。

迦熙娜站起来，把椅子往后一推，大步穿过房间，沙兰飞跑在她身后。

雷纳林瞧了她们一眼，抬起他在小抽屉里发现的东西。那是一颗红宝石，有迦熙娜的拇指那么长，切割成古怪的形状，上面钻着几个孔。这到底怎么回事？[①]她从雷纳林手中接过红宝石，举了起来。

"这是什么？"纳瓦妮和她并肩站在一起，"是法器吗？但又没有金属部件。那是什么形状？"

迦熙娜心有不甘地把宝石交给母亲。

"切割的瑕疵太多了，"纳瓦妮说，"飓光逸散得很快。充能后，

[①]原文为"what on Roshar"，等同于英语中的"what on earth"，表示惊讶的语气，本系列中一律在柔刹本地语境中处理。

我敢打赌它都撑不过一天，还会剧烈震动。"

奇了。迦熙娜摸了摸宝石，为其注入飓光。宝石发出光芒，但没有那么明亮。纳瓦妮说得自然没错。当飓光从宝石内部袅袅腾起时，宝石便开始震动。为什么会有人这么糟蹋宝石，把它切割得如此扭曲变形？而且为什么要藏起来呢？那个小抽屉是用弹簧锁住的，可她看不出雷纳林是怎么打开的。

其他学者围了过来。"风操的，"沙兰小声说，"这里面有花头。"

"花头？"

"嗡鸣声是有规律的……"沙兰说，"我的灵体认为这是一串密码。是字母吗？"

"是语言的音乐。"雷纳林低语。他从口袋里的润石中吸取飓光，转身把双手按在墙上，一股飓光从他的掌心涌入墙中，犹如池塘表面泛起的两道涟漪。

抽屉纷纷滑开，每一块白瓷砖后面都有一个。一百，两百……每一个抽屉里都露出了宝石。

藏书室已经腐朽破败，但古代的光辉骑士显然料到了。

他们找到了另一种方式来传承知识。

54 歌者古名

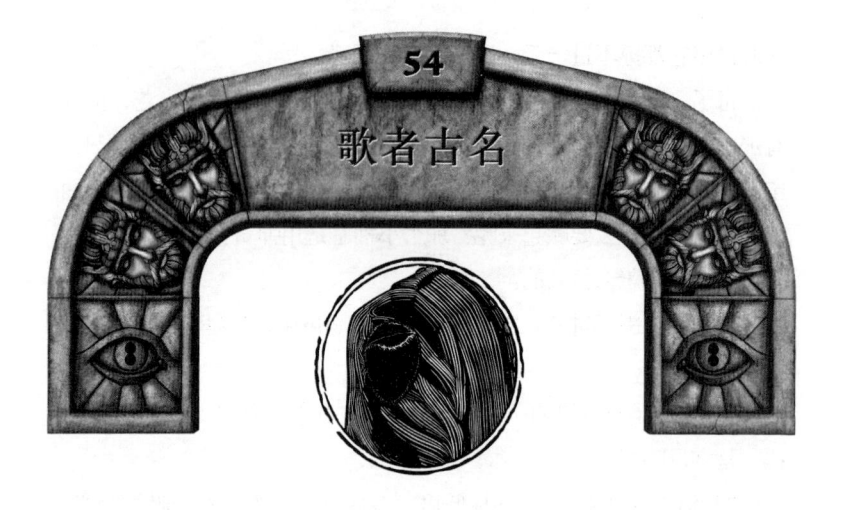

在我还没有达到这一境界的时候,我以为神是不会感到惊讶的。

显然那不是真的。我能够感到惊讶,我想我或许还能够抱着天真的想法。

"我只是想问,"肯恩抱怨道,"这有什么好的?我们做过阿勒斯卡人的奴隶,现在倒好,又成了融族的奴隶。得知我们的苦难掌握在自己人手里,可真是好处多多。"仆族砰的一声把她那捆木杆放下。

"你这么说话,又会给我们添麻烦的。"萨尔丢下他那捆木杆,从反方向走了回去。

莫阿什跟在后面,路过了成排的人类和仆族。他们将木杆做成攻城梯,不久后就会像萨尔和他的队友一样,扛着攻城梯参战,面对密集的箭雨。

怪了,这和他几个月前在撒迪亚斯军营的生活是多么相似,但他在这儿有结实的手套戴,有舒服的靴子穿,每天还能美美地吃上三顿。他和同伴很快就要冲锋陷阵了,除此之外,唯一不对劲的地方就是闲时间太多。

劳工们把成堆的木材从堆木场的一处拖到另一处，有时还会被派去锯木材或砍木材，但这不足以让他们忙碌起来。莫阿什在破碎平原时就学到了，这根本不是好事，给死囚留时间只会让他们起疑。

"听着，"肯恩走到就在她前头的萨尔身旁，"起码跟我说一下你很生气，萨尔。别告诉我你觉得我们是活该的。"

"我们窝藏过奸细。"萨尔嘟哝道。

莫阿什恍然大悟，这个奸细正是"飓风恩护者"卡拉丁。

"你以为单凭一帮奴隶就能揪出奸细？"肯恩问，"当真？那不该是灵体的事吗？他们似乎想把责任推给我们，就好像……好像……"

"就好像要陷害我们？"落在后面的莫阿什问。

"没错。"肯恩赞同道。

这些仆族经常忘记要说什么，但他们也有可能是头一次这么说。

他们的口音和不少曾是莫阿什朋友的冲桥手很像。

放手吧，莫阿什，有个声音在他内心深处低语，**放弃你的痛苦吧。没事，你做得很自然。**

这不怪你。卸下重担吧。

放手吧。

他们各自又拾起一捆木杆，开始往回走。路边的木匠大多是仆族，正在制作攻城梯的横杆，有一名融族走在队伍之中，比旁人高一个头，长着大块形状狰狞的壳甲。

那名融族停下脚步，向一名正在干活的仆族说了些什么。他握起拳头，暗紫色的能量环绕着他的手臂，长在那儿的甲壳变成了锯子的形状。他锯了一下木材，仔细解释方法。莫阿什见过这一幕，这些来自虚空的怪物有一部分是木匠。

在堆木场之外，仆族士兵在接受密集阵形训练和基本的武器训练。据说部队打算在几周内攻向塔冠城，虽然野心勃勃，但他们没时间打持久的围城战。塔冠城内有塑魂者制造食物，而虚渡军在该国的行动则要花上好几个月,很快就会耗尽补给,只能分头搜寻。不如用压倒性的兵力进攻,将塑魂者占为己有。

每一支军队都需要有人在阵前当肉盾。不管虚渡军的组织是否有序、制度是否仁慈,这是在所难免的。莫阿什的队伍不会接受训练,只能等到发动袭击时,冲在更重要的部队前面。

"我们被陷害了。"肯恩一边走一边重复,"他们都知道,有资格加入第一轮袭击的人类太少了,我们之中也得有人上,所以他们就找了个理由让我们送死。"

萨尔哼了一声。

"你就想说这些?"肯恩质问道,"你难道不在乎我们的神是怎么对待我们的吗?"

萨尔把他那捆木杆摔在地上,厉声道:"我当然在乎。你以为我没问过同样的问题吗?风操的!他们带走了我的女儿,肯恩!他们把她从我身边夺走,还送我去死。"

"那我们怎么办?"肯恩问道,声音越来越轻,"怎么办?"

萨尔环顾周遭的军队备战,阵列如浪涛般翻涌,浩浩荡荡,包罗万象,如风暴般势不可挡,将人卷起、带走。

"不知道。"萨尔小声说,"风操的,肯恩。我什么也不知道。"

我知道,莫阿什想着,却没有决心说出来,只是觉得很烦躁,脚边都涌出了怒灵。他对自己和虚渡都感到失望。他重重地把成捆的木杆放下,却转身走出了堆木场。

一名监工大喊起来,匆匆跟在后面,但她和沿途的守卫都没有把莫阿什拦下。他的名声已经传开了。

莫阿什在城里穿行,那名监工尾随在后。莫阿什搜寻着会飞的融族,他们似乎是主管,甚至也负责其他融族的事务。

他没有找到目标,于是决定接近其他种类:一名坐在集雨箱附近的男性。他是生着厚甲的融族,身上没有毛发,甲壳长到了脸颊上。

莫阿什径直走到那人面前。"我得和管事的谈谈。"

莫阿什的监工在后面倒吸一口凉气，也许现在才意识到，不管莫阿什要干什么，都会给她惹大麻烦。

那名融族注视着莫阿什，咧嘴笑了笑。

"我找管事的。"莫阿什重复道。

虚渡大笑起来，向后跌进了集雨箱里的水中。他漂浮在水面上，仰望着天空。

得了，又一个疯掉的，莫阿什心想。这样的疯子还有不少。

他迈着大步走开了，还没走多远，天上就降下了什么东西。空中飘浮着一个生物，披着飞扬的衣袍，皮肤与红黑相间的装束很相称，看不出是男是女①。

"渺小的人类，"那人用陌生的口音说，"你不仅充满激情，还非常有趣。"

莫阿什舔了舔嘴唇。"我得和管事的谈谈。"

"除了我们给予你的东西，你什么都不需要。"融族说，"但我们可以满足你的请求，莱什维女士会见你的。"

"太好了。我要去哪儿找她？"

融族把手按在莫阿什的胸口，露出笑容。黑暗的虚光从它手中蔓延到莫阿什身上，两人随即腾空而起。

莫阿什慌张得紧紧抓住融族。他能把这个怪物掐死吗？可接下来怎么办？如果他在空中杀了对方，他自己也会摔死。

他们升空后，城镇看起来就像一个小小的模型：一边是堆木场和操场，一条显眼的大道贯穿中心，右边是人造的缓冲带，可以抵御飓风，为树木和城主的公馆提供庇护。

---

①没有进入交配态的歌者无法生育，只区分中性意义上的男女（malen, femalen）。

他们越升越高，融族宽松的衣袍随风飘荡。刚才在地上还挺暖和的，到了天上就很冷。莫阿什的耳朵很不舒服，感觉闷闷的，仿佛塞了块布。

融族终于减速，让他们悬停在空中。莫阿什不想松手，融族却把他推向一边，自己很快飞走了，艳丽的衣袍上下翻腾。

莫阿什独自飘浮在广袤的大地上。他心跳如雷，望着落地的距离，发觉自己还不想死。

他硬是扭过身子环顾四周，发现自己正在飘向另一名融族，忽然感到一线希望。那名女子在空中盘旋，一袭红袍，下摆足有十尺长，宛如一抹油漆。他正好飘到旁边，近得对方都能伸手拦住他。

他不由得死死抓住融族的手臂，渐渐想明白了事情的经过。原来对方就是想在一个只属于自己、却不属于他的领域来见他。也罢，他会克制心中的恐惧。

"莫阿什。"这名叫莱什维的融族说。她的面庞呈现仆族智者特有的黑、红、白三色，大理石花纹如颜料般相互交融。拥有全部三种肤色的同类非常少见，而她身上的纹路如水般灵动，沿着两汪眼眸流淌而过，是他见过的最迷人的样子。

"你怎么知道我的名字？"莫阿什问。

"你的监工告诉我的。"莱什维说。她双脚朝下飘浮在空中的姿态自有一种从容。丝丝缕缕的衣料肆意迎风飘扬，周围却看不到一只风灵，也是奇怪。"你的名字是怎么来的？"

"我祖父取的。"莫阿什皱眉道。他没料到话题是这种走向。

"真稀奇。你清楚这是我们的名字吗？"

"当真？"

莱什维点点头。"这个名字到底在时光的浪潮中漂流了多久，才从歌者口中传到人类口中，最后落到一个人类奴隶头上？"

"我说，你是领头的吗？"

"我确实是个还没发疯的融族。"说得好像是一码事似的。

"那我要——"

"你很勇敢。"莱什维目不斜视地说,"许多留在这儿的歌者都没有这么勇敢。他们长期受到人类虐待,如今的状况已经很乐观了,但他们还是不够勇敢。"

说话间,她第一次正眼瞧着莫阿什,通红的双眸如同两摊闪光的鲜血。她的脸型有棱有角,头上留着仆族特有的飘逸长发,呈现黑色和深红色,比人类的头发粗厚,就像细芦秆或草叶。

"人类,你是怎么学会操控飓能的?"她问。

"飓能?"

"你把我杀了的时候,"她说,"你被风行术甩到了空中,可你反应很快,动作也很熟练。我被打了个措手不及,说实话我非常生气。"

"等一下,"莫阿什感到一阵寒意,"我把你杀了?"

莱什维那红宝石般的双眼一眨不眨地望着他。

"你就是之前那个?"莫阿什问道,突然领悟了:**看她皮肤上的大理石花纹……原来她和我搏斗过**。然而两者的特征不一样。

"有人献祭了新的肉身。"莱什维说,"我本来是没有实体的,需要和肉身维系在一起,将它化为己有。"

"你是哪种灵体吗?"

她眨眨眼,但没有回答。

莫阿什逐渐坠落。他的衣服首先失去了飞行的力量,他一有感觉就大叫起来,赶紧朝融族伸出手。莱什维抓住他的手腕,又为他注入虚光。虚光在他体内奔涌,让他再次飘浮起来。泛紫的黑暗退去了,莱什维的皮肤上又只能偶尔见到淡淡的裂纹。

"我的同伴放过了你,把你带到了这个区域。"莱什维对他说,"他们以为我会在重生后找你报私仇,可我并没有这个打算。我为什么要摧毁如此富有激情的东西呢?相反,我关注着你,想看看你会做出什么行为。我发现你帮助了拉车的歌者。"

莫阿什深吸一口气。"那你能不能告诉我,你们给同类的待遇为什么那么差?"

"差吗?"莱什维仿佛被逗乐了,"他们有饭吃,有衣服穿,也能参加训练。"

"并不是所有人都有这个福气。"莫阿什说,"那些可怜的仆族只能像人类那样当奴隶做苦工,现在你们又要把他们丢到塔冠城的城墙上。"

"牺牲是必不可少的。"莱什维说,"你以为没有牺牲就能建立一座帝国吗?"她一挥手臂,扫过他们面前的景色。

莫阿什胃里翻江倒海。有那么一小会儿,他牢牢盯着莱什维,忘了自己到底飞得有多高。风操的……这片大地宽广无垠,四面八方都能见到连绵不断的山丘、平原、草木和岩石。

在融族所指的方向,地平线上有一条黑线。是塔冠城吗?

"因为牺牲,我才能重新呼吸。"莱什维说,"因为牺牲,这个世界必将属于我们。死者会被歌颂,但流血牺牲是我们的要求。如果他们在袭击中幸存,如果他们证明了自己,那他们就能获得荣誉。"她又瞧了瞧莫阿什。"你在过来的路上为他们战斗过。"

"老实说,我还以为你会因此杀了我。"

"如果你没有因为打倒一名融族而被杀,"她说,"又怎么会因为对我们之中的低层动手而被杀?在这两种情况下,你都证明了自己的激情,赢得了走向成功的资格。而当你面对权威、为其折腰时,你就赢得了继续生存下去的资格。告诉我,你为什么保护那些奴隶?"

"因为你们必须团结一致。"莫阿什咽了口口水,"我的同胞不配留在这块大陆上。我们都是沦落人,又凄惨又无能。"

她侧过头,一阵凉风拂动着她的衣袍。"我们夺走了你的碎瑛武器,你不生气吗?"

"那是别人先给我的,可我背叛了他。我……我不配拥有碎瑛武器。"

不,这与你无关。这不是你的错。

"我们征服了你们,你不生气吗?"

"我不生气。"

"那什么事会让你生气?什么事会让你感到激愤,莫阿什?你可是拥有歌者古名的人。"

没错,他内心深处仍有强烈的情感冲动。

风操的,卡拉丁以前一直在保护一个杀人犯。

"复仇。"莫阿什低语。

"行,我明白了。"莱什维看着他,露出一抹笑容,在他看来实在透着邪气,"你知道我们战斗的理由吗?让我来告诉你……"

半小时后,夜幕降临,莫阿什独自一人走在被征服的城镇的街道上。莱什维女士已经下令单独放他自由。

他一边走,双手插在第四冲桥队制服外套的口袋里,回忆起了高空中的寒气。尽管地面上又温暖又潮湿,但他还是觉得冷。

这座小镇挺不错,古色古香的,有一幢幢小石楼,每家每户后面都种着草木花卉。在他左手边的背风面,人工栽培的石壳木和灌木丛门边探出来,而在他右手边的迎风面,却只有空白的石墙,连一扇窗户都没有。

对他来说,镇上的草木花卉散发着文明的气息,那是一种在野外闻不到的市井香味,它们已经习惯了街道上的行人,在他经过时几乎没有颤抖,只有生灵在一起一伏。

最后,他在一个低矮的围栏边停下脚步。围栏里关着虚渡抓来的马匹，这些牲畜正在咀嚼仆族扔给它们的草料。

马儿真是奇怪的动物，很难照料，饲养起来也不便宜。他转身背对它们，遥望塔冠城的郊外。莱什维说他可以离开，加入难民的队伍前往都城，保卫那儿的安全。

什么事会让你感到激愤？

数千年来的重生，那会是什么样？数千年来，他们从未放弃。

证明你自己……

他扭身走回堆木场，工人们正在那儿收拾，准备结束一天的活儿。今晚预计不会刮飓风，不需要保护全部设施，所以工作氛围很轻松，简直有些愉快，只有他的队伍还像往常那样自顾自聚集在一起，遭到排斥。

他从成堆的梯子杆上抓起一捆，附近的工人转过头，刚想开口反对，一看是莫阿什就打住了。他解开捆绳，走到那群不幸的仆族身边，给每个人都抛了一根木杆。

萨尔接住木杆，站了起来，一边皱着眉头。其他仆族也学他的样子。

"我可以教你们怎么用。"莫阿什说。

"棍子？"肯恩问。

"矛。"莫阿什说，"我可以教你们当兵。反正我们可能会死——风操的，我们可能永远到不了城墙顶上，但总归聊胜于无。"

仆族握着可以当矛使的木杆，互相看了看。

"我愿意。"肯恩说。

渐渐地，别人也都点头同意了。

55 一起孤单

> 在所有人中间，我是最没有条件助你一臂之力的。我逐渐发现，我拥有的力量是如此冲突，就连最简单的行动都变得相当困难。

瑞莱恩独自坐在破碎平原上，聆听着韵律。

仆族被剥夺了真正的形态，无法听到韵律。在他当间谍的这些年里，他换上了愚钝态，只能听到微弱的声响。离开了韵律的生活是多么艰难。

韵律不是真正的歌谣，而是带着少许音调及和声的节奏。他可以调谐至几十种韵律中的任何一种来配合自己的心境，抑或是反过来替自己调整心境。

他的族人一直以为人类听不到韵律，但他并不相信。或许这是他的想象，但人类有时候似乎会对某些韵律产生反应。遇到急促的节拍时，他们马上会抬起头，露出全神贯注的眼神。他们会变得躁动起来，一时间以激怒之韵大喊大叫，或是和着喜悦之韵的节拍高声欢呼。

一想到他们某天或许会学着聆听韵律,他就很欣慰——或许他就不会感到如此孤单了。

他调谐至失落之韵。这种韵律节拍肃静却猛烈,音调凄厉且时断时续,通常用于铭记逝者,恰好也符合他当下的心境:坐在纳拉克之外,看着人类在他曾经的家园建立要塞。他们在五元老开会探讨族人未来的中心石峰上设置了观察哨,还把民用的住宅转变成了军用的营房。

他并不见怪,因为他的族人也曾把飓座的废墟改造成纳拉克。毫无疑问,阿勒斯卡人将重蹈听者一族的命运,他们占领此地的时间不会比这些壮观遗迹的寿命长。他的族人已经消失了。不错,仆族已经觉醒了,可他们不是听者一族,这就好比不能只因为多数阿勒斯卡人和雅克维德人肤色相近,就认为他们是一国人。

瑞莱恩的族人已经灭亡了。他们不是死在阿勒斯卡人的剑下,就是被灭世风暴所吞噬,变成了旧日听者诸神的化身。就他所知,他是族人中的末裔。

他叹了口气,站了起来,把队里允许他携带的矛扛到肩上。他热爱第四冲桥队的队员,但他是异类,就算对他们来说也不例外:身为仆族,却获准配备武器。他们决定相信一个潜在的虚渡,他可真幸运,不是吗?

他穿过高地,发现一群队员正在泰夫特的严密监督下训练,但没人朝他挥手。如果在这儿找到他,他们常常会露出惊讶的表情,仿佛忘了他也在队伍里。不过,等泰夫特注意到他,那人的笑容倒是很真挚。他们都是他的朋友,只是……

瑞莱恩怎么能这么喜欢他们,同时却又很想打他们耳光?

他和斯卡曾是仅剩的两名无法吸入飓光的成员,那时候别人就鼓励斯卡,给他打气,告诉他要继续努力。大伙都相信斯卡,可瑞莱恩呢……好吧,谁知道他能够利用飓光之后会发生什么?这会是将他变成怪物的第一步吗?

他告诉过他们,要敞开胸怀才能化为一种形态,而他也有为自己做选择的能力,但是他们从来不明说,他只能从他们的反应中察觉真相。队员都认为瑞莱恩和达彼得最好还是不要运用飓光。

看来仆族和精神失常的人都是不值得信任的风行骑士人选。

五名冲桥手升入空中,浑身光辉璀璨,飓光袅袅腾起。一些队员正在操练,另一群人则跟着卡拉丁一起巡逻,为车队做检查。第三组人是十个已学会吸入飓光的新成员,正和皮特在几座高地开外训练,其中有琳和其他四名斥候,还有四名来自别的冲桥队的冲桥手以及一名叫作科洛特的光眼种军官,是拥有军尉军衔的弓箭手。

琳顺利地与第四冲桥队建立起了友谊,有两名冲桥手也一样。他们几乎比瑞莱恩更像队伍的一员,他只能尽量不感到嫉妒。

泰夫特正带着五人在空中列阵,其他四人则向石头的饮水站走去。瑞莱恩走到取水的队员中间,幺克拍了拍他的后背,指向旁边一座高地,那上面有一大批仍在训练的候选人。

"那群人连根矛都拿不好。"幺克说,"瑞莱恩,你真该去给他们展示一下,一个真正的冲桥手是怎么耍套路的。"

"如果他们非得和铁头怪战斗,那就只能求克勒克保佑了。"亚斯加了一句,从石头手中接过饮料,"嗯,瑞莱恩,你别介意。"

瑞莱恩碰了碰被壳甲覆盖的脑袋,那里显然又厚又硬,因为他处在战斗态。壳甲蔓延过了第四冲桥队的文身,文身的图案转移到了壳甲上。他的胳膊和腿上都有凸起,别人总想伸手摸一摸。他们不敢相信这些凸起就是从他的皮肤里长出来的,还觉得从底下看没什么不妥的。

"瑞莱恩,"石头说,"朝亚斯身上扔东西也没关系。他脑袋也很硬,简直是铁打的。"

"没事。"瑞莱恩回了一句,因为这是他们希望他说的话,不过他一不小心就调谐至激怒之韵,语词中带上了节奏。

为了掩饰尴尬,他调谐至好奇之韵,尝了尝石头当日做的饮料。"好喝!里面有什么?"

"哈!是昨晚那顿煮飓虫的汤水。"

亚斯把一大口饮料都喷了出来,惊恐地看着手里的杯子。

"怎么了?"石头问,"飓虫倒是吃得欢!"

"可这……这不就是飓虫的洗澡水?"亚斯抱怨道。

"都凉过了,味道也调过了。"石头说,"好喝。"

"洗澡水。"亚斯模仿起石头的口音。

泰夫特带着其他四人在空中划出一道光波。瑞莱恩抬起头,不禁哼起了希望之韵,但他马上打住了,切换到平和之韵。不错,他能做到心平气和。

"没用。"德雷赫说,"我们可没办法把整片破碎平原巡逻个遍。还会有车队像昨晚那样遇到袭击。"

"只是虚渡像这样不断搞袭击,队长说很奇怪。"亚斯说。

"你去跟昨天那支车队里的人说呀。"

幺克耸耸肩。"虚渡只是吓到了大家,他们还没来得及做什么,我们就赶到了,东西都没怎么烧掉。我同意队长的话,是很奇怪。"

"他们也许在考验我们的能力,"亚斯说,"看看第四冲桥队有什么真本事。"

两人瞧了瞧瑞莱恩,向他核实。

"这……这轮得到我回答吗?"他问。

"嗯,"亚斯说,"我的意思是……风操的,瑞莱恩,他们是你的亲戚,你肯定知道些什么。"

"不知道的话也能猜,对吗?"幺克问。

石头的女儿为瑞莱恩续杯,他低头看着那清澈的液体,心想:不怪他们。他们不知情,他们根本不懂。

"亚斯、幺克，"瑞莱恩审慎地说，"我的族人尽了一切可能将我们与那些家伙分开。我们很久以前就躲起来了，发誓再也不接受强力形态。

"我不知道是什么改变了，我的族人肯定被骗了。对我来说，融族一样是敌人，甚至更像是敌人，可我没办法把他们的打算说出来，因为我这辈子都努力不去想他们。"

泰夫特的队伍落到了高地上。就算先前有困难，斯卡还是很快就习惯了飞行。他降落的姿势是这些人里最优雅的，而胡勃却重重地撞到了地表，不由得叫了一声。

他们小跑到饮水站，石头的长女和长子开始把饮料递过去。瑞莱恩挺同情这两个孩子的，他们几乎不会讲阿勒斯卡语，而长子居然是沃林教的信徒。雅克维德的僧侣显然会向吃角族人宣扬全能之主的光辉，石头也允许儿女追随他们想要追随的神。那个皮肤苍白的年轻吃角族人就在胳膊上绑着铭守符，向沃林教的全能之主焚烧祈祷符，而不是向吃角族崇拜的灵体献祭。

瑞莱恩小口喝着饮料，希望雷纳林也在这儿。那个少言寡语的光眼种通常会特意跟瑞莱恩说话，而其他同伴只会兴奋地聊个不停，不会想到把瑞莱恩包括在内。仆族对他们来说是隐形的，因为他们受到的教育就是如此。

不过他依然热爱他们，因为他们确实努力了。这时，斯卡突然撞到了他，这才发觉他也在场。斯卡眨眨眼，说："也许我们应该问问瑞莱恩。"其他人立马吃了一惊，说他不愿意谈论这个话题，这等于是把他之前告诉他们的东西用阿勒斯卡人的方式陈述了一遍。

他属于这里，就像他属于别的地方一样。第四冲桥队就是他的家，因为他在纳拉克的族人都离去了：伊舒娜、瓦拉尼斯、图德……

他调谐至失落之韵，垂下头，只能相信他在第四冲桥队的伙伴能够感受到哪怕一丝韵律，否则他们怎么会知道如何来哀悼？

泰夫特准备带着另一支小队升空时，天上的一团小黑点就宣告了"飓风恩护者"卡拉丁的到来。他带着自己的小队降落，队伍里的偻朋抛接着一颗未经切割的人头大小的宝石。他们肯定找到了深渊恶魔的蛹。

"没见着虚渡的影子。"雷滕把石头的一只水桶倒扣过来当座位，"可是风操的……飞到天上才发现平原变小了。"

"是啊，"偻朋说，"而且也变大了。"

"又变小又变大？"斯卡问。

"说变小，"雷滕回应，"那是因为我们可以很快从一边飞到另一边。在我印象里，以前总觉得这要花上好几年，现在只需要一眨眼的工夫，嗖的一下就过去了。"

"等你飞到高处，"偻朋补充道，"就会发觉平原有多宽了——准保有很多地方我们没去过——看上去……就是很大嘛。"

其他人兴奋地点头赞同。人类的情绪必须从他们的表情和动作中读到，听声音是听不出的。也许正是这个缘故，情绪灵才会经常来到人类身边，而且比来到听者身边的频率更高。没有了韵律，人类在理解彼此的时候就需要辅助。

"下一轮巡逻谁去？"斯卡问。

"今天就不用了，"卡拉丁说，"我要和达力拿开会。我们会在纳拉克留下一支小队，但……"

等他穿过誓约之门，大伙很快就会在一两个小时内渐渐失去力量。卡拉丁必须与鼠从离得比较近，西格吉尔测得的最大间距约为五十里，其实拉开大概三十里的间距后，他们的力量就会减弱。

"好吧，"斯卡说，"反正我很想再喝喝石头的飓虫汁。"

"飓虫汁？"西格吉尔问道，饮料半举到嘴边。除了瑞莱恩以外，西格吉尔的深棕色皮肤是最与众不同的，不过冲桥手们似乎并不在意肤色。对他们来说，只有瞳色才要紧。瑞莱恩一直觉得这很奇怪，因为听者的皮肤纹路有时还是具备一定重要性的。

"那么……"斯卡说,"我们要谈谈雷纳林的事吗?"

二十八名冲桥手面面相觑,不少人围坐在石头那桶饮料旁,仿佛那是以前的炊火。他们把水桶当凳子用,只是水桶的数量多得可疑,就像石头事先计划好的。那个吃角族人正倚靠在他带出来放杯子的桌边,肩膀上挂着一条抹布。

"他怎么了?"卡拉丁皱着眉问道,环顾别的队员。

"他花了很多时间和文书一起研究塔城。"纳塔姆说。

"有一天,他还说过自己在那儿做了什么,"斯卡补充道,"说得也太像在学认字了。"

大伙都不自在地动来动去。

"那又怎样?"卡拉丁问,"哪里有问题?西格吉尔就看得懂自己的语言——风操的,我自己也认铭文。"

"不是一回事。"斯卡说。

"那样太娘娘腔了。"德雷赫加上一句。

"德雷赫,"卡拉丁说,"你不是在和男人交往吗?"

"那又怎样?"德雷赫反问。

"对啊,你想表达什么,卡尔?"斯卡气愤地附和道。

"我没想表达什么!我只是觉得德雷赫可能会有同感……"

"这简直不公平。"德雷赫说。

"是啊。"偻朋补充道,"德雷赫喜欢男人,他似乎比别人更不想待在女人身边。这和女性化正好相反,可以说特别有男人味。"

"没错。"德雷赫说。

卡拉丁揉了揉额头,瑞莱恩感同身受。为了每时每刻的交配而感到烦扰的人类真是可悲。他们总是被交配的激情搞得心烦意乱,却还没有达到可以放下的地步。

他为人类而害臊。他们没有形态可以改变,就是太关注一个人该干什么和不该做什么了。雷纳林希望做学问,那就让他做学问。"

"对不起,"卡拉丁伸手示意大伙冷静,"我并不想侮辱德雷赫。可是风操的,我们都明白世道在改变。看看我们自己吧!我们算是半个光眼种了!第四冲桥队里也进了五位女成员,她们都会用矛作战。人们的期望被颠覆,这正是我们造成的,所以让我们给雷纳林留一点余地,好吗?"

瑞莱恩点点头。卡拉丁是个好人。就算犯过错,他也比队里其他人努力。

"我有话要讲。"石头补充道,"前几周你们有多少人找过我,说觉得自己融不进第四冲桥队?"

高地上一片沉默,最后西格吉尔举起了手,接着是斯卡和包括胡勃在内的另外几个人。

"胡勃,你没有来找我。"石头说。

"哦,也是,可我想去找你,石头。"他垂下目光,"世上的一切都在改变,我不知道自己能不能跟上。"

"我还会做噩梦,"雷滕轻声说,"梦到乌有斯麓的深处。有人跟我一样吗?"

"我阿勒斯卡语讲不好。"胡伊奥说,"很难为情,就我一个。"

"我恐高。"托芬补充道,"我害怕飞到天上去。"

有几人瞅了瞅泰夫特。

"干吗?"泰夫特没好气地问,"这个欠风操的吃角族人郁闷地看着你们,你们就以为这是什么情感分享会吗?去他的吧。我没有一天到晚去搓苔藓,反倒跟你们这帮人打交道,这已经是奇迹了。"

纳塔姆拍了拍他的肩膀。

"我不能战斗。"石头说,"我知道你们有人不爽,可我觉得自己就是不一样,不仅仅因为队里只有我好好留着胡子。"他凑上来。"生活在改变,所以我们都会感到孤单,对吗?哈!没准我们可以一起感到孤单。"

大伙似乎都很欣慰,只有偻朋溜了出去,不知怎么去了高地的另一边,正把石头举起来看着底下。就算在人类当中,他也是够古怪的。

其他人放松下来,开始聊天。胡勃拍了拍瑞莱恩的背,这是他们最接近于询问他的感受的举动,可他仍然会恼火,是不是很幼稚?大伙都感到孤单,觉得自己格格不入,对不对?可是他们知道身为一个截然不同的种族是什么样吗?他们正在和这个种族交战,而这个种族的成员不是被杀就是堕落了。

塔城里的人往往带着不加掩饰的恨意看着他。他的伙伴不会这样,但他们肯定会为自己的想法扬扬得意:*我们明白你和别人不一样,瑞莱恩。外表改变不了,你也拿它没办法。*

他调谐至烦恼之韵,坐在原地,直到卡拉丁将余下的队员派去训练有志成为风行骑士的人。卡拉丁小声和石头说着话,扭头看到坐在水桶上的瑞莱恩,便愣住了。

"瑞莱恩,"卡拉丁说,"你怎么不去休息?"

你是因为同情我才给我特殊照顾的,如果我不想这样呢?

卡拉丁挨着瑞莱恩蹲下。"喏,你也听到石头的话了。我明白你的感受,我们可以替你分担。"

"当真?"瑞莱恩问,"'飓风恩护者'卡拉丁,你真的明白我的感受吗?抑或那只是人们随口会说的话?"

"估计只是人们随口会说的话。"卡拉丁承认道,把一只倒扣的水桶拖过来,"你能把那些感受告诉我吗?"

他真的想知道吗?瑞莱恩考虑了一下,调谐至决断之韵:"我可以试试。"

56 一直与你同在

你的诡计也让我没有把握。在此之前,你为什么不让我认识你?你怎么能躲起来呢?你到底是谁?怎么会这么了解阿多拿西?

达力拿出现在一座古怪的要塞前,高耸的城墙只有一层,以血红色的石块垒成。要塞封住了一座石崖的巨大裂缝。

周围的士兵不是在搬运物资就是在忙活,从依傍天然石崖而建的房屋里进进出出。达力拿在冬日的寒风中呼出一团团白气。

他左手拉着纳瓦妮的闲手,右手拉着迦熙娜的闲手。办法果然奏效了。他对幻境的控制力越来越强,甚至超出了飓风之父的预设。这天,他牵着纳瓦妮和迦熙娜的手,在不刮飓风的情况下也把她们带进来了。

"了不起,"纳瓦妮捏了捏达力拿的手,"城墙就像你描述的那么壮观。再看那些人,还是拿着青铜武器,很少有钢制品。"

"盔甲是塑魂术的产物。"迦熙娜松开达力拿的手,"注意看金属表面上的指印,这说明盔甲的材质是磨光的铁,是通过塑魂术从陶土变过来的，不是真正的钢。但我还是想知道，魂器的使用会不会削弱他们学习冶炼的动力。炼铁是很困难的，不能像炼青铜那样，简单地用火熔化。"

"那么……"达力拿问，"这是什么时代？"

"也许是两千年前。"迦熙娜说，"这些都是哈拉文吉安式的剑。看到那些拱门了吗？晚期的古典式建筑，但斗篷是人工着色的，不是染的，蓝色的部分已经褪色了。再结合您说的语言，也就是我母亲上次记录下的那些，我还是很有把握的。"她望了望路过的士兵。"人们组成了多民族联盟，和灭世期间一样。不过，如果我没弄错的话，这应该是亚哈里提安发生后又过了两千多年的时代。"

"他们在打仗。"达力拿说，"光辉骑士从战斗中撤退，把武器丢弃在了外面的战场上。"

"这样一来，光辉变节发生的时期就比沙利芙之女玛莎所著述的时期要近一点了。"迦熙娜若有所思地说，"读过有关幻境的记载后，我认为这一幕是最晚发生的，但那场您俯瞰塔冠城废墟的幻境还是很难定位。"

城墙上有士兵发出警报，骑兵立即跃马奔出城门，前去调查。"他们还会和谁作战？"纳瓦妮问，"这都是虚渡离开之后的事了。"

"我们可能处在伪灭世期间。"迦熙娜说。

达力拿和纳瓦妮双双看着她。

"那只是一段传说，"迦熙娜说，"被沃林教会视作伪史。大约一千五百年前，多弗康蒂写过一部相关的史诗。据称，有一部分虚渡在亚哈里提安当中幸存，后来和人类发生过许多冲突。在世人眼里，这种说法是不可靠的，但这只是因为后世的不少虔诚者一再坚称不可能有虚渡幸存。我倾向于认为，所谓伪灭世就是人类与仆族的冲突，那时仆族还没有出于未知原因被剥夺改变形态的能力。"

说完她看向达力拿，目光炯炯有神。达力拿一点头，她就走去尽可能搜集历史珍闻了。

纳瓦妮从挎包里取出文具。"不管怎样,我都要搞清楚这座'热病岩堡'所在的位置,哪怕我得胁迫这些人画地图。也许我们可以派学者到这里来,寻找光辉变节的线索。"

达力拿走到城墙脚下。这确实是一座宏伟的建筑,呈现出幻境中非常典型的反差,看起来颇为奇异:古典时期的人们没有法器,甚至不会冶金术,却与种种奇迹相伴。

有一群人一窝蜂地从城墙顶上沿着台阶走下来,后面跟着亚泽尔的阿卡希克斯大帝雅拿贡一世阁下。虽然达力拿是牵着纳瓦妮和迦熙娜进入幻境的,但他还是请求飓风之父亲自将雅拿贡带进来,因为眼下飓风正在亚泽尔肆虐。

看到达力拿,少年停下脚步。"'黑荆棘',今天需要战斗吗?"

"今天不需要,阁下。"

"我实在太烦这些幻境了。"雅拿贡走下最后几级台阶。

"幻境带来的疲惫不会消失,阁下。其实,当我开始理解幻象的重要性,并承担起相应的包袱时,疲惫的感觉还会越来越重。"

"我不是说这很烦。"

达力拿没有回答。他两手交握在背后,和雅拿贡一同走到隘口的城门前,让少年看看外面的事态发展。有的光辉骑士步行穿越开阔的平原,有的从天而降。他们纷纷召唤瑛刃,引起了在旁观望的士兵的担忧。

骑士们把瑛刃插进地面,弃之不顾,还留下了瑛甲。价值不可估量的碎瑛武器就这么被抛弃了。

少年帝王似乎不像达力拿上次那样急于与他们对峙,因此达力拿抓住他的胳膊,在第一批士兵打开城门时就把他带了出去,不想让他卷入即将到来的人潮。士兵很快就会冲向被遗弃的瑛刃,开始自相残杀。

就像上次那样，达力拿仿佛听到了死去灵体的惨叫声，仿佛感受到了遍布平原的巨大痛苦。他几乎无法忍受。

"为什么？"雅拿贡问，"为什么就这么……放弃了？"

"不知道，阁下。这一幕我总是忘不了，很多地方都不理解。无知，已经成了我统治的主题。"

雅拿贡环顾四周，赶紧找了块高大的石头爬了上去，以便观察那些光辉骑士，似乎远比在其他幻境中投入，达力拿也尊重他。战争就是战争，然而这等景象是前所未见的。战士竟会心甘情愿地放弃碎瑛武器？

还有那种痛苦，如恶臭般弥漫在空气中。

雅拿贡在石头上坐下。"那为什么要给我看？你根本不懂其中的意义。"

"即使您无意加入联盟，我想我也应该尽可能把我知道的情况告诉您。也许我们会失败，而您会活下来；也许贵国的学者可以解决难题，而我们不能；也许您就是柔刹需要的领袖，而我只是一介使者。"

"你明明不相信。"

"我是不相信，但我还是想让您看看，以防万一。"

雅拿贡摆弄着皮制胸甲上的流苏，有些不安："我……我没有你认为的那么重要。"

"恕我一言，阁下，您还是低估了自身的重要性。亚泽尔的誓约之门将起到非常关键的作用，而贵国又是柔刹西部最强大的国家。有了亚泽尔的支持，许多其他的国家也会加入联盟。"

"我是说我这个人不重要。"雅拿贡说，"亚泽尔当然是重要的，可我只是一个小孩，被他们推上了帝位，因为他们害怕刺客会回来。"

"那他们对外公布的奇迹呢？令使选中您的证据又怎么说？"

"那是莉芙特，不是我。"雅拿贡低头看着自己晃荡的双脚，"他们教我要有重要人物的样子，可我压根不是什么重要人物，寇林，至少现在还不是,可能永远都不是。"

这对雅拿贡来说是一种全新的面貌。这天的幻境让他受到了震动,但不是达力拿所希望的那样。达力拿只能提醒自己,他还年轻,即便没有意外登基的压力,这个年纪的生活也已经很有挑战性了。

"不管出于什么原因,"达力拿对少年帝王说,"您都是现任的大帝,内阁已经把您登基的奇迹公之于众,所以您确实拥有一定程度的权威。"

雅拿贡耸耸肩。"大臣都不是坏人。他们把我推上这个位置,心里很内疚。他们教育我——其实就是叫我死记硬背——希望我参与国事,但真正统治帝国的人并不是我。"

"他们害怕你,非常害怕,比害怕刺客还要害怕。刺客烧掉了先帝们的眼睛,但是帝王是可以被取代的。你代表的是更可怕的东西,他们认为你会摧毁我们的整个文化。"

"阿勒斯卡人从没有踏足过亚泽尔的大地。"达力拿说,"来吧,阁下!告诉您的子民,您见过幻象,而令使希望您至少去乌有斯麓;告诉您的子民,开启誓约之门所带来的机遇要远远大于危险。"

"如果再发生这种事呢?"雅拿贡朝插满碎瑛刃的平原扬起头。数百把银色的碎瑛刃立在地上,反射着阳光。大批士兵正从要塞中涌出,冲向那些武器。

"我们会想办法不让这种事重演。"达力拿眯起眼睛,"我不知道光辉变节的起因,但我可以猜测。他们失去了远见,阁下。他们卷入了政治斗争,任由分歧在他们之间蔓延。他们忘记了自己的初心:为了人民而保卫柔刹。"

雅拿贡皱起眉头看着他。"这话说得太重了。你以前好像很尊敬光辉骑士。"

"我尊敬的是那些在灭世中战斗的光辉骑士,而这些人呢?我是能同情,因为有时我也会被自己的小心眼所困扰,但要说尊敬?没有的事。"他浑身发颤,"他们杀害了陪伴自己的灵体,背弃了自己许下的誓言!他们可能不是历史上所描绘的恶人,但在这一刻,他们没有去做正确和公正的事。他们辜负了柔刹!"

飓风之父在远处隆隆作响,表示同意这个观点。

雅拿贡歪过头。

"怎么了?"达力拿问。

"莉芙特不信任你。"雅拿贡说。

达力拿四处看看,以为那个飓风之父很讨厌的雷希小姑娘又会突然出现,就像前两场他展示给雅拿贡的幻境那样,然而他没有见到女孩的影子。

"那是因为你的表现太端正了。"雅拿贡续上前言,"莉芙特说,这样的人肯定有事瞒着别人。"

这时,一名士兵走上前,用全能之主的声音对雅拿贡说:"他们是第一批。"

达力拿后退几步,让少年帝王聆听全能之主在这场幻境中的简短发言:*这些事件将被载入史册,作为耻辱广泛流传。此刻发生的事会被你们冠以很多名称。*

正是全能之主曾对达力拿说过的话。

悲惨之夜将临,还有终极灭世。灭世风暴。

在布满碎瑛武器的平原上,士兵开始争夺这些神兵利器。有史以来,人类第一次利用死去的灵体互相屠杀。最后,雅拿贡渐渐从幻境中消失,达力拿闭上双眼,感到飓风之父越离越远。一切都消散了……

可现实并非如此。

达力拿睁开双眼,发现自己仍在热病岩堡高耸的血红色城墙前。士兵争夺着碎瑛刃,但也有人叫大家耐心。

在这天夺得碎瑛武器的人将成为统治者,然而那些最优秀的人,也就是那些呼吁节制或提出关切的人，是很罕见的，他们不够强硬，无法占据优势，这让达力拿很烦闷。

为什么他还在这里？上一回，幻境在此之前就已经结束了。

"飓风之父？"他问。

没有回答。达力拿转过身。

一个身穿白金两色衣袍的人站在那儿。

达力拿吓了一跳，慌忙后退。那人年纪很大，宽脸上满是皱纹，灰白的头发掠在脑后，仿佛被风吹起，一顶金冠戴在头顶，两撮带着星点黑色的浓密髭须与白色的短胡须融为一体。从肤色和眼睛大小来看，他像个深族人。

这双眼睛十分沧桑，周围的皮肤沟壑纵横。当他朝达力拿微笑，并把一根金杖放到肩上时，他的眼中跃动着喜悦的光芒。

达力拿忽然不知所措，只得跪倒在地。"我认识你。"他低语，"你……你是神。"

"没错。"那人说。

"你去哪里了？"达力拿问。

"我一直在这里。"神说，"我一直与你同在，达力拿。噢，我已经观察你很久很久了。"

"这里？你……你不是全能之主吧？"

"荣誉？不，他真的已经死了，就如传闻那样。"老者笑意更浓了，面目慈祥，情感真挚，"我是另一位，达力拿。我叫仇恨。"

57 激情

如果你愿意进一步和我探讨,我要求你开诚布公。请返回我的大陆,联系我的仆人,我会尽力帮你完成使命。

仇恨。

达力拿匆忙站起,马上后退几步,寻找手里没有的武器。

仇恨正站在他面前。

飓风之父已经变得相当遥远,几乎消失了,但达力拿仍能从他身上感受到一种微弱的情绪。那是一声哀叹吗?就像他被重物紧紧缚住了?

不,那是一声呜咽。

仇恨把金杖靠在手掌心,扭头去看那些争夺碎瑛刃的人。

"我还记得这一天。"仇恨说,"如此充沛的激情,如此惨重的损失。这一天对许多人来说是可怕的,对另一些人来说却是光荣的。你看错了光辉骑士堕落的原因,达力拿。他们确实起了内讧,但这不比其他时代严重。他们都是老实的男女,虽然有时会有不同的观点,但他们的心是齐的。"

"你到底想要我怎么样?"达力拿手捂胸口,呼吸急促。风操的,他还没准备好。

他真能准备好迎接这一刻吗?

仇恨走到一块小石头旁,安坐下来。他松了口气,仿佛卸下了重担。他朝一边的空位点点头。

达力拿没有走过去坐下。

"你的处境很不利,孩子。"仇恨说,"你最先与现阶段的飓风之父建立了纽带,知道吗?你跟神的残魂有着深切的联系。"

"神是你杀死的。"

"没错。总有一天,我也会杀死另一位。她正躲在某个地方,而我却……身陷图圄。"

"你是禽兽。"

"噢,达力拿,怎么偏偏是你说出这句话?告诉我,你从没有和你尊敬的人发生过冲突;告诉我,你从没有不得已而杀过人,哪怕那人还是不死为好?"

达力拿忍着没有回嘴。这些事他确实经历过,而且经历过许多次。

"我了解你,达力拿。"仇恨又露出微笑,神情宛如慈父,"过来坐下,我又不会把你吃了,也不会一掌把你烧死。"

达力拿犹豫不决。你必须听进他的话。比起许多普遍的真理,就连他的谎言也能带来更多启示。

于是他走过去,僵硬地坐下。

"你对我们三位有多少了解?"仇恨问。

"说实话,我根本不知道你们有三位。"

"其实不止有三位,"仇恨心不在焉地说,"但与你们相关的只有三位:我、荣誉、培养。你们也会提起培养吧?"

"我想是的。"达力拿说,"有人认为她就是柔刹,就是世界之灵。"

"她会喜欢的。"仇恨说,"干脆把这个地方让给她吧。"

"那就让给她,别管我们,赶紧离开。"

仇恨猛地转过身,吓了达力拿一跳。"也就是说,"仇恨轻声道,"你愿意将我从桎梏中释放出来?可你掌握着荣誉残余的名义和力量。"

达力拿支支吾吾。**蠢货,你又不是什么新兵,振作起来**。"不。"他斩钉截铁地回答。

"啊,那好吧。"仇恨莞尔一笑,双眼炯炯有神,"哎,不要这么苦恼。事情必须做妥当,如果你释放了我,我就会离开,但前提是你要遵从自己的意图。"

"那么释放你的后果是什么?"

"嗯,首先我会杀了培养,还会有其他所谓的……后果。"

士兵挥着碎瑛刃杀死了刚刚还是战友的人,留下了焦枯的双目。这是一场疯狂的权力争夺战。

"你就不能……离开吗?"达力拿问,"不杀任何人?"

"那好,让我反过来问你:为什么你要从可怜的艾尔霍卡手中夺走阿勒斯卡的统治权?"

"我……"不要回答。不要让他抓到把柄。

"你知道那样最好不过。"仇恨说,"你知道艾尔霍卡软弱无能,而缺乏坚定领导的王国会遭受苦难。为了大局着想,你夺走了统治权,柔刹因此获益。"

不远处,有人一瘸一拐地离开战场,跌跌撞撞地朝他们走来。忽然,一把碎瑛刃捅穿了他的后背,从胸前伸出足有三尺。他迎面倒下,双眼灼烧,拽出两道黑烟。

"一个人不能同时侍奉两个神,达力拿。"仇恨说,"因此,我不能把培养留下。荣誉的瑛灵①其实也不能留下，不像我以前以为的那样。我已经看出其中的问题了。一旦你释放了我，我对这个界域的转变将会非常可观。"

"你觉得你会做得更好吗？"达力拿润了润干燥的嘴唇，"你会为了这片大陆，比其他人付出更多努力吗？就凭你这个憎恶与痛苦的化身？"

"我被叫作'仇恨'，"老者说，"好一个贴切的名字，确实挺犀利。不过仅凭这两个字来描述我，未免太过局限。你应该知道，我所代表的不完全是仇恨。"

"那还有什么？"

老者望着达力拿。"还有激情，达力拿·寇林。我是情感的化身，也是灵体与人的灵魂。我代表着欲望、快乐、憎恶、愤怒与喜悦，也代表着荣耀与恶习。我是生而为人的动因。"

"荣誉只在乎纽带，但他不关心纽带和誓言的意义，只关心纽带的维系。培养只想看到转变和生长，这可以是好事，也可以是坏事，反正她不管，人们的痛苦对她来说什么也不是。只有我明白，只有我在乎，达力拿。"

我不相信，达力拿心想，我也不敢相信。

老者叹了口气，站了起来。"如果你看到了荣誉的影响所造成的结果，就不会马上把我命名为愤怒之神。将人的情感剥离出去，就会产生像纳尔那样的人和他手下的破天骑士团。这就是荣誉的'馈赠'。"

达力拿朝平原上的残酷斗争扬起头。"你刚才说，我看错了光辉骑士背弃誓言的起因。那么真相是什么？"

---

①瑛灵（Splinter）：三界宙术语，泛指神能（三界宙的魔法能量）的碎片，这里表示荣誉残余的力量，即灵体。

仇恨笑道:"是激情,孩子。是美妙的激情,是情感,是生而为人的定义——然而说来讽刺,你就是一个糟糕的载体。你因激情而充实,也因激情而崩溃,除非找到别人分担。"他望向垂死的士兵,"可你能想象一个没有激情的世界吗?不能。我不想活在那样的地方。等你下次见到培养,就问问她吧,她对柔刹有什么希冀。我想你会发现,我才是更好的选择。"

"下次?"达力拿问,"我从没见过她。"

"你当然见过。"仇恨转身走开,"她只是剥夺了你的那段记忆,我自然不会这么帮你。她与你接触,偷走了你的一部分,让你像个盲人一样,记不起曾经的光明。"

达力拿起身道:"我要向你发起代理斗士的对决,条件可以商榷。你会接受吗?"

仇恨一愣,缓缓转身。"你说真的吗,达力拿·寇林?你愿意为了全柔刹发起对决吗?"

风操的,他愿意吗?"我……"

"反正我不会接受。"仇恨站得更直了,那抹会心的微笑令人不安,"我不必冒着这种风险,因为我知道,达力拿·寇林,你会做出正确的抉择,你会把我释放出来。"

"我不会。"达力拿伫立在原地,"你不该暴露自己的身份,仇恨。我曾经害怕你,但人们更容易害怕他们不理解的东西。既然我已经看清你了,就可以与你斗争。"

"你说你已经看清我了,是吗?有意思。"

仇恨又微笑起来。

一切瞬间变白。达力拿发现自己站在代表整个世界的一抹虚无之上,仰望着包容一切的永恒火焰。火焰向四面八方延伸,由红色转为橙色,再变为耀眼的白色。

不知为何,火焰似乎烙下了一片泛着紫色的深邃黑暗,充满怒气。

此景非常恐怖，吞噬了光线，炽热无比。滚烫的黑暗之火有种不可名状的辉泽，外围呈紫色。

焦灼。

迅猛。

强烈。

那是千军万马在战场上的嘶吼。

那是最感性的触碰和狂喜的时刻。

那是失利的悲伤与胜利的喜悦。

那也是憎恶，深深的、盎然勃发的憎恶，它的重压能将万物熔化；那也是千百个太阳的热度、每一个吻的幸福，以及合而为一的全人类的生命，被他们的每一种感受所定义。

就连其中的一小部分也让达力拿恐惧。他变得渺小而虚弱。他心里明白，如果饮下那片液态浓缩的原始黑暗之火，他瞬间就会化为乌有，整颗柔刹星球就会灰飞烟灭，不比蜡烛熄灭后的袅袅青烟更有意义。

火焰终于消失了，达力拿发觉自己仰面躺在热病岩堡外的石地上，天上的太阳似乎又昏暗又冰冷。

仇恨跪在他身边，扶他坐起来。"哎呀，哎呀，是有点过分了，对吗？我都忘了那有多难受。来，喝口水。"他递给达力拿一只水袋。

达力拿怔怔地盯着水袋，再看了看老者。在仇恨眼里的深处，他瞧见了那片黑中泛紫的火焰。他意识到，与他交谈的人物不是神，只是一张脸面，一副伪装。

这是因为，如果达力拿要面对藏在那双含笑眼眸之后的真正力量，他会发疯。

仇恨拍拍他的肩膀。"别着急，达力拿，我会把你留在这里。放轻松，这——"他忽然不说了，皱起眉头左右四顾，在岩石间搜寻着。

"怎么了?"达力拿问。

"没事,只是人老了,脑子糊涂了。"他拍拍达力拿的胳膊,"我们来日再谈,说定了。"

随后他一眨眼就消失了。

达力拿往后一倒,完全没了力气。风操的,真是……

风操的。

"那个老头好吓人。"一个女孩的声音传来。

达力拿挪动身子,费劲地坐了起来。附近岩石的后面探出一颗小脑袋,黝黑的皮肤、苍白的眼珠、黑色的长发和瘦削的少女五官。

"我是说,老头都好吓人。"莉芙特说,"我说真的。个个都有皱纹,问我要不要吃糖,叫我听无聊的故事。我还不清楚吗?他们可以想当好人就当好人,但他们老了以后却毁掉了一大帮人的生活。"

她翻过岩石,这回戴着帽子,穿着精致的亚泽尔服装,五颜六色的绣花袍外面还披着厚大衣,上次的衬衫长裤比起来就很朴素了。"那老头在老人家里也算非常吓人的。"她小声说,"翘屁股爷爷,他是什么来头?身上的味道不像是真人发出来的。"

"他叫仇恨,"达力拿疲惫地说,"是我们要战斗的敌人。"

"好吧,跟他比起来你什么也不算。"

"谢谢?"

莉芙特点点头,仿佛被他夸了一句。"我去跟高克斯说。你那个像塔一样的城里有好吃的吗?"

"我们可以给你准备一点。"

"行,随便准备。你们都吃啥呀?好吃吗?"

"好吃啊。"

"没有军粮那种恶心玩意吧?"

"一般没有。"

"太好了。"莉芙特望着仇恨消失的地方,瑟瑟发抖,"我们会去的。"她愣了一下,戳了戳达力拿的手臂,"别把仇恨的事讲给高克斯听,好吗?要他操心的老人家已经够多的了。"

达力拿点点头。

那个古怪的女孩不见了。片刻后,幻境终于消散。

(第二部分·完)

插曲

卡札 塔拉楚吉安 温丽

曲战

I-4 卡扎

"初梦"号冲破一道波浪,卡扎死死抓着绳索,戴着手套的双手吃痛不已,而她确信每一道浪头都会把她掀下船。

可她不愿进船舱。这是她的命运。她不是任人运送的工具,再也不是了。而且这片昏暗的天空——突然狂风大作,哪怕一小时前航行还很顺利——不比她看到的幻境更令人不安。

又是一个浪头,海水漫上了甲板,船员大呼小叫,慌了手脚。他们大多是来自斯提恩的雇工,因为头脑清醒的水手是不会搭上这艘船的。法兹梅布船长穿行在船员间,大声下令,而舵手德罗兹稳稳把着航向,径直驶入风暴。

卡扎抓牢绳索,胳膊逐渐乏力,她不禁感到自己年纪大了。冰冷的海水冲刷着她,长袍的兜帽滑了下去,露出了她的脸庞和她扭曲的容貌。多数船员并没有留心,但她的呼喊声引起了法兹梅布的注意。

船长是船上唯一的泰勒拿人,但他不完全符合卡扎对该族人的印象。在她眼里,泰勒拿人都是穿着马甲、发型入时的矮胖商贾,会为每一颗球币讨价还价。法兹梅布却和阿勒斯卡人一般魁梧,手掌宽得能包住巨石,前臂壮得能擎起巨石。

他在哗啦啦的海浪声中大吼道:"谁来把塑魂者带到甲板下面去!"

"别!"卡扎回喊,"我要留下来!"

法兹梅布愤然上前道:"我付了亲王赎金把你带来,不是要把你丢在海里。"

"我不是工具——"

"船长!"一名水手喊道,"船长!"

他们俩都抬头看着船被推到一道巨浪的浪尖,船身摇摇欲坠,几乎从一侧翻了下去。风操的!卡扎难受得胃都挤到嗓子眼了,她感到手指在绳索上打滑。

法兹梅布一把揪住她的衣角,紧紧拉住她。船驶过浪头,再次扎向海面。在可怕的一瞬间,他们似乎被埋没在冷冽的海水中,仿佛整艘船都沉了下去。

大浪过去后,卡扎发现自己瘫倒在甲板上,浑身湿透,船长紧紧把着她,并对她说:"风杀的笨蛋!你是我的秘密武器,要领我的报酬,就别给我淹死,明白吗?"

她有气无力地点点头,诧异地发觉自己很容易就听到了他的话。风暴……

就这么过去了?

法兹梅布笑容满面地站直身子,将白眉梳回湿漉漉的长发里。挺过风浪的船员纷纷站起,浑身湿透,仰头望天。空中依旧阴云密布,但风势已经完全平息了。

法兹梅布放声大笑,长长的卷发往后一甩。"伙计们,我是怎么跟你们说的来着?那场新风暴来自艾米亚!现在它逃走了,留下故乡的财宝任人掠夺!"

人人都知道不能在艾米亚附近逗留,但这背后的原因却众说纷坛。谣传那里有一股复仇风暴,会寻找并摧毁靠近的船只,前面那阵与飓风或灭世风暴来袭的时间不匹配的邪风似乎证实了这一点。

船长高声下令,让船员们回到岗位。他们还没有航行多久,只离开了里亚弗,沿着深国海岸驶过一小段海域,然后向西驶往艾米亚的北段。他们很快就发现了那座庞大的主岛,但还没有到访过。人人都知道,那里贫瘠而荒凉。财宝蕴藏在隐秘的岛屿上,据说是为了让那些愿意勇敢面对风浪和险峻海峡的人致富。

卡扎不太在乎。对她来说,财富有什么意义?她因为某个传言而来,这个传言只有她的同类才会提及。也许在这里,她终于可以找到治好自己的方法了。

她刚站直身子,就在口袋里摸索着,寻求魂器的慰藉。它只属于卡扎,不管里亚弗的统治者怎么说。他们有没有在年少时就操弄魂器,学习其中的奥秘?他们有没有在中年时效忠王室,每使用一次魂器,就变得更没有知觉?

一般的船员给她让位,不敢正眼瞧她。她也不习惯平常人的目光,于是拉上兜帽。她已经……毁容了,而且到了特别明显的阶段。

她整个人在缓缓变成一缕烟。

法兹梅布亲自掌舵,让德罗兹休息。那个瘦长的男人走下尾楼甲板,注意到靠在船舷边的卡扎,咧嘴冲她笑了笑。她觉得很奇怪。她从来没有和他说过话,但他却大摇大摆地走过来,像是要聊上几句。

"呃……"他说,"风浪这么大,你还待在甲板上,胆子可真不小。"

卡扎打量着这个怪人,愣了愣,放下兜帽。

尽管她的头发、耳朵和目前的部分脸庞在分解,但德罗兹还是没有退缩。她的脸颊上有一个窟窿,能透过它看见牙齿和下颌,皮肉似乎在燃烧,一道道黑烟绕着窟窿冒出来。她开口说话时,空气会从里面穿过,改变她的声线,而她不得不一直仰着头才能喝到东西。即便如此，东西也还是会流出来。

转变的过程非常缓慢，在塑魂术夺去她的生命之前，她还有几年可活。

德罗兹似乎想要装作一切正常。"不敢相信我们挺过了那场风暴。你觉得它真像故事里说的那样，会把船当作猎物吗？"

和卡扎一样，他是里亚弗人，长着深褐色的皮肤和深褐色的眼睛。他想干什么？卡扎奋力回忆那些她开始遗忘的人生激情。"想与我共赴云雨？……不，你比我年轻多了。嗯……"有意思。"你是害怕了，想得到安慰吗？"

德罗兹忐忑起来，把玩着一根绳结的末端。"嗯……其实我想问，是亲王派你来的，对吗？"

"啊。"所以他知道卡扎是皇亲。"想要攀权附贵？别美了，我是自己要来的。"

"他肯定放你走了。"

"他当然没有。如果不是为了我的安全，那也是为了我的魂器。"它是属于卡扎的。她眺望风平浪静的海面，续道："他们每天把我软禁起来，让我过优裕的生活，他们认为这样就可以使我快乐。他们心里清楚，我随时都能让墙壁和亲情化为青烟。"

"疼吗？"

"很幸福。我慢慢地与魂器产生联系，再通过它与柔刹产生联系，直到有一天，它会完全将我纳入怀抱。"卡扎抬起一只手，一根手指一根手指地摘下黑手套，露出正在分解的手部，每根手指的指尖上都腾起一道黑烟。她转动手部，掌心对着德罗兹，说："我可以演示给你看。让我摸一下，你就知道了。过一会儿你就会和空气融为一体。"

他被吓跑了。好极了。

船长把船开往一座小岛，小岛从平静的海面上探出来，就在船长的航海图所标示的地方。它名头繁多，比如"奥义岩"和"虚空胜地",听上去都很玄乎,卡扎还是更喜欢它的古称——亚基纳。

据说那里曾有一座宏伟的城市,但谁会把城市建在一座人们无法接近的岛上?海面上隆起环岛一周的怪石,每一块都高达四十尺,形似矛头。船越靠越近,波涛又变得汹涌澎湃,卡扎泛起一阵恶心,却不觉得讨厌。这是人类才有的感受。

她又伸手寻找魂器。

那股恶心混杂着淡淡的饥饿感。最近她常常忘了吃饭,因为她的身体已经没有那么大的需求了。碍于脸颊上的窟窿,咀嚼食物成了麻烦事,可她还是很喜欢厨子在船舱里搅拌食物时散发出的香味,这顿饭或许能让船员平静下来。眼看离岛越来越近,他们似乎都很焦虑。

卡扎走向尾楼甲板,来到船长身边。

"现在你该证明自己的价值了,塑魂者。"他说,"我一路把你拽过来,不是没有理由的。"

"我不是工具,"卡扎心不在焉地说,"我是人。那些尖石……都是塑魂术的产物。"矛头般的巨石极为整齐地环绕着岛屿。从前方的水流来看,还有一些埋在水下,会撕碎靠近船只的船体。

"你能毁掉一块吗?"船长问她。

"不能。石头比你说的大得多。"

"但——"

"开个洞倒是可以,船长。向一整个物体施放塑魂术其实更容易,可我不是普通的塑魂者。我已经开始看到一片黑暗的天空,上面挂着另一个太阳,那些生物潜藏在人类城市的周围。"

法兹梅布明显哆嗦了一下。他为什么会害怕?卡扎只是陈述了事实。

"你要转化几块埋在波涛下的岩石的尖头,"船长说,"再开个足够大的洞,好让小艇划到那边的岛上。"

"我不会食言,但你必须记住:我不为你效劳,我来这儿自有目的。"

他们尽量把锚抛在最靠近尖石的地方。从这里看，尖石更令人生畏，而且更明显是塑魂术的产物。每一块都需要好几名塑魂者一同对付，卡扎心想，站在船头，而船员们匆匆吃着炖菜。

厨子是女的，长得像个雷希人，脸上全是文身。她催促船长吃饭，还说饿着肚子会分心。就连卡扎也用餐巾捂住脸颊，吃了一些，但她的舌头已经没有味觉了，什么食物尝起来都像是糊糊。

船长在等待时引来了形如风中飘带的期灵，而卡扎见到了岸上和灵体相伴的生物。

船上的四艘小艇很拥挤，桨手和官员都在一起，但他们还是在一艘小艇的船头为她腾出了空间。她拉上还没干透的兜帽，坐到凳子上。如果刚才那场风暴没有停歇，船长打算怎么办？他真想让卡扎在风暴的中心乘着小艇去移除那些形似矛头的怪石？

他们划到一块尖石旁边，卡扎小心翼翼地解开器的包装，送出一片强光。魂器上有三颗巨大的宝石，它们用链条连接在一起，有圆环。她戴上魂器，将宝石置于手背。她轻轻叹了口气，感到金属再次抵在了她的皮肤上，温暖而宜人，是她的一部分。

她把手伸到船外，探进冰凉的水中，摁住一块长年浸泡在海里、已经被磨光的尖石。宝石迸出的光芒照亮了海水，跃动的波光映在她的长袍上。

她闭上眼睛，有了那种熟悉的感觉：她被带入另一个世界，而另一种意志强化了她自己的意志，那是一种威严而强大的东西，被她的求助所吸引。

那块石头不想改变，它愿意长期在海中沉睡。然而……是的，是的，它还记得。它曾经是空气，直到有人把它锁定成这个形状。卡扎无法再让它变成空气，因为她的魂器只有一种模式，没有完整的三种模式。她不知道为什么。

烟,她低声劝道,空气中的自由,还记得吗?她引诱着那块石头,撩拨着它自由舞动的记忆。

是的……自由。

她自己差点就屈服了。如果不再恐惧,能在空中无限翱翔,摆脱凡人的痛苦,那该有多好?

石头的尖端化为烟,小艇周围猛地泛起泡沫。卡扎惊诧地回到现实世界,内心深处一阵颤抖,涌起惧意。刚才她差点就消失了。

冒烟的泡沫震得小艇差点倾翻。卡扎早该提醒他们。水手们嘀嘀咕咕,但坐在另一艘小艇上的船长却表扬了她。

她又在波浪下移除了两块岩石的尖端,一行人终于抵达了环岛石阵,矛头般的巨石紧挨在一起,缝隙几乎没有一掌宽。他们试了三次才让小艇靠近——他们一进入位置,搅动的波浪就会再次把船拉回去。

水手们终设法稳住了小艇。卡扎伸出戴着魂器的手。三颗宝石中的两颗几乎耗尽了飓光,光芒微弱,但应该够用。

她用手按住尖石,说服它变成烟,这回……轻而易举。她感到转化产生的强风扑面而来,烟气浓厚而腥甜,她的灵魂为此欢声呐喊。她用脸颊上的窟窿呼吸,而水手都在咳嗽。她仰望着渐渐消散的青烟。如果能加入其中,那该有多好……

不。

岛屿在洞口后面若隐若现,仿佛石头被烟染黑,中心地带有着高耸的岩石,犹如城墙。

船长坐的小艇停在她的小艇旁边,他来到卡扎的船上,他自己的船则划了回去。

"怎么回事?"卡扎问,"你的船怎么回去了?"

"他们都说身体不舒服。"船长说,"一群懦夫。那他们就没有任何战利品了。"他的脸色是不是异常苍白?

"这里遍地都是宝石,就等我们去拿呢。"德罗兹补充道,"一代代的巨壳生物都死在这儿,留下了它们的琼心石。我们要发大财了。"

只要秘密还在这里。

卡扎在船头坐好,让水手们引导三艘小艇从缝隙中穿过。艾米亚人了解魂器。以前,人们会去古亚基纳岛得到这些装置。

要是有什么秘密能让她不要因为自己钟爱的装置而死,她会在这里找到。

在桨手划船时,卡扎的胃里又翻江倒海。她忍了下来,却觉得自己仿佛滑入了另一个世界,身下不是海洋,而是深黑的玻璃。天上挂着两个太阳,其中一个把她的灵魂吸引了过去,她的影子伸向迥异的方向……

"哗啦啦"的水声传来。

一名水手掉进了海里,把卡扎吓了一跳。她目瞪口呆地看着另一人瘫倒在一边,船桨脱了手。

"船长?"她转过身去,却发现他垂着眼帘,浑身瘫软,接着往后一倒,失去了知觉,脑袋还撞到了船的后座。

别的水手也好不到哪儿去。另外两艘小艇已经开始漫无目的地漂流,似乎没有一名水手是清醒的。

这是我的命运,卡扎心想,也是我的抉择。

她不是任人运送、任人使唤的塑魂者。她不是工具,而是人。

她推开一名失去知觉的水手,自己拿起桨来。这并不容易,她干不惯体力活,而她的手指抓不牢东西,已经开始进一步消解了。她能再活个一两年都是乐观的。

但她还是划着桨,奋力破浪前行,最后总算靠近岸边,可以跳进水里,踩到礁石了。她的袍子浸了水,鼓胀起来,这时她才想到要去看看法兹梅布是否还活着。

眼见自己船上的水手都没了呼吸,卡扎便由着小艇被海浪推回,独自一人奋力踏浪,终于爬上了岛屿的礁石。

她瘫倒在地上,昏昏欲睡。她为什么会这么困?

她醒来的时候,看到一只小飓虫迅速爬过一旁的礁石。它的形状很古怪,长着宽大的翅膀,头部像只斧狐犬,身上的甲壳泛出五光十色。

卡扎还记得以前收藏飓虫标本的时光,她把虫子钉在木板上,号称自己成了自然史学家。那个女孩到底怎么了?

她变了,她是被迫的。 始终由王室保管的魂器交到她手上,赋予她重任。

也向她宣判了死刑。

她动了动身子,飓虫慌忙逃开了。她咳嗽了一声,开始往岛上的巨石爬去。是那座城市吗?那座黝黑的石头城?她几乎无法思考,但还是在路过的时候注意到了一颗宝石——一颗未经切割的巨大琼心石,埋在一头死去的巨壳生物遗留下的甲壳之间,甲壳已经褪成了白色。法兹梅布说得没错。

卡扎在石头城外再次瘫倒在地。那里的岩石构造像极了庞大华美的建筑,上面盖着一层飓砂。

"啊……"后方传来一个声音,"我早该猜到毒剂不会那么快对你见效。你几乎算不上人了。"

卡扎翻了个身,发现有人赤着脚悄悄走了过来。是随船的厨娘吗?对,就是她,长着那张满是文身的脸。

"是你……"卡扎嗓音嘶哑地说,"是你给我们下的毒。"

"我们警告过很多次,不要到这个地方来。"厨娘说,"我很少会如此……主动地守护它。不能再让人类发现了。"

"是那些宝石吗?"卡扎问道,越来越困了,"还是……别的什么……更加……"

"我不能说,"厨娘答道,"就算是为了满足死前的要求也不行。

有些人可以从你的灵魂中抽取秘密，而代价将是不止一个世界的终结。安眠吧，塑魂者。这是我能给出的最仁慈的结局了。"

厨娘发出嗡嗡的响声。她的身体分解了，碎裂成一堆嚓嚓作响的小飓虫。它们从衣服里爬了出来，让衣服堆在那儿。

是幻觉吗？卡扎一动念头，陷入恍惚。

她快死了，这不是什么新鲜事。

飓虫开始噬咬她的手，取下她的魂器。不，她还有最后一件事要做。

她壮起胆子大喊一声，把手按在石地上，要求它改变。石地化作青烟，她也随之而去。

这是她的抉择。

也是她的命运。

I-5 塔拉梵吉安

塔拉梵吉安在乌有斯麓的房中踱步。两名谶记社的侍从摆好桌子，担任首席御前测试官的杜卡上前铺开试卷，显得有些烦躁。他们都以读风者的装扮示人，那身长袍十分滑稽，接缝处都是铭文图案。不过他们没必要张罗考试。

今天，塔拉梵吉安可是风操的天才。

他的思维、呼吸乃至举动，都暗示了他今天的智商有多高，兴许不如写就《谶记》的那天卓越，但他终能感受到真我。这么多天来，他受困于血肉的陵墓，他的头脑就如一名只准粉刷墙壁的绘画大师。

测试桌铺设完毕，塔拉梵吉安推开一个无名侍从，躬身落座，执笔做题。由于第一页的题太过简单，他便从第二页开始做。杜卡开始抱怨时，他便把墨水溅到那个傻瓜身上。

"下一页。"他喝道，"快点，快点！别耗着，杜卡。"

"可您还是得——"

"好吧，好吧，我还是得证明自己不笨。这天我没有流口水，也没有躺进自己的排泄物，你却用这等愚蠢的行为浪费我的时间。"

"可这是您规定的——"

"是我规定的,但讽刺的是,等我终于有机会展现真我了,你却用我变傻时设下的禁令来限制我。"

"那时您并不傻——"

"给。"塔拉梵吉安交上数学试卷,"做完了。"

"只有最后一题空着,"杜卡审慎地接过试卷,"您想做吗?还是……"

"不必。我知道自己不会做,可惜了。就走走形式,别拖拉,我还有事要办。"

这时,阿德罗塔吉娅和那个叫作玛拉塔的归尘骑士走了进来。阿德罗塔吉娅想要维护这段交情,两人的关系便愈发紧密。玛拉塔本是结社内的低层,忽然就被提拔到高层,正符合《谶记》的预测,这说明归尘骑士是最有可能接纳使命的光辉骑士。塔拉梵吉安为此而自豪,因为光是找到一名能够与灵体缔结纽带的内部成员,无论如何都不是成功的保证。

"他很英明。"杜卡对穆拉尔说。这名护卫对塔拉梵吉安的日常能力拥有最终裁定权,虽然令人不快,却是必要的环节,免得他愚蠢的那一面造成任何损失。不过,塔拉梵吉安只觉得困扰,因为他正处于这种状态:

精力充沛。

豁然开朗。

才华横溢。

"快到临界点了。"杜卡说。

"我看得出来。"阿德罗塔吉娅说,"瓦尔格,你是不是——"

"我感觉再好不过。这事有完没完?我可以与人交流,也可以进行决策,不需要任何限制。"

杜卡勉为其难地点头同意,穆拉尔也赞成。终于!

"给我一份《谶记》。"塔拉梵吉安从阿德罗塔吉娅身边挤过,"放点轻松的音乐,但节奏别太慢。叫无关紧要的人都从房里出去,搬空卧室的家具,别来打扰我。"

他们花了近半小时之久才完成。失望之余,他在阳台上考虑着,如果要在外面那一大片空地上建一座园圃,能建多大。他需要测量……

"房间准备好了,陛下。"穆拉尔说。

"好一个乌丝克丽,谢谢你允许我进自己的卧室。你是不是咸水喝多了?"

"什么?"

塔拉梵吉安大步穿过阳台隔壁的斗室,走进卧房。他深吸一口气,满意地发现家具都被搬空了,徒留四面空荡荡的石壁。周围没有一扇窗户,只有后墙上凸起一块像是高阶梯的方岩,梅本正为它除尘。

塔拉梵吉安抓住侍女的胳膊把她拽了出去,恰好碰上了阿德罗塔吉娅。后者带来了一本猪皮封面的厚书,正是一本《谶记》。好极了。"测量一下阳台外边那片石地的可栽培面积,然后上报。"

他抱着《谶记》回到卧室,关门独享其乐。他在屋角各放了一枚明亮的钻石,以衬他自身的灵光,而这等灵光,正闪耀在无人能够企及的真理之中。门外,一小支儿童唱诗班按照他的要求唱起了沃林圣歌。

他受到歌声鼓舞,在光芒的沐浴下,双手放到两边,吸气、吐气。此刻他无所不能,头脑澄明,长久以来首次思如泉涌。对此他深感满意。

他翻开《谶记》,终能在书中面对比他更为伟大的存在:他的另一个自我。

"谶记"是这本著作的名称,也是专门研究它的组织的名称。它起初不只是纸稿，因为在那个无与伦比的日子，塔拉梵吉安将自己的才华挥洒在了每一个触手可及的表面上，从橱柜写到墙壁，同时还发明了新的语言来更好地表达自己的想法，因为这些想法势必要被载入不如他的思维那么完美的媒介。就算他今天较为聪慧，看到这些文字，他也不得不保持谦卑。他翻阅着抄录自《谶记》诞生地的细密笔迹，那些匆匆而就的点线和内容恍如隔世，就像他有时会变成的淌口水的愚人那般让他感到陌生。

甚至更陌生。人人都理解愚蠢。

他跪在石地上，不顾身体的疼痛，虔敬地翻阅着书页，接着从腰带上拔出匕首，对着书页切了起来。

《谶记》本非书面内容，与其抄本进行互动，必然会影响思考。为了获取真知，他现在决定，需要灵活地看待其中的片段，之后重新进行编排，因为他的思想没有在《谶记》诞生当天被锁定，他今天就不该那样看待它们。

虽然他不像那天的自己那样高明，但他不必至此。那天他是神，今天他可以成为神的先知。

他把切断的纸页铺开，仅从摆放的位置中就发现了许多新的联系。他眼前的一页确实与这儿的一页有关联，他把两页纸从中间裁开，切分语句，再把四张分成一半的纸片拼在一起，形成更完善的整体，他先前遗漏的念头就如灵体一般进了出来。

塔拉梵吉安没有任何信仰，因为信仰难以撼动，旨在利用荒谬的解释填补人类的认知空白，让他们在夜里安睡、产生舒心自如的错觉，以防他们进一步认识真相。然而《谶记》神圣得出奇，智慧原初的力量才是人类唯一应该崇拜的东西，多数人却知之甚少，也不配拥有，对待至纯之物时，却用漏洞百出的诠释和愚昧的迷信来破坏它。他有没有办法阻止不够聪明的人识字？这会带来诸多好处，可至今无人实施这项禁令，真是荒唐。虽然沃林教禁止男性念书，但那只是不让任意一半人口处理信息，而那些愚笨的人才应该被挡在门外。

他在屋里踱步，发现门底下夹着一张小纸片，上面写着农耕平台的尺寸，回答了他的问题。他看了看计算结果，心不在焉地听着外面传来的动静，耳畔几乎被孩子们的歌声淹没。

"他刚才把你比作乌丝克丽。"阿德罗塔吉娅说，"这是一首写在一千七百年前的悲剧诗里的人物。听说相好没命了，乌丝克丽就跳海自尽。其实那人根本没死，是她误解了相关的报道。"

"好吧……"穆拉尔说。

"往后的几百年里，她被当做盲目行动的典型，最后成了笨蛋的代名词。说你咸水喝多了，似乎指的是她溺死在海里的事。"

"所以这是在骂我？"穆拉尔问。

"引用了生僻的典故，但没错。"塔拉梵吉安简直能听见阿德罗塔吉娅的喟叹。趁她还没多想，最好先打断她。

塔拉梵吉安甩开房门。"阿德罗塔吉娅，把粘胶拿给我，我要把纸贴到墙上。"

他们主动把纸垒成一叠搁在门边，让他吃了一惊，因为他们通常听命行事。他关上门，跪下来算了算塔城的规模。嗯……

只享得些许清闲，他便埋头于正事，其间只有阿德罗塔吉娅送来了粘胶，用来把《谶记》的断章贴到墙上。

他理出一些尚未得到解读的纸页，文字中穿插着数字，他不禁纳闷：上面列的是什么？既然不像其他数字那样是密码，难道是……词语的简写？

没错……没错，当时他没有耐心逐字逐句地写下。为了速记，他在脑海里为它们编了号，可能是按照字母顺序排列的。那么如何破解呢？

他继续整理，心想：这正是对达力拿范式的巩固！他写出可能的诠释，激动得两手颤抖。没错……"杀死达力拿，否则他不会接受你

687

占领阿勒斯卡的企图"。塔拉梵吉安派出了白衣刺客,但行动竟然失败了。

所幸还有备案。塔拉梵吉安又拾起《谶记》中的一张纸片,贴到墙上其他纸片旁边。这是对达力拿范式最初的解释,出自床头板的教义,以格律诗的形式写在床头板背面的第三象限。它预言了达力拿一统世界的企图。

那么,如果他寄望于第二条备案……

塔拉梵吉安奋笔疾书,看到的是文字,而非数字。他精神饱满,一时忘却了年龄和疼痛,忘却了自己的手指就算在不那么兴奋的时候也在颤抖。

《谶记》没有预见达力拿次子雷纳林的作用,他绝非等闲之辈。塔拉梵吉安骄傲地写完笔记,朝门口踱去,头也不抬就打开门。

"给我拿一份我出生时的医嘱。"他对门外的人说,"还有,杀了那些小孩。"

孩子们闻言不再歌唱。乐灵飞走了。

"是叫他们安静下来,别唱了吧?"穆拉尔问。

"无所谓。听了沃林圣歌,不免会想起历史上宗教对思想的压迫,我心有难安。"

说完,塔拉梵吉安继续忙活,不久后却有人敲门。他摔开门,斥道:"别来打扰——"

"打扰了。"阿德罗塔吉娅递上一页纸,"这是你要的医嘱。由于你总是在问,我们就放在手边了。"

"行。"

"瓦尔格,我们得谈谈。"

"不,我们——"

阿德罗塔吉娅执意进屋,随后停住脚步查看《谶记》的剪贴片段。她不由得睁大眼睛,扭头便说:"你是不是……"

"没有。"塔拉梵吉安说,"我没能再变成那个人。但几周以来,我第一次回归了原来的我。"

"现在的你可不是原来的你,而是你有时会变成的禽兽。"

"我没那么聪明,不会进入危险区。"毕竟在智商过高的时候,他不被允许做出决策。这让他烦闷,好像智慧不知怎么的就成了累赘!

阿德罗塔吉娅从裙子的口袋里取出一张纸展开。"说到今天的测试,你做到这一页就停笔了,号称答不出下一题。"

诅咒之地的,被她发现了。

"如果你答了,"她说,"那就证明你有足够的智慧来制造危险。可你打定主意做不出来,钻了测试的空子,我们本该考虑到。你明知道自己解了这题,当天的决策就会受到限制。"

"你知道飓光能促进作物的生长吗?"塔拉梵吉安与她擦身而过,取走了一张先前写过的纸页。

"瓦尔格……"

"计算出了乌有斯麓的耕作总面积,"他说,"再比对预估的空房数量,有一点我已经确定了:就算那些适应肥沃平原气温的粮食能在这儿自然生长,也不足以维持整座塔城的运转。"

"还能通商。"她说。

"我无法相信,总是面临战事威胁的光辉骑士团会建造这样一座堡垒,却不用来自给自足。你读过戈隆碧的著作吗?"

"当然读过,你知道的。"她说,"你认为他们会用充过光的宝石来促进作物的生长,并为暗处照明?"

"否则说不通,是不是?"

"试验并无定论。"她说,"润石发出的光确实能在暗室内激发作物的生长,而烛光却不能,但是根据戈隆碧的说法,结论可能并不理想,功效也……噢,得了吧!瓦尔格,你让我分心了。我们不是在讨论你规避自己设下的规矩的事吗！"

"那是我一时愚蠢设下的规矩。"

"当时你明明是正常人。"

"正常就是愚蠢，阿德罗。"塔拉梵吉安按住她的肩膀，使劲把她推出房间，"那我今天就不做决策了，也不再下令处死任何一群唱歌的小孩，这下总行了吧？现在别来烦我。你一副心满意足的傻瓜样，把屋里搞得臭气熏天。"

他关上门，内心深处感到一阵愧意。他偏偏把阿德罗塔吉娅叫成了傻瓜？

算了，现在也没办法了。她会理解的。

塔拉梵吉安又开始忙活。他继续裁切整理《谶记》的页面，寻找每一处提到"黑荆棘"的地方。书中有太多内容值得研究，他只能专注于当下的问题。

达力拿还活着。他在建立联盟。那么塔拉梵吉安要怎么办？再派刺客？

秘密究竟是什么？他举起《谶记》的几页纸，透过其中一页看到了背面的字。难道是故意的？*我该怎么办？请指路。*

他在一页纸上潦潦写下三个词：光明、智慧、意义，挂到墙上自勉。可他忍不住读起了医嘱，那是他母亲剖腹产子时，负责接生的主治医师的留言：

胎儿的脖子上缠着脐带，王后知道最好怎么处理。但我很遗憾地通知她，您儿子可能先天不足。为了其他继承人着想，不妨将他送去异地。

所谓的"先天不足"并没有出现，但这种名声从小就如影随形，在人们的脑海中无孔不入，没有人看穿他最近的昏聩行为，他们将其归结为中风或是单纯的衰老。还有人说，他也许一向如此。

既然他大力克服了这种名声，当务之急便是拯救世界。不错，至少得拯救重要的部分。

他花费数小时把更多《谶记》的内容贴了起来，一等想通了就在纸上涂写，用光明和美好驱散愚昧无知的阴霾，从而得到答案。答案就摆在那儿，只需加以解读。

最后他被侍女打断。这个烦人精总是围着他转，让他做这做那，好像没有比泡脚更重大的事了。

"蠢女人！"他吼道。

侍女没有退缩，而是上前把一盘食物放在他身边。

"没看见我有要事吗？"他质问道，"哪有时间吃东西？"

侍女摆好饮料，拍拍他的肩，让他冒起一股火。侍女走后，他发现阿德罗塔吉娅和穆拉尔正站在门外。

"我想，"他对穆拉尔说，"如果我提出要求，你也不会处死那个仆人吧？"

"我们决定，"护卫说，"今天您不宜做此类决策。"

"都下诅咒之地去吧，反正我快有答案了。我们决不能刺杀达力拿·寇林，时机已过。反而要支持他结盟，然后迫使他下台，让我取代他的位置，统领各地君主。"

阿德罗塔吉娅走近查看他的杰作。"达力拿不见得会把联盟的领导权拱手相让。"

塔拉梵吉安叩了叩贴在墙上的一沓书页。"看这里，上面应该写得一清二楚，就连你也能弄懂。我早有预料。"

穆拉尔惊骇地说："您修改了《谶记》。"

"只是小改。"塔拉梵吉安说，"瞧见上面的原文了吗？那里没改，一目了然。我们当下的任务是让达力拿退出领导地位，取而代之。"

"不用杀他？"穆拉尔问。

塔拉梵吉安瞅了他一眼，转身朝另一面贴了更多纸片的墙挥手。

"现在杀他只会让他起疑。"

"没错。"阿德罗塔吉娅说,"床头板后面的解释我看明白了,我们必须拼命向'黑荆棘'施压,把他搞垮,但要用秘密去对付他。"

"别急,"塔拉梵吉安推揉着她,让她去看墙上另一组记录,"先派那名归尘骑士的灵体去侦察。达力拿·寇林浑身散发着秘密的气息,我们可以灭他的威风,让我顶替上去,毕竟我在联盟眼中并无威胁。由此,我便有权与仇恨交涉。依照灵体和诸神的法则,仇恨将受到所达成的协议的约束。"

"就不能……打败仇恨吗?"穆拉尔问。

肌肉发达的笨蛋。塔拉梵吉安翻了个白眼,倒是更为通达的阿德罗塔吉娅扭身解释道:"《谶记》说得明明白白,穆拉尔,这就是它诞生的目的。我们无法打败敌人,只能尽力施救。"

"别无他法。"塔拉梵吉安附和道。达力拿绝不会接受这个事实。只有一人有足够的力量做出这般牺牲。

塔拉梵吉安灵光乍现。记忆涌来。

请赐予我拯救苍生的能力。

"拿好。"他扯下一张做过批注的纸,对阿德罗塔吉娅说,"会有用的。"

阿德罗塔吉娅点点头,拽着穆拉尔走出房间。塔拉梵吉安在《谶记》的残篇散页跟前跪下。

光明与真理。尽力施救。

抛弃残余。

幸而他获得了这种能力。

I-6 自有安排

温丽决心活得无愧于力量。

她与一小群从幸存者中选出的听者共同出面,准备迎接即临的风暴。

她并不确定乌利姆——或是乌利姆神出鬼没的主子,那些听者的古神——能否读懂她的心思。假如他们有这个本事,便会发现温丽忠心耿耿。

战争已至,温丽作为先锋之一,找到了第一个虚灵。她发现了飓风态,进而拯救了同胞。她是幸运的。

这将在今天得到验证。包括温丽在内的九位人选是从活着的两千名听者中挑选的,戴米德站在她身边,笑容灿烂。戴米德酷爱学习新事物,对他来说,即临的风暴不过又是一场冒险,有望助他们走向卓越。

看到了吗,伊舒娜?温丽心想,如果你没有耽误我们,看看我们能成就多大的事业。

"对了,就是这样。"乌利姆以一股亮红色能量的形态在地上起伏,"很好,很好,排成一行,面朝西边。"

"使者,起风前要找地方避一避吗?"梅鲁和着痛苦之韵问,"不然就背上盾?"

乌利姆在听者面前化为小小的人形。"别傻了,这是属于我们的风暴,没什么好怕的。"

"风暴会赋予我们力量,"温丽说,"就连飓风态也比不上,对吗?"

"力量十分强大。"乌利姆说,"你们是特殊的,因为你们已经被选中了,但你们必须欣然接受,否则这股力量将无法注入你们体内的琼心石。"

温丽历经了坎坷,但这就是她的回报。她受够了在人类的压迫下虚度一生,再也不想束手无策。只要获得了崭新的力量,她总能进行反击。

灭世风暴出现在西方,又像之前那样刮了回来。附近的小村庄落入风暴的阴影,随即被鲜红色的闪电照亮。

温丽走上前,哼着渴望之韵,张开双臂。灭世风暴与普通飓风不同,没有裹挟着碎石和浑水的飓幕,姿态要优雅得多。那是一团由烟雾和黑暗组成的滚滚乌云,随处都有闪电破空,将风暴染成深红色。

温丽仰起头,迎上翻涌的云烟,随即被风暴吞噬。

猛烈而狂暴的黑暗将她笼罩,点点灼热的余烬四散飞来,在她身边掠过。这回她没有感受到雨点的捶打,唯有隆隆的雷声,那是风暴的脉动。

余烬扎进她的皮肤,一旁砸下的重物在石地上来回翻滚。是一棵树吗?没错,还是一棵烧着了的树。砂砾、碎树皮和石子冲撞着她的皮肤和壳甲。她屈膝跪下,双目紧闭,举起手臂遮住脸部,提防飞来的碎石。

某样更大的东西擦过她的胳膊,划破了壳甲。她喘着气倒在石地上，蜷起身子。

一股压力将她笼罩，推挤着她的思想和灵魂。**让我进去。**

她艰难地敞开心扉，迎接这股压力。这就跟变形时一样，不是吗？

钻心的痛楚袭来，仿佛她的血管着了火。她放声尖叫，舌头触到了砂砾。细小的煤块撕扯着她的衣服，烧焦了她的皮肤。

她听到了一个声音：

这是怎么回事？

那是一个温暖的声音，也是一个古老的声音，如父亲般慈祥，亲切和包容。

"拜托了。"温丽呛进几口烟气，"拜托了。"

那个声音说：**好，再选一位，这位我自有安排。**

那阵压力渐渐消退，疼痛停止了，取而代之的东西没有那么蛮横。温丽欣然接纳了这只灵体，如释重负地叹了一声，调谐至痛苦之韵。

她蜷身躺在风暴前方，似乎过了很久风力才减弱。闪电消逝，雷声渐行渐远。

她眨眨眼，挤出眼中的砂砾。当她活动身躯时，砂石块和碎树皮从她身上掉了出来。她一阵干咳，起身望着撕破的衣服和烧焦的皮肤。

她不再处于飓风态，而是化为了……机敏态？原先的衣服显得大了，她的身躯更是褪下了发达的肌肉。她调谐韵律，发现那些韵律仍是新的，激烈、愤怒，随着强力形态而来。

这不是机敏态，而是一种未知的形态。她的胸部像多数常态听者那般微微隆起，头上长出了缕缕长发。她环顾四周，想知道她的同伴是不是也经历了同样的转变。

戴米德就站在附近，衣衫褴褛，强壮的身躯毫发无损。他巍然仁立,比温丽高出许多,胸膛宽阔,姿势威严,与其说是听者,不如说是一尊雕塑。他活动四肢,双目放出红光,体表闪动着熠熠生辉的暗紫色能量,不知怎么的,竟一下子唤起了光明与黑暗。这股能量缓缓退去,可掌握了召唤本领的戴米德似乎很高兴。

这究竟是哪种形态?变形后的听者威风凛凛,隆起的甲壳穿过皮肤,沿着手臂和脸部的棱角一字而下。"戴米德?"温丽问。

戴米德转向梅鲁,后者以相似的形态大步走近,用温丽听不懂的语言说话。话中仍然带着韵律,却切换成了戏谑之韵。

"戴米德?"温丽又问,"你感觉怎么样?发生什么事了?"

戴米德也用上了那门奇怪的语言,他的下一句话在温丽脑中逐渐模糊,经过一番搅动,终于能听懂了:"……仇恨就像曾经的敌人那样乘风而行,真不可思议。亚哈拉特,是你吗?"

"是我。"梅鲁说,"感觉……感觉……好极了。"

"感觉……"戴米德说,"有感觉了。"他深吸一口气。"有感觉了。"

他们都疯了吗?

不远处,穆伦费力地经过了一块先前没有的巨石,温丽惊恐地发现底下有一条流血的断臂。乌利姆刚才对安全的承诺没有作数,还是有一名听者被砸死了。

尽管穆伦有幸和别人一样,变成了高大威猛的形态,但他从巨石旁边走开时,还是绊了一跤,只能抓紧石头跪倒在地。暗紫色的光芒在他身上涌动,他发出呻吟,开始胡言乱语。阿尔托基利齿毕露,佝偻着身子从另一个方向走过来,仿佛正要去捕食。等她靠近了点,温丽听到了她透过齿缝发出的沉吟:"高天,逆风,血雨。"

"戴米德,"温丽和着毁灭之韵说,"事情出岔子了。坐下待着,我去找那个灵体。"

戴米德望着她:"你认识这具尸体?"

"尸体？戴米德，你怎么——"

"坏了，坏了，坏了！"乌利姆迅速穿过地面而来，"你……你没有……噢，糟糕，真糟糕。"

"乌利姆！"温丽喝道，调谐至戏谑之韵，抬手指着戴米德，"我的几个伙伴身上有点不对劲，你到底让我们经历了什么？"

"别对他们说话，温丽！"乌利姆化为小人形态，"别指指点点的！"

不远处，戴米德正端详着温丽和乌利姆，手上莫名冒出一股暗紫色的能量。"原来是你啊，使者。"他对乌利姆说，"灵体，你的努力让我钦佩。"

乌利姆向戴米德鞠了一躬。"尊贵的融族阁下，看在激情的分上，请原谅这个孩子。"

"那就跟她解释，"戴米德说，"免得她……惹我生气。"

温丽蹙眉道："这是怎么——"

"跟我来。"乌利姆穿过地面而去。震惊、不安之余，温丽调谐至痛苦之韵，赶紧跟上。在她背后，戴米德等听者聚到一起。

乌利姆在她面前化为人形。"你真走运，他可能会杀了你。"

"戴米德绝对不会。"

"可惜你曾经的伴侣已经不在世上了。附在他体内的是哈里尔，那可是脾气最差的融族之一。"

"哈里尔？你这话是什么意思……"见别的听者都在跟戴米德轻声交流，温丽渐渐没了声音。他们站姿高挑、神情倨傲，行为举止也很不对劲。

每更换一个形态，听者身上都会发生变化，就连他们的思维方式乃至性情气质也不例外。然而听者的本质始终如一，哪怕换上了飓风态，温丽也没有失去自我。她或许变得更为冷血好斗，但她仍是原来的温丽。

这回情况不同。戴米德的站姿和话语方式都不像她的伴侣。

"不……"温丽低语,"是你叫我们接纳新的灵体和形态的!"

"我当时是这么说的,"乌利姆恶狠狠地回应,"可我没说到底会有什么进入你们体内。瞧,你们的神需要可以附身的躯壳,任何一次回归都是如此。你应当感到庆幸。"

"都死了还庆幸?"

"对啊,为了全族的利益。"乌利姆说,"他们是融族,是重生的远古魂灵,而你换上的显然只是另一种强力形态。与你产生羁绊的低等虚灵将你的地位置于维持普通形态的听者之上,却无法让你与融族媲美。你的地位比融族低一级,这其中却有天差地别。"

温丽点点头,迈步走回听者之间。

"慢着,"乌利姆在她跟前的地上波动,"你在干什么?你有什么毛病?"

"我要放掉远古的魂灵,"她说,"把戴米德救回来。他得明白这么做的后果,以免选择如此极端的——"

"救回来?"乌利姆说,"救回来?他已经死了。你本来也该死的,这下不好了。你刚才做了什么?像你妹妹那样反抗了吗?"

"让开。"

"他会杀了你。我提醒过你,他脾气很——"

"使者。"戴米德面朝他们,和着毁灭之韵说。这不是他原本的声音。

温丽调谐至痛苦之韵。这不是他原本的声音。

"别挡她的道。"附身戴米德的融族说,"我来跟她谈。"

乌利姆叹道:"真麻烦。"

"灵体,你怎么像个人类在讲话?"戴米德说,"你是有伟大的功劳,可你染上了人类的习惯,说上了人类的语言,我觉得不妥。"

乌利姆穿过石地而去。温丽走近那群融族,发现有两人无法挪动脚步，身子一歪就绊了一脚屈膝跪下，另外两人则面带微笑，模样扭曲反常。

听者的神并不是完全清醒的。

"我忠心的仆从，对你朋友的死，我感到难过。"戴米德嗓音低沉，字字和着命令之韵，"你们是叛徒的子女，但你们的斗争却值得表扬。你们敢于毫不留情地面对世仇，哪怕在劫难逃。"

"求你了，"温丽说，"他是我珍爱的伴侣，你能不能把他还给我？"

"他已经进入了幽冥的彼界。"戴米德说，"与你产生羁绊的虚灵没有智慧，它住在你的琼心石中，跟我的灵魂不一样，我的灵魂无法跟它安放在一起。现在没有什么能让你的配偶复原了。无论是运用重生术还是让仇恨出手，都是没用的。"

他伸手托住温丽的下巴，抬起她的脸庞细细审视："你本该承载的灵魂与我并肩作战了数千年，刚才她失意而归，而你却被保留了下来。仇恨对你另有安排，你要痛快地接受，不要为同伴的逝去而悲伤。仇恨终将报复我们的敌人。"

戴米德放了手，温丽强撑着才没有倒下。不，她绝不示弱。

可……戴米德……

她把戴米德赶出脑海，就像她对待伊舒娜一般。几年前她第一次听从了乌利姆，决定冒险唤回族人的诸神，自那时起她就走上了这条道路。

现在戴米德倒下了，温丽却逃过一劫，得到了万神之神仇恨的安排。融族还在用那门古怪的语言交谈，她便坐到地上等待，发现不远处低悬着一只光球般的小灵体。她曾在伊舒娜的尸体边见过类似的东西，这到底是什么？

灵体似乎很激动，飞快地扫过石地向她靠近。出于本能，她一下子明白了一个事实，就如刮风和日出那样理所当然。这只灵体要是被附近的融族看见，肯定会被他们消灭。

附身戴米德的融族朝她转过身，她赶紧用手按住小灵体，把它牢牢拢在石地上，调谐至羞愧之韵。

融族似乎没有察觉她的行为。

"准备好被带着走吧。"他说，"我们要去阿勒瑟拉。"

第三部分
去伪存真,爱真存

达力拿　沙兰　卡拉丁　阿多林

本页图志的受众是泰勒拿的商人阶层，服装款式深受芬屋·拉纳姆迪女王统治时期宫廷贵族风格的影响。

图志：当代泰勒拿女装

58

重担

> 作为一名护地骑士,我一直都想牺牲自己。可我暗暗担心那是懦夫的行为和省事的办法。
> ——出自29–5号抽屉中的黄玉

这天,通常积聚在乌有斯麓周边高地脚下的云没有出现,达力拿才能看清高塔之下的悬崖。悬崖望不到头,似乎无穷无尽。

就算如此,他还是难以想象他们身处的山脉有多高。纳瓦妮的文员可以利用大气测量高度,但最终得出的数据却无法让他满意。他想亲眼看看,他们的位置是不是真的比破碎平原上的云还高,抑或是不是山间的云飘得更低。

老了以后,你考虑的倒更多了,他心想,踏上一座誓约之门的平台。纳瓦妮搂着他的手臂,跟在后面的塔拉梵吉安和阿德罗塔吉娅走上了斜坡。

在等候时,纳瓦妮看着他的双眸:"还惦念着上次的幻境吗?"

他并不是因为幻境才失神,但还是点点头。他确实很担心,他们面对的可是仇恨。尽管飓风之父已经恢复了自信，达力拿还是无法挥去这只强大的灵体害怕得直呜咽的回忆。

纳瓦妮和迦熙娜急不可耐地扑进了达力拿与黑暗邪神会面的记录，不过她们决定不进行广泛传播。

"这或许又是事先计划好的，"纳瓦妮说，"荣誉专门设置出来，好让你遇上。"

达力拿摇摇头。"可仇恨给我的感觉很真实，我的确和他交流了。"

"在幻境里你也可以和别人交流，不只有全能之主而已。"

"因为就理论而言，全能之主无法创造一个神的完整形象。不，纳瓦妮，我看到的是永恒……是一种神圣的浩瀚。"

他说得浑身发颤。他们已经决定暂停使用幻境，毕竟把人的思想带进去，就有可能暴露给仇恨，谁知道会有什么风险？

当然，谁能规定仇恨在现实世界的接触范围？达力拿这么想着，又抬头仰望。白日炽热，碧空如洗。他还以为身处云端就会带来更多洞见。

塔拉梵吉安和阿德罗塔吉娅终于走上平台，塔拉梵吉安手下那个留着短发的古怪飓能者也跟了上来，她叫玛拉塔。殿后的是达力拿的几个护卫，莱尔又朝他敬了个礼。

"我在看你的时候，你不用每次都敬礼。"达力拿冷冷地说。

"就是想多小心着点，长官。"那个皮肤粗糙的护卫再次敬礼，"不想因为不尊重上级就被通报。"

"我又没有点你的名，莱尔。"

"反正大伙都晓得，光明贵人。"

"真想不到。"

莱尔咧嘴一笑，达力拿便招呼那人打开水壶，以为里面装的是酒。他凑上去闻了闻："这次是清水？"

"当然！上一回您责备了我，这次我只灌了水。"

"那你的酒藏在……"

"藏在瓶子里，长官。"莱尔说，"就在制服右边裤腿的口袋里。不过您别操心，口袋已经扣紧了，我彻底忘了瓶子放在那儿，等执完勤就会重新发现。"

"肯定会的。"达力拿拉住纳瓦妮的胳膊，跟上塔拉梵吉安和阿德罗塔吉娅。

"你可以指派别人当护卫。"纳瓦妮低声说，"那个油腔滑调的人……不适合。"

"我其实挺喜欢他的。"达力拿承认道，"他让我想起了早年的一些朋友。"

誓约之门平台的中心控制室形状划一，室内铺着镶嵌地画，弧形的墙壁上有形如锁眼的装置，但这间控制室的地上却都是晨颂文写就的铭文图案，与泰勒拿城的控制室相同，一旦配对，就会彼此交换位置。

除了乌有斯麓的十座平台以外，还有十座平台分布在世界各国。地上的铭文表示，可能有办法直接从一个城市传送到另一个城市，而不需要事先来到乌有斯麓。只是他们还没有发现其中的原理，目前每一座誓约之门只能和配对的设施交换位置，而且必须先从两边解锁。

纳瓦妮直奔控制装置，玛拉塔也跟了上去，越过纳瓦妮的肩膀看着她摆弄墙上的锁眼，锁眼位于一片金属盘上的十角星中央。"没错，"纳瓦妮查阅着一些笔记，"机制跟破碎平原的装置相同，需要扭动这里……"

她通过对芦向泰勒拿城写信，然后把他们带回到外面。片刻后，控制室闪闪发亮，一道飓光光圈在周围蔓延开来，犹如黑暗中挥舞着的火把的余光。卡拉丁和沙兰出现在门口。

"成功了！"沙兰迫不及待地走了出来，又蹦又跳，卡拉丁则迈着坚定的步伐，"只传送控制室而不是整座平台，应该可以节省飓光。"

"截至目前，"纳瓦妮说，"每次传送都是满负荷运行的。我怀疑这不是我们在研究这个地方和这些设备时所犯的唯一错误。但不管怎样，既然你们已经解锁了泰勒拿当地的誓约之门，我们应该就能随意使用了。当然，这需要光辉骑士的协助。"

"长官，"卡拉丁对达力拿说，"女王准备和您见面。"

塔拉梵吉安、纳瓦妮、阿德罗塔吉娅和玛拉塔在这时进入控制室，而沙兰却走下斜坡，回乌有斯麓去了。卡拉丁正要跟上，达力拿便抓住他的胳膊。

"飓幕前的飞行还顺利吗？"达力拿问。

"没问题，长官，我相信能行的。"

"那么等下一场飓风来临，就向塔冠城进发吧。我就指望你和阿多林了，别让艾尔霍卡做出太莽撞的行为。城里发生了一些怪事，你们千万要小心，我可不能失去你们。"

"遵命，长官。"

"飞行时，去一下死弯河南部岔口一带吧。那里可能被仆族占领了，但实际上是属于你的。"

"……长官？"

"你是碎瑛武士，卡拉丁。你起码是四等光民，应该有封地。艾尔霍卡在沿岸找到了一块不错的地，去年轩领主死后，由于没有继承人，产权就回到王室了。那块地面积不算大，但已经归你所有了。"

卡拉丁惊呆了："那块地有村庄吗，长官？"

"有六七个吧，还有一座重要的城镇。死弯河是阿勒斯卡最稳定的河流，到了风息季都不会干涸，那块地又处在贸易干线上，人民会过得幸福的。"

"长官，您知道我不想承担这项重任。"

"如果你一生都不想承担重任,那就不该立下誓言。"达力拿说,"在这方面,我们别无选择,孩子。务必请个负责的管家,再找些有学问的文员和靠得住的五等或六等光民当领导。即使世界末日来了,还有一个王国能让我们烦恼,我个人觉得我们还是幸运的——包括你在内。"

卡拉丁缓缓点头:"我的家人住在阿勒斯卡北部。既然我已经操练过借着飓风飞行了,等我完成任务从塔冠城回来,我希望去接他们。"

"只要启动了那座誓约之门,你想去多久就去多久。我保证,现在你能为家人做的,最好就是不要让阿勒斯卡沦陷。"

根据对芦传来的报告,虚渡已经占领了阿勒斯卡的大部地区,正在缓慢北上。瑞里斯·鲁特哈极力集结国内的剩余兵力,却遭受着融族的打击,被迫朝赫达孜的方向撤退。然而虚渡没有杀害非战斗人员,卡拉丁的家人应该没事。

军尉沿着斜坡小跑而下,达力拿目送着他,想起了自己承担的重任。一旦艾尔霍卡和阿多林从解救塔冠城的任务中返回,他们就得履行艾尔霍卡的安排,让达力拿担任乌有斯麓的轩王。此事还没有对外宣布,就连其他轩亲王也不知道。

达力拿或多或少都明白,他应该依照安排,将阿多林任命为轩亲王,自己则就此退位,但他暂缓了行动。此举意味着与祖国最终的分离,他想至少先等到协助收复王都之后。

达力拿来到控制室的其他人中间,朝玛拉塔点点头。玛拉塔唤来碎瑛刃插进锁眼状的狭缝,金属盘流动起来,契合瑛刃的形状。他们通过测试发现,虽然控制室的墙壁很薄,但碎瑛刃插进狭缝后,戳出的另一端是看不到的,因为剑融入了装置。

玛拉塔推动剑柄一侧,控制室的内墙便旋转起来。镶嵌画底下的地板开始发光,将画面如彩绘玻璃般照亮。玛拉塔把瑛刃推到恰当的位置，一道光闪过，他们就抵达了。达力拿走出小控制室，来到遥远的泰勒拿城的平台上。这座城市处在柔刹南部靠近霜冻之地的大岛上，是西海岸的港口。

围绕誓约之门的平台被改造成了雕塑园，但那儿的雕像大多已经倾翻、损坏。芬恩女王正和随从在上坡处等候，这可能是沙兰的请求，以防针对控制室的传送不成功。

平台高耸在城市上空，达力拿靠近边缘一看，发现视野相当不错。他屏息而观。

和卡哈巴兰斯一样，泰勒拿城是一座造在山坡上的大都市，背靠的山崖可以阻挡飓风。虽然达力拿从未到过泰勒拿城，但他研究过地图，知道这里曾经只有靠近中心位置的老城。他脚下凸起的部分呈现独特的形状，是几千年前的岩石构造形成的。

城市的建设早已超出了这个范围。地势较低的城区叫作下城，西面低矮宽阔的要塞是下城的城墙，从城市一侧的山崖绵延至另一侧的山麓，墙基周围堆满乱石。

在老城的上方和后方，城区如阶梯般分层延伸，称为上城，顶层坐落着王城，拥有宫殿、宅邸和神殿。誓约之门平台也在顶层，位于城市北部边缘，靠近临海的悬崖。

往日，人们会惊叹于建筑的宏伟；如今，达力拿却出于别的理由而驻足。不止几十座……几百座建筑已经倒塌。处于高层的建筑被灭世风暴击倒后，碎石瓦砾滑落山坡，使得整片城区都变为了废墟。泰勒拿城曾是全柔刹最杰出的城市之一，以艺术、贸易和精美的大理石闻名，现在却千疮百孔，仿佛粗心的女佣掉落的餐盘。

讽刺的是，在城墙的荫蔽下，许多更简陋的底层建筑却经受住了风暴的考验。著名的泰勒拿港区处于要塞之外，造在西边的小半岛上，正对着城市，开发程度很高，原先可能有仓库、酒馆和商铺，如今却只剩一堆木头。

整片港区都被抹去了，只留下了破败的废墟。

飓风之父啊。难怪芬恩不想分心，所以回绝了达力拿的请求。其实大部分破坏都是第一场全盛的灭世风暴造成的。泰勒拿城没有朝西的屏障，灭世风暴越过西边的海洋后，城内就特别无遮无拦，而且许多建筑都是木制的，尤其是上城的建筑。对泰勒拿城这样的地方来说，这是非常难得的条件，因为城里迄今为止可能只受过最温和的风雨的影响。

灭世风暴已经刮过五次，所幸后来的风暴都没有第一次那么强。达力拿逗留了一会儿，将这一切看在眼里，然后领着队伍来到芬恩女王所在的斜坡上。她带着一群文书、光眼种和护卫，她丈夫卡马克尔也在其中。卡马克尔戴着帽子、穿着马甲，是个年迈的泰勒拿人，留着白胡须，两道长长的白眉垂下来，衬着他的面容。两名虔诚者作为书记陪在他身边。

"芬恩……"达力拿低声说，"我很抱歉。"

"看来，我们过了太久的优渥生活。"芬恩说话时带着口音，这让达力拿很惊讶，因为在幻境中是听不出的，"泰勒拿是紧邻海峡的国家，气候温和，飓风很弱。我还记得，我小时候就担心其他国家的人会发现这里的好处，以为哪天移民会蜂拥而至。"

她回头望着王都，轻轻地叹了口气。

生活在泰勒拿，究竟会是什么光景？达力拿努力想象着：住在不像堡垒的房子里，建筑是木制的，窗户很宽，屋顶只需要用来挡雨。他听人打趣说，在卡哈巴兰斯，必须在外头挂铃铛才能得知飓风何时刮来，否则就会错过。所幸对塔拉梵吉安来说，这座城邦的方位略微偏南，避免了程度这么严重的破坏。

"好了，"芬恩说，"让我们逛一圈吧，没倒塌的地方还是有几处值得一看。"

59 铸契骑士

这份记录若能长久，我希望记下我的丈夫和孩子：魏兹玛是所有女人梦寐以求的好男人，卡玛科拉和莫莉娜则是我生命中真正的至宝。

——出自12-15号抽屉中的红宝石

"这是莎拉什神殿。"芬恩在一行人进门时指了指。

在达力拿看来，这座神殿很像芬恩带他们参观的其他几座，空间很大，有着高高的穹顶和巨大的火盆，虔诚者为祈求全能之主恩护的信徒焚烧成千上万张铭守符，烟气聚拢到穹顶上，穿过屋顶的洞口飘了出去，宛如流过筛子的水。

达力拿不自在地想：对一个不再存在的神，我们究竟焚烧了多少祈祷符？抑或接收者另有其人？

达力拿礼貌地点点头，聆听芬恩讲述神殿的古老起源、列举在此加冕的男女君王。她解释了后墙上精美设计的意义，并领着他们走到墙边查看上面的雕刻，只可惜有几尊雕塑的面孔碎了。风暴到底是怎么危及它们的?

参观结束后,芬恩领着他们回到外面的王城,几顶轿子正候在那儿。纳瓦妮用手肘推了推达力拿。

"干什么?"他轻声问。

"别一脸不高兴。"

"我没有不高兴。"

"你看腻了。"

"我没有……不高兴。"

纳瓦妮抬抬眉毛。

"六座神殿?"达力拿问,"城市简直都成废墟了,我们居然还在参观神殿。"

芬恩和她丈夫在前方坐上了轿子。卡马克尔此行的唯一作用,就是站在芬恩背后,只要芬恩发表了他认为重要的言论,他就会朝书记点点头,示意他们将其记录在官方的史册中。

卡马克尔没有佩剑。在阿勒斯卡,这表明该人(抑或至少是同等级的人)是碎瑛武士,但在这里却并非如此。泰勒拿全国只拥有五把瑛刃和三套瑛甲,每一把瑛刃都掌握在宣誓捍卫王室的古老家族手中。芬恩就不能带达力拿去看看碎瑛武器吗?

"别摆着臭脸……"纳瓦妮说。

"这是他们对我的期望。"达力拿朝那些泰勒拿军官和文书扬起头。尤其是前方的一群士兵,刚才还在饶有兴趣地注视着达力拿。看来,此行真正的意图可能只是给这些光眼种一个观察他的机会。

他和纳瓦妮同坐的轿子散发着石壳木花的芳香,当脚夫抬起轿子时,纳瓦妮轻声说:"前往神殿朝圣是泰勒拿城的传统。去过全部十座神殿,就能纵览王城,这也是对王室沃林虔诚度的不小的强化。他们以前和教会有过矛盾。"

"我能理解。如果我说明自己的异端身份,你觉得她会停止这么大的排场吗?"

纳瓦妮在小轿子里向前倾身,把闲手放到他的膝盖上。"亲爱的,如果这种事让你这么烦恼,我们可以派一个外交官来。"

"我就是外交官。"

"达力拿……"

"这是我的职责,纳瓦妮,我必须履行职责。以前,每当我忽视职责时,就会发生可怕的事。"他握住纳瓦妮的手,"我之所以抱怨,是因为和你在一起,我可能会毫无防备,但我保证尽量不摆臭脸。"

脚夫熟练地抬着他们走上台阶,达力拿从轿子的窗口望出去。这片地势较高的城区经受住了风暴的袭击,因为不少建筑都是用厚石头修建的,然而还是有一些建筑开裂了,有几处屋顶已经塌陷。轿子经过一尊脚踝处已经断裂的雕像,雕像从悬崖边倒向了上城。

这座城市受到的打击,比任何在报告中提到的城市都要严重,达力拿心想。这种程度的破坏是独一无二的,究竟是木制建筑的缘故,还是防风屏障的缺失造成的?抑或还有别的原因?在一些报告中,灭世风暴不刮风只打雷,而在另一些报告中,灭世风暴不下雨只下火烬,令人费解。就算是同一场风暴过境,效果也大相径庭。

脚夫来到下一站,把轿子放下。"对芬恩来说,做点熟悉的事可能是一种安慰。"纳瓦妮轻声对达力拿说,"城市遭受了这般恐怖,踏上此行便是对往昔的追忆。"

他点点头,把这番话记在心上。这样一来,一想到还要再去一座神殿,就比较容易忍受。

到了外面,他们发现芬恩正从轿子里下来。"这是巴忒阿神殿,城里最古老的神殿之一。不过,最大的看点当属帕拉雷特的拟像,那座宏伟的雕塑……"她渐渐失语。达力拿循着她的视线望去,看到了石像在不远处的基座。"噢,没错。"

"我们去参观神殿吧。"达力拿催促道,"您说这是最古老的神殿之一,那么比它古老的还有哪些?"

"只有艾什神殿比它古老,"芬恩回答,"但我们不会在这两个地方久留。"

"是吗?"达力拿注意到神殿顶上没有飘出焚烧祈祷符的烟气,"建筑损毁了吗?"

"建筑?不,跟建筑无关。"

这时,两名疲惫的虔诚者出现了,他们走下阶梯,长袍上血迹斑斑。达力拿看了看芬恩:"您介意我上去吗?"

"请便。"

达力拿和纳瓦妮一起攀上台阶,他闻到了风中的血腥味,不禁想起了战争。登顶后,神殿内的景象是他非常熟悉的:大理石地板上布满了伤员,数百人躺在简易的床褥上,形如橙色肌腱的痛灵在他们之间冒了出来。

"医院满员后,"芬恩来到门口,站在他身后,"我们只好设立了临时的收治点。"

"怎么有这么多伤员?"纳瓦妮抬起禁手捂住嘴巴,"有些人就不能送回家治疗吗?"

达力拿从那些苦不堪言的伤员身上读到了答案。有些人只是在等死,他们要么体内出血,要么受了严重的感染,皮肤上有着斑斑点点的微小红色腐灵;还有些人无家可归,从那些围着受伤的父母或孩子的家庭就能看出来。

风操的……看到自己的人民顺利地度过了灭世风暴,达力拿几乎感到惭愧。他准备转身离开,却差点撞上了塔拉梵吉安。塔拉梵吉安披着柔滑的长袍,像魂灵一样在门口徘徊。这位年迈的君主打量着神殿里的人们,不加掩饰地哭泣着。

"拜托了,"他说,"拜托了。我的医疗队在魏德纳,很方便通过誓约之门出行。让我把他们派来吧,让我缓解这份痛苦吧!"

芬恩抿紧嘴唇。她同意与达力拿会面，并不意味着她加入了达力拿提议的联盟。然而对这样的请求，她又能说什么呢？

"感谢您的相助。"她说。

达力拿按捺住笑意。芬恩同意让他们启动誓约之门，其实已经做出了让步。塔拉梵吉安，你可真有一手。

"借我一支对芦，再叫一名文书来。"塔拉梵吉安说，"我要让御前光辉骑士立即提供援助。"

芬恩下达了必要的命令，她丈夫便朝文书点点头，示意他们做记录。一行人朝轿子走回去，塔拉梵吉安却还留在台阶上，遥望着城市。

"陛下？"达力拿停下来问。

"我在这里看到了我的家乡，光明贵人。"塔拉梵吉安颤颤巍巍地扶住神殿的墙壁，"我眨了眨昏花的老眼，发现卡哈巴兰斯毁在了战争中。我问：'要怎么做才能保护我的子民？'"

"我们会保护他们，塔拉梵吉安，我发誓。"

"好吧……好吧，我相信你，'黑荆棘'。"他长长地吸了一口气，似乎更加萎靡不振，"我想……我想我还是应该留在这里等候我的医疗队。你们请继续吧。"

塔拉梵吉安在台阶上坐下，其他人都走开了。达力拿在轿子旁回过头，只见那名老者几乎以一种跪拜在燃烧的祈祷符跟前的态度坐在那儿，垂着布满老年斑的头，两手交握在身前。

芬恩走到达力拿身边，两道又长又卷的白眉随风摇曳。"我就说他远远不止是人们想象的那样，哪怕出了那种事故。"

达力拿点点头。

"然而，"芬恩接着说，"他表现得好像这座城市成了墓地，其实不是这样。我们将从岩石上重建，工程师计划在每一片城区的前方设置城墙。我们会重新站稳脚跟，只需在风暴来临前做好准备。劳动力的突然流失才是压垮我们的真正原因,至于仆族……"

"在清理瓦砾、搬运石材和城市重建方面,我方的军队可以帮上大忙。"达力拿说,"只要您发话,就能拥有几千名积极肯干的人手。"

芬恩什么也没说,但达力拿听到了嘀嘀咕咕的谈话声,原来是那些等在轿子旁边的年轻士兵和随从。他把注意力停留在他们身上,特别挑出了一个人。那个小伙子在泰勒拿人中算高的,生着蓝色的眼睛,理顺的白眉直直地梳在脑畔,干净整洁的制服自然是泰勒拿式剪裁,短外套在前胸处扣紧。

那应该是芬恩的儿子,达力拿打量着年轻人的特征,心想。依照泰勒拿的传统,他不可能是继承人,只可能是普通的官员,因为王位不是世袭的。

不管是不是继承人,这个年轻人的地位都很重要。他低声说了些嘲讽的话,别人都唯唯诺诺地点着头,对达力拿怒目而视。

纳瓦妮推了推达力拿,疑惑地看了他一眼。

他嘟囔几句,转向芬恩女王:"所以艾什神殿里也都是伤员?"

"是的,我们就别去了。"

"我倒不介意看看下面的城区。"达力拿说,"去大市集如何?我经常听人说起。"

纳瓦妮听罢皱了皱眉,芬恩也板起一张脸。

"市集……是在码头边上吧?"达力拿望着城市前方满是瓦砾的平原,他本以为市场位于市中心的老城区。显然,他应该更注意看地图。

"我在塔拉内拉塔神殿的院子里准备了茶点。"芬恩说,"那儿本来是观光的最后一站,我们现在直接过去吧?"

达力拿点点头,他们便重新坐上了轿子。他在轿子里俯身向前,轻声对纳瓦妮说:"芬恩女王并不是绝对的权威。"

"就连你兄长也没有绝对的权力。"

"但泰勒拿君主的情况更糟,他们都是由商会和海军机关选举出来的。商人阶层和海军高官在城里有很大的影响力。"

"话是不错,可你到底想说什么?"

"这就意味着芬恩女王不能自行答应我的请求。"达力拿说,"只要城里的人士认为我一心想要称霸,她就不能接受军事援助。"他在扶手处的置物箱里找到了一些坚果,放进嘴里嚼了起来。

"我们没时间进行长期的政治解冻。"纳瓦妮招呼他递几粒坚果过去,"忒夏芙可能在城里有靠得住的亲属。"

"可以一试,又或者……我刚刚有了个主意。"

"需要动用武力吗?"

他点点头,纳瓦妮叹了口气。

"他们在等待好戏的发生。"达力拿说,"他们想看看'黑荆棘'会有什么作为。芬恩女王……她在幻境中也是一样,直到我以诚相待,才对我敞开心扉。"

"以诚相待,并不非得要杀人,达力拿。"

"我尽量不杀任何人。"他说,"我只需要给他们一个教训,以儆效尤。"

教训。以儆效尤。

语词在他脑海中定格,他不禁回忆起了过去。那是一段模糊不清的记忆,与天堑……以及撒迪亚斯有关?

那段记忆即将浮出认知的表面,却飞快地消失了,被他的潜意识所回避。他一阵畏缩,仿佛有人扇了他一巴掌。

在那个方向……他的回忆里只有痛苦。

"达力拿?"纳瓦妮说,"我觉得你可能是对的。其实,人们看到你彬彬有礼、心平气和的样子,也许对我们想要传达的信息是不利的。"

"那就把脸摆得更臭?"

纳瓦妮叹道:"那就把脸摆得更臭吧。"

达力拿咧嘴大笑。

"要么就尽情地笑一笑。"纳瓦妮补充道,"反正你笑起来会比你摆一张臭脸更恐怖。"

塔拉内拉塔神殿的院落是一片宽阔的岩地,供奉着守护战士的令使"石筋",登上一段台阶便是神殿的主殿,但他们没有进去参观,因为大门已经塌了,原先横在门楣上的长方形巨石卡在了门口。

神殿的外墙上布满精美的浮雕,描绘了令使塔拉内拉塔坚守阵地、独自面对如潮水般涌来的虚渡的场景,可惜表面已有几百处开裂,墙顶还有一大片黑色焦痕,那是被灭世风暴带来的古怪闪电劈的。

其他九座神殿都没有遭到这么严重的破坏,仿佛仇恨就对这座神殿怀有特殊的积怨。

*塔拉内拉塔,*达力拿心想,*他是被令使抛弃的人,现在也不知去向……*

"我还有些事要办。"芬恩说,"城市的贸易受到了严重的阻碍,我没有多少食物可以提供,只有一些坚果、水果和腌鱼,都已经摆出来了,请享用。我过一会儿再回来,到时候我们可以开个会,我的随从也会满足各位的需要。"

"谢谢。"达力拿说。他们俩都知道,芬恩是故意让他等的,而且不会让他等很久,也许只是半个小时,不足以羞辱他,但足以证明自己依然是此地的权威,不管他有多强势。

尽管他很想与芬恩的臣民相处一段时间,但他还是对这种花招感到恼火。芬恩和她丈夫离开了,留下其他大部分人享用餐点。

而达力拿却决定发起一场决斗。

对手可以是芬恩的儿子,他似乎是那些说话的人里地位最高的。

不要做出挑衅的姿态,达力拿思忖道,靠得离年轻人更近了,*应该装作没有猜出他的身份。*

"神殿都很漂亮,"纳瓦妮来到他身边,"可你不喜欢,是不是?你还是希望去看更军事化的设施。"

绝佳的切入点。"没错。"他说,"这位军官,我不爱磨蹭,请你带我去看看城墙吧,那里才是真正值得一去的地方。"

"你没开玩笑吧?"芬恩的儿子用带着泰勒拿口音的阿勒斯卡语问道,字词全都挤在了一起。

"我从来不开玩笑。怎么?难道你们军队的面貌这么差,你都不好意思让我观摩吗?"

"我决不会让敌方的将领视察我们的防御体系。"

"我不是你们的敌人,孩子。"

"我也不是你的孩子,暴君。"

达力拿露出极为无奈的神情:"士兵,你一整天都跟在我后面,说我不愿听的闲话。别太过分了,否则我不会装哑巴。"

年轻人愣了愣,表现出一定程度的克制。他权衡了一下自己的处境,决定冒险是值得的。在这里羞辱"黑荆棘",或许就能拯救自己的城市——至少在他看来如此。

"我只是后悔没有骂得大声点,好让你听见,暴君。"那人愤愤道。

达力拿重重地叹了口气,解开制服外套的扣子,只穿着贴身内衣。

"不许用碎瑛刃,"年轻人说,"用长剑。"

"随你便。"芬恩的儿子没有碎瑛刃,如果达力拿坚持己见,他完全可以向达力拿借,不过达力拿还是更喜欢这样。

为了掩饰紧张,那人要求一名随从用石块在地上画了一个圈。莱尔和达力拿的几个护卫走了上来,期灵局促地在他们身后摇曳。达力拿马上招呼他们退下。

"不要伤害他,"纳瓦妮小声道,顿了顿,"但也不要输。"

"我不会伤害他,"达力拿把制服外套递给纳瓦妮,"但我不敢保证会赢。"纳瓦妮没有看清形势,不过这是当然的。达力拿不能简单地把年轻人揍一顿,这只会向其他人证明,他是个恃强凌弱的恶霸。

他走到决斗范围内,以便记住要跨几步才不会被逼退。

"我说用长剑,"年轻人手握武器道,"你的剑呢?"

"我们每三分钟交换先手,"达力拿说,"见血即止。可以由你起头。"

年轻人僵立在原地。开局他将以武装对抗不带武装的达力拿,三分钟后,如果达力拿没有流血或者离开场地,就颠倒过来,达力拿将以武装对抗没有武装的年轻人。

这是极不平衡的做法,通常只能在对打中见到。官兵借此训练徒手对抗武装敌人的能力,而且从来不用真正的武器。

"我……"年轻人说,"我改用匕首。"

"不必,长剑就行。"

年轻人瞠目结舌地盯着达力拿。歌谣和传说中提到的英雄可以徒手面对众多武装的对手,但实际上,要和一个武装的敌人战斗就已经十分困难了。

芬恩的儿子耸耸肩。"尽管我希望在平等的条件下战胜'黑荆棘',从此打出名气,"他说,"我还是愿意接受不公平的决斗。不过,你要让你的手下在这里发誓,如果决斗结果对你不利,我不会被指为刺客,因为条件是你自己设定的。"

"成。"达力拿望了望莱尔等人,他们立即敬礼并发誓。

一名泰勒拿文书站在一旁做公证,开始计时。年轻人马上冲达力拿而来,像是动了真格。很好,既然答应进行这样的对战,就不该犹豫。

达力拿闪开了，摆好摔跤的姿势，但不打算近身尝试抱摔。达力拿在文书计时期间继续躲避攻击，在决斗范围外侧徘徊，注意不越线。

芬恩的儿子虽然咄咄逼人，却表现出了固有的戒心。年轻人也许可以把达力拿逼退，但他一直在试探。他再次进攻，剑光闪过，达力拿赶忙逃开。

年轻人越发不安和懊恼。如果这天是阴天，他就能看到从达力拿体内冒出的微弱飕光。

计时临近尾声，年轻人更加抓狂，他知道接下来会发生什么。三分钟内，他要独自一人在场上徒手对抗"黑荆棘"，历经迟疑、决心，最后是绝望。

好吧，达力拿心想，马上就要……

还剩十秒钟，年轻人不顾一切地向他发起全力攻击。

达力拿轻松地站起来，张开双臂，好让观众看见他故意没有躲闪。他迎上年轻人的剑尖。

长剑正中胸口，就在心脏左侧。这一剑疼得达力拿闷哼一声，但他还是没有让对方刺到脊柱。

鲜血填满了他的一侧肺部，飕光如潮水般涌来，将他治愈。年轻人大吃一惊，仿佛没有料到，抑或没有打算给出如此关键的一击。

疼痛逐渐消失了。达力拿咳了几声，扭头把血吐出来，然后抓住年轻人的手腕，把剑捅得更深了。

年轻人松开剑柄拼命后退，惊讶得眼珠都要迸出来了。

"这一剑刺得好。"达力拿说，嗓音嘶哑乏力，"到了最后，我看得出你有多焦虑，别人很可能就认命了。"

达力拿靠到女王儿子的身边，年轻人扑通一声跪下来，仰起了头。鲜血从达力拿受伤的部位渗出来，染红了衣衫，直到飕光终于有时间愈合外部的伤口。达力拿吸入足量飕光，即使在日光下也浑身发亮。

院落变得一片寂静。文书们捂着嘴巴，一脸惊愕，士兵们则手扶剑柄，三角形的黄色骇灵在周围散为碎片。

纳瓦妮抱着双臂，狡黠地与达力拿相视而笑。

达力拿握住剑柄，从胸前拔出那把剑。飓光奔涌而来，为他疗伤。

值得称道的是，年轻人站起来，结结巴巴地说："轮到你了，'黑荆棘'。我准备好了。"

"不，你先让我流血了，所以是你赢。"

"是你让着我的。"

达力拿脱下衬衣扔给年轻人。"把你的衬衣给我，我们就扯平了。"

年轻人接住带血的衬衣，抬起头怔怔地看着达力拿。

"我不想要你的命，孩子。"达力拿说，"我不想要你的城市，也不想要你的王国。如果我想征服泰勒拿，我决不会笑脸相迎，承诺和平。你听说过我的名声，应该心中有数。"

他转身面对围观的军官、光眼种和文书。目标完成，那些人已经得手了，他们都敬畏他。

但不知何故，这一张张恐惧的脸庞，对他的打击却比那把剑还沉重。他忽然产生了强烈的不快，连他自己也感到震惊。

出于某种他依然理解不了的原因，他恼羞成怒，转身走出院落，登上通往神殿的阶梯。纳瓦妮赶来和他说话，他却摆手把她打发走了。

静一静，他需要一个人静一静。他来到神殿前方，扭身坐到台阶上，背靠落在门口的石块。飓风之父在他脑海中隆隆作响，而在那声音之外，是……

是失望。他刚才到底达成了什么？他声称不想征服泰勒拿人，但他的行动说明了什么?"我比你强。""我没必要和你战斗。""我可以不费吹灰之力就把你打垮。"

允许光辉骑士团进驻城市,就是这种感觉吗?

达力拿一阵反胃,打心底里觉得难受。这种噱头,他这辈子已经有过几十次了,从年轻时招募泰莱布,到胁迫艾尔霍卡承认达力拿没有要杀他的意思,再到最近在训练室里强迫卡达什与他对战。

阶梯下面,人们围着芬恩的儿子,热烈地讨论着,年轻人揉了揉胸口,仿佛自己才是被捅的人。

达力拿又在脑海里听到了那个声音,那个他在幻象出现之初就耳闻的声音:

把他们团结起来。

"我尽力。"达力拿低语。

为什么他就不能心平气和地说服别人?除了把他们揍得头破血流,除了反过来用自己受的伤来威慑他们,为什么他就没办法让他们听进去?

他叹了口气,向后一仰,头靠在破败神殿的石墙上。

把我们团结起来,求你了。

那是另一种调调,上百种声音彼此交叠,提出同样的恳求,几乎不可耳闻。他闭上双眼,努力辨认声音的来源。

是从石头里发出来的吗?不错,他感受到了石块的痛苦,不由得吃了一惊,原来他听到了神殿之灵的声音。神殿的外墙作为一个整体已经存在了好几百年,如今却开裂、毁坏了,岩石当然会觉得疼。它们仍旧把自己看作一组精美的雕刻,而不是四处散落的碎石。它们渴望再次成为一个单一的实体,不受任何损害。

神殿之灵哭泣着,发出阵阵叠音,仿佛战场上,一群伤兵正在为自己残缺的肢体而哭泣。

风操的,我想象出的一切,就非得和毁灭有关吗?就非得和死

亡、支离破碎的肢体、风中的烟气和岩石上的血迹有关吗?

他内心的那股暖意却说：不是。

他站起来转了个身，体内充盈着飓光，抓住挡在门口的落石使劲挪了挪，再蹲下来，把身子凑进去，用肩膀顶住那块石头。

他深吸一口气，把石块朝门上举了起来。举得够高后，他忽然把手伸到头顶，大喝一声，腿、背、胳膊一起使劲，拼尽全力把石块往上推，一点点地塞回门楣处。飓光在他体内奔流，咯咯作响的关节很快愈合了。

达力拿感到神殿在催促他继续，迫切地希望重新变完整。他尽可能吸入飓光，最后耗空了身上的每一颗宝石。

汗水淌过他的脸颊，他把石块推得足够近，感觉又对了。力量通过他的手臂涌了进去，渗透了石块。

雕刻又变为一体。

他把手中的门楣石抬起、归位。飓光填满了石隙，将断裂的部分重新拼接起来，达力拿脑畔迸出一圈傲灵。

光芒消散后，包括入口和裂开的浮雕在内，雄伟神殿的正面外墙恢复如初。达力拿面对着这一切，上身赤裸、汗流浃背，顿时感到年轻了二十岁。

不，二十年前的他绝对做不到。

这是铸契骑士的本领。

纳瓦妮的纤手碰了碰他的胳膊。"达力拿……你刚才干了什么?"

"我听见了。"这种力量远远不是只能用来破坏。我们一直忽略了这一点，对答案视而不见。

他回望围拢着登上阶梯的人群，对一名文书说："负责向乌有斯麓传信，并派遣塔拉梵吉安医疗队的人，是你吗?"

"是……是的，光明贵人。"文书回答。

"那再传个信，叫我儿子雷纳林过来。"

芬恩女王在巴忒阿神殿的院落里找到了他,就是那座离倒塌的大雕像很近的神殿。她儿子换上了达力拿那件带血的衬衫——系在腰间,就像某种束腰——领着一个十人团队,每个人都拿着绳索,刚刚把雕像的臀部安回原位。达力拿耗尽了借来的润石中的飓光,把石头封在一起。

"我觉得我找到左臂了!"有人在下面叫道,雕像的大半部分已经从一座宅子的屋顶上翻了下来。达力拿手下的一队士兵和光眼种高呼着冲下了台阶。

"没想到'黑荆棘'都不穿上衣,"芬恩女王说,"还在……扮演雕塑家?"

"我只能修复没有生命的东西。"达力拿用腰间绑着的抹布擦了擦手,疲惫不堪。使用如此多飓光,对他来说是全新的体验,而且相当耗费精力。"更重要的工作由我儿子来做。"

一个小家庭离开了上方的神殿,父亲在几个儿子的搀扶下前行,脚步犹豫,看来是在近期的风暴中断了一条或两条腿。这位壮硕的父亲示意儿子们退后,自己走了几步,随后瞪大眼睛,短促地一跃。

达力拿明白那人的感受,那是飓光的遗留效应。"我应该早点发现的,一看到伤员就派雷纳林过去。我真傻。"达力拿摇摇头,"雷纳林有治疗的能力,和我一样都是新手,最容易治愈那些最近受伤的人,不知道是不是和我的做法类似。一旦灵魂习惯了伤口,就更难修复了。"

那家人走了过来,芬恩身边冒出一只敬灵。他们一鞠躬后就讲起了泰勒拿语,父亲呵呵傻笑,达力拿几乎听懂了他们的对话,仿佛他意识的一部分与自己建立起了纽带。这是一种奇怪的体验,他不知作何解释。

那家人走后,达力拿转向女王:"我不知道雷纳林还能维持多久,我也不知道人们的伤口有多少是新的,能够让他修复,但这确实是我们力所能及的事。"

人们在下方叫喊,从宅子的窗户里拉出一根石臂。

"我发现喀德拉克也被你迷惑了。"芬恩说。

"他是个好小伙。"达力拿说。

"他下定决心要想办法和你决斗,我听说你接受了。你是准备在城里跑个遍,依次迷倒每一个人,是吗?"

"但愿不是,听起来好像要花很久。"

一名年轻人从神殿里跑下来,抱着一个头发蓬松的孩子。孩子穿着满是灰尘的破衣服,却笑得很灿烂。年轻人向女王鞠了一躬,然后用蹩脚的阿勒斯卡语向达力拿致谢。雷纳林一直把治疗的责任归咎于他。

芬恩目送他们离开,脸上的表情叫人捉摸不透。

"我需要你的帮助,芬恩。"达力拿低声说。

"考虑到你今天的行为,我很难相信你会有什么需求。"

"碎瑛武士无法坚守阵地。"

芬恩看着他,皱起眉头。

"对不起,那是军事格言,也就是说……算了。芬恩,我确实带领着光辉骑士团,但他们无论多么强大,也赢不了这场战争。而更重要的是,我看不出自己遗漏了什么,所以才需要你的帮助。

"和大多数谋臣一样,我用的是阿勒斯卡人的思维方式,考虑的是战争和冲突,但忽略了重要的事实。当我第一次得知雷纳林的力量时,我能想到的只有依靠这种力量,在战场上治好士兵受的伤,让战斗继续进行。我需要你,也需要亚泽尔人。我们现在面对的敌人,他们的想法和我们以前面对的任何敌人都不一样,我需要联合那些比我更有远见的领导人。"他朝女王低头,恳求道,"请加入联盟,芬恩。"

"我已经开启了那座传送门,也在和当局商量军事增援的事。这不就是你想要的吗?"

"远远不是,芬恩。我希望你加入联盟。"

"区别在哪里?"

"区别在于,到底是把这场战争称作'你的战争',还是'我们的战争'。"

"你还真是固执。"芬恩深吸一口气,不等他反对就打断了他,"假设这就是我们当前的需求,那好吧,'黑荆棘',你和我,还有塔拉梵吉安,三人达成神权统治时期以来的首个沃林联盟,只可惜其中两人领导的国家已经成了一片废墟。"

"三人领导的国家都是如此。"达力拿闷哼一声,"塔冠城被敌人包围了。我已经派了帮手,但眼下这个当口,阿勒斯卡仍旧是被占的领土。"

"这下倒好了。嗯,我想我能说服城里的各大派别,允许你派兵支援。如果一切顺利,我会给亚泽尔大帝写信,也许会有帮助。"

"肯定会的。既然你加入了联盟,亚泽尔的誓约之门就对我们的目标至关重要。"

"嗯,他们会很棘手。"芬恩说,"亚泽尔人的处境不像我那样艰难,而且坦白地说,他们不是沃林信徒。遇上决心坚定的君主,包括我在内的泰勒拿人都会给出回应。力量和激情就是沃林之道,然而这些手段只会让亚泽尔人固执己见,更卖力地回绝你。"

达力拿摸了摸下巴。"有什么建议吗?"

"你大概不会觉得有趣。"

"不妨讲讲。"达力拿说,"我逐渐意识到,我平时做事的方式有着严重的局限性。"

60

风与誓言

我很担心我的识真骑士同伴。

——出自 8-21 号抽屉中的第二颗绿宝石

飓风不属于卡拉丁。

天空是卡拉丁的领域,而他或多或少也能驾驭风。飓风则不一样,如果把它比作一个国度,他就只是来访的宾客,对其保有一定的尊重,却也缺乏真正的权威。

在与白衣刺客战斗时,卡拉丁曾飞在飓幕的最前方,与飓风一同行进,犹如一片被卷入波涛的树叶。如果要带上其他人,这种让全盛的飓风在脚边肆虐的方法似乎太冒险了。所幸在前往泰勒拿的途中,他和沙兰已经测试了别的方法,他们发现,只要他与暴风云的距离不超过一百尺左右,他就仍然可以在飞行时汲取飓风的力量。

这时,他带着两名冲桥手和艾尔霍卡选出的队伍,正乘着暴风云飞翔。他们头顶阳光明媚,脚下却是无休无止、向四方延伸的飓风。黑灰色的暴风翻卷回旋,被闪电的火花照亮,发出轰隆隆的响声,仿佛在生这一小群偷渡客的气。他们远远落在后面,已经看不到飓幕了。从他们与塔冠城形成的角度来看,当他们穿过无主山岭,朝阿勒斯卡的北部移动时,就需要更往北走,而不是更往西走。

飓风翻腾的模式有种迷人的美感,卡拉丁不得不将注意力放在六名同伴身上。算上他自己、斯卡和德雷赫,总共有九人。

艾尔霍卡国王排在最前头。他们没法把碎瑛甲带来,因为风行术对其无效,于是国王改穿厚衣服,戴上了某种古怪的玻璃风镜。这些都是沙兰建议的,显然是海军的装备。排在艾尔霍卡后面的是阿多林,还有沙兰手下的两名士兵和一名女仆,沙兰就像捡斧狐犬幼崽那样吸纳了那两个邋遢的逃兵。卡拉丁不理解他们为什么要带上这三人,但国王坚持要这么做。

和国王一样,阿多林和其他人也被绑了起来,这让沙兰的样子变得更奇怪了。她只穿着蓝色的修身裙,还用别针别住,免得裙摆飘得太厉害,裙子底下绑着白色的绑腿。飓光从她的皮肤上涌出来,给予她温暖,为她提供能量。

飞行时,她张开两臂,闭着眼睛咧嘴欢笑,艳丽的褐红色头发在脑后飞扬。由于她忍不住伸出闲手去感受指间的风,还朝路过的风灵招手,卡拉丁只得不断调整她的速度,让她与其他人保持一致。

她怎么会笑成那样?卡拉丁纳闷了。在那趟深渊之行中,他得知了沙兰的秘密,以及她不曾揭开的创伤,然而她就是有办法忽略这一切。卡拉丁向来做不到。即使他的心情没有特别低落,他也会为自己的职责或者那些需要他关怀的人所累。

面对她毫不顾忌的喜悦,卡拉丁很想让她看看什么才是真正的飞行。尽管她不会风行术,但她依然可以用身体去雕琢风,在空中舞动……

他猛地把自己拉回当下,赶走了愚蠢的白日梦。他两臂紧贴身体,让迎风面变窄,然后沿着队列移动,依次为每个人续上飓光。他没有利用飓光来控制方向，而是利用风本身。

斯卡和德雷赫在下方二十尺的地方飞行、观察，以防有人因故掉下去。风行术得到更新后，卡拉丁来到沙兰和艾尔霍卡之间。国王透过风镜直视前方，仿佛对脚下奇妙的飓风视而不见。沙兰笑着仰面朝天，裙摆起伏如波。

阿多林的反应则是另一番景象。他瞥了一眼卡拉丁，然后闭上双眼，咬紧了牙关。至少在风向改变时，他已经不会次次都扑腾手脚了。

他们没有说话，因为他们的声音只会消失在狂风中。卡拉丁的本能告诉他，他大概可以像以前那样，在飞行时减轻风力，但他有些本领很难刻意地去复制。

终于，一道光从下方的飓风中蹿出，很快盘绕成一根光缎，打着旋朝他飞来。"我们刚刚经过了风行河。"茜尔说。这句话与其说是她发出的声音，不如说是她在卡拉丁脑海中留下的印象。

"那我们就在塔冠城附近。"他说。

"她显然很喜欢天空。"茜尔望了一眼沙兰，"她是天生的，简直就像只灵体，我觉得这是很高的评价。"

卡拉丁叹了口气，没有去看沙兰。

"拜托……"茜尔嗖的一下飞到他的另一侧，"你要和别人在一起才会快乐，卡拉丁。我知道你心里是清楚的。"

"我已经有冲桥队了。"他嘟囔着，声音消失在风中，但茜尔都听得到，就像他也能听到她的声音一样。

"这不是一回事，你懂的。"

"出侦察任务还要带上侍女，一周不弄头发就不行，你以为我会对这样的人感兴趣？"

"我以为？"茜尔化为小小的裙装少女形象，在他面前飞过天空。"我明白得很。别以为我没发现你偷看。"她坏笑道。

"我们是时候停下了，免得越过了塔冠城。"卡拉丁说，"去通知斯卡和德雷赫吧。"

卡拉丁依次为同伴撤销向前的风行术，并朝上施放一半的风行术。风行术有种奇怪的效果，西格吉尔无法通过研究来确定术语，他得到的数据一再表明，一旦被施予风行术，人会同时受到地面和风行术的影响。

然而事实并非如此。一旦被施予基础风行术，人的身体会彻底忘却地心引力，从而落向风行骑士所指的方向。不完全的风行术则会使人的部分体重忘却地心引力，但其他体重仍会受到朝下的拉力。因此，朝上施放一半的风行术能使人失重。

卡拉丁将各组人员的位置安排好，以便和国王、阿多林和沙兰对话，冲桥手和沙兰的随从都在不远处徘徊。就算西格吉尔有了新的解释，也无法说明卡拉丁所做的一切。他设法在队伍周围创造出了某种通道，如同河中的流水席卷而过，让他们紧紧聚在一起。

"真美。"沙兰打量着飓风，飓风笼罩了一切，只有左方远山的山巅探出头来，那可能是造日王山脉，"就像混合的颜料，深色晕染开来，产生了新的色彩和光效。"

"只要我还能远远地看着就好。"阿多林扶着卡拉丁的手臂，以免飘走。

"我们快到塔冠城了。"卡拉丁说，"这是好事，因为我们已经接近飓风的尾端了，我马上就会失去飓光的来源。"

"我倒是觉得，"沙兰低下头，"我马上就要失去我的鞋子了。"

"鞋子？"阿多林问，"我还在那儿弄丢了午饭呢。"

"我忍不住就在想，会有什么东西滑下来，然后掉进去，"沙兰低语，"永远消失在里面。"她瞥了一眼卡拉丁。"关于丢掉的靴子，你不说点俏皮话吗？"

"我想不出什么俏皮话，"卡拉丁犹豫地说，"可这也从没有阻止过你。"

沙兰笑了笑："冲桥手，你有没有想过，糟糕的艺术对世界的作用，要比优秀的艺术更大？艺术家一生中进行糟糕的练习的时间，要比创作杰作的时间要多，尤其是在起步的时候。就算成为了大师，有些作品也不会成功。还有某些作品，不到最后一笔，整个就是错的。"

"我们从糟糕的艺术中能学到的东西，比优秀的艺术更多，因为错误比成功更重要。再说，优秀的艺术通常会唤起人们的共情，大多数优秀的艺术都是同一种性质的优秀，而糟糕的作品却可以糟糕得别具一格。所以，我很庆幸世界上有糟糕的艺术存在，我相信全能之主也会同意的。"

"沙兰，这些话都是在证明你有幽默感吗？"阿多林被逗乐了。

"证明我有幽默感？不，我只是想证明，卡拉丁军尉被创造出来是合情合理的。"

别理她，卡拉丁眯着眼睛向东望去。他们身后的云层从沉郁的黑灰色渐渐变浅，成了更平淡无奇的样子，就像石头早晨做的炖菜。来时大张旗鼓的飓风，马上就要在一声长叹中平息了，狂风被温和的雨水取代。

"德雷赫，斯卡，"卡拉丁叫道，"让所有人保持在空中。我下去侦察一下。"

两人一敬礼，卡拉丁就穿过云层落了下去。从里面看，云层就像脏兮兮的雾气。卡拉丁冲出去后，浑身结满了冰霜。雨点倾泻下来，但势头越来越弱。上方传来轻微的雷鸣声。

光线刺进云层，足以让他审视下方的地貌。塔冠城确实离得很近，市容非常壮观，但他还是按捺住赞叹的心情，先寻找敌人。他注意到都城前方有一个广阔的平原，这片杀戮场没有树木和巨石遮挡，无法为侵略者提供掩护，眼下却是空荡荡的，不出意料。

问题是谁占领了这座城市？是虚渡还是人类？卡拉丁小心翼翼地

落了下去。户外摆着钱笼，在飓风中重新注入飓光的润石光辉熠熠。没错，城墙的岗哨上飘扬着阿勒斯卡的旗帜，等飓风最猛烈的时候过去了就立起来。

卡拉丁松了一口气。塔冠城并没有沦陷，不过，如果报告无误，周边的所有城镇应该都被占领了，仔细观察的话，就能看到敌人已经开始在杀戮场上建造避风所，以便从那里阻断塔冠城的补给。那些避风所目前只是砖头和灰浆做的地基，在不刮飓风的时候，很可能被敌人的大部队守卫着，造了出来。

卡拉丁终于任由自己盯着塔冠城看。他知道这就像打哈欠一样在所难免，不能永远压抑着。首先要评估这个区域是否有危险，摸清情况。

他看呆了。

风操的，那座城市实在太美了。

他曾在半梦半醒之间飞临塔冠城上方的高空，看到了飓风之父，但那种效果和当下不一样。他正飘浮在空中，俯瞰庞大的都会，算是见识过正经的城市了，但令他惊叹的不是塔冠城的规模，而是它的多样性，毕竟破碎平原上的军营加起来可能比它还大。他见惯了功能性的堡垒，却没见过形状各异、屋顶样式各异的石造建筑。

塔冠城最典型的特征自然是风刃山：造型奇特的石峰耸立在岩石上，犹如隐藏在地表之下的巨兽露出的鱼鳍，庞大而蜿蜒，红、白、橙三色相间的岩层闪闪发亮，色泽因为降雨而变深了。他以前没有意识到城墙的一部分是在外围风刃山的顶部建造的。在那儿，城墙的下半部分简直是从地面上冒出来的，不过人们在上面加盖了要塞，均匀了高度，填补了石峰之间的空隙。

高耸在城市北面的是王宫，它傲然挺立，仿佛不畏风暴，看着就像一座自成一体的小城，有明亮的立柱、圆顶建筑和塔楼。

那里给人的感觉十分不对劲。

一片黑沉沉的乌云笼罩着王宫,乍一看不过是光线的把戏,但那种不对劲的感觉却一直存在,而且似乎在宫殿东边的一部分区域最为强烈。那里有一座平坦的高台,到处都是小楼,看来是宫中的虔诚院。

也就是誓约之门平台。

卡拉丁眯起眼睛,用风行术把自己往上甩回去,冲入了云层。他刚才可能呆望了太久,但他不想让别人谈起天上的发光人影。

然而……塔冠都城还是令人流连。卡拉丁心里依然住着一个梦想去看世界的乡村少年。

"你看到王宫周围的那片黑暗了吗?"卡拉丁问茜尔。

"看到了,"她小声说,"很不对劲。"

卡拉丁从云层中现身,发现队友们已经随着微风向西飘去,便用风行术把自己往那边甩,头一次注意到自己无法再从飓风中补充飓光。

卡拉丁飞过去之后,德雷赫和斯卡显然松了一口气。"卡尔——"斯卡开口道。

"我知道。我们没有多少时间了。陛下,塔冠城就在下面,我方的军队依然控制着城墙。仆族智者正在建造防风堡,包围城外的区域,不过他们的大部队可能预测到要刮飓风,都撤到附近的镇上去了。"

"都城守住了!"艾尔霍卡说,"太好了!军尉,带我们下去。"

"陛下,"卡拉丁说,"如果我们就这样从天而降,敌方的斥候会看见我们进去的。"

"那又怎样?"艾尔霍卡说,"耍手段的前提,恐怕是非得溜进去的情况。如果城里的军队依然坚守,我们就能向王宫进发,维护控制权,然后启动誓约之门。"

卡拉丁迟疑地说:"陛下,王宫……似乎不太对劲。那边黑压压的一片，茜尔也发现了。还是谨慎为妙。"

"我的妻儿都在王宫，"艾尔霍卡说，"他们可能有危险。"

打了六年仗，也不见你怎么担心他们，卡拉丁心想。

"我们还是下去吧，"国王说，"要尽快赶到誓约之门……"他渐渐失语，依次看了看卡拉丁、沙兰和阿多林。"好不好？"

"谨慎为妙。"卡拉丁重复道。

"这位冲桥手可不会神经兮兮的，陛下。"阿多林说，"我们不知道城里出了什么事，也不知道自从传出暴乱的消息以来，那里是什么情况。我觉得谨慎还是有必要的。"

"好吧，"艾尔霍卡说，"所以我才带上了这位织光骑士。你有什么建议，光明女士？"

"我们在城外降落，"沙兰说，"要在足够远的地方，以免飓光的亮度暴露我们。我们可以隐瞒身份，利用幻术溜进去查明真相。"

"很好。"艾尔霍卡短促地点点头，"就按她说的做，军尉。"

KHOLINAR
塔冠城

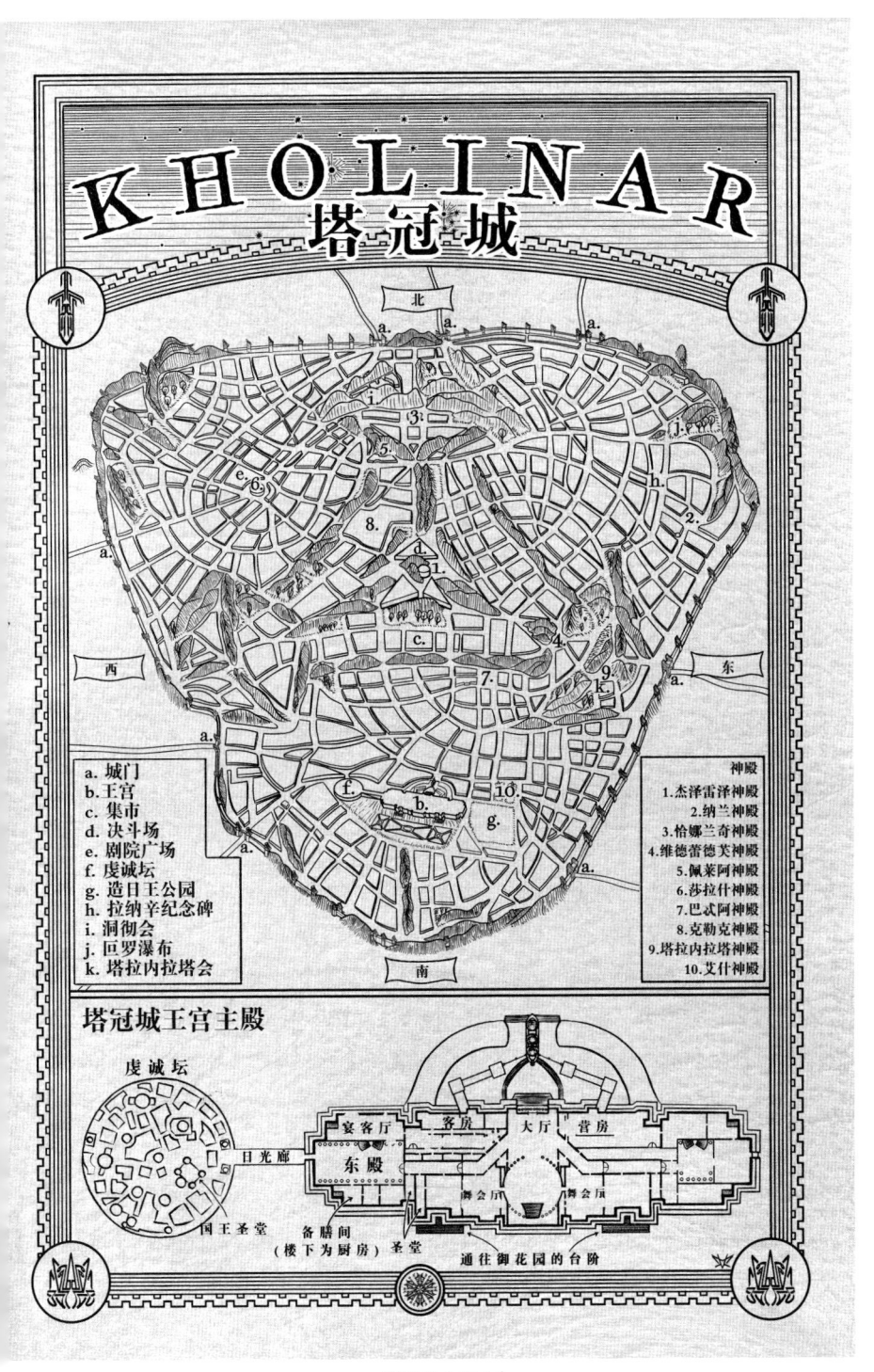

北

西　东

南

a. 城门
b. 王宫
c. 集市
d. 决斗场
e. 剧院广场
f. 虔诚坛
g. 造日王公园
h. 拉纳辛纪念碑
i. 洞彻会
j. 叵罗瀑布
k. 塔拉内拉塔会

神殿
1. 杰泽雷泽神殿
2. 纳兰神殿
3. 怡娜兰奇神殿
4. 维德蕾德芙神殿
5. 佩莱阿神殿
6. 莎拉什神殿
7. 巴忒阿神殿
8. 克勒克神殿
9. 塔拉内拉塔神殿
10. 艾什神殿

塔冠城王宫主殿

虔诚坛

日光廊

宴客厅　客房　大厅　营房

东殿

舞会厅　舞会厅

国王圣堂　备膳间（楼下为厨房）　圣堂　通往御花园的台阶

塔冠城地图

61

噩梦显现

> 我们真能把想要的秘密都记下来,并留在这儿?我们怎么知道会有人发现它们?算了,我不在乎,那就记下来吧。
> ——出自2-3号抽屉中的烟晶石

敌军正在让难民向塔冠城前进。

起初,卡拉丁觉得很惊讶。围城的目的不就是防止人们进城吗?然而,还是有源源不断的难民获准接近塔冠城。城门紧闭,以防军队入侵,但本就宽敞的侧门还是大开着。

卡拉丁把望远镜递给阿多林。他们早就在一个不显眼的地方降落,徒步回城,但抵达时天已经黑了。他们决定在城外过夜,把自己隐藏在沙兰创造的幻象中。织光术只消耗了极少量飓光就维持了一整晚,着实叫人佩服。

第二天早上,他们对一里开外的塔冠城进行勘察。从外面看,他们的藏身处似乎只是石地上的又一个凸起,然而沙兰无法只让一个面变透明,他们必须通过一条缝隙看出去,如果这时有人走近,就会发现他们。

待在幻象中的感觉就像钻进了山洞,但风雨还是会渗进来。国王和沙兰抱怨了一上午,说前一天晚上又湿又冷;卡拉丁和他的部下则睡得死沉,经历过第四冲桥队也有好处。

"他们放难民进去了,为的是榨光城里的资源。"阿多林看着望远镜说,"很稳妥的策略。"

"光明女士沙兰,"艾尔霍卡从阿多林手中接过望远镜,"你可以给我们每个人创造幻象,对吗?我们可以假扮成难民,轻松地进城。"

沙兰心不在焉地点点头。她正坐在一道从顶上的小孔倾泻而下的晨光附近,画着素描。

阿多林把望远镜转向王宫,王宫的顶端耸立在远处的城市上方。天气非常晴朗怡人,空气中只有前一天那场飓风带来的一丝湿气,天上万里无云。

但不知为何,王宫还是笼罩在阴影中。

"那会是什么呢?"阿多林放下望远镜。

"他们当中的一个。"沙兰小声说,"灭者。"

卡拉丁回头看了看她,发现她已经画出了宫殿的草图,但画面是扭曲的,带着奇怪的角度和扭曲的城墙。

艾尔霍卡端详着王宫。"你建议要谨慎是对的,风行骑士。我的本能还在催促我冲进去,这是错误的,对不对?我必须慎之又慎。"

他们等沙兰画完素描,她说需要这些画作来创造复杂的幻象。最后,她站起来,翻了翻素描本。"好了,其实大部分人都用不上伪装,因为没人会认出我和我的随从,我估计卡拉丁的部下也一样。"

"如果真有人认出了我,"斯卡说,"也不会有什么问题。这里没人知道我在破碎平原出了什么事。"德雷赫也点头赞同。

"行。"沙兰转向卡拉丁和阿多林,"你们会换上新面孔和新衣服,变成两个老头子。"

"不用给我伪装。"卡拉丁说,"我——"

"你在月初跟仆族一起待过,"沙兰说,"最好还是保险点。再说了,反正你对每个人都会像个老头子一样皱眉头,这身伪装会很合适。"

卡拉丁瞪了她一眼。

"好极了!就保持这样。"沙兰走过来,呼出一口气,飓光的光雾就裹住了他。他觉得自己应该能把飓光吸进体内,加以利用,但飓光抗拒了。这是一种奇怪的感受,仿佛他发现了一块能发光、却不能发热的煤。

飓光散去后,他举起一只已经变干瘪的手。他的制服外套也变成了一件家纺的棕色外套。他摸了摸自己的脸,却没有感觉到任何异常。

阿多林指了指他。"沙兰,他的样子实在是太下贱了,叫我刮目相看。"

"什么?"卡拉丁望了望部下。德雷赫皱起眉头。

沙兰将阿多林裹进飓光的光雾,把他变成了一个六十多岁、健壮英俊的男子,有着深褐色的皮肤和一头白发,身材瘦削,衣着不再华丽,但保养得很好。他看上去就像那种经常在酒馆里出没的老活宝,会信口讲述自己年轻时的辉煌事迹,惹得女人都以为自己喜欢老男人,其实她们只对他情有独钟。

"噢,这就不公平了。"卡拉丁说。

"如果我把谎撒得太离谱,别人就更容易怀疑。"沙兰轻描淡写地说,走到国王面前,"陛下,您要变作一个女人。"

"好吧。"艾尔霍卡说。

卡拉丁一怔,本以为国王会反对。沙兰似乎把涌到嘴边的妙语咽了回去,看来她也有一样的想法。

"您瞧,"沙兰改而说,"您大概没办法抛开国王的言行举止,所所以我觉得，如果您变成出身高贵的光眼种女子，守卫就不太可能记住您——"

"我说过没事，织光骑士。"艾尔霍卡说，"我们决不能浪费时间。我的城市和国家正处于危险中。"

沙兰再次呼气，国王旋即幻化成一名高挑优雅的阿勒斯卡女子，外表特征不免让人联想到迦熙娜。卡拉丁赞赏地点点头。沙兰说得对，艾尔霍卡的言行举止确实带着贵族气息，如果有人纳闷他是谁，这就是一种极好的转移他们注意力的方式。

茜尔在他们打包行李时蹿入了幻象。她化为少女形态飞到卡拉丁面前，随即在半空中退了几步，惊呆了。

"噢！"她说，"哇！"

卡拉丁怒视沙兰："你对我干了什么？"

"哎，别这样嘛。"沙兰说，"这只会突出你优秀的个性。"

别让她影响到你，卡拉丁心想，**她就是故意的**。他背起背包。他的外表无所谓，不过是幻象罢了。

可她究竟干了什么？

卡拉丁带头走出岩石的幻象，所有人排成一排后，幻象就在他们身后消解了。卡拉丁的部下带来了没有军阶标识的通用蓝色制服，可以假扮成寇林公国任何一个小家族的护卫；沙兰的两名随从穿着通用的棕色制服；艾尔霍卡则是一袭光眼种女装。他们看上去就像一支真正的难民队伍。艾尔霍卡会被视作五等以上的光明女士，在敌人推进之前就已经逃走，连轿子和马车都没坐，只带着几名护卫和一些仆从，还有年轻的学徒沙兰。那么卡拉丁要担当什么角色？

风操的。"茜尔，"他喝道，"我能不能不把你当做剑来召唤，而是当做一块闪闪发亮的金属板？"

"你要我变成镜子？"茜尔在他身边飞舞，"嗯……"

"不确定行不行？"

"不确定是不是有失尊严。"

"有失尊严？你什么时候在乎尊严了？"

"别把我当儿戏。我是一尊威严的武器，只能用在威严的地方。"她自言自语道，很快飞走了。还没等卡拉丁叫她回来抱怨，艾尔霍卡就赶上了他。

"慢点，军尉。"国王连音调都变了，听着就像个女人，"你会把我们甩开的。"

卡拉丁不情不愿地放慢脚步。艾尔霍卡没有表达出他对卡拉丁那张面孔的看法，始终直视前方。他向来不会对别人有什么看法，所以这很正常。

"你该知道，人们管它叫'风行'。"国王轻声说。片刻后卡拉丁才意识到艾尔霍卡指的是流经塔冠城的那条河。"正因为你们，阿勒斯卡的光眼种才能得到统治权。你所属的骑士团在这里非常显赫，当时地名还叫阿勒瑟拉。"

"我——"

"我们的追求至关重要。"艾尔霍卡接着说，"都城决不能沦陷。我们决不能犯错。"

"我向您保证，陛下，"卡拉丁说，"我没打算犯错。"

艾尔霍卡瞥了他一眼，有那么一瞬间，卡拉丁觉得自己看到了国王的真身，不是因为幻象失效了，而是因为艾尔霍卡嘴唇紧闭，眉头蹙起，目光变得如此热切。

"我不是在说你，军尉。"国王轻声说，"我指的是我自身的局限性。当我辜负这座城市的时候，我希望你能站出来保护它。"

卡拉丁别过头，羞愧不已。他刚才真的在想这个人有多自私吗？"陛下……"

"不，"艾尔霍卡斩钉截铁地说，"是时候现实点了。王者必须尽全力为人民谋利益，可我……却缺乏决断力。我一生中的'成就'

都是我父亲和我叔叔交给我的。军尉,既然你都来了,那就请你记住,在我失败的时候要取得成功。开启誓约之门,确保我的妻儿被带到安全的地方,领着部队回来,增援城里的兵力。"

"我会全力以赴的,陛下。"

"不,"艾尔霍卡说,"军尉,你要按我的命令行动,要有出众的表现,否则是不够的。"

风操的。艾尔霍卡怎么能做到既表扬别人,同时又侮辱别人?听到这番话,卡拉丁顿时有了压力,他回想起在亚马兰军服役的日子,那时人们才刚开始谈论他,对他充满期待。

那些传言成了一种挑战,为所有人树立了一个概念:他们眼中的卡拉丁虽然跟卡拉丁本人很像,却比他能干。卡拉丁利用、仰赖那个虚构的形象,来装备自己的队伍,把士兵调进自己的小队,否则他也不会遇到苔拉。只要不被名声压垮,拥有名声就是有利的。

国王落到队伍的后排。他们穿过杀戮场,城墙上的弓箭手注视着他们,卡拉丁不禁感到后背发痒,但那些人只是阿勒斯卡士兵。一行人走进城墙投下的阴影,卡拉丁专心地打量起城墙,试图忽略弓箭手的目光。

岩层上的纹理让我想起了乌有斯麓的通道,他想,这里面会不会有什么联系?

他回头看见阿多林走了上来。经过伪装的王子望着卡拉丁,眉头一皱。

"嘿,"阿多林说,"嗯……哇,真叫人心烦。"

风操的女人。"你要干什么?"

"我一直在想,"阿多林说,"我们不是要在城里找个地方躲起来吗?虽然我们不能按照原来的计划,就这么大摇大摆地走到王宫门前,但我们也不能发动袭击,至少先得进行一番侦察。"

卡拉丁点点头。他不希望在塔冠城待太久。别的冲桥手都还没有达到念出第二信条的阶段，在他返回之前，第四冲桥队无法操练他们的能力。与此同时，被阴影笼罩的王宫也让人不安，他们必须花几天时间收集情报。

"我同意。"卡拉丁说，"你想到可以安排的地方了吗？"

"我正好想到一个，是我信任的人经营的，而且离王宫很近，方便做点侦察，但又不至于被卷入……那边的事端。但愿如此吧。"他一脸忧虑。

"那玩意是什么样的？"卡拉丁问，"就是你和沙兰在塔底下战斗过的怪物？"

"沙兰有那怪物的图片，你应该问她。"

"我在达力拿的文书给我的报告里见过。"卡拉丁说，"到底是什么样的？"

阿多林转动蓝眼睛，又把目光调回到他们脚下的道路。幻象栩栩如生，很难相信这个形象就是阿多林本人，但他走路时还是保持着原来的姿态，带着与生俱来的自信，而这种自信只有光眼种才拥有。

"就是……很不对劲。"阿多林终于说，"很闹心，仿佛噩梦显现了。"

"是不是有点像我的脸？"卡拉丁问。

阿多林瞟了他一眼，大笑道："幸好沙兰用幻象帮你遮住了。"

卡拉丁也忍不住笑了。阿多林说话的方式能让人明白他在开玩笑，而且他不会只抓住对方的把柄取乐，而是想让对方和他一起欢笑。

他们走近塔冠城的入口。虽然不及主城门宏伟，但侧门的宽度足以让拖车通行。可惜入口已经被士兵堵住了，人越聚越多，周围涌出的怒灵宛如沸腾的血浆。无法进城的难民晃动着拳头，大喊大叫。

门口原先还在放人进去，后来出了什么事？卡拉丁望了阿多林一眼，用下巴指了指："去看看？"

"我们走。"阿多林转身瞧着队伍里的其他人,"你们待着别动。"

斯卡和德雷赫听罢止住脚步。卡拉丁和阿多林继续前进,然而艾尔霍卡和沙兰却跟了上来。沙兰的仆从犹豫片刻,也走到主人身后。风操的,此行的指挥建构将会是一场噩梦。

艾尔霍卡飞扬跋扈地向前走去,喝令旁人让路。那些人勉强照办了,毕竟有这种气场的女人可是不好惹的。卡拉丁与阿多林交换了一个倦怠的眼神,来到国王身边,与他步伐一致。

艾尔霍卡走到人群前面,说:"我要进去。"那里已经聚集了五六十人,还有人不断抵达。

一小群守卫打量着艾尔霍卡,领队开口道:"您能为城市的防卫提供多少战士?"

"一个也没有。"艾尔霍卡气冲冲地说,"他们都是我的贴身护卫。"

"那么光明女士,您应该带他们去南面的另一座城市试一试。"

"要去哪里呢?"艾尔霍卡厉声问,"现在到处都是怪物,队长。"

"据说南面的怪物比较少。"那个士兵伸手一指,"无论如何,塔冠城已经人满为患,在这儿找不到避难所。相信我,快走吧。这座城市——"

"谁是你的上级?"艾尔霍卡插话道。

"我是守城卫队的总司令——天青轩元帅的部下。"

"天青轩元帅?我从来没听说过有这个人。你看看,这些人像是还能走路的样子吗?我命令你让我们进城。"

"我奉命每天只让一定数量的人进城。"守卫叹道,他的气愤叫人感同身受。一旦碰上艾尔霍卡,就连最耐心的卫兵也会被激怒。"今天进城的人数超过了限制,你们得等明天了。"

难民发出不满的声音,周围出现了更多怒灵。

"也不怪我们无情。"卫队长喊道,"你们能不能竖起耳朵听听?

城里的食物不多了，避风所也快没地方住了。我们每放进去一个人，资源就会紧张一点！可是怪物都牢牢盯着这里，如果你们逃到南面，就能在那里避难，说不定还能去雅克维德。"

"我不能接受！"艾尔霍卡说，"这些愚蠢的命令都出自那个叫天青的人。是谁指挥的？"

"没有人指挥。"

"什么？"艾尔霍卡质问道，"那颐淑丹王后呢？"

守卫只是摇摇头。"呃，那两个男的是你们的人吗？"他指了指仍旧站在人群后面的德雷赫和斯卡，"看着就像能打的士兵。如果您把他们分配给守城卫队，我就立刻给你们放行，保证你们得到粮食配给。"

"不过那家伙不行。"另一个守卫朝卡拉丁点点头，"他病恹恹的。"

"荒唐！"艾尔霍卡怒喝，"我的贴身护卫都要随时跟着我。"

"光明女士……"领队说。风操了，卡拉丁真同情这个可怜人。

茜尔突然变得警觉起来，化作一条光带飞向蓝天。卡拉丁立刻不再理会艾尔霍卡和那帮守卫，转而仔细望着天上，这才发现有一些人影正排着V字阵形朝城墙飞来，至少有二十个虚渡，每一个都在身后留下了一缕黑暗的能量。

城墙上的士兵呼喊起来，紧接着传来了急促的鼓声，卫队长咒骂几句作为回应，与部下一起冲过敞开的城门，奔向最近一处通往城墙甬道的楼梯。

难民趁机涌进城门，阿多林说："进去！"抓住国王就把他往城里拽。

卡拉丁奋力抗拒人群的重压，以免被推进城里。他反而伸长了脖颈，看着天上的虚渡袭击城墙。然而他就站在墙脚，以他现在的角度，很难看清正上方的动作。

有几个士兵从高墙上摔了下来,卡拉丁朝他们跨了一步,但还没来得及做什么,那些人就重重地砸在地上,发出巨大的响声。风操的!卡拉丁又被人群推向城里,差点忍不住要吸取飓光。

稳住,他告诫自己,重点是进去,别被人发现。你真想飞上去保卫城市,毁了这一切吗?

但他应当保护别人。

"卡拉丁,"阿多林拼命挤过人群,回到卡拉丁就在城外的位置,"快点来。"

"他们在控制那一面的城墙,阿多林,我们应该去帮忙。"

"怎么帮忙?"阿多林凑上来,轻声说,"难道要像个追逐飞鳗的农民那样,召唤碎瑛刃在空中疯狂挥舞吗?不过是一次突袭罢了,为的是试探我们的防御力,并不是全面的攻击。"

卡拉丁吸了口气,任由阿多林把他拉进城里。"二十多个融族,很轻易就能拿下这座城市。"

"单打独斗行不通。"阿多林说,"人人都知道,光凭碎瑛武士是无法守住阵地的,对光辉骑士和融族来说也是如此。要攻占一座城市,士兵是少不了的。我们走。"

他们进城和其他人会合,离开城墙和城门,卡拉丁努力对士兵的吼声置若罔闻。正如阿多林推测的那样,袭击开始得突然,结束得也突然。只战斗了几分钟,那些融族就从城墙上飞走了。卡拉丁叹了口气,目送他们离去,然后强打起精神,跟其他人一起,在阿多林的带领下走上一条宽阔的大道。

从里面看,塔冠城变得更壮观了,但也更压抑了。他们经过无穷无尽的小路,那里挤满了三层楼的高层住宅,就像一个个石箱。风操的,每条街上满满都是人,城墙的守卫丝毫没有夸张。塔冠城的巷子不多,石屋都挨着彼此造成一长排,但难民都坐在水沟里,紧抱着毯子和微薄的财产。大多数房门都紧锁着,就怕他们蜂拥而至。其实在军营里，通常一到好天气，人们就会把厚实的防风门和防风窗打开透风，眼下的塔冠城却不是这样。

沙兰雇佣的士兵紧紧围着她，小心地把双手插在口袋里，似乎对城市底层的生活很熟悉。幸好她听取了卡拉丁特别提出的建议，没有把盖兹带来。

巡逻队去哪儿了？卡拉丁心想，走过蜿蜒的街道和坡道。难民把路堵得水泄不通，怪不得需要尽可能多的人手维持治安。

等他们走出最靠近城门的地段，进入更富庶的区域，他才看到了点什么。这片区域大宅林立，外面围着铁栅栏，用硬化的飓砂固定在岩地里。栅栏后面站着守卫，但街道上却一个守卫模样的人都没有。

卡拉丁感受到了难民疑惑的目光：他值得去抢吗？这要紧吗？他们有吃的吗？所幸斯卡和德雷赫提着的矛以及沙兰两个手下抄着的棍子似乎足以威慑任何动了歹念的人。

卡拉丁加快脚步，赶上走在小队最前面的阿多林。"你说的那个可以躲的地方是不是不远了？这街上瘆得慌。"

"还得走一段路，"阿多林说，"不过我也觉得瘆得慌。风操的，我应该佩一把剑的。谁知道我会为召唤瑛刃而担心？"

"碎瑛武士为什么无法守城？"卡拉丁问。

"这是基本的军事理论。"阿多林说，"虽然碎瑛武士善于杀戮，但他们要怎么对付整座城市的人口？把每一个违抗命令的人都杀了？不管有没有碎瑛武器，他们总会寡不敌众。那些会飞的虚渡必须率领整支军队来攻占塔冠城，但他们首先得进行试探，并择机削弱城墙的防御。"

卡拉丁点点头。他自以为对战争很了解，但他其实没有像阿多林那样受过专门的训练。他参与过战争，却从来没有指挥过战争。

城里的状况似乎是离城墙越远就越好，难民减少了，秩序也更井然。他们经过一座还开着的市场，里面终于出现了巡逻警力。那支团队穿着制服，但配色不常见。

这片城区在其他时候应该很美观。沿街的页岩皮木修剪得色彩斑斓，有的像圆盘，有的像朝天的虬枝。人工栽培的树木挺立在许多楼房前，很少收回叶片，粗大的树根紧抓地面，与岩石融为一体。

难民都和家人依偎在一起。这里的建筑呈宽大的方形布局，窗户朝里，中间有庭院。人们涌进屋内，将其改造成临时避难所。所幸卡拉丁没有见到任何闹饥荒的迹象，看来城里的食品店还没有断货。

"你看到了吗？"沙兰来到他身边，轻声问道。

"看到什么？"卡拉丁回头一望。

"那边市场上的艺人，都穿着奇装异服。"沙兰皱起眉头，在他们路过岔口时指了指，"那儿还有一个。"

那是一个穿得一身白的人，服装上的布条随着他的动作翻飞飘扬。他低着头在街角跳来跳去，刚一抬头与卡拉丁对视，却没有马上移开目光，这在陌生人中还是头一遭。

卡拉丁望着那儿，直到一头红甲蟹拉着一车飓风留下的废弃物挡住了他的视线。前方的人群突然让开了道。

"各位都退到一边去，"艾尔霍卡说，"我很好奇会发生什么。"

他们挤进紧靠楼房外墙的人群，卡拉丁把手伸到背包里，护住塞了很多润石的黑钱袋。不久后，一支古怪的队伍就从街道的中心走过来了，男男女女的打扮也像刚才的艺人那样，衣服上缀着鲜艳的红色、蓝色和绿色的布条。队伍经过时，他们高呼着毫无意义的话语，每个字都能听懂，却联系不到一起。

"以诅咒之地的名义，城里到底怎么了？"阿多林嘟囔道。

"这难道不正常吗？"卡拉丁小声问。

"街头艺人是有的，但这种人是没有的。风操的，他们到底是干什么的？"

"灵体，"沙兰低语，"他们在模仿灵体。瞧，那些像火灵，那些戴着蓝白飘带的又像风灵,还有模仿情绪灵的:痛灵、惧灵、期灵……"

"原来是游行,"卡拉丁蹙眉道,"可没有人乐在其中。"

观众纷纷低下头,那是在自言自语……还是在祈祷?附近一个衣衫褴褛的阿勒斯卡难民倚靠着房屋外墙,怀抱哭哭啼啼的婴儿,头顶冒出一片疲灵,仿佛空中升起的股股沙尘,只是它们没有了往常的棕色,而是变成了鲜红色,看起来扭曲变形。

"实在是太不对劲了。"茜尔说,"噢……噢,城里的灵体原来是他那边的,卡拉丁。"

沙兰注视着逐渐升起的变异疲灵,两眼睁得大大的。她拉住阿多林的胳膊,嘶声说:"带我们出去。"

阿多林挤过人群,去往一个能从这场诡异的游行中脱身的角落。卡拉丁一把抓住国王的胳膊,德雷赫、斯卡和沙兰的两名护卫也下意识地在周围列队。国王允许卡拉丁拽着自己,倒也不赖,他刚才还在口袋里摸索,也许想要掏出一枚球币施舍给那个疲惫不堪的妇女。风操的!那可是在人群中啊!

等他们进入小巷,刚刚有了喘息的空间,阿多林就说:"现在不远了。跟我走。"

他领着众人来到一个小拱门前,里面的建筑都围绕着一个公用的院落,那儿自然有难民在避难,不少人蜷缩在毯子搭成的帐篷里,由于昨天刮过飓风,毯子还湿漉漉的。生灵在草木间起伏跃动。

阿多林小心地绕过所有人,来到他要找的屋子门前,抬手叩了叩。那是一扇后门,对着院子,而不是街道。这里不会是哪个有钱人的酒楼吧?但看着更像住宅。

阿多林又敲了敲门,一脸担忧。卡拉丁走到他身边,发现门上有一块刻着数字的锃亮钢板,映出了他的形象,他看得愣在原地。

"全能之主在上。"卡拉丁戳了戳脸上的伤疤和凸起,有几个地方还带着疮口。他的形象留着稀稀拉拉的头发,一只眼睛高一只眼睛低,鼻子很小,假牙从嘴里伸了出来。"女人,你究竟对我干了什么?"

"我最近才知道,"沙兰说,"好的伪装会叫人难忘,只要难忘的原因是错的。军尉,你就有一套叫人记忆深刻的方法。不管你顶着谁的脸孔,恐怕结果都一样。所以我就用了更叫人记忆深刻的样子来罩住你的真面目。"

"看着就像哪种丑得要命的灵体。"

"喂!"茜尔说。

这时门终于开了。一名发福的泰勒拿妇女在门后现身,马甲外面围着围裙,背后站着一名壮汉,留着按照吃角族式样修剪的白胡子。

"谁啊?"妇女问,"您是哪位?"

"噢!"阿多林说,"沙兰,我要……"

沙兰从背包里抽出毛巾擦了擦他的面部,像是在替他卸妆,其实是为了掩盖变脸的过程。阿多林冲着妇女咧嘴一笑,对方惊讶得合不拢嘴。

"阿多林王子?"她说,"快点,快点,到里面来,外面不安全!"

妇女把他们领进去,迅速关上门。屋里有润石照明,墙上满是布匹和穿着半成品外套的假人模特,卡拉丁不禁眨了眨眼。

"这是哪里?"他问。

"嗯,既然要找个安全的地方,"阿多林说,"我觉得还是得和我信任的人待在一起,至少可以把性命相托。"他看了看卡拉丁,指向那名妇女。"所以我就带大家来找我的裁缝了。"

62 研究

> 我想对弃城的计划提出正式抗议。这是极端而轻率的举动。
> ——出自2-22号抽屉中的烟晶石

秘密。

城里充满秘密,秘密满满当当,不免会显露出来。

那么沙兰只能打自己耳光了。

这比看起来要难,她总是临阵退缩。来吧,她心想,握紧拳头,闭紧双眼,鼓起勇气用闲手打了自己一个耳光。

但她就是使不上劲,几乎一点也不疼。没准可以让阿多林代办,他正在裁缝店后面的工作室里。沙兰已经借故走进前面的成衣间,因为她觉得别人不会待见她主动吸引痛灵的企图。

她听到了他们盘问那位礼貌的裁缝的声音。"都是从城里的暴动开始的,陛下。"裁缝在回答艾尔霍卡的问题,"要不然就是之前的……嗯,事情很复杂。噢,我简直不敢相信您就在这儿。激神保佑,我以为会有事发生,可最后……我是说……"

"深呼吸，尤克丝卡。"阿多林温柔地说，就连他的声音也是如此迷人，"等你消化了，我们再继续。"

秘密，沙兰心想，*都是秘密的缘故*。

她探头去看隔壁，屋里坐着国王、阿多林、卡拉丁和裁缝尤克丝卡，个个都是素面朝天。阿红、艾什娜、瓦沙尔和卡拉丁的部下都被派去协助裁缝的女佣了，他们需要整理楼上的房间和阁楼，好让客人入住。

尤克丝卡和丈夫会睡在里屋的垫被上，两口子的卧室自然让给了艾尔霍卡。国王和其他几个人已经摆好了一圈木椅，穿着各种半成品外套的模特假人不闻不问地注视着这一切。

类似的成品外套挂在成衣间四周，色泽鲜艳，比阿勒斯卡人在破碎平原的穿着还要夺目，镶着金线银线和闪亮的纽扣，宽大的衣袋上还有精致的刺绣。外套是开襟的，除了领子正下方有几粒纽扣，下摆展开，在身后两片开衩。

"是那个虔诚者的处刑，光明贵人。"尤克丝卡说，"王后把她绞死了，结果……啊！真是太恐怖了。激神保佑，陛下，小民不敢说您夫人坏话！她肯定没有意识到——"

"那就告诉我们，"艾尔霍卡说，"不要害怕报复。本王必须了解臣民的想法。"

尤克丝卡瑟瑟发抖。她是个胖乎乎的小个子妇女，留着两道卷曲的泰勒拿长眉，那身衬衣和裙子的款式可能很时髦。沙兰在门口徘徊，好奇裁缝有什么话要说。

"嗯，"尤克丝卡接着说，"暴动的时候，王后……王后似乎失踪了。我们以前偶尔还能收到她发布的声明，但这些声明经常没有什么道理。等虔诚者一死，城里就出问题了。本来就闹得沸沸扬扬的……那姑娘写了那么吓人的东西，陛下，字字控诉了王国的现状，还有王后的信仰和……"

"于是颐淑丹就下令处死她。"艾尔霍卡说。他和裁缝等人围坐成一圈,中央只摆着几颗润石,照亮了他的半边脸庞,效果十分勾人。沙兰赶紧把此景印在脑中,以便日后描绘。

"正是,陛下。"

"这背后的主谋显然是控制着王宫的黑灵体。"艾尔霍卡说,"王后自然不会轻率到在非常时期公开处死虔诚者。"

"哦,那是!是王宫的黑灵体干的。"找到为王后开脱的理由,尤克丝卡似乎松了口气。

沙兰考虑了一下,发现附近的壁架上有一把剪布头的剪刀,就抓起来闪身回到成衣间,掀开裙子,将剪刀扎进自己的腿。

一阵钻心的剧痛从腿部传遍全身。

"嗯,"图腾说,"创伤。这……对你来说不正常,沙兰,太过火了。"

沙兰疼得直发抖。伤口涌出鲜血,她用手按住那里,抑制血液的蔓延。

有了!她做到了。痛灵出现在她周围,仿佛一只只脱离身体的小手从地里爬出来,没有外皮,似乎是由肌腱组成的。它们通常呈亮橙色,如今却成了病态的绿色。它们的样子也很不对劲……不像人的手,反而扭曲得像某种怪物的手,还有爪子从肌腱里伸出来。

沙兰赶紧把这一幕印入脑海,仍旧撩着裙子不让它沾到血。

"不疼吗?"已经移到墙上的图腾问。

"当然疼。"沙兰眼泪汪汪地说,"这才是关键。"

"嗯……"图腾嗡鸣一声,显得有些担心,但他不必这样,因为沙兰已经得到了想要的结果。她满意地吸入少许飓光,把伤治好,用挎包里的抹布擦去腿上的血迹,然后在盥洗室的水槽里冲洗了双手和抹布。她很惊讶,没想到塔冠城也有自来水。

她取出素描本,回到里屋的门口,靠在门框上,迅速画下那些奇怪扭曲的痛灵。如果迦熙娜在场,她一定会叫沙兰放下素描本,去和别人坐在一起,但沙兰手里捧着素描本,注意力才会更集中,不画画的人似乎永远不明白这一点。

"跟我们讲讲王宫的事吧。"卡拉丁发话了,"就是那个……所谓的黑灵体。"

尤克丝卡点点头。"好的,光明贵人。"

沙兰抬起头,想要捕捉卡拉丁听到"光明贵人"这个称呼时的反应,但他没有表现出来。他的幻象伪装已经消失了,但沙兰还是把那张素描收了起来,以备不时之需。这天早晨卡拉丁召唤了碎瑛刃,现在他的眼睛就和沙兰见过的光眼种一样蓝,还没有褪色。

"有一天,刮来了一场意想不到的飓风。"尤克丝卡说,"之后天气就乱套了,雨是下一阵停一阵,没完没了。再往后,哎呀!又有飓风了,这回红色的闪电劈下来,跟以前都不一样,还留下一道阴影罩在王宫上面,太恶心了!真是黑暗的时刻。我总觉得……我总觉得事情还没完。"

"王室的卫队干什么去了?"艾尔霍卡质问,"不该扩充守备军的力量,在暴乱期间维持秩序吗!"

"宫廷卫队退回了殿内,陛下。"尤克丝卡答道,"王后还命令守备军堵住通往营房的道路,他们最终听取了王后的旨意,转移到了王宫,之后就离开了众人的视线。"

风杀的,沙兰心想,仍在画画。

"咳,我的思路大概太跳跃了,可我忘了件事!"尤克丝卡续道,"在动乱中,王后宣布了一个决定。噢,陛下,她要处决城里所有的仆族!这下可好,我们都以为她——恕小民直言——我们都以为她疯了,心想仆族怎么这么可怜,他们究竟做了什么?那时候我们啥也不知道。"

"接着王后就派人在全城通告,说仆族都是虚渡。平心而论那没错，但还是很诡异，王后似乎完全没发现城里乱套了！"

"都怪黑灵体，"艾尔霍卡一手握拳，"不怪颐淑丹。"

"那你有没有听说过离奇的谋杀案？"阿多林问，"就是成双出现的谋杀或暴力事件，先是有一个人死了，几天后又有一个人以相同的方式死去？"

"没听说过，光明贵人。从没……从没有过这种事，但死了的人倒是很多。"

沙兰摇摇头。城里的灭者是仇恨手下的另一只上古灵体。宗教和传说中有关灭者的描述最多也是含糊其辞，往往将它们归结成一个邪恶的实体。在过去的几周内，纳瓦妮和迦熙娜已经开始了相关研究，但她们依然不是非常了解。

沙兰在素描本上画完痛灵，又画了先前见过的疲灵。在前往塔冠城的途中，她还在一个难民身边瞥见了一些饿灵，但奇怪的是，那些饿灵的样子却与往常无异。为什么？

还需要更多信息和数据，沙兰思量着。她能想到的最尴尬的事是什么？

"其实，"艾尔霍卡说，"王室没有命令处决仆族，只是要把它们驱逐出去，起码这个命令似乎传到了颐淑丹那边。当时她肯定还没有完全陷入黑暗势力的控制，所以才能留意到对芦的传书。"

他自然没有提到逻辑上的问题。裁缝说黑灵体是在灭世风暴期间抵达的，如果她说得没错，那么颐淑丹就是自行处决了那名虔诚者，这种情况以前也发生过。同理，驱逐仆族的命令也应该是灭世风暴之前下达的。况且谁知道灭者是不是连王后这样的人都能影响？乌有斯麓的那只灵体只是模仿过人类，但还不能控制他们。

尤克丝卡复述事件经过时，逻辑确实有点散乱，所以艾尔霍卡搞混时间线的行为也许可以原谅。无论如何，沙兰都需要一些尴尬的氛围。比如父亲第一次在晚宴上允许我喝酒，我却打翻了酒？不……

不……还不够……

"对了!"尤克丝卡说,"陛下,您应该知道,城里的一些光眼种要人……最后站成了一线,没有遵守处决仆族的公告,而那场可怕的飓风之后,王后开始下达别的旨意,那些要人就去见她了。"

"让我猜猜,"卡拉丁说,"他们是不是没有从王宫回来?"

"是的,都没回来,光明贵人。"

那次怎么样?我差点死掉,醒来后面对迦熙娜,叫她发现我背叛了她?

想起那件事肯定够了。

还不够?

烦死了。

"那么城里的仆族有没有被处死?"阿多林问。

"没有。"尤克丝卡接下去说,"我刚才讲到,城里这么乱,大家都很慌,大概只有那些张贴御令的仆从例外。最后还是守城卫队采取了行动,秩序才恢复了一些。他们把仆族都聚集起来,赶到城外的平原上,然后……"

"灭世风暴就来了。"沙兰悄悄解开了左袖的扣子。

尤克丝卡似乎害怕得缩在了座位上。其他人陷入沉默,为沙兰提供了绝佳的机会。她深吸一口气,拿着素描本信步朝前走,一副心不在焉的样子。她故意被地上的一卷布绊倒,尖叫一声后便跌倒在那一圈椅子的中央。

最后她趴在地上,裙子掀到腰间,底下还没有穿绑腿。她的禁手顶着袖扣,从袖口里伸了出来,不仅正对着国王,还正对着卡拉丁和阿多林。

面对这窘迫得不能再窘迫的情况,她感到深深的羞耻,一拨愧灵在她周围飘落,通常呈现红白花瓣的形状。

这些愧灵却像一片片碎玻璃一样。

场上的男士自然更喜欢盯着她出的洋相看。她在脑海中记下变异愧灵的样子，满脸通红地站起来把手塞回袖子里。

这可能是你做过的最疯狂的事，她心想，充分说明了问题。

她抓起素描本，连忙走开了。尤克丝卡的白胡子丈夫端着一盘酒和茶站在门口，沙兰没听他说过一句话，在路过时拿起颜色最深的一杯酒一饮而尽。

"沙兰？"阿多林叫道，"呃……"

"没事，就做个实验。"沙兰钻进成衣间，一屁股坐在为顾客放置的椅子上。风操的，太羞耻了。

她依然能看到隔壁的一部分情况。尤克丝卡的丈夫端着银盘走到那群人面前，没有按照正规的礼仪优先伺候国王，而是在尤克丝卡身边驻足，把一只手放在她肩膀上，她也伸出手按住他的手。

沙兰翻开素描本，很高兴见到周围又有愧灵落下，依然是碎玻璃的形状。她埋头作画，不让自己去想刚才做的事。

"那么……"艾尔霍卡在隔壁说，"接着前面守城卫队的话题，他们是不是听从了王后的命令？"

"呃，那时候轩元帅出现了。他不常从城墙上下来，我也没见过真人。他恢复了秩序，这固然很好，但守城卫队没有充足的人员可以同时维持治安和防御外敌，所以他们只是守着城墙，平时……就放着我们自生自灭。"

"现在城里谁做主？"卡拉丁问。

"没有人。"尤克丝卡说，"各个轩领主……嗯，他们占领了不同的城区。有人感叹国家灭亡了，而国王——陛下饶命——舍弃了他们。不过实权都掌握在瞬息教手里。"

还在作画的沙兰猛地抬头。

"就是我们在街上看到的那些人吗？"阿多林问，"他们打扮成了灵体的样子。"

"是的，殿下。"尤克丝卡说，"我不知道怎么说才好。城里的灵体有时会变得很不正常，大家都很害怕，觉得这跟王后、仆族和那场奇怪的风暴有关，有人宣称自己见到了新世界的降临，说那真的是一个稀奇的新世界，由灵体统治着。"

"沃林教会宣布瞬息教是异端，但混乱发生时，许多虔诚者还留在王宫，剩下的大部分人都投靠了声称拥有小片城区产权的轩领主，在那儿避难。诸侯只顾统治自己的领地，变得越来越孤立。还有，那些法器也……"

法器。沙兰匆匆起立，把头探进隔壁房间："法器怎么了？"

"不管你用什么法器，"尤克丝卡说，"对芦啦、加热器啦、止疼器啦，都会引来那种会叫的灵体。它们是黄色的，乘着风过来，像一根根光带，在你身边大喊、打转，恐怖极了，常常会惹得天上的怪物飞下来取走法器。那些怪物穿着松松垮垮的衣服，手里拿着长矛，有时会杀死想用法器的人。"

沙兰默念了一句"风操的"。

"这是你亲眼看到的吗？"卡拉丁问，"灵体长什么样？你听过它们说话吗？"

尤克丝卡听罢又往后缩了缩，沙兰见状打断了问话："我想……是不是该让这位好裁缝歇一歇？我们突然出现在她家门口，占用了她的卧室，现在又对她问来问去。要是让她闲下来，喝杯茶缓一缓，我相信世界不会崩溃的。"

尤克丝卡满脸感激地望着沙兰。

"风操的！"阿多林一跃而起，"沙兰，你说得当然没错。尤克丝卡，请你多多包涵，感谢你——"

"殿下不必客气。"尤克丝卡说，"我确实求过激神保佑，瞧，这不就有用了吗！假如国王陛下高兴，能让小民歇上一会儿，那就太感谢了。"

卡拉丁点点头，而艾尔霍卡只是自顾自地挥挥手，没有显得太轻蔑。让尤克丝卡休息后，三人回到沙兰所在的成衣间，落日的余晖透过窗帘的间隙洒了进来。成衣间的前窗一般是开着做展示用的，但这几天大部分时候都关着。

四人聚集在一起，想要捋顺他们的发现。"如何？"艾尔霍卡这回压低了声音，显得若有所思。

"我想了解守城卫队的内幕。"卡拉丁说，"你们没人听说过那个司令吗？"

"轩元帅天青？"阿多林问，"我是没听说过。这些年我们其他人在外面打仗，城里想必有不少人升官了。"

"天青可能是温饱的来源，"卡拉丁说，"有人在提供粮食。如果没有吃的，这地方的人早就饿死了。"

"起码我们已经掌握了一些情报。"沙兰说，"我们都知道对芦通信中断的原因。"

"虚渡妄图隔绝塔冠城，"艾尔霍卡说，"他们封锁王宫，不让任何人使用誓约之门，又切断了对芦通信，好拖延时间召集成规模的军队。"

沙兰不寒而栗。她举起素描本展示里面的画作："城里的灵体不太对劲。"

其他人翻阅着素描，连连点头，似乎只有卡拉丁注意到了沙兰的用意。他不再看愧灵的图画，而是抬头瞅瞅沙兰的手，冲她扬起眉毛。

她耸耸肩。那样做好歹引来了愧灵，不是吗？

"还是得谨慎。"国王轻声说，"不能就这么冲进宫殿，落到盘踞在那儿的黑灵体手中，但也不能置身事外。"

此刻他站得更直了。沙兰已经习惯不把艾尔霍卡太当回事了，要怪就怪达力拿越来越高调的态度。然而艾尔霍卡还是表露出了真挚的决心,甚至带着一种王者风度。

沙兰记下他的形象:没错,你才是国王。你不会辜负先父的遗产。

"必须制定计划。"艾尔霍卡说,"风行骑士,我很想听听你的高见。我们应该怎么处理?"

"陛下,实话实说,我们未必要动手,最好等下一场飓风,回乌有斯麓向达力拿禀报。我们在塔冠城接收不到幻象,这趟任务或许还管不到灭者。"

"我们怎么行动,不需要达力拿批准。"艾尔霍卡说。

"我不是说——"

"军尉,我叔叔又能怎么办?达力拿不会比我们更清楚。我们要么自己处理塔冠城的事,要么把整座城市、誓约之门和王室成员都交给敌人。"

沙兰表示赞同,就连卡拉丁也缓缓点头。

"那至少应该先侦察一下,熟悉熟悉。"阿多林提议。

"没错,"艾尔霍卡说,"情报精准了,行动才能到位。织光骑士,你能扮成信差吗?"

"当然能。"沙兰说,"要怎么办?"

"这么办,我口述一封给颐淑丹的信,再盖上印玺。"国王说,"你扮成独自从破碎平原赶来的信差,克服重重困难向王后送信。到了王宫,你表明身份,看看卫兵的反应。"

"这主意……还不赖。"卡拉丁语带惊讶。

"让沙兰去可能有危险,"阿多林说,"卫兵也许会把她领进宫。"

"要知道,我才是直面过灭者的人。"沙兰说,"让我去的话,最有可能发现它们的影响,而且我也有本事逃出来。我同意陛下的观点,总得有人进宫调查。要是我预感到了什么,我保证赶快脱身。"

"嗯……"贴在她裙子上的图腾冷不丁地发话了——旁边有人

时,他一般喜欢保持沉默,"我会看好她,给她提个醒。我们会小心的。"

"看看能不能评估誓约之门的状况。"国王说,"平台是宫殿的一部分,但也有其他路能通上去。最好悄悄溜进去启动传送门带来增援,然后再想办法解救王室成员。现在先搞侦察。"

"那其他人今晚干什么?干坐着?"卡拉丁不满地问。

"等待并信任拥有授权的人,是为王的精髓,风行骑士。"艾尔霍卡说,"不过,我想光明女士沙兰不会介意有你作陪,我宁愿有人在一边守着,紧急时救她出来。"

他说得并不确切,沙兰自然会介意有卡拉丁作陪。浣纱不希望他越过自己的肩膀向外看,沙兰本人则不想听他问起那个人格。

然而,她没理由拒绝。"我要去城里转转,熟悉一下。"她望向卡拉丁,"叫尤克丝卡替陛下写信,之后再来见我。阿多林,哪里方便碰头?"

"大殿前的台阶?"他说,"总不可能错过,前面还有个小广场。"

"好极了。"沙兰说,"到时候我会戴上黑帽,卡拉丁。你就顶着自己的脸去吧,守城卫队那关我们已经过了,可你的奴隶烙印……"她抬手生成幻象,让卡拉丁的烙印从额前消失。

卡拉丁抓住她的手。"不用了,我拿刘海挡住。"

"还是会露出来的。"沙兰说。

"那就露吧。满城的难民,谁会看呢?"

沙兰一翻白眼,但没有逼他。他可能是对的,穿着那身制服,尽管额前烙着"危险"的铭文,别人或许只会认为他是别人带来的奴隶,成了家族的护卫。

国王走去准备信件了,阿多林和卡拉丁还留在成衣间轻声讨论守城卫队。沙兰走上台阶,她的房间在二楼,空间更小。

屋里,阿红、瓦沙尔和助理探子伊什娜正在小声闲聊。

"你们偷听到了多少?"沙兰问他们。

"不多。"瓦沙尔竖起拇指朝背后一指,"伊什娜在裁缝的卧室里乱翻,我们看她都来不及呢,就想知道那里有没有藏东西。"

"告诉我你没有捣乱。"

"绝对没有。"伊什娜一口咬定,"但也没有要汇报的,大娘可能就是这么无趣。不过,那两个兄弟倒是从中学到了要怎么搞定搜查。"

沙兰经过窄小的客房床榻,眺望窗外。街上住宅密布,熙熙攘攘,令人生畏。

所幸浣纱不会这么看待。目前只有一个问题。

跟这帮人共事,难免会起引起怀疑,她心想。浣纱没有与他们一同飞行,现在到了执行塔冠城任务的当口,是该挑明真相了。

她一直在害怕这一天的到来,但也抱着一丝……期待?"我必须告诉他们。"她喃喃地说。

"嗯,"图腾说,"很好,有进步。"

其实她已经被逼到了墙角,但她终究还是非做不可。她走到自己的背包前,取出白风衣和翻边帽。"你们男的先出去一会儿,"她对瓦沙尔和阿红说,"浣纱要换衣服了。"

两人看了看白风衣,又看了看沙兰,不由得后退几步。阿红拍拍脑袋,大笑道:"开什么玩笑?呃,我感觉被耍了。"

沙兰还以为瓦沙尔会觉得受到了背叛,然而他却点点头,仿佛这很有道理。他用一根手指向沙兰行礼后,就和阿红一道出去了。

伊什娜还没走。经过一番考虑,沙兰才决定带上这名女子。穆里兹已经对她进行了审查,而浣纱最后也需要接受训练。

"你一点也不惊讶。"沙兰说着,开始换衣服。

"当浣纱……当你叫我参加这次任务时,我就有些怀疑了。"伊什娜说,"后来我看见了幻象,就猜到了。"她顿了顿,"不过我猜反了。我以为光明女士沙兰是一个人格,密探才是假身份。"

"不对,"沙兰说,"两个人都是假的。"换好衣服后,她翻阅素描本,找到了琳穿着斥候制服的画像。太好了。"去跟光明贵人卡拉丁说,我已经出去逛了,叫他大概一小时后来见我。"

说完她从窗口爬出去,落到一层楼下面的地上,依靠飓光的力量不让腿摔断,接着就顺着街道走了。

镜中深处

我回到塔城,见到的只是一群吵吵闹闹的小孩,而不是堂堂正正的骑士,所以我才讨厌这个地方。我要去画隐藏在艾米亚海底的洞穴,并在亚基纳找到我的地图。

——出自 16 - 16 号抽屉中的紫晶

再次来到一座像样的城市,浣纱感到很享受,哪怕那里已是半失控的状态。

大多数城市都生存在文明的边缘。人们谈起偏远的村镇,说得像是没开化的地方,但她觉得村镇的居民都很友好,他们性情温和,安于平静的生活方式。

城市里则不然。城市平衡在持续发展的边缘,距离饥荒总是一步之遥。许多人紧挨着彼此居于一处,他们的文化、思想和体味相互摩擦,催生的不是文明,而是被压抑封锁的混乱,憋在心里无法倾泻而出。

城市总是给人一种紧迫感。呼吸之间,脚步之下,处处都能体会到。浣纱喜欢这种感觉。

一到与裁缝铺隔着几条街的地方,她就拉低帽檐,从素描本里举起一页纸,佯装在查阅地图,以免别人看到她呼出飓光,将沙兰的五官和头发转变成跟浣纱相匹配的模样。

然而没有灵体被她引来,尖叫着对她的行为发出警告,所以施放织光术的情况与使用法器的情况不同。她本就确信织光术没有危险,毕竟他们是通过伪装才进城的,但她还是想要远离裁缝铺,以防万一。

浣纱漫步走过大道,长风衣的衣摆在小腿处飘动。她立刻喜欢上了塔冠城:城市在山丘上蜿蜒,高高低低的建筑组成了一条凹凸不平的长毯;一阵风捎来了吃角族香料的气息,紧接着飘来了阿勒斯卡式蒸螃蟹的香味,不过具体的食材可能不是正宗的螃蟹,而是一般的飓虫。

她也有不喜欢的地方,那就是这些可怜人的处境。即使在比较富庶的区域,她也不得不在四分之一街区拥挤的人群中穿行。人们把街区中央的院落围得水泄不通,他们不久前可能还是普通的村民,现在却成了贫穷的落魄人。

街上没有多少带轮子的车驾,一些轿子被守卫团团围住,远近不见一辆马车。然而,生活没有因为战争乃至第二次亚哈里提安而停滞,人们还有水要打、还有衣服要洗。这些基本是女人的活儿,难怪有一大群男人站在周围。城里没有真正的主管,谁会付给男人报酬,让他们去打铁、扫大街、刨飓砂?更糟糕的是,在这么大的城市里,许多粗活本该由仆族来做,没有人会急着顶替他们。

不过扛桥的小子说得对,浣纱心想,在一个岔路口闲逛,城里依然有人在提供粮食。塔冠城这样的地方一旦耗尽食物或用水,很快就会崩溃。

不,城市称不上文明之地,这就好比一头白脊,只是因为套上项圈就被驯化了。

一小群打扮成腐灵模样的瞬息教信徒一瘸一拐地走在街上，他们衣服上的红颜料很容易让人联想到鲜血。沙兰认为这帮人又极端又恐怖，可能已经疯了，但浣纱并不相信。他们人数众多，行为又太过夸张，不可能都是真正的疯子。这只是一种时髦，一种应对突发事件的方式，在生活遭到颠覆后，为生活赋予一些声色。

这并不表示他们没有危险。一群想要哗众取宠的人总是比单独的变态者更危险。因此，她远远地避开了那些信徒。

在接下来的一个小时里，浣纱一边打量着塔冠城，一边朝王宫的大方向走去。裁缝铺所在的区域运转得最正常，还有一个不错的市场在营业，她打算在时间不紧迫的时候去做进一步调查。那片区域还有好几座公园，虽然已被人群占用，里面却很热闹。小到家庭，大到从外村转移过来的社群，人们都在尽力而为。

浣纱路过了不少犹如地堡的富人宅邸，有几座已被洗劫一空，大门塌了，窗板裂了，地上布满了毯子和棚屋。某些光眼种家族似乎没有配备足够的护卫来抵御暴乱。

浣纱一走近城墙，就会步入城里最逼仄消沉的区域。流离失所的难民只是坐在街头，衣衫褴褛，眼神空洞。

不过，她越是接近王宫，城市就变得越空旷。就连那些住在城墙附近的街头、正在遭受虚渡突袭的可怜人也知道要远离这块区域。

因此，王宫地区的富人宅邸就显得……有些不协调。平时，住在王宫附近是一种特权，每一座大宅都砌着私人围墙，围起了精致的花园和华美的窗户；如今，弥漫在王宫地区的异样气息却让浣纱浑身发麻。定居在这儿的家族一定也感受到了，但他们还是固执地留在宅邸中。

浣纱偷偷往某座大宅的铁门里看了一眼，发现有四名士兵在放哨。他们都穿着深色制服，但她认不出是哪个家族的配色和纹章。其实，当一名士兵朝她望过来时，她连对方的眼睛都看不清。那可能只是光线造成的错觉，然而……风操的，这些士兵也不太对劲，他们的行为很怪异，就像食肉动物那样，从别人身边走过时也没有停下交流。

浣纱赶紧退后，继续沿着街道走。王宫就在前面，她会在主殿正前方的宽台阶上和卡拉丁碰头，但她还有些时间。她悄悄走进附近的公园，这是她在城里见过的第一座没有被难民挤满的公园，里面长年栽种的墩树高耸挺拔，枝繁叶茂，洒下一片树荫。

避开旁人的耳目后，她利用飓光将琳的特征和着装盖住浣纱的，让自己显得更健壮结实，长风衣变成了蓝色的斥候制服，宽边帽变成了泣雨季常戴的黑色雨帽。

于是浣纱扮成别人离开了公园。她努力在脑海中将两者区分清楚。她仍是浣纱，只是披上了伪装。

这下就得试试能不能摸清誓约之门的情况了。王宫建在一座俯瞰城市的山坡上，她悄悄穿过街道来到宫殿的东侧，果然找到了誓约之门平台。平台被楼宇覆盖，和王宫一样高，可能离地有二十尺，通过一条靠在一堵小墙上、有顶棚的通道与主殿相连。

他们竟把走道直接造在斜坡上，她不悦地想道。除此之外，只能通过一段凿在岩石里的台阶上到平台，旁边还有穿着灵体服装的人把守着。

浣纱远远地观望。那么瞬息教确实以某种方式参与了？平台上的大火堆冒着烟，浣纱听见了从那个方向传来的声音。是尖叫声吗？

这个地方处处都让人不寒而栗，她走了回去，发现卡拉丁就在宫殿台阶前的广场上，倚靠着一尊雕像的底座。这尊青铜雕像是塑魂术造出来的，展现了一个身披碎瑛甲、仿佛从海浪中升起的人物形象。

"喂，"浣纱轻声道，"是我。你喜欢我搭配的靴子吗？"她抬起脚。

"我们非得一直提起那件事吗?"

"我在给你对口令呢,扛桥的小子。"她说,"为了证明我就是我所说的人。"

"琳的那张脸已经说明白了。"卡拉丁把盖了印玺的信递给她。

我喜欢他,浣纱想道。这是一个……奇怪的念头,因为她对卡拉丁的感觉要比沙兰强烈得多。*我喜欢他那种阴郁的气质,还有那对凌厉的双眸。*

为什么沙兰会如此钟情于阿多林?他人是不错,但也很无趣,论谁都不忍心调戏,卡拉丁却不一样,他会狠狠地瞪回来,给人极大的满足感。

她内心深处仍旧是沙兰的那部分意识被这种想法所困扰。于是,浣纱转而将注意力放在宫殿上。这是一座宏伟的建筑,但比她想象中还像一座要塞,具有非常浓郁的阿勒斯卡风格,宽阔的底层呈长方形,短边迎着飓风向,上层连续变窄,建筑中心隆起一个穹顶。

浣纱无法从近处分辨光影交错的确切位置,那种黑暗的气息确实与乌有斯麓的黑灵体没有逃跑的时候非常不同。她总觉得自己没有看清楚。当她移开视线再回头看时,她发誓有些东西变得不一样了。那尊摆在门口台阶边上的花盆是不是动过了?那扇门一直是漆成蓝色的吗?

她把看到的景象定格到记忆中,再扭头回望,又定格了一次。她不确定这有什么用,因为她之前很难把宫殿画下来。

"你看到他们了吗?"卡拉丁低声问,"柱子间站着一些士兵。"

她没有。主殿前方长台阶的顶端立着柱子,靠近点看就能在阴影里看到那些士兵,他们聚集在房檐下,如雕像般伫立,纹丝不动,矛头朝天。

期灵在浣纱周围升起,吓了她一跳,其中两只是正常的扁平饰带形状,其他的也都变异了,摇荡着一根根又长又细的卷须,就像用来

767

鞭笞仆人的鞭子。

她和卡拉丁相互望了望,将灵体的样子定格在脑海中。

"我们去吗?"卡拉丁问。

"我自己去,你留在这儿。"

卡拉丁瞥了她一眼。

"如果出了什么事,我宁愿你在外面,做好进来帮忙的准备。我们最好不要都被灭者抓住。需要你的时候我会喊的。"

"如果你喊不了呢?或者我听不到呢?"

"那我就派图腾去。"

卡拉丁抱起双臂,但点点头。"行,那就小心点。"

"我一直很小心的。"

他冲浣纱抬起眉毛,不过此刻他心里肯定想着沙兰。浣纱没有那么鲁莽。

她似乎花了很长时间攀登台阶,有一阵子她都以为台阶要延伸到天上,通向永恒的虚无。终于,她踏上最后一级台阶,站在立柱前。

一群卫兵马上向她走来。

"我有国王的消息!"她举起那封信,"得直接传达给王后陛下。我是一路从破碎平原赶来的!"

卫兵们没有停下脚步,一人打开宫门,其他人则在浣纱身后列队,催促她向前。她咽了口口水,任由他们把她推进那扇深不可测的门……

她走进大理石砌成的入口大厅,头顶悬挂着一盏璀璨的润石枝形吊灯。这里没有灭者,没有等着吞噬她的黑暗。她呼出一口气,但还是觉得有些不正常。那种阴森森的异样气息确实更强烈了。有个士兵把手放到她肩上,吓了她一跳。

大厅旁的小屋里走出了一个肩上佩戴军尉绳结的士兵。"怎么回事?"

"有个信使,"一名士兵答道,"从破碎平原来的。"另一名士兵从浣纱手里抽走那封信,递给那名军尉。现在她能看清他们的眼睛了,他们似乎没有异常,只是暗眼种小兵和光眼种军官。

"谁是你在那儿的指挥官?"军尉询问她,看了看那封信,又眯着眼睛打量玺印,"还不回答?我也在平原上干过几年。"

"克洛特军尉。"浣纱提及了那名加入风行骑士团的军官的名字。他其实不是琳的指挥官,但他带领的队伍里也有斥候。

王宫里的军尉点点头,把信递给一名部下。"交给颐淑丹王后。"

"我要亲自交过去。"浣纱回应道,哪怕她巴不得离开这里——老实说,她巴不得拼命逃走——只是她必须留下。不管她了解到什么,都会——

有个士兵捅了她一刀。

事情发生得太突然,她瞠目结舌地盯着那把从胸口伸出的剑,剑身已被她的血沾湿。士兵把剑拔出来,浣纱呻吟着瘫倒在地,凭着本能汲取飓光。

不……不,按照……迦熙娜的方法……行动……

伪装。造假。她带着遭到背叛的神情,惊恐地抬头望向那些士兵,周围升起痛灵。一个士兵小跑去送信,那名军尉却只是走回自己的岗哨,其他人也一言不发。她血流满地,视线逐渐模糊……

她闭上双眼,急促地吸了一口气,屏息将微量飓光留在体内,足够让她存活,足够治好内伤……

图腾,请不要走,不要做任何事,不要发出任何嗡鸣声。安静,保持安静。

一个士兵把她拎起来扛到肩上,带着她穿过宫殿。她斗胆睁开一只眼睛,发现宽阔的走廊上有几十个士兵只是站在那儿。他们还活着,会咳嗽、会移动位置,还有些人背靠墙壁,但他们全都待在原地,看着像人,却很不对劲。

卫兵带着她经过一面镶有精美铜框的落地镜，她瞥见了肩上扛着琳的卫兵，而在镜子的深处，普通的镜像消失了，有什么东西转了过来，忽然惊讶地看向沙兰。那东西像是一道人影，只是眼部被两个白点替代。

浣纱飞快地闭上偷看的那只眼睛。风操的，那是什么？

*不要挪地方，保持一动不动，连气也不要出。*她体内的飓光能让她存活。

卫兵带着浣纱走下几级台阶，然后打开一扇门，又往下走了一段。他重重地把浣纱往石地上一摔，把她的帽子扔在她身上，然后转身就走，关上了门。

浣纱一直等到忍无可忍才睁开双眼，发觉自己处在黑暗中。她一吸气，差点被那股腐臭的霉味呛到。她唯恐会有什么发现，于是吸入飓光，让自己变亮。

她被丢在一小排尸体旁。总共有七人，三男四女，原本衣着光鲜，现在却浑身都是腐灵，肉身被飓虫啃噬着。

她压下尖叫的冲动，慌忙站起来。这也许……也许是某些进宫觐见王后的光眼种？

她抓起自己的帽子，匆匆来到台阶上。这里是一个直接开凿在岩石中的酒窖。她终于在门口听见了图腾的动静，他正在说话，但他的声音似乎很遥远。

"沙兰？我也有了你跟我说的感受。别走。沙兰，你还好吗？噢！毁灭。你毁灭过一些东西，但看到别人毁灭，你却生气了。嗯……"图腾似乎很高兴自己想明白了。

她专注地聆听着图腾的声音，觉得有些熟悉。她不想回忆那把从胸口伸出的剑，不想被残酷地丢在这儿腐烂，不想成为一具尸体躺在那排人旁边，尸骨暴露，面如鬼魅，双眼被飓虫啃噬……

不要去想，不要去看。

她压下所有恐惧，把额头抵在门上，小心地把门打开。她眼前是一条空荡荡的石廊，还有更多台阶通向上方。

那个方向的士兵太多了。她立刻换上新的幻象伪装，扮成画在素描本里的女侍，这样也许就不会那么可疑，至少能遮住血迹。

她没有上楼回去，而是走了一条单独的路线，深入地道之中。这里原来是寇林家族的陵墓，摆满了另一种样子的尸体，历任国王都被转变成了雕像，他们的石头眼珠在空旷的地道里追随着她，直到她发现了一扇门。从门底下透出的阳光来看，这扇门通向城内。

"图腾，"她喃喃道，"看看外面有没有人守着。"

图腾哼了哼，从门底下溜出去，没一会儿就返回了。"嗯……外面有两个人守着。"

"那就回去，沿着墙壁慢慢移到右边。"她为图腾注入飓光。

图腾照办了，又从门底下溜了出去，移动时放出了她制造的动静，模仿楼上军尉的嗓音，喊着外面的卫兵。由于她没有画过那人，效果并不理想，但似乎起作用了，因为她听到了靴子挪动的响声。

她蹑手蹑脚地推门出去，发现自己来到了王宫所在山坡的脚下，崖壁大概有二十尺高。卫兵被引开注意力后，走到了她的右边，于是她悄悄地拐上附近的一条街，跑了一会儿，庆幸自己终于有机会活动活动了。

她瘫倒在一座空房投下的阴影里。房子的窗户破了，门也不见了。图腾迅速沿着附近的地面朝她移过来。那些卫兵似乎没有注意到她。

"去找卡拉丁，"她对图腾说，"把他带过来，并警告他，士兵可能在宫殿里监视，可能会针对他。"

"嗯。"图腾从她身边移开。她蜷成一团，背靠石墙，大衣上还沾着血迹。一番焦急的等待过后，卡拉丁走上街道，连忙赶到她身边。"风操的！"他在一旁跪下，图腾从他的外套上滑下来，愉快地哼哼着,"沙兰,你怎么了?"

"呃,"她说,"作为杀人凶器的鉴赏家,我觉得这次是一把剑给我来了一下。"

"沙兰……"

"控制着宫殿的邪恶势力并不重视带着国王的信而来的人。"她对卡拉丁微微一笑,"这一点,嗯,可以说是十分清楚了。"

笑一笑,我需要你笑一笑。

我需要发生的一切都好起来,我需要随便就能抛开的东西。

拜托了。

"嗯……"卡拉丁说,"我很庆幸我们……还是试了'这一下'。"他笑了。

那就没关系了。这只是又一天的又一次潜入。卡拉丁扶她站起来,低头检查她的伤口,她马上把他的手拍开了。伤口可不在合适的位置。

"对不起,"他说,"手术师的直觉。我们回藏身处吗?"

"回吧。"她说,"今天最好不要再被杀了。这太费精力了……"

64 诸神的维系者

> 破天骑士团与风行骑士团之间的分歧已经发展到了不幸的程度。恳请所有听到这番话的人认识清楚，你们并没有你们以为的那么与众不同。
>
> ——出自29-5号抽屉中的黄玉

达力拿把手伸进黑洞洞的石隙，摸到了剑柄。那里藏着白衣刺客用过的荣刃，现在还好好的。

他将荣刃抽出来，站起身，以为剑的手感会更特别。毕竟是令使的武器，历史极为悠久，相比之下，普通的碎瑛刃都显得稚嫩了，这下总该得发挥点力量，让人激动激动吧？然而他只能体会到心中的愤慨。白衣刺客就是用它杀了达力拿的兄长，还在全柔刹制造恐慌，屠戮雅克维德和亚泽尔的王公贵族。

不过，仅将这把古剑视作白衣刺客的武器，就太狭隘了。达力拿拐进更宽敞的隔壁屋里，在石板上放好润石，借着光亮端详荣刃。剑身蜿蜒起伏，高贵典雅，富有王者之风。它属于令使之王杰泽雷泽艾林。

"有人认为你是一名令使。"达力拿告诉飓风之父,"都说你是众王之使杰泽雷泽,是统摄飓风的天父。"

飓风之父回应道:人类说过不少傻话,有的把克勒克称作飓风之父,有的把杰兹雷恩称作飓风之父,但我谁也不是。

"杰泽雷泽是风行骑士。"

风行骑士团比他晚出现。杰兹雷恩的力量没有名字,只是做他自己。风行骑士团的命名,已经是艾沙成立光辉骑士团之后的事了。

"艾什艾林,"达力拿说,"司掌好运的令使。"

飓风之父补充道:他还司掌奥秘、祭祀和许许多多其他东西,说法因人而异。如今,他也像别的令使那样疯疯癫癫的,或许病得更重。

达力拿放下荣刃,朝东眺望飓风之源。尽管隔着石墙,他还是知道能在那儿找到飓风之父。"你了解别的令使的去向吗?"

我跟你说过,我不是全视全能的。我只能乘着飓风窥得一隅。

"那你究竟知不知道?"

飓风之父隆隆道:我只知道一位的去向。我……我见到了艾沙。哪怕自诩为神明,他也会在夜里诅咒我,还想自取灭亡,没准大家都死了才好。

这就对了!"飓风之父!"

什么事?

"哦,嗯,只是诅咒罢了……算了。你指的是图卡的神祭司太紫穆吗?是他吗?也就是司掌好运的令使艾什,那个向埃穆尔开战的人?"

对。

"为什么?"

他已经疯了。别去追究他的举动。

"你……你是什么时候想到要告诉我的?"

只要你问,我就说。不然要等到什么时候?

"当然要等到你觉得可以的时候!"达力拿说,"轻重缓急你又不是分不清,飓风之父!"

飓风之父的回答,只是一阵闷响。

达力拿深吸一口气,试图平静下来。灵体的思维方式不像人类,即便冲着飓风之父发火也无法改变他的言论。那究竟什么才可以?

"你了解我的力量吗?"达力拿问,"你知道我能让碎石复原吗?"

飓风之父答道:你一展现出力量我就明白了。没错,向来如此。

"那我还能做到什么?你有数吗?"

当然。等你发现了其他力量,我就会知道。

"但——"

飓风之父解释道:等你准备好了,就会水到渠成,可不能抢先。你急不得,也逼不出来。

只是不要觊觎别的骑士团的力量,哪怕是那些与你共用飓能的骑士。那些人不属于你的组织,他们的力量也微不足道。你重组雕像的本领,无非是变个戏法而已,小意思。

你的力量曾为艾沙所有。艾沙人称"诸神的维系者",后来成了司掌好运的令使,约誓就是他一手打造的。如今的光辉骑士团,没有人比你能干,你握有联结之力,贯通人与世界、融合认知与灵魂。你所操控的飓能是至上之力,倘若只投入战斗,则无济于事。

飓风之父的话语淹没了达力拿并将其逼退,话音落下,达力拿发现自己已上气不接下气,头痛欲裂。他下意识地吸入飓光镇痛,斗室的光线黯淡下来。头疼是治好了,却驱不走他的一身冷汗。

"那还有人跟我一样吗?"他终于问道。

目前还没有。够格的唯有三人,每人都要与我们中的一位建立纽带。

"所以有三位?"达力拿问,"铸契骑士团的三大灵体,其中两位是你……和培养?"

飓风之父竟然笑出声来:**要拉拢培养当灵体,可不容易。我倒想看你尝试一番。**

"那到底是谁?"

那两位同胞还用不着你关心。

达力拿倒觉得这两位同胞似乎很值得关心,但他已经学会适时打住话题,否则跟他对话的灵体只会离开。

他紧握荣刃,收回所有润石,发现有一颗已经不亮了。"我以前问过你怎么替润石充光吗?"他举起无光的润石,审视位于中心的红宝石。以前他曾粗略地观察过,总是觉得很意外,因为宝石微小无比,裹在外面的玻璃倒是起到了放大作用。

飓风之父说:**在飓风中,荣誉的力量都集中于一处,贯穿三界,将实界域、知界域和灵界域合而为一。蒙受灵界域恩泽的宝石,都会被该界域的无限之力所照亮。**

"你现在能替这颗润石充光吗?"

我……我不知道。虽然这么问答,但飓风之父有种跃跃欲试的口气。**举起来。**

达力拿照办了。他感到发生了什么,牵动着他的内心,仿佛飓风之父收紧了他们之间的纽带。然而润石依旧毫无华彩。

飓风之父说:**这不可能。我拉近了与你的距离,却没有带来力量。力量仍在飓风之中。**

这可比飓风之父平时传达的信息要实在多了。达力拿想记下来,逐字逐句地向纳瓦妮复述,不过飓风之父自然会旁听,顺便纠正达力拿的口误,因为他不想被讹传。

达力拿去走廊上见第四冲桥队。他举起荣刃,展示这件足以改变世界的强大神兵。不过,它就如同仿制它的碎瑛刃,如果秘而不宣,则毫无用处。

达力拿对第四冲桥队的队员说："这是你们队长取回的荣刃。"

二十几名队员围了上来，他们好奇的脸庞映在金属剑身上。

达力拿接着说："谁拿上这把剑，谁就会立刻获得风行骑士的能力。你们的训练因为队长不在而中断了，没准能借荣刃缓一缓，但每次只能上一个人。"

一见队员们都愣着眼睛，达力拿便把荣刃递给卡拉丁的第一副手泰夫特，那个留着胡子的年迈冲桥手。

泰夫特刚伸出手便缩了回去。"雷滕，"他高声点名，"你是队里风操的持甲侍卫，你先上。"

"我先上？"一个体格敦实的冲桥手说，"这根本不是盔甲。"

"够像的了。"

"可我……"

"吸多空气的低地人。"那个叫石头的吃角族人挤到前排，握住了武器，"再等汤都要凉了，就是说你们全都傻了。"吃角族人好奇地举起剑，双眼变成了剔透的蓝色。

"石头？"泰夫特问，"你怎么拿起武器了？"

"我又不是要用。"石头翻了个白眼，"我会看好它的，没别的意思。"

"这可是碎瑛刃。"达力拿提醒道，"你们拿它训练过，对不对？"

"对，长官。"泰夫特说，"这并不意味着他们中的某人不会切掉自己的脚。即便发生了这种破事，应该也可以用它来治愈。西格吉尔排出了轮换表，方便我们操练。"

恢复……达力拿顿时觉得自己糊涂了。他又忘了这一点。持有荣刃的人都具备光辉骑士的能力，这是否意味着他们也可以用飓光来疗伤？要是那样的话，这件武器就有了宝贵的附加值。

"不要让任何人知道你们在用荣刃。"达力拿告诫道，"这把剑应该能像普通的碎瑛刃那样响应主人的指令。"

"我们一定会善加利用的，长官。"泰夫特许诺道。

"很好。"达力拿戴在前臂上的钟表法器"叮"地响了，他压下一声叹息。纳瓦妮已经学会让法器发声了？"失陪了，各位。眼下我和远在千里之外的帝王有约，得去做准备。"

不久后，达力拿站到了居室的阳台上。他把双手背到身后，举目眺望誓约之门的传送平台。

"我年轻的时候，和亚泽尔人打过不少交道。"芬恩的声音从后方传来，"计划也许行不通，但至少比阿勒斯卡传统的那一套要强得多。"

"让他一个人去，我不放心。"纳瓦妮回应道。

"众所周知，"芬恩语中带刺，"他的胸口被剑捅了，他还擎得起十倍于常人体重的石头，之后更是把碎掉的岩石一块块地重组，让城市复原了。我想他应该没问题。"

"可万一那边把他关起来，飓光再多也没用。"纳瓦妮说，"还不如派他去当人质。"

这番争论都是为了达力拿好。出访亚泽尔的风险不可不知，他心里自然有数。他走去轻吻纳瓦妮，冲她微微一笑，随后转身朝芬恩伸出手，接过后者递来的仿如大信封的纸包。

"那么可以开始了？"达力拿问，"三份都齐了？"

"都标记了相应的铭文。"纳瓦妮说，"对芦也在里面。既然你坚持一个人去，他们便答应在会上讲阿勒斯卡语，省得你带翻译。"

"我确实要一个人去。"达力拿朝门口迈开步，"芬恩的提议我想实践一下。"

纳瓦妮迅速起身，用闲手挽住他的胳膊。

"我向你保证，"达力拿说，"我不会有事。"

"当然不会有事，可这回无异于从前。你都骑马征战上百次了，这东西还是得拿着。"纳瓦妮递给他一只用布裹着的小盒子。

"是法器？"

"午餐。"纳瓦妮说，"谁也不知道那边供不供应饭菜。"

餐盒外面包着铭守符。达力拿抬抬眉毛，纳瓦妮只是耸耸肩，仿佛在说：吃顿饭又不要紧，是不是？她抱住达力拿，比一般的阿勒斯卡人更为缠绵，过了好一会儿才退开。"我们会密切注意对芦的情况。过了一小时还没联系，我们就去找你。"

达力拿点头同意。他当然不会手写消息，却可以翻转芦笔，发送信号。像他这样的老将，一旦身边没有文书协助，便会采用这个方法。

不久后，他大步登上乌有斯麓以西的高地，在迈向誓约之门的途中，经过了编队行军的士兵、发号施令的士官和一些传令兵。两名他麾下的碎瑛武士——各自都只拥有瑛甲的罗斯特和西卢迦底斯——正在操练巨型的碎瑛弓，朝一个几百码开外的大稻草人射出粗大的箭矢，这个靶子还是卡拉丁替他们放到附近山坡上的。

高地上还有一大群士兵握着润石围坐一起，目不转睛盯着那玩意儿。据说第四冲桥队正在征兵，达力拿也发觉了，近来走廊里出现了很多手拿润石"求好运"的人，方才他还路过了一个号称要把润石吞下去的队伍。

飓风之父发出不悦的轰鸣：**真是倒退。一群蠢货，这样根本无法摄入飓光成为光辉骑士。必须先开发资质，寻觅飓光，以兑现承诺。**

达力拿厉声吩咐那些士兵归位训练，不要吞咽润石。士兵们望见"黑荆棘"伟岸的身影，全都大吃一惊，只能匆忙领命。达力拿摇摇头，继续前行，可惜迎头就是一次蹩脚的模拟战。两个方阵的矛兵在高地上互相钳制,进行抗压列阵的训练,人人都精神紧绷、气喘吁吁,手里虽然提着练习的矛,但总体还是用盾。

达力拿已然察觉事态激化的迹象。士兵们大呼小叫,脚边涌出怒灵,气氛剑拔弩张。随着一条阵线的松动,对手非但没有后撤,反而不停地用盾击打他们。

双方的士兵一方穿着绿白两色制服,一方穿着黑栗两色制服,分属撒迪亚斯和亚拉达帐下。达力拿咒骂一句,走过去喝令他们退后,各队的领队和指挥官没一会儿就响应了他的指示,两个操练方阵的后翼散开了,只留下站在中央的士兵放手斗殴。

达力拿大吼一声,飓光在他跟前的石地上闪耀。没有加入混战的士兵连忙往后跳,其他人均被飓光黏在原地,可打得最凶的人还没停手。

达力拿只得把最后几人扯开,一个个摁倒,还挨着他们引来的怒灵,将他们裤子的臀部黏在石地上。士兵们使劲扑腾手脚,一见是"黑荆棘"便浑身一凛,露出一脸懊恼的表情。

达力拿想道:以前我也是专心战斗的,是激越感的作用吗?他已经……许久没有这方面的记忆了。看来得差人盘问那些士兵,探明是否有人还能感受到激越。

达力拿让飓光散作光雾。亚拉达帐下的军官有条不紊地带领部队撒退,喝令士兵开始做操。撒迪亚斯军的士兵则是往地上啐了一口,站起身扎堆撒退,闷闷不乐地说着脏话和闲话。

达力拿思忖着:他们的表现越来越差了。在托洛尔·撒迪亚斯帐下,这些士兵不修边幅,残酷成性,但本质上还是军人,尽管喜欢斗殴,但在实战中,还是能够迅速服从。他们其实颇有实力,只是做不出榜样。

撒迪亚斯军的新旗帜就在他们头顶飘扬。已经改姓撒迪亚斯的梅里达斯·亚马兰,依照传统变更了对铭的设计,不仅增高了代表撒迪亚斯的矮塔，还把原先的战锤替换成了战斧。

亚马兰治军有方的名声在外，可他显然管不住这些士兵。他从未指挥过这么大规模的部队，而轩亲王遭到的谋杀已经深深震慑了军营，即便是亚马兰也拿他们没办法。

亚拉达还无法提供任何有关该次谋杀的实证。调查理应在进行……只是毫无头绪。塔城中的灵体与之并无干系，但没人知道真凶是谁。

达力拿心想：要对这些士兵采取措施。得找地方消耗他们一身的蛮力，免得他们又打架……

他也许有主意了。带着思绪，他终于走上斜坡，穿过誓约之门的空旷平台，来到控制室。迦熙娜正在那儿等他，一边看书一边做笔记。"怎么这么慢？"她问。

"操练场上差点发生骚乱。"达力拿说，"两个正在训练的方阵撞上了，就打起来了。"

"少不了撒迪亚斯的队伍吧？"

达力拿点点头。

"那真得想想办法。"

"我刚才就在想，不如罚他们去城市的废墟里干点重活，但要严加监管。"

迦熙娜笑道："现在再向芬恩女王提供这方面的协助，就很方便了。要让撒迪亚斯的部队做苦工，前提是能管住他们。"

"先从一小部分人入手，千万别给芬恩添麻烦。"达力拿说，"你有国王的小分队潜入塔冠城的消息吗？"果不其然，飓风之父接触不到小分队的成员，更别提把他们带进幻象了。达力拿也不敢冒这个险。不过他们送了艾尔霍卡和沙兰几支对芦。

"没有。我们会留意的，一有回复马上通知您。"

达力拿点点头，暂时压下了对儿子和艾尔霍卡的担忧。他只得相信，小分队会完成任务，不然也得想法子通报遇到阻力的原因。

迦熙娜召唤出碎瑛刃。怪了，看她握剑，竟是这么自然。"准备好了吗？"

"准备好了。"

亚泽尔的朝廷已经允许雷希女孩莉芙特在当地解锁誓约之门。大帝终于愿意亲自会见达力拿了。

迦熙娜启动设施，转动内墙，地板熠熠生辉。外部闪过光亮，瞬时就有一股热浪涌入门道，亚泽尔显然正处夏季。

当地弥漫着截然不同的气息，混着异国香料的味道，还有更微妙的东西，像是陌生的林木散发出来的。

"祝会谈顺利。"迦熙娜说完便走出了房间，伴着达力拿身后的闪光返回乌有斯麓，留下达力拿独自应对亚泽尔的朝廷。

65 裁决

既然我们都弃城了,我是不是总算能承认自己讨厌这个地方了?规矩实在太多了。

——出自8-1号抽屉中的紫晶

阿兹米尔誓约之门的控制楼覆盖着宏伟的青铜圆顶,达力拿走在楼外的长廊上,记忆在脑海中翻涌。大市场正如其名,是一个巨大的室内购物区,当达力拿需要使用誓约之门时,难免会带来不便。

眼下他看不到市场的任何情况。这座控制楼原本是某种纪念碑,现在却围着木制隔墙和一条新建的通道。四周空无一人,隔墙上的润石灯熠熠发亮,灯盏里装的都是蓝宝石。这是巧合,还是对来自寇林家族的访客所示的敬意?

长廊尽头是一间斗室,里面有一排亚泽尔士兵,他们身穿板链甲,头戴鲜艳帽冠,手持巨盾和长柄斧。见到达力拿进屋,他们都吃了一惊,马上后退几步,气势汹汹地举着武器。

达力拿展开双臂,一手提着芬恩的包裹,一手提着布包的饭盒。

"我没带武器。"

士兵们飞快地说起亚泽尔语。达力拿没见到亚泽尔大帝和那个小光辉骑士,不过那些穿着绣花长袍的人是亚泽尔的大臣和宗卿,本质上就是当地的虔诚者,只不过他们参政的程度远远超过了应有的标准。

一名女子迈步上前,她那件层层叠叠的奢华长袍随着她的走动而沙沙作响,再配上她头顶的帽冠,这身装束就齐全了。她一看就是一名重要人士,或许打算亲自为他做翻译。

是时候发起第一轮攻势了,达力拿心想,打开芬恩给他的包裹,取出四张纸。

他把文件呈给那名女子,高兴地看着她眼中的震惊之色。她迟疑地接过文件,叫来一些同伴。她的同伴来到她身边,就站在达力拿面前,这显然让那些卫兵感到焦虑,有几个人已经拔出了三角形的卡塔里剑。这种短剑在柔剎西部很流行,达力拿一直想要一把。

虔诚者纷纷退到士兵后面,兴致勃勃地交谈着。他们计划在这间斗室和达力拿寒暄,然后立刻让他返回乌有斯麓,准备从他们这边锁上誓约之门。达力拿的目标不止于此。他想要更进一步,达成某种联盟,或者至少也要与帝王会面。

一名虔诚者开始向众人宣读文件。文件是用亚泽尔语书写的,这是一种有趣的文字,由形似飓虫足迹的小标记组成,缺乏阿勒斯卡女性书写体那优雅流畅的垂直线条。

达力拿闭上眼睛,聆听着这门陌生的语言。就像他在泰勒拿城时一样,有那么一瞬间,他觉得自己几乎可以听懂。经过一番摸索,他感到话语的意思离得更近了。

"你能让我听懂他们的话吗?"他小声对飓风之父说。

何以见得?

"别绕弯。"达力拿低声道,"我在幻象里明明就会其他语言,所以你也能让我说亚泽尔语。"

飓风之父隆隆作响，表示不快。最后他说：**那不是因为我，而是因为你。**

"那我要怎么办？"

伸手去碰一碰他们其中某人。通过灵界域操控束缚飓能，就可以实现人与人之间的联结。

达力拿望着那群充满敌意的卫兵，叹了口气，挥手模仿往嘴里倒酒的动作。经过激烈的争论，士兵将年纪最小的一人推出队列，递上水壶。达力拿点头致谢，喝了一口水壶里的水，同时紧紧抓住年轻人的手腕。

运用飓光，他脑海中隆隆作响。

达力拿将飓光注入年轻人体内，顿时有了某种感觉，仿佛另一个房间传来了悦耳的声音，他只需推门而入。于是他小心地推了一把，门开了，声音在空气中起伏荡漾，接着切换成了有意义的词句，就像音乐变调那般。

"队长！"被达力拿拉着的年轻卫兵喊道，"怎么办？他抓住我了！"

达力拿松开手，幸好他依然能听懂亚泽尔语。"对不起，士兵，让你受惊了。"他递回水壶，"我不是故意的。"

年轻的士兵退回到队列中。"那个军阀会讲亚泽尔语？"他口气很惊讶，仿佛遇到了一头会说话的红甲蟹。

达力拿把手背到身后，望着那些虔诚者，并告诫自己：**看在他们无论男女都识字的分上，你才坚持要把他们当作虔诚者。**然而他已经不在阿勒斯卡了。尽管亚泽尔人穿着笨重的长袍、戴着宽大的帽冠，女性的禁手却依旧无遮无拦。

达力拿的祖先造日王认为亚泽尔人需要开化。达力拿不禁自问，如今是否还有人相信这个观点？抑或他们是否眼见为实？

朝臣读完文件，转身面对达力拿，放下他呈给他们的那几页纸。他听取了芬恩女王的计划——芬恩女王希望他不要以武力威胁亚泽尔，于是他没有带上剑，而是带上了一种截然不同的武器。

一篇论文。

"您是阿勒斯卡人，真的会说我们的语言吗？"首席大臣大声问道。她长着一张圆脸和一对深褐色的眼睛，头戴布满鲜艳花纹的帽冠，花白的头发紧紧编成一条发辫从一边探出来。

"最近刚有机会学。"达力拿回答，"想必您是诺乌拉大臣？"

"这真是芬恩女王陛下写的？"

"是她的亲笔，大人。"达力拿说，"您随时可以联系泰勒拿城确认此事。"

朝臣围拢在一起，又轻声讨论起来。文章篇幅很长，但有力地论证了誓约之门对所在城市的经济价值。芬恩认为，达力拿急于结成联盟一事，是签订途经乌有斯麓的长期有利贸易协定的绝好机会。即使亚泽尔无意完全加入联盟，也能对誓约之门的使用进行协商，并向塔城派驻代表团。

芬恩花费了不少笔墨说明了显而易见的情况，这正是达力拿没耐心对付的，但愿能合乎亚泽尔人的心意。如果这还不够……达力拿也不能在没有新军预备的情况下开战。

"殿下，"诺乌拉说，"您愿意学我们的语言，我们非常感动。然而，即使文章的观点这么有说服力，我们还是认为，最好……"

她渐渐止住了话头，因为达力拿把手伸进包裹，抽出了第二沓纸，这次有六页。他把纸举到众人面前，仿佛那是一面旗帜，然后递给他们。附近的一名卫兵惊得往后一跳，身上的板链甲叮叮作响。

斗室很快安静下来，终于有一名卫兵接过那沓纸，呈给了大臣和宗卿，其中一个矮个子默默地读了起来。这篇长文是纳瓦妮写的，谈及了在乌有斯麓发现的奇迹，并正式邀请亚泽尔学者前去观摩和分享。

纳瓦妮巧妙地论证了新式法器和技术对迎战虚渡的重要性，并在文中附上了她为协助军队在泣雨季期间作战而制作的帐篷的图示，还说明了浮空塔①的理论。经过达力拿的允许，她送来了塔拉梵吉安购自雅克维德的详尽图纸作为礼物，图纸解释了所谓半瑛盾的建造原理，这是一种可以阻挡少量碎瑛刃打击的法器。

敌人团结一致地对付我们，纳瓦妮在文末论述道，他们目的明确、关系和睦、记忆悠久，拥有得天独厚的优势。我们需要最伟大的头脑来抵抗他们，这其中没有阿勒斯卡、亚泽尔、雅克维德和泰勒拿之分。固守知识的时代已经过去了，我愿意透露国家机密。到了眼前的关头，我们要么共同学习，要么自取灭亡。

众臣读完后就把图纸传了下去，研究了许久。当他们回望达力拿时，他发现他们的态度正在改变。这招居然奏效了。

达力拿虽然不擅文辞，但颇有战斗天分。在对手喘气时就不能让他重新站起来，得把剑直插他的咽喉。

达力拿把手伸进包裹，取出最后一页纸。这张纸的正反两面都写了字，达力拿用大拇指和食指捏住它，把它举了起来。亚泽尔人睁大眼睛，仿佛他掏出了一颗价值不可估量的璀璨宝石。

这回，诺乌拉大臣亲自上前接过文件。"'裁决'。"她从头读道，"'迦熙娜·寇林作'。"

话音刚落，其他人便挤过卫兵，聚拢在一起，开始阅读。这篇文章是最短的，不过众臣的低语声和惊叹声还是传了过来。

"快看，文中运用了全部七种亚库逻辑形式！"

"这是《大方向》的典故，而且……飓风在上……她先后三次引用了卡西马历克斯大帝的话，每一次都将同一段话升华到了高等认知

---

①参见《光辉真言》中纳瓦妮为升降弓箭塔所做的笔记。

的不同程度。"

一名女子抬手捂住嘴。"全文只用了一种韵!"

"伟大的杰泽尔在上,"诺乌拉说,"果然没错。"

"如此精妙的用典……"

"如此高超的双关……"

"如此畅达的气势和修辞……"

形如微小暴雨云的论灵在四周进出。众臣不约而同地转身看着达力拿。

"这是一件艺术品。"诺乌拉说。

"有说服力吗?"达力拿问。

"确实引人深思。"诺乌拉望了望众臣,他们都点头回应,"您如约只身前来,朝廷上下都深感惊讶。您就不担心自己的安全吗?"

"贵国的光辉骑士,"达力拿说,"小小年纪就很懂事。我完全对她放心。"

"我不知道有什么好对她放心的,"一名男子轻笑道,"除非要偷点小钱。"

"总之,"达力拿说,"我是来恳求各位相信我的。没有什么比这更能证明我的诚意了。"他展开双臂。"请不要马上打发我回去。让我们以盟友的姿态来商讨,不要搞得像营帐里的和谈一样。"

"我会把文章呈给大帝和御前官署。"诺乌拉大臣最后说,"我得承认,陛下似乎很喜欢您,哪怕您莫名其妙地侵入了他的梦境。请跟我们来吧。"

他将因此远离誓约之门,失去任何在紧急时刻转移回驻地的机会,然而这正是他一直以来的期望。

"乐意之至,大人。"

他们沿着曲折的小路穿过了覆盖着圆顶的市场。市场里空荡荡的,就像一座鬼城,许多街道的尽头都摆着由军队值守的路障。

阿兹米尔的大市场已被改造成某种陷阱式的要塞,旨在保护城市不受誓约之门传送的侵害。如果有军队走出控制楼,他们便会发现四周都是错综复杂的街道。

可惜控制楼并不是誓约之门的全部。光辉骑士可以让整座圆顶建筑消失,并让一支军队出现在阿兹米尔的市中心,取而代之。达力拿在解释时必须非常谨慎。

他与诺乌拉大臣走在一起,其他文官跟随在后,又把论文传来传去。诺乌拉没有和他闲聊,他也没有抱着任何幻想。室内的街道黑乎乎的,布满了市场建筑和蜿蜒的小路,就是为了迷惑他,以免他记住路线。

他们最终登上了市场的二层,从那儿的门口走出去,来到圆顶外缘的平台。绝了,从上面看,市场底层的出口都被堵住或封锁了,唯一畅通的出路是沿着刚才那段阶梯走上绕圆顶一周平台,再沿着另一段阶梯下去。

从上面的坡道望出去,能看到阿兹米尔的一部分市容。城里受到的破坏很少,达力拿不禁松了口气。城西一些街区的房屋似乎塌了,但城市经受住了灭世风暴的侵袭,总体状况还算不错。这里的建筑基本是石造的,宏伟的圆顶大多以金红色的青铜覆盖,反射着阳光,蔚为璀璨的奇观。人们穿着五彩斑斓的服装,服装的花样繁多,仿佛文字。

这个夏季比以往炎热。达力拿转身面朝东方,乌有斯麓就位于东方的某地,建在边境的山脉中,比起阿勒斯卡更靠近亚泽尔。

"这边请,'黑荆棘'。"诺乌拉沿着造在木格架上的坡道走下去。看到那些木桩,达力拿一时恍惚,隐约想起了自己站在城市之巅俯瞰木栈道的情景……

拉萨拉斯,他心想,天堑之城。正是那座发生过叛乱的城市。他一阵恶寒,仿佛有什么隐藏在内心深处的东西想要闯进他的意识。有关那个地方的记忆不止如此。

他走下坡道,发现有整整两支联队包围着圆顶,他认为这是尊重的标志。"那些士兵不该守在城墙上吗?"他问,"万一虚渡发动袭击了呢?"

"他们已经穿过埃穆尔回撤了。"诺乌拉说,"那个国家的大片区域已经付之一炬,不是仆族干的就是太紫穆的军队干的。"

太紫穆是令使,肯定不会投敌,对不对?让一名发疯的令使率军和虚渡作战,也许是他们所能期盼的最好结果。

下面有人力车在等候,诺乌拉和达力拿乘上了同一辆。让普通人学着红甲蟹拉车,感觉很新奇,尽管速度比轿子快,但还是远没有轿子庄重。

阿兹米尔的城市布局井然有序,纳瓦妮总是对此表示欣赏。达力拿用心寻找着城市遭到破坏的痕迹,虽然目睹了一些,但某一处景象却让他觉得有种别样的怪异。一大片人成群结队地站在街上,头戴绣花帽,身穿五颜六色的马甲和宽松的裤子或裙子,高喊着自己受到的不公正待遇。他们一脸怒容,但身边围满了论灵。

"这都是怎么回事?"达力拿问。

"都在抗议呢。"诺乌拉瞧了他一眼,显然注意到了他的困惑,"他们拒不服从出城务农的命令,已经正式提出申诉。他们还有一个月的时间来表达自己的不满,之后就要强制执行命令。"

"这样就能违抗圣旨?"

"我觉得你们只会用刀剑逼迫所有人出城。不过我们一般不这样,会走一些程序，毕竟百姓不是奴隶。"

达力拿甚为恼火。如果她以为阿勒斯卡的暗眼种都像红甲蟹那样任人使唤，那她显然并不了解阿勒斯卡。阿勒斯卡的底层阶级同样享有相应的权利，这是一项光荣而悠久的传统。

"百姓之所以奉命务农，"达力拿领悟道，"是因为你们失去了仆族。"

"田里还没耕种呢。"诺乌拉的眼神越来越迷离，"仆族仿佛瞅准了时机出走，把系统搞瘫痪。木匠和鞋匠被迫去干体力活，就为了防止饥荒。我们也许还能养活自己，但国家的贸易和基础设施必然会受损。"

在阿勒斯卡，人们还没有一门心思地扑在这上面，因为收复王国的任务更为紧迫；而在泰勒拿，城市被风暴蹂躏，遭受了不小的自然灾害。这两座王国都无暇顾及更具破坏性的经济危机。

"仆族是怎么出走的？"达力拿问。

"风暴来了，仆族就离开住处，径直走进去集合。"诺乌拉说，"有报告说，他们声称听到了鼓声；还有互相矛盾的报告说，他们受到了灵体的指引。"

"仆族涌到城门边，在雨中推开城门，来到外围的平原上。第二天，他们就说自己遭到了不当的劳役，要求正式得到赔偿。他们声称拒付仆族薪酬的条款是非法的，并向法院提出动议。我们进行过协商，后来他们的一些领袖还是带着他们离开了。我得说，这真是一次古怪的经历。"

有意思。阿勒斯卡的仆族表现得就像阿勒斯卡人，立即集结备战，而泰勒拿的仆族则选择出海。至于亚泽尔的仆族……也确实拿出了富有亚泽尔特色的行动，向政府提出申诉。

哪怕仅仅因为纳瓦妮曾提醒他不要低估亚泽尔人，他也得注意不要老是想着这有多滑稽。阿勒斯卡人喜欢拿亚泽尔人开玩笑，据说只要对某个士兵出言不逊，对方就会提交一份表格申请回敬的机会。然而这只是夸张的说法，就像诺乌拉对阿勒斯卡人的印象也还停留在总是用刀枪解决问题上。

到达王宫后，达力拿正想跟着诺乌拉和其他文官进入主殿，士兵却指向外面的一间小屋。

"我还是希望亲自与大帝会谈。"他在诺乌拉身后喊道。

"很遗憾，这一请求无法得到批准。"诺乌拉说。众文官与他作别，阔步迈入雄伟的圆顶青铜大殿。

士兵把他带进一间斗室，留下他一个人，随后却站到外面守着门。屋中央摆着一张矮桌，靠墙放着舒适的睡椅，看着不太像监狱，但他自然也不被允许四处乱逛。

他叹了口气，坐到睡椅上，把饭盒放到桌上几碗干果旁边。他取出对芦，向纳瓦妮发送表示时间的简短信号。这是他们约好的，如果他过一个小时还不报联系，就会有人心慌。

他起身踱步。这叫人怎么受得了？战斗是靠武力决出胜负的，到最后总能得知自己所处的形势。

无休无止的对话让他毫无把握。大臣会否决那些提案吗？迦熙娜的名声似乎在这里也很显赫，但朝臣对所述观点的印象似乎没有对写作方式的印象那么深。

你一直在担心这个问题，不是吗？飓风之父在他脑海中说。

"什么问题？"

统治这个世界的将是文人和笔墨，而不是武将和刀剑。

"我……"先祖之血啊。这话不假。

所以他才坚持亲自前来协商？为什么不委派大使？难道是因为，他从内心深处就不信任自己读不懂的文件，不信任其中的金玉良言和精心承诺？这一张张纸卷，怎么会比最坚固的碎瑛甲还要强硬？

"王国间的竞争应该是男性技艺。"他说，"我应该亲自实行。"

飓风之父隆隆作响,并不是真的表示反对,只是……觉得有趣?

达力拿最终还是坐回到睡椅上。不妨吃点东西……然而布包的饭盒已经打开了,桌上撒着食物碎屑,木盒里的咖喱吃得只剩几滴汁水了。这到底是怎么回事?

他慢慢抬起头,看向另一张睡椅。那个纤瘦的雷希女孩没有好好地坐在座位上,而是直接坐到了靠背上。她穿戴着大一号的亚泽尔长袍和帽子,正在啃纳瓦妮随餐打包的香肠,那些香肠本该切开来蘸咖喱吃的。

"有点没味道。"她说。

"那是军粮。"达力拿说,"我喜欢吃。"

"因为你也没味道?"

"我不想让吃饭分散我的精力。你一直都待在这儿吗?"

女孩耸耸肩,继续吃着达力拿的食物。"你刚才讲了些什么吧?是关于男人的?"

"我……我才开始意识到,我并不愿意让文人掌控诸国的命运,也不希望看到女性书写的文字比我的军队还强大。"

"嗯,有道理。很多男孩都怕女孩呢。"

"我不是——"

"据说长大了就不一样了。"她向前倾身,"不过我不想知道,因为我不要长大。我已经弄明白了,只要不吃东西就行。不吃东西就不会长大,多简单。"

她一边说,一边大口大口地吃着达力拿的食物。

"确实简单。"达力拿说。

"那我随时开始我的工作。"她说,"你要吃果子吗?不然……"

达力拿凑上前,把两碗干果推过去,见她马上大吃起来,便靠回到椅背上。女孩看起来是那么特立独行,虽然她是光眼种,生着苍白清澈的虹膜,但眼睛的颜色在柔刹西部无关紧要。那套华贵的朝服大得不合身,她也无心把头发梳到脑后绾进帽子里。

这一整个房间——其实是一整座城市都彰显了亚泽尔人的排场,不仅体现在覆盖着金箔的圆顶和人力车上,还体现在这间斗室的大片墙壁上。亚泽尔人只拥有几件魂器,其中一件又以制造青铜而闻名。

屋里的地毯和睡椅上有着鲜艳的红橙两色花纹。阿勒斯卡人喜欢纯色,也许还要加上一些刺绣,而亚泽尔人偏爱的装饰,看上去则像画家打了个喷嚏的产物。

尽管如此,女孩还是显得如此纯粹。她游走在奢华之中,却毫不张扬。

"我来之前就听到他们的话了,翘屁股爷爷。"女孩说,"我觉得他们不会同意的。他们有一根手指。"

"我想他们有很多根手指。"

"不是的,他们还有一根,干巴巴的,好像是谁的祖太姥姥的手指,但其实是从哪个皇帝身上弄来的,叫什么擤鼻子儿——"

"斯诺希尔?"达力拿问。

"对,就是他。"

"我的祖先洗劫阿兹米尔时,他就是亚泽尔的大帝。"达力拿叹道,"那根手指是他的遗物。"尽管亚泽尔人嘴边挂着的都是逻辑、文书和法典,但他们还是会迷信。他们在议事过程中动用这件遗物,可能是为了提醒自己,阿勒斯卡人上次是怎么进犯亚泽尔的。

"哦,好吧,可我只知道他死了,就不用担心那个……那个谁了……"

"仇恨。"

雷希女孩浑身发抖。

"你能去和大臣谈谈吗?"达力拿问,"就说你觉得支持我的联盟是个好主意?你提出要解锁誓约之门的时候,他们都听你的话。"

"不是的,他们听的是高克斯的话。"她说,"城里管事的那群老家伙不太喜欢我。"

达力拿哼了一声。"你叫莉芙特，对吗？"

"对。"

"负责什么？"

"负责吃。"

"我是问你属于哪支光辉骑士团。你有什么能力？"

"哦，嗯……缘舞骑士团吧？我可以滑来滑去。"

"滑来滑去？"

"很好玩的，只是撞到东西就没那么好玩了。"

达力拿向前倾身，再次希望能够亲自去和那些蠢货和文官交涉。

不。你就相信别人一回吧，达力拿。

莉芙特歪过头："咦，你身上的味道和她很像。"

"她？"

"就那只住在森林里的疯灵体。"

"你见过夜妖？"

"对啊……你也是？"

达力拿点点头。

他们坐在原位，不太自在。女孩把一碗干果递到达力拿面前，他拿了一颗放进嘴里，默默地咀嚼着，女孩也拿了一颗。

他们一言不发地吃完了一整碗干果，门终于开了，把达力拿吓了一跳。诺乌拉站在门口，身侧是其他大臣。她瞥了一眼莉芙特，微微一笑，似乎不像莉芙特说的那样不待见这个小姑娘。

达力拿站起来，心生忧虑。他做好了据理力争和好言相求的准备，他们必须——

"大帝和御前官署决定接受邀请出访乌有斯麓。"诺乌拉说。

达力拿咽下异议。她说了"接受"二字？

"埃穆尔的国家元首①就快抵达亚泽尔了。"诺乌拉说,"他还带来了智者阿湿奴②,他们应该愿意加入我们的行列。遗憾的是,历经仆族的袭击,埃穆尔的国力已经远不如前,元首估计渴望得到一切援助,并且乐意结盟。"

"塔石科的亲王将他的兄弟作为大使派驻阿兹米尔,他本人也会到访。伊泽尔的女亲王据称会亲自前来求援,我们会安排接见的。我觉得她只是认为阿兹米尔比较安全,反正她一年有一半时间都住在这里。

"埃姆和德施都向城里派驻了大使,而里亚弗一向急于加入我们的任何行动,只要他们能承办风杀的会议。我无法替斯提恩说话,因为斯提恩人都很狡诈;至于图卡的祭司王,我想您不会希望他在场,而玛拉特已经被敌人占据了。不过,我们还是能在帝国境内抽调骨干投入商议。"

"我……"达力拿结结巴巴地说,"多谢!"竟然成了!不出意料,亚泽尔才是关键。

"多亏您夫人写了篇好文章。"诺乌拉说。

达力拿一怔:"是纳瓦妮的文章说服了你们?不是迦熙娜的?"

"您夫人的三个观点都经过了适当的权衡,而从泰勒拿城发来的报告更是鼓舞人心。"诺乌拉说,"这对我们的决定产生了不小的影响。迦熙娜·寇林的文笔确实和她的名声一样过人,但纳瓦妮女士的请求……似乎更加真诚。"

"她是我认识的最真诚的人之一。"达力拿憨笑道,"她也很擅长实现自己的目标。"

---

①埃穆尔领袖的称谓。柔刹西部的众多国家都隶属于亚泽尔帝国,亚泽尔帝国全境的最高统治者称为"大帝",但仅在亚泽尔当地拥有实权,其他国家的领袖称为"元首"。这两个说法的原词都是 Prime,为防止混淆在译文中做了区分。

②埃穆尔的前元首,圣人。

"请让我带您回到誓约之门。我们会就大帝访问乌有斯麓的事宜进行联系。"

达力拿收好对芦,向站在椅背上的莉芙特告别,莉芙特也对他挥挥手。大臣陪同他返回设有誓约之门的圆顶建筑,他发现天空变得更明亮了,坐进人力车时还听到了大臣热切的谈话声。既然决定已经下达,他们似乎欣然接受了。

达力拿沉默了一路,唯恐自己会说些蛮横的话,把事情搞砸。进入圆顶市场后,他倒是趁机向诺乌拉提了一茬,说誓约之门会把这里的一切都传送走,包括圆顶建筑本身。

"恐怕它对安全的威胁比您以为的要大。"他刚说完,他们就到达了控制楼。

"如果把半边建筑造在上面,会怎么样?"诺乌拉问,"建筑会削成两半吗?万一那是个人呢?"

"这还不得而知。"达力拿时断时续地操作对芦,有规律地发送信号,让迦熙娜通过誓约之门回来接他。

其他大臣还在后面闲谈时,诺乌拉压低声音道:"我得说,被驳倒的滋味可不好受。我是大帝忠实的仆人,可我不喜欢启用光辉骑士的提议,达力拿·寇林。这些能力很危险,古代的光辉骑士最终成了叛徒。"

"我会说服您的。"达力拿说,"我们会向您证明自己。我需要的只是一个机会。"

誓约之门闪过一道光,迦熙娜出现在其中。达力拿向诺乌拉鞠躬致敬,退入控制楼。

"您和我预想的不一样,'黑荆棘'。"诺乌拉说。

"那您预想的是什么样?"

"是一头野兽,"她直言不讳,"嗜血好战的半人半兽。"

一头野兽……

"确实如此。"达力拿说,"我只是有幸见到了足够的好榜样,从而有了更远大的追求。"他朝迦熙娜点点头,迦熙娜便重新插好剑的位置,旋转控制室的内墙,启动传送门,将他们送回乌有斯麓。

纳瓦妮正在室外等候。达力拿走出了去,山里寒气逼人,阳光刺得他眨了眨眼。他冲纳瓦妮灿烂一笑,张嘴告诉她,她写的文章取得了什么成果。

一头野兽……被刺激之后,就会做出反应……

回忆。

被鞭打之后,就会变得野蛮。

达力拿脚步踉跄。

他隐约听到纳瓦妮的呼救声,眼前天旋地转。他屈膝跪倒,感到无比反胃,口中发出阵阵呻吟,两手死死抓着石地,指甲都磨破了。纳瓦妮……纳瓦妮在叫医生,她以为他中毒了。

他并没有中毒,实际情况要严重得多。

风操的,他记起来了。回忆向他袭来,如上千块巨石般沉重。

他记起了伊薇的遭遇。那件事发生在曾被雅克维德占领的高地,始于一座冰冷的堡垒。

终结于天堑。

66 军师

十一年前

达力拿倚靠着石砌窗台,呼出一口白气。士兵在屋里设好桌子,铺上地图。

"看那里,"达力拿指向窗外,"看到下面凸出来的地方了吗?"

就快十三岁的阿多林探身看着窗外。大岩堡的二层是朝外凸出的,要爬上来很困难,但窗户下方有一道石台,是非常称手的抓手。

"看到了。"阿多林回答。

"很好。现在睁大眼睛看仔细了。"达力拿又指了指屋里。一名护卫拉动拉杆,让石台缩进外墙。

"动了!"阿多林说,"再来!"

护卫照办了,再次拉动拉杆,让石台伸出来又缩回去。

"厉害!"阿多林赞叹道。他一向精力充沛,如果能用到战场上就好了,这样不需要碎瑛武器也能取胜。

"你觉得为什么要这么制造?"达力拿问。

"免得有人爬上来!可以让他们摔下去!"

"这是用来对付碎瑛武士的。"达力拿颔首道,"从这个高度摔下去,瑛甲必碎无疑。堡垒里的楼梯也很窄,全副武装的碎瑛武士根本上不来。"

说完,达力拿笑了。又有谁知道,在阿勒斯卡和雅克维德之间的高地上,竟还藏着这等宝贝?如果同雅克维德的全面战争真的爆发了,这座孤零零的堡垒将会成为一道坚实的屏障。

他示意阿多林从窗边退开,随后拉上窗板,搓了搓冰冷的双手。屋里装修得像座山间小舍,墙上挂满了年代湮久的巨壳生物战利品,一旁有士兵往壁炉里添了些木柴,把炉火拨得更旺了。

他们与雅克维德人的战斗逐渐结束了,最后几场战役的成果令人失望,但有儿子跟在身边,就已经是莫大的乐趣。阿多林自然没有参战,战术会议倒是没少去。达力拿起先以为,让小孩出席会惹将领生气,但很难会有人对小阿多林生气,因为他是那么诚恳,又是那么好奇。

达力拿带着阿多林来到铺着地图的桌边,和达力拿的下级军官站在一起。"现在,"达力拿对阿多林说,"让我们来看看你有多专心。我们现在在哪儿?"

阿多林俯身指着地图。"这是新的城堡,是你为王室赢来的!这是旧的边界,在原先的位置;蓝色的是新的边界,是从雅克维德的臭贼手里赢回来的。我们的地盘被他们占领了二十年。"

"棒极了,"达力拿说,"但我们不仅仅赢回了地盘。"

"还签订了贸易条约!"阿多林说,"所以才要举办隆重的仪式,你和雅克维德的轩亲王都穿了正装。我们赢得了低价交易货品的权利。"

"没错,但这并不是最重要的收获。"

阿多林蹙起眉。"嗯……难道是马……"

"不,儿子,最重要的收获是王位的合法性。新条约签署时,雅克维德的国王已经承认迦维拉尔为阿勒斯卡的合法国王。我们不仅捍卫了边境,还阻止了更大规模的战争,因为雅克维德人承认了我们的统治权,不会就此抓着不放。"

阿多林点点头,表示听明白了。

只要大批屠杀对方的士兵,就能取得丰硕的政治成果和贸易成果,达力拿自然感到满意。过去这些年边境冲突不断,让他想起了生存的意义,也为他带来了新的机遇。年少时,他曾四处征战,晚上和部下一起喝酒。

如今,他却要为了一个求知若渴、凡事都要问个究竟的男孩解释自己的抉择,就因为男孩期盼着他知道答案。

风操的,这对他来说真是一场考验,但感觉很好,无与伦比。他无意再回到塔冠城虚度人生,去参加宴会,在酒馆斗殴。他笑了笑,接过一杯温酒,认真看起了地图。尽管阿多林关注的是与雅克维德人作战的区域,达力拿的目光还是被另一片区域吸引了。

上面用铅笔写着他要求的预测天堑兵力的数据。

"Viim cachi eko!"伊薇用母语抱怨道,走进屋里,双手紧紧环抱自己,冷得直发抖,"我本来以为阿勒斯卡的中部就够冷的了。阿多林·寇林,你的外套呢?"

男孩低下头,发现自己没穿外套,好像一下子惊到了。"嗯……"他望了望泰莱布,后者只是微笑着摇摇头。

"儿子,去吧。"达力拿说,"今天有地理课。"

"我能留下吗?我不想离开你。"

阿多林指的不仅仅是今天。他就要回塔冠城一阵子,跟着剑师训练,并接受正规的外事教育。他这一年中的大部分时间都跟着达力拿度过,但在王都学点规矩也很重要。

"去上课吧。"达力拿说,"只要你认真听讲,明天我就带你骑马。"

阿多林叹了口气,抬手敬礼,接着从凳子上跳下,抱了抱母亲。这其实犯了阿勒斯卡人的忌讳,达力拿却没说什么。

阿多林出门后,伊薇来到火旁。"好冷啊。是谁在这儿建的城堡?到底有什么毛病?"

"又没有那么不好。"达力拿说,"你应该去冬天的霜冻之地瞧瞧。"

"你们阿勒斯卡人都是冻骨头,根本不怕冷。"

达力拿嗤之以鼻,俯身看着地图。*我需要从南面接近,沿着湖岸行进……*

"国王正通过对芦传来消息,"伊薇说,"文员正在记录。"

达力拿心不在焉地发现,她的口音逐渐消失了。她坐到炉火旁的椅子上,右手支撑着身子,禁手端庄地放在腰间,一头金发盘成阿勒斯卡发式,没有披在肩头。

她年少时不曾接受阿勒斯卡女人的文艺教育,所以无法成为优秀的文员,而且她不喜欢看书,更喜欢沉思。只是近些年来,她努力适应着阿勒斯卡的环境,很叫人佩服。

她还在抱怨达力拿不常去见雷纳林。这个儿子无法胜任作战,大部分时候都待在塔冠城,伊薇有半年时间都在那儿陪他。

不,不,达力拿心想,在地图上写下一个铭文,*沿着湖岸行进,是意料之中的路线。那怎么办?在湖面上采取两栖攻击?*他得看看能不能弄到船。

一名文员终于带来了国王的传书。所有人都走了,屋里只剩下达力拿和伊薇。伊薇举起信件,有些犹豫。"你是想坐下来听呢,还是——"

"不用,念吧。"

伊薇清清嗓子:"'弟弟,条约已经签订。你在雅克维德的努力值得表扬,现在理应是欢庆和祝贺的时刻,我个人确实想向你表达我对你的自豪。军中的大将纷纷表示,你的战略头脑已经成熟,达到了全面的天才境界。我从来没有把自己算进他们的行列,然而他们却对你赞不绝口,说你和他们不相上下.'

"'我逐渐成了国王,而你似乎也找到了自己的位置,当上了我们的将领。你一直在采用小规模机动战队的策略,我很想听听你自己的说法,还想跟你促膝长谈,因为我也有重要的事透露给你。我们最好能见个面。以前,我每天都喜欢有你陪伴,而现在,我想我们已经有三年没有面对面说过话了。'"

"可是,"达力拿打断道,"还有天堑的事要处理。"

伊薇停下来望了他一眼,随后又低头看着笺纸,继续读道:"'可惜我们还得再等几场飓风才能见面。你为捍卫边境所做的努力确实巩固了我们的势力,但我没能利用政治手段来主导拉萨拉斯的局势,控制叛变的领袖.'

"'我得再派你去一趟天堑,你要平息那儿的派别斗争。内战会使阿勒斯卡四分五裂,我可不敢再等了。其实,多年前你挑衅我,要我派你去天堑,我要是听进去了就好了.'

"'撒迪亚斯会召集援军与你会合,请把你对疑难问题的战略评估发送给我。注意,眼下有某位轩亲王正在支持塔纳兰和他发起的叛乱,那人可能有办法搞到碎瑛武器。新任务将至,愿你拥有坚强的意志,愿令使保佑你。此致,迦维拉尔.'"

伊薇抬起头:"你是怎么知道的,达力拿?王领和阿勒斯卡的地图,你已经埋头研究了好几周,显然料到他会指派你执行这项任务。"

"如果不能预测下一场战斗,那我还算什么军师?"

"我以为这下可以放松了,"伊薇说,"可以不用杀戮了。"

"在这种势头下?那多浪费啊!即便不是为了解决拉萨拉斯的问题,迦维拉尔也会找别的地方让我作战,或许又是赫达孜吧。最得力的将领是不能干坐着收集飓砂的。"

再说，迦维拉尔的谋臣当中，肯定不乏对达力拿怀有顾虑的男男女女。如果有人能对王位造成威胁，那想必就是"黑荆棘"，更何况他获得了国内众多将领的青睐。尽管达力拿多年前就决定不干这种事，但宫廷中仍有许多人认为，如果把他拦在外面，王国就会变得更安全。

"不，伊薇，"他写下另一个标记，"我们恐怕再也不会回塔冠城长住了。"

他自顾自点点头，设计出了夺取天堑的方式。可以让一支机动队绕过湖滩确保安全，再让全军渡湖，以远超天堑人预料的速度发起攻击。

他心满意足地抬起头，却发现伊薇在哭。

望着这一幕，他惊呆了，铅笔从手中滑落。伊薇面朝炉火，两臂环抱着自己，极力忍住不哭，但她的抽泣声却清晰可闻，如断骨般揪心。

克勒克的臭嘴……他可以直面士兵和飓风，可以直面滚落的巨石和垂死的战友，但他从没学过如何应对温柔的眼泪。

"七年了。"她沉吟道，"七年来，我们一直在外奔波，以车马和驿站为家；七年来，发生了太多杀戮和混乱，负伤士兵的哭喊声不绝于耳。"

"因为你嫁给了——"

"不错，我嫁给了军人。是我不够坚强，是我无法适应婚后的生活，都是我的错。谢谢你，达力拿，你已经说得很清楚了。"

无助的感觉就是如此。"我……我以为你渐渐喜欢上了这种生活。你现在跟别的女人不是处得挺好的吗？"

"别的女人？达力拿，在她们中间，我觉得自己很蠢。"

"但……"

"对她们来说，言谈就是比赛。"伊薇两臂一挥，"你们阿勒斯卡人凡事都要争个高低，总想在别人面前出风头。而女人之间又流行那种只可意会的无聊游戏，就为了证明她们个个都有多聪明。我想……唯一能让你脸上有光的办法，也许就是去见夜妖，向她乞求能变机智的恩惠。古魔法可以改变一个人，还可以提高一个人——"

"伊薇，"达力拿插话道，"请你不要提起那个地方或那个生物，这是大逆不道的行为。"

"你说到重点了，达力拿。"伊薇说，"这里其实没人关心宗教。别人倒是不忘指出自己的信仰比我的信仰优越多少，可是又有谁真正在乎过令使？不就是以他们的名义来诅咒吗？你们把虔诚者带上战场，也只是让他们用塑魂术把石头变成粮食。这样一来，你们就不用为了找东西吃而停止自相残杀了。"

达力拿朝她走过去，坐在炉火边的另一张椅子上。"在你的祖国……就不一样吗？"

她揉了揉眼睛，不知道是不是看穿了达力拿改变话题的企图。谈论她的族人通常能平息他们的争吵。

"不一样。"她说，"我们那儿确实有不关心一体或令使的人，他们说我们不该采用伊里人或沃林教国家的教义，然而不少人是信的，达力拿。不像你们这儿……只要花钱请几位虔诚者替你们烧烧铭守符就可以了。"

达力拿深吸一口气，又试着劝道："等我平复叛乱，没准能说服迦维拉尔，叫他不要再委派任务了。这样我们就能去西部，到你的祖国走走。"

"这样就能屠杀我的族人了？"

"哪儿的话！我怎么会——"

"他们会攻击你，达力拿。你可别忘了，我和我兄长是从祖国逃出来的。"

自从托奥去了赫达孜以后，达力拿已经有十年没见过他了。据说他很享受住在海岸边,被阿勒斯卡的护卫保护。

伊薇叹道:"我再也见不到沉落森林了,我已经接受了这一点。我将在这片寒冷多风的严酷之地生活一辈子。"

"那不如去暖和的地方,到蒸腾海上享受二人时光,还可以带上阿多林。"

"雷纳林怎么办?"伊薇问,"达力拿,你可别忘了,你有两个儿子。你到底关不关心那孩子的状况?他当不了兵,在你眼里就不算回事了?"

伊薇的话如当头一棒,达力拿一阵闷哼,起身朝桌子走去。

"怎么?"伊薇厉声问。

"打仗打得多了,自然知道什么时候打不赢。"

"打不赢就当逃兵?"伊薇问,"你是懦夫吗?"

"该撤退时不撤退,害怕被嘲笑的人才是懦夫。"达力拿拢好地图,"等天堑的叛乱平定,我们就回塔冠城,待上至少一年。"

"真的?"伊薇站了起来。

"真的。这回是你胜利了。"

"我……我倒是没觉得……"

"欢迎来到战场,伊薇。"达力拿朝门口走去,"战场上没有绝对的胜利,如果你的战友死得比对方少,那就是胜利。"

说罢他走出去,猛地关上门。伊薇的哭声追随着他,他走在阶梯上,愧灵如花瓣般在周围落下。*风操的,是我配不上那个女人吧?*

算了,争吵是她不对,后果要她自负。他重重地走下阶梯,找到麾下的将领,继续谋划针对天堑的报复袭击。

普通的痛灵

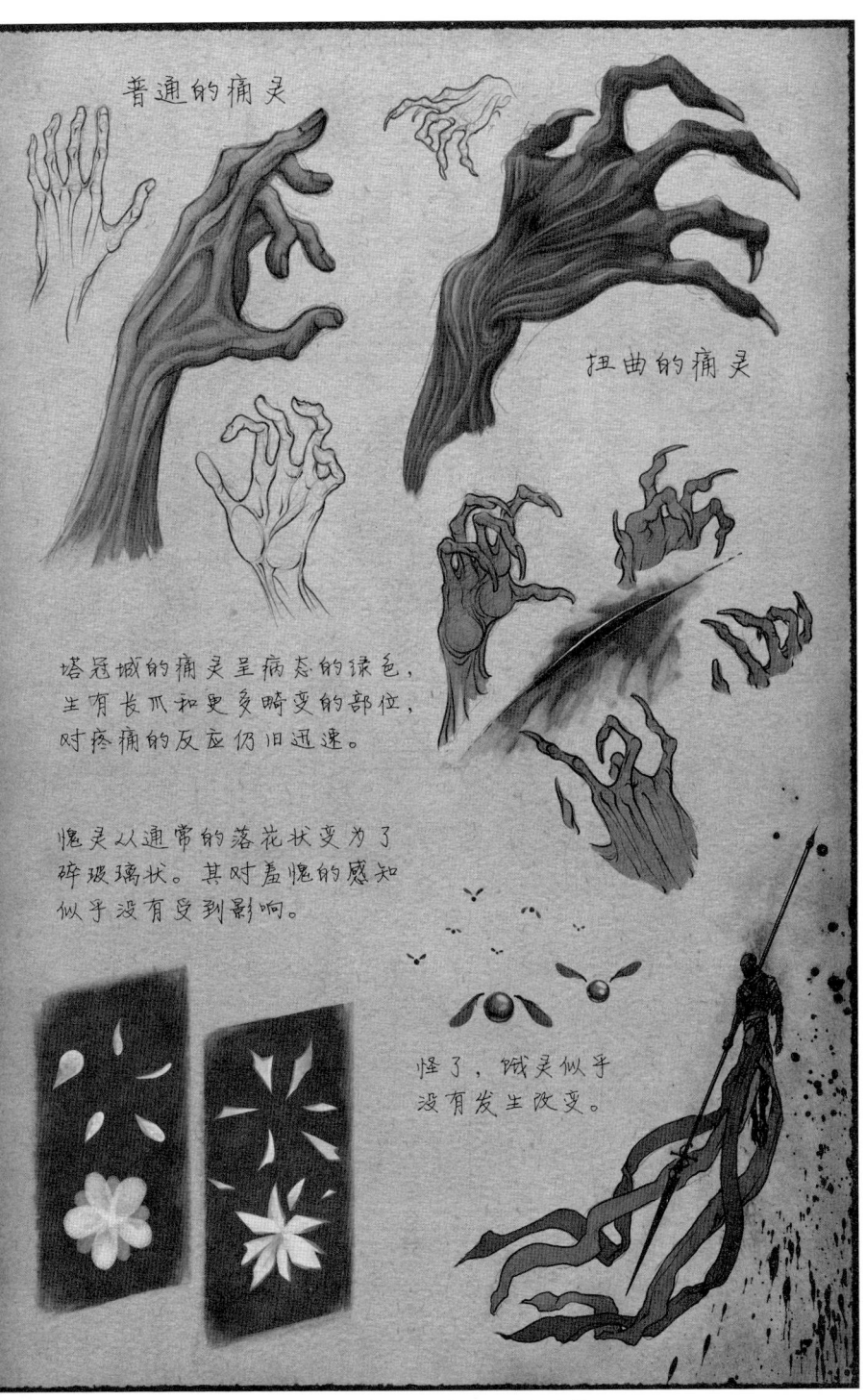

扭曲的痛灵

塔冠城的痛灵呈病态的绿色，
生有长爪和更多畸变的部位，
对疼痛的反应仍旧迅速。

愧灵从通常的落花状变为了
碎玻璃状。其对羞愧的感知
似乎没有受到影响。

怪了，饿灵似乎
没有发生改变。

沙兰的素描：塔冠城的灵体

67

谧 厴

这一代光辉骑士中仅有一位铸契骑士，有些人将这个事实归咎于我们之间的分歧，但真正的问题要深刻得多。我认为荣誉本人正在改变。

——出自 24-18 号抽屉中的烟晶石

在被"残忍杀害"一天后，沙兰觉得好多了。那种压抑感不见了，就连她的恐惧似乎也远去了，唯一挥之不去的，是她在王宫的镜子里瞥见的那一幕：灭者在镜像之后微微露出了真容。

裁缝铺里的镜子没有展现出这种倾向，她一面面地检查过了。以防万一，她画下了自己看到的东西，并把图稿交给别人，提醒他们多加注意。

这天，她走进后屋工作间一旁的小厨房，发现阿多林在吃面饼，而艾尔霍卡国王却坐在桌边，正认真地……写着什么。不，他在画画。

沙兰温柔地把手搭在阿多林肩上，欣赏着他的笑容，随后绕了过去,越过国王的肩膀瞅了一眼。国王在画都城的地图,上面标出了王宫和誓约之门平台的位置,看着还不赖。

"有谁见过那个冲桥手?"艾尔霍卡问。

"在这儿。"卡拉丁信步从工作间走进来。尤克丝卡带着丈夫和侍女出去买吃的了,付的是艾尔霍卡给的润石。城里显然还有食物卖,只要有钱就能买。

"我制定了在城里行动的计划。"艾尔霍卡说。

沙兰和阿多林互相看了看,阿多林耸耸肩。"陛下,你有什么建议?"

"多亏了织光骑士出色的侦察,"国王说,"王后明显被亲卫队囚禁了。"

"现在还无法确定,陛下。"卡拉丁说,"王后似乎已经屈服于影响卫兵的势力了。"

"不管怎样,我们还是要救她。"艾尔霍卡说,"要么潜入王宫把她和小迦维诺尔带出来,要么召集一支军队以武力协助我们夺取王宫。"他用笔敲了敲都城的地图。"不过誓约之门仍要优先考虑。光明女士达瓦,我希望你去调查瞬息教,找出他们使用誓约之门平台的方法。"

尤克丝卡已经证实,瞬息教的信徒每天晚上都会在平台顶端燃起烈火。那个地方全天有人把守。

"如果你能参加他们举行的仪式或活动,"国王说,"誓约之门就近在咫尺了。你可以把整座高地传送到乌有斯麓,让军方对付那些信徒。"

"万一这个办法行不通,我和阿多林会扮成来自破碎平原的光眼种要人,联系城里拥有私人卫队的光眼种家族,博取他们的支持。如果有必要,我们或许可以表露自己的真实身份,组建一支军队进攻王宫。"

"那我呢?"卡拉丁问。

"天青这个人感觉不太妙,你看看能不能摸清他和守城卫队的情况。"

卡拉丁点点头,应诺了一声。

"是个良策,艾尔霍卡。"阿多林说,"好样的。"

一句简单的称赞或许不该让国王笑成这样。艾尔霍卡甚至引来了一只傲灵,尤其是这只傲灵还跟普通的傲灵没有差别。

"然而我们还有些事要面对。"阿多林接着说,"你听人念过那个被处决的虔诚者对王后的一系列控诉吗?"

"我……我听人念过。"

"她写下十个铭文,"阿多林说,"谴责颐淑丹骄奢淫逸,说她在人们挨饿时还浪费粮食,说她提高赋税,为名下的虔诚者举办豪华的宴会。艾尔霍卡,这早在灭世风暴来临之前就开始了。"

"我们可以……问问她,"国王说,"等她安全了就问。肯定出事了。颐淑丹一向倨傲自负、野心勃勃,但她并不是贪图口腹之欲的人。"他望了一眼阿多林。"我知道,迦熙娜说我不该娶颐淑丹,因为她太渴望得到权力,只是迦熙娜永远不会理解。我需要颐淑丹,我需要一个强势的人……"他深吸一口气,站起身。"我们不能浪费时间。你同意我的计划吗?"

"我觉得可行。"沙兰说。

卡拉丁点点头。"虽然太过笼统,但至少是个办法。另外,我们需要追踪城里粮食的来源。尤克丝卡说,粮食是光眼种提供的,但她也说王宫的商店已经关门了。"

"你觉得有人拿着魂器?"阿多林问。

"我觉得城里有太多秘密了。"卡拉丁说。

"我和阿多林要问问光眼种,看看他们知不知道。"艾尔霍卡瞧了瞧沙兰,"瞬息教的事怎么说?"

"交给我吧。"她说,"反正我也需要一件新大衣。"

　　她又以浣纱的身份走出屋子,依然穿着裤子和大衣,只是大衣背后破了一个洞。伊什娜已经洗去了上面的血迹,但浣纱还是想要换一件。目前她只是用织光术遮住了那个洞。

　　浣纱在街上闲逛,不禁愈发自信。没有走出乌有斯麓的时候,她还在下功夫把大衣穿好呢。一想起自己在酒馆出洋相的经历,她就羞愧得直皱眉。一个人不需要用证明酒量的方式来故作强硬,但如果不把大衣穿习惯,就学不会这种姿态。

　　她转身走向市场,希望去那里感受塔冠城的居民。她需要知道他们的想法,这样她才能逐渐理解瞬息教的由来,从而理解要怎么渗透进去。

　　这座市场和乌有斯麓的市场以及卡哈巴兰斯的夜市相当不同。首先,它明显有些年头了。店铺破旧不堪,饱受风吹雨淋,像是灭世以来就开业了。石墙被无数根手指磨平,石板路被无数双脚踩得坑坑洼洼,遮阳篷因为日复一日的日晒而发白。

　　这里的街道宽敞而不拥挤,有些摊位空荡荡的,剩下的商贩见她走过也不吆喝一声。身陷围城之中,这似乎是人人都有的压抑感在作祟。

　　哪怕尤克丝卡只做男装,浣纱也不想暴露身份,于是她进了一家服装店,试穿了几件新大衣。她和管账的女人聊了聊(女人的丈夫才是店里的裁缝),女人给了她几条建议,告诉她该去哪里寻找和她这身打扮相配的大衣,聊完她又来到街上。

　　穿着浅蓝色制服的士兵正在此地巡逻,制服上的铭文表示他们属于维拉兰特家族。尤克丝卡曾说,他们的领主在城里只算个小角色,后来却不是了，因为有太多光眼种消失在了王宫中。

一想起地下那排尸体，浣纱就直发抖。阿多林和艾尔霍卡相当肯定，死者就是某个寇林家族的远亲及其随从。那人名叫卡维斯，时常企图在城里获得权力。没有人为他的离世而哀悼，但这件事在坊间依旧是个谜。已经有三十多人前去觐见王后了，不少人都比卡维斯有权势，他们究竟怎么了？

一路上，各种各样的小贩兜售着平日里的生活必需品和古玩珍品，从陶瓷到餐具，再到精美的刀具，不一而足。见到士兵多少维护了点秩序，浣纱非常高兴。与其盯着那些关门的摊位，或许还不如换一个眼光，看看还有多少摊位在营业。

第三家服装店总算有了一件她中意的大衣，样式和旧的那件相同，都是白色的过膝长款。她付钱让裁缝把下摆改短，随口问起了城里的粮食储备。

听了裁缝的回答，她走过一条街，来到一座粮站。这里原本是一家泰勒拿钱庄，顶上用泰勒拿语和女性书写体写着"安源行"字样，业主早已逃跑。钱庄老板似乎对即将到来的危险有第六感，就像某些动物会提前几小时察觉飓风的来临。

钱庄已被穿浅蓝色制服的士兵占用，现在金库保护的是珍贵的粮食。人们在外面排队等候，士兵则在队伍前面发放瓜谷，足够做一天份的面饼和米粥。

这是个好兆头，但也充分显示了城市的情况有多严峻。她本想为维拉兰特的善意鼓掌，可惜他雇佣了一群毫不称职的士兵，只会大声叫所有人排好队，却不会着手执行命令。他们是配备了一名文书在一旁看着，确保没有人重复排队，但他们还是没有拦下那些条件宽裕、明显不需要救济的人。

浣纱环顾市场，发现有人在废弃摊位的缝隙和凹陷中窥视粮站。他们贫困如洗，无人怜惜，穷得连难民都不如，穿着破衣烂衫，顶着肮脏的面孔。他们露出渴求的目光，就像灵体被强烈的情绪所吸引。

浣纱在紧挨排水槽的矮墙上坐下。一个男孩蜷缩在附近，正用饥渴的眼神望着队伍。他的一边胳膊连着的那只手已经畸形残废，三根手指断得只剩骨节，另两根也扭得不成样子。

浣纱在裤袋里摸索了一阵。沙兰没有带食物，但浣纱知道时刻都有东西可嚼的重要性。她明明记得自己往兜里塞了些什么的……找到了，有一根肉条。那是塑魂术的产物，不过是甜口的，没有香肠大。她在一端咬下一块，把剩下的部分朝穷孩子晃了晃。

男孩打量着她，可能想探明她的立场，最后他爬了过来，接过浣纱给他的食物，一下子就把整根肉条送进嘴里。他眼巴巴地等待着，想看看她是不是还有吃的。

"你怎么不排队？"浣纱问。

"有规矩的，得到岁数才行。太穷的人会被他们推出去。"

"为什么？"

男孩耸耸肩。"不为什么。他们会说你已经排过了，除非你没有。"

"这些人……大多是富家的仆从吧？"

男孩点点头。

风操的光眼种，浣纱有感而发。她看见有些穷人确实像这孩子说的那样，因为这样或那样的违规行为被推出队伍。其他人则在队伍里耐心等候，仿佛那是他们的职责。他们肯定是富家派来领取食物的，不少人一看就是一副精干强壮的家丁模样，哪怕他们没有穿制服。

风杀的，维拉兰特的手下实在是没辙了。**要么他们很清楚自己在干什么**，她心想，**维拉兰特没准只是在哄当地的光眼种开心，等到顺风顺水时，他们就会准备拥护他的统治**。

浣纱对此感到厌恶。她又掏出一根肉条给男孩，刚想问问维拉兰特的势力有多大，一转眼男孩却没影了。

粮食分完了，但还有很多人没分到，他们非常郁闷，绝望地大呼小叫。士兵叫他们晚上再来，没领的先排队等着，之后就关上了钱庄的大门。

维拉兰特究竟是从哪儿得到粮食的？浣纱站起来，继续在市场里穿行，路过了地上一摊摊怒灵。一部分怒灵还是像往常那样呈现血泊的形态，别的一些则更像漆黑的沥青，当涌出的气泡破开时，里面便露出一抹亮如余烬的火红。而人们一坐下等待，那些怒灵就消失了，转而出现的是疲灵。

浣纱对市场抱有的乐观态度瞬间蒸发了。她路过一群群在街上乱转的人，他们一脸迷茫，眼中透出沮丧。为什么要假装生活还能继续？他们命数已尽。如果虚渡没有干脆让所有人饿死，他们也会把城市夷为废墟。

必须有人挺身而出。浣纱需要采取行动，可潜入瞬息教瞬间显得太抽象了，她就不能直接为这些穷人干点实事吗？只是……她连自己的家族也无法拯救，她根本不知道穆里兹都对她的几个兄长做了什么，平时她也不愿去想他们。她又要如何拯救整座城市？

她用肩膀推搡着旁人，在人群中寻求着自由，忽然有种身陷牢笼的感觉。她需要冲出去，她——

那是什么声音？

沙兰猛地停步，扭身聆听。飓风啊，不可能吧？她朝声音传来的地方走去。

"亲爱的先生，您说到点子上了。"那人又发话了，"人们都自以为了解月亮，难道不是吗？我们夜夜都处在月亮的凝视之下，我们对月亮的认识要早于我们对朋友、妻子和儿女的认识。然而……"

沙兰挤过乱哄哄的人群，发现说话的家伙正坐在环绕蓄水池的矮墙上，跟前摆着一座点燃的金属火盆。缕缕烟气冒了出来，在风中翻卷。怪了，他穿的居然是撒迪亚斯军的制服，外套没有扣起，脖子上围着一条彩色丝巾。

棱角分明的脸庞，尖削的鼻子，乌黑的头发。正是那个名叫御前知策的旅人。

他来了。

"……说到月亮，还是有故事可讲。"知策一跃而起，几乎没有人注意到。对过客而言，他不过是个卖艺的。"大家都知道，谧屦是三轮明月中最聪明的。她的哥哥姐姐情愿高高挂在空中，为大地增光添彩，而谧屦却总是伺机逃离职守。"

知策把某样东西丢进火盆，火盆里便扬起一股犹如谧屦的荧绿色烟气。谧屦比其他两轮明月都小，在最后升起。

"故事发生在忒萨的时代。"知策接着说，"她是纳塔纳坦灭国前最伟大的女王。纳坦人生来高贵美丽，驰名柔刹。可不是！亲历过那个时代的人，才会认为东方也有灿烂辉煌的文明，而不是一片荒芜！

"大家肯定听说过，忒萨女王擅长建筑，为王城设计了摩天高塔。一天晚上，她在最宏伟的高塔里休息，欣赏着美景，抬头便望见机灵的谧屦划过夜空。那是一个月亮很大的夜晚，而大家都知道，在这些夜晚，月亮会密切注视着凡人的一举一动。

"'伟大的女王！'谧屦呼唤道，'您在宏伟的王城中建造了如此壮丽的高塔，我每天晚上经过时，都喜欢欣赏这里的美景。'"

知策往火盆里撒了几把粉末，两道烟袅袅腾起，一白一绿。沙兰上前观察，赶集的人们也慢下脚步，前来围观。

知策伸手搅动烟气，烟气扭转翻滚，仿佛一轮碧月悬在正中。"不过，忒萨女王也对谧屦的诡计有所了解。纳坦人并不向往谧屦，而是崇拜伟大的诺梦。

"当然，人们不会对月亮视而不见。忒萨喊道：'感谢天神大人夸奖。多亏工匠日夜操劳，才造就了这番人间盛景。'

"谧屦回喊道：'但这番人间盛景，几乎就要触及我的领域。你

们难道要夺取天界？'

"'不，天神大人。我的领域就是这块大地，而天界是属于您的。'"

知策一手举高，将白烟塑造成立柱的形状，另一手勾起一团绿烟，在上方来回拨动，模仿月下的高塔。

沙兰纳闷了：这不是浑然天成的吧？知策在施展织光术吗？可她没有看见飓光，况且这等手法也更为纯粹，未必存在神妙之处。

"谧屦又像往常一样打起了主意。她不喜欢夜夜挂在天幕，不想远离人间的喜悦和凡俗的享乐。第二天晚上，她又经过身在高塔中的忒萨，便说：'可惜你不能从近处观察璀璨的群星。那都是美不胜收的宝石做的，出自工艺最高超的切割师之手。'

"'确实可惜。'忒萨说，'然而尽人皆知，如此崇高的景象会灼伤凡人的肉眼。'

"后一天晚上，谧屦做了第二次尝试，她说：'可惜你不能与星灵对话，它们会讲好听的故事。'

"'确实可惜。'忒萨赞同道，'然而人尽皆知，天界的语言会让凡人发狂。'

"后一天晚上，谧屦做了第三次尝试，她说：'可惜你不能从天上观赏王国的美景，王城的立柱和穹顶都熠熠生辉。'

"'确实可惜。'忒萨赞同道，'然而这番美景是为伟大的天神准备的，我等凡人的目睹是一种亵渎。'"

知策又往火盆里丢了一把粉末，带起一片金黄色的烟气。眼下已经几十个人在围观了。他伸手向两边挥了一下，烟气就平铺开来，化为一道道烟柱向上升起，形成高塔的形状。那是一座城市吗？

他继续用一只手搅动烟气，让绿烟化为一道环，再用手一推，让烟圈旋转着穿过金黄城市的顶端。实在不可思议，沙兰惊得合不拢嘴。画面栩栩如生。

知策侧头望了望放着背包的地方，顿时一个激灵，好像很诧异。沙兰歪过头看着他，可他很快就恢复常态，又讲起了故事，别人很难留意到他的失误。只是这么一来，他讲话时会倍加小心地审视听众。

"谧靥没有放弃。"他说，"女王是很虔敬，但月亮也很狡猾。她们孰强孰弱，就由各位听众来决定吧。第四天晚上，谧靥经过女王身边，尝试了另一种计策。

"'不错，'谧靥说，'王城十分雄伟，只有神才能从天上看到。所以，某座高塔的塔顶有缺陷，才会如此遗憾。'"

知策一挥手，拂去形成城市的一道道烟气。烟气渐渐散去，知策抛撒的粉末耗尽了，四周只留下那道绿环。

"'什么？'忒萨问，'缺陷？哪座高塔有缺陷？'

"'只是一处小瑕疵，'谧靥说，'不要担心。不管工匠有多无能，我还是很欣赏他们付出的努力。'说完她继续前行，但她知道女王已经中了圈套。

"后一天晚上，美丽的女王果然站在阳台上等候。'天神大人！'忒萨喊道，'我们检查了每一座高塔的塔顶，却没有发现瑕疵！求求您，求求您告诉我是哪一座高塔吧，这样我就能把它推倒了。'

"'我不能说。'谧靥回答，'凡人无完人。指望你们完美无缺是不对的。'

"女王听了更担心了，后一天晚上，她问：'天神大人，我有办法去天界吗？我不会听星灵讲故事，也不会观测群星。一切为您准备的景观，我都不会去看。我只会看着我的臣民打造的缺陷之作，亲眼寻找非修复不可的瑕疵。'

"'你的要求是触犯禁忌的。'谧靥说，'我们必须交换位置，但愿诺梦不会察觉。'她暗暗高兴，这正中下怀。

"'我会假装是您。'忒萨承诺道，'我会做一切您会做的事。等完事后，我们再交换回原来的位置，这样诺梦永远不会知道。'"

知策咧嘴笑道:"于是月亮就和女王交换了位置。"

战争在进行,城市在沦陷,但沙兰只想听到故事的结局。

知策用粉末送出四道不同的烟气,分别呈蓝色、黄色、绿色和亮橙色。他将烟气搅到一起,形成迷人的彩色旋涡,一边用蓝眼睛望着沙兰。他眯起眼睛,笑容变得狡黠起来。

他刚刚认出我了,沙兰意识到,我还顶着浣纱的脸面呢。他是怎么……怎么知道的?

知策拨弄完纷飞的色彩,月亮已经变成了白色,而他在烟气中挥出的那座笔直的高塔则是淡绿色的。

"谧靥下到人间,"知策发话道,"而忒萨升到空中,坐上了月亮的位置!在剩下的几个小时里,谧靥饮酒、求爱、唱歌、跳舞,把她在天上看到的事都做了一遍,疯狂地度过了为数不多的自由时光。

"她深陷其中,竟然忘了要回去,天亮时还吓了一跳!她急忙登上女王所在的高塔,但化为月亮的忒萨已经下山,夜晚就这么过去了。"

"这下谧靥不仅收获了凡人的快乐,还体会到了凡人的焦虑。她在极度不安中度过了一天,知道她聪慧的姐姐和严肃的哥哥会跟忒萨一起待在月宫中。当夜幕再次降临时,谧靥躲在高塔里,以为萨拉斯会叫住她,责怪她贪恋人间,然而萨拉斯没有发表任何意见就划过了天际。

"诺梦升起时总该会批评她的愚蠢,然而他也没有发表任何意见就划过了天际。等忒萨终于升到空中,谧靥对她喊道:'忒萨女王,你是凡人,这到底是怎么回事?我的哥哥姐姐没有呼唤我,他们是不是还没有发现你的真面目?'"

"'不是。'忒萨回答,'你的哥哥姐姐一下子就把我识破了。'"

"'那我们赶紧把位置交换回来!'谧靥说,'这样我就能骗过他们,让他们息怒。'"

"'他们已经息怒了。'忒萨说,'他们觉得我很讨人喜欢,白天还和我一起吃了大餐。'

"'大餐?'她的哥哥姐姐从没有和她一起吃过大餐。

"'我们还一起唱好听的歌。'

"'唱歌?'她的哥哥姐姐从没有和她一起唱过歌。

"'天上真是太奇妙了。'忒萨说,'星灵会讲精彩的故事,就像你说的那样,而那些宝石做的群星,从近处看壮观极了。'

"'是啊,我很喜欢听这些故事,也很喜欢这番景致。'

"'所以我想留下来。'忒萨说。"

知策让烟气散开,只留下一抹绿色。绿烟缓缓淡去,行将熄灭。当他开口说话时,他压低了声音。

"这下谧靥又体会到了凡人的失落之情。

"月亮开始惊慌了!她想起了高空才有的广阔视野,从那儿可以看到整片大地,从远处也可以欣赏凡人的艺术、建筑和歌谣!她想起了诺梦的善良和萨拉斯的体贴!"

知策送出盘旋的白烟,缓缓推到他的左手边,模仿即将落山的新月忒萨。

"'等等!'谧靥说,'等等,忒萨!你食言了!你非但跟星灵说话,还望向了群星!'"

知策单手接住烟圈,设法让它定住,在一个地方旋转。

"'诺梦说我可以这么做。'忒萨解释道,'我也没有受到伤害。'

"'但你还是食言了!'谧靥吼道,'凡人,你必须返回人间,交易到此为止!'"

知策任由烟圈悬在半空。

烟圈很快便消失了。

"让谧靥大为欣慰的是,忒萨最终还是让步了。女王落回高塔里,谧靥则攀上天界,非常高兴地地沉向地平线。就在落山之前,谧靥听到了一首歌。"

奇怪的是,知策往火盆里加了一缕蓝烟。

"歌声充满欢笑和美感,是谧靥闻所未闻的!她花了很长时间才听懂歌中的含义。几个月后,她划过夜空,又在高塔里看到了女王,女王正怀抱着一个皮肤微微发蓝的孩子。

"她们没有交谈,不过谧靥明白,女王欺骗了她。忒萨在天界逗留一天,是想和诺梦共度春宵。她生了一个长着苍蓝色皮肤的儿子,继承了诺梦的颜色。一个众神诞下的子嗣,肩负着天界的衣钵,将带领女王的臣民走向辉煌。

"所以如今的纳坦人都生着微微发蓝的皮肤。虽然谧靥还是诡计多端,但她再也没有离开过她的位置。最重要的是,在这个故事中,月亮懂得了曾经只有凡人才明白的感受:失落。"

最后一道蓝烟渐渐散去。

知策没有鞠躬谢幕,也没有索取赏钱。他坐回到曾是舞台的蓄水池矮墙上,一脸疲惫。观众惊呆了,在原地等候着,有几个人开始高喊,希望知策再表演一次。知策仍然保持沉默,任由他们求他、骂他。

观众慢慢离去。

最后只有沙兰站到他身前。

知策冲她一笑。

"为什么讲这个故事?"她问,"为什么现在讲?"

"我不会把故事的寓意告诉你,孩子。"知策说,"你应该自己领悟。我只负责讲故事。"

"故事太美了。"

"是啊。"知策回了一句,又说,"我很怀念我的笛子。"

"你的什么?"

他一跃而起,收拾起东西。沙兰凑上去,往他的包里看了看,发现有一只封口的小罐,小罐基本是黑色的,但朝着她的那一面却是白色的。

知策啪的一声把背包关上。"来吧,你似乎可以利用这个机会请我吃点东西。"

68
瞄准太阳

> 我对塔城的灵体在知界域的表现进行了研究。有人认为同胞灵是故意避开人类的,但我的看法正相反。
> ——出自1-1号抽屉中的第一颗皓石

知策领着沙兰来到一家又低又矮的酒馆,屋子积满了飓砂,仿佛是用淤泥造的。酒馆里的法器吊扇没有开,免得引起那些会尖叫的古怪灵体的注意。

酒馆门外挂着售卖荞麦卷的大招牌,室内却空荡荡的。价目表让沙兰大吃一惊,但厨房传来的香味却很诱人。酒馆老板是个大腹便便的矮个阿勒斯卡人,活像一只巨大的红甲蟹蛋。瞧见知策进门,他一脸嫌弃。

"喂,说书的!"老板抬手一指,"你应该招揽客人的!你不是说这里会爆满吗!"

"暴君陛下,我想您误会了。"知策动作浮夸地鞠了一躬,"我是说您的肚子会撑到'爆满'。至于是被什么撑的,我都不好意思说,说出来都嫌脏。"

"客人呢？你这蠢货！"

知策侧跨一步，伸手指向沙兰："看哪，伟大而可怕的国王，我为您招揽了一位客人。"

老板斜眼一瞟，"她吃得起吗？"

"当然吃得起。"知策举起沙兰的钱包戳了戳，"没准还会给小费。"

沙兰一怔，立马摸了摸口袋。风杀的，她大半天都护着自己的钱包呢。

"去包间吧。"老板说，"里面空着。晚上你可得给我好好表现，蠢诗人！"

知策叹口气，把钱包抛给沙兰，拿上背包和火盆就带头去了大堂旁边的包间。正要叫沙兰进去，他还不忘冲老板扬起拳头："暴君，我受够了你的压迫！今晚，你要妥善保管你的美酒，因为这场革命将会迅速展开，充满义愤，令人沉醉！"

说完，知策关上包间的门，摇了摇头。"老板也该明白了吧，怎么那么较真呢？"他把背包和火盆靠墙摆好，在餐桌前落座，身子往后一仰，脱下靴子放到一边的座位上。

沙兰也坐下了，但没有那么大大咧咧。图腾从她的大衣上滑下，挨着她伏在桌面上。知策无动于衷。

包间环境舒适，镶嵌着彩色的木墙板，小窗附近摆了一排石壳木，餐桌上铺着黄色的丝质桌布。这明显是光眼种的雅间，暗眼种粗人只能在大堂里吃饭。

"你这造型做得挺到位，"知策评论道，"后脑勺也没出错，不像别人总是坏事。只是你没有扮演好自己的角色，穿着这身衣服，却还是像光眼种那样走路，一本正经的，简直傻透了。"

"我知道。"沙兰苦笑一声，"你一认出我，我就……保持不下去了。"

"何苦顶着一头黑发。你原来的红发配上这身白大衣,可惹眼了。"

"我就是不想那么惹眼。"

知策瞅了瞅她放在桌上的帽子,她一阵羞涩,仿佛回到了童年,正要忐忑地把她最早画的东西拿给导师看。

老板端着饮料进来了,是温和的橙酒,毕竟天色还早。"多谢老板。"知策说,"我对天发誓,还要为您写首歌,歌里不太会唱到您会错意的事,那些姑娘……"

"脑子被风刮坏了。"老板把酒放在桌上,没注意到从杯底蔓延开来的图腾,很快就关门而出。

"知策,你是他们的一员吗?"沙兰忍不住问,"你是令使吗?"

图腾喁喁而鸣。

"天哪,怎么可能?"知策回答,"我还没蠢到又去掺和宗教。前面七次全都搞砸了。不过,起码有一个神碰巧还在崇拜我吧。"

沙兰瞥了他一眼。知策讲话喜欢添油加醋,哪些是实情,哪些是戏言,总叫人分不清。"那你究竟是什么来头?"

"有些人上了年纪就会更包容,可我不是。太单纯的家伙在三界宙会吃亏,我见得多了,所以我不想对别人好。有些人上了年纪就能变得更有智慧,可我也不是。我一向跟智慧话不投机,却还要学着说智慧的话。有些人上了年纪就愤世嫉俗,幸好我不是,不然我会陷进去,变得不近人情,只知道嘲讽。"

知策敲敲桌子。"还有些人……越是上了年纪,就越是强大。我恐怕属于这类人。我是暴尸旷野的外来物种,那里很久以前还是大海。有我这样的怪人存在,或许能够提醒各位时过境迁的道理。"

"你……是不是很老了?虽然你不是令使,但你也和他们一样年长?"

知策搬开椅子上的靴子，倾身注视沙兰，亲切地笑道："孩子，令使还在吃奶的时候，我就活了几十辈子了。'老'是用来形容穿旧的鞋子的，我完全是另一种存在。"

沙兰望着知策的蓝眼睛，浑身发颤。知策眼中闪动着阴影和风霜之色：巨石变为沙尘，山脉变为丘陵，河川改变流向，海洋变为沙漠。

"风操的。"沙兰低叹。

"我年少的时候……"知策说。

"嗯？"

"我发过誓。"

沙兰睁大眼睛，点了点头。

"我说，当别人需要我的时候，我一直会在那里。"

"那你一直都在那里吗？"

"是的。"

沙兰呼出一口气。

"我应该说得更具体些的，因为'那里'严格来说可以是任何地方。"

"那……什么？"

"说白了，到目前为止，'那里'一直是一个随机的地点，对任何人都毫无用处。"

沙兰一愣，刚才在知策身上读到的东西瞬间消散。她咚的一声靠到椅背上。"我干吗偏偏要跟你说话啊？"

"沙兰！"知策有点发蒙，"如果你在跟别人说话，那这个'别人'就不会是我了。"

"知策，我正好认识很多不是你的人，有些人我还挺喜欢的。"

"那就要小心了。不是我的人很容易爆发出由衷的真诚。"

"这不好吗？"

"哪里好啊！那些人迟钝惯了，就用'真诚'来为自己开脱。"

"我倒是喜欢真诚的人。"沙兰举杯道，"把他们推下楼梯，看着他们一脸错愕的样子，别提有多好玩了。"

"那你还真狠。你不该因为他们真诚就把他们推下楼梯。你要推下楼梯的应该是愚蠢的人。"

"万一他们又真诚又愚蠢呢？"

"那就赶紧跑。"

"我倒是很喜欢和他们争论，还显得我很聪明。维芙保佑……"

"不，不，千万不要跟笨蛋争论，沙兰，你也不会拿最好的剑去抹黄油。"

"哦，可我是做学问的，稀奇的东西我都喜欢，而最有趣的莫过于笨脑筋了。越想搞懂笨，脑筋就越不笨，可脑筋越笨，就越搞不懂什么叫笨了！"

知策抿了一口酒。"多少有点道理。然而一般人闻不到自己的体味，更不会觉得自己笨，所以这种事很难察觉到。不过……如果让两个聪明人待在一起，他们终究会发现彼此是一样笨，都成了笨蛋。"

"就像一个小孩，吃得多了就会长大。"

"就像一件时装，年轻人穿是好看，但老年人穿就特别难看。笨脑筋是有独特性的，但已经司空见惯了。世界上笨蛋的数量大约是全球人口的总和加一。"

"加一？"沙兰问。

"撒迪亚斯一人顶俩。"

"呃……他已经死了，知策。"

"什么？"知策猛地坐直。

"他被人杀了，呃……不知道是谁干的。"亚拉达派出的人员仍在追踪凶手，但在沙兰出发之前，调查陷入了僵局。

"居然有人结果了老撒迪亚斯？我怎么不知道？"

"那你要干吗？救他？"

"风才要救他，我拍手叫好都来不及。"

沙兰呵呵直笑，长叹一声。她无意维持幻象，于是头发变回了红色。"知策，你来塔冠城干什么？"

"我也不太清楚。"

"拜托，就不能回答我吗？"

"我已经回答了，那是实话。沙兰，我知道自己该去哪儿，但我不总是知道自己该干什么。"知策轻拍餐桌，"那你呢？"

"我是来打开誓约之门的。"沙兰说，"为了拯救塔冠城。"

图腾哼了哼。

"你眼光很高啊。"知策说。

"不把眼光放高，不勉励自己去做崇高的事，那有什么用？"

"行吧，行吧，这就好比瞄准太阳射箭，即便射偏了，至少箭飞得远，被射死的人很可能是你不认识的。"

老板偏偏挑中了这个时刻上菜，但沙兰并不觉得特别饿。光是看到外面那些饥肠辘辘的人，她就没胃口了。

小盘子里放着塑魂术谷物碎饼，上面盖着一只清蒸飓虫。这个品种的飓虫叫双螯虾，有两只大螯、一条扁尾巴和长触须。吃飓虫并不稀奇，但飓虫也不是特别高级的餐食。

沙兰的饭菜和知策的饭菜只有酱料是不同的，一个甜一个辣，不过知策的酱料放在旁边的杯子里。城里食品供应紧张，厨师没有为男性和女性分餐。

老板蹙眉看着沙兰的头发，摇了摇头便离开了。她觉得老板已经习惯知策周围的怪事了。

沙兰低头望着盘里的食物。她能不能把食物带给别人？总有人比她更需要吃饭。

"全吃掉，"知策起身走到小窗边，"别浪费菜。"

尽管不太情愿,沙兰还是乖乖动口。味道不怎么样,但也不难下咽。"你不吃吗?"她问。

"我还没傻到要听自己的话,谢谢。"他似乎有点烦心。窗外,正好有瞬息教的队伍经过。

"我要向你学习。"话音刚落,沙兰才觉得自己没头没脑。

"千万别。"

"你明明那么风趣,那么有风度,而且——"

"这倒不假,我实在太聪明了,有一半的时间,我连自己说的话也听不懂。"

"——你周遭的事物,都会随着你而改变。知策,你来雅克维德找我的时候,我的人生就跟以前大不一样了。我也想拥有你的本领,我也想改变世界。"

知策似乎无意就餐。他到底需要进食吗?莫非……他是灵体一般的存在?

"你跟谁一起来塔冠城的?"他问。

"跟卡拉丁、阿多林、艾尔霍卡一起,还带了随从。"

"艾尔霍卡国王亲自来了?"

"嗯,他下定决心,非要保住塔冠城。"

"可他常常连面子都保不住,怎能指望他保住城市?"

"我挺喜欢他的。"沙兰说,"尽管他……有点太随性了。"

"果然,他就像是细菌,连你都被感染了。"

"他就想做正确的事,改天你可以去听听他的心里话。他希望成为流芳百世的明君。"

"真是虚荣。"

"你就不在乎后世对你的评价?"

"有我自己的评价就够了。艾尔霍卡真是成天瞎操心。他父亲从不需要拿什么东西去耀武扬威,所以才戴着朴素的王冠,而他呢,也算是学了个样子,心里却巴望着臣民都能向他看齐,生怕更华丽的玩意会夺走他们的眼球。他讨厌竞争。"

知策转过身,不再望着壁炉和烟囱。"沙兰,你想改变世界,这固然很好,但一定要小心。世界诞生得比你早,资格也比你老。"

"可我是光辉骑士。"沙兰又叉起一块甜脆饼送进嘴里,"拯救世界是我的义务。"

"那就放明白点。沙兰,世界上有两种大人物:第一种人会敞开胸怀直面光阴的流逝,毕生沉浸在美言之中,以为世界会像给他们倒鲜奶的仆人那样屈服于他们的意志。"

"这种人往往会被光阴碾碎。"

"第二种人则会忙着退开,巴不得快说:'看,这是我造成的!别再逼我了!'"

"这种人往往会害大家被光阴碾碎。"

"那有没有第三种人呢?"

"有啊,不过这种人非常少,他们明知光阴的无情,便走到一边细心观察,最后只是轻轻一推,就能让光阴改道。"

"而这种人……才会真正改变世界。我敬畏他们,因为人们的见识总是没有想象中广博。"

沙兰一蹙眉,看了看自己的空盘。刚才她都没觉得饿,可一旦开动了……

知策走过来,灵巧地端起空盘,把自己盛得满满当当的盘子放在沙兰面前。

"知策……我吃不下了。"

"别挑剔。"知策说,"你要是饿着肚子,还怎么去拯救世界?"

"我没有饿着肚子。"话是这么说,不过沙兰还是听他的话,吃了一小口,"听你的语气,拥有改变世界的力量,似乎不是件好事。"

"不是件好事?不止如此。力量是一种可怕的负担,我实在想不到还有比力量更糟糕的东西。"他扭头端详她,"沙兰,你觉得力量是什么?"

"力量是……"沙兰用刀剔掉飓虫的壳,"我之前就说,是一种可以改变周遭事物的本领。"

"周遭事物?"

"就是人生。拥有力量,就能影响旁人的生活。"

"自然还有你的生活。"

"我的生活不要紧。"

"要紧。"

"知策,无私是沃林教的美德。"

"唉,美德什么的可真麻烦。沙兰,你要拥抱生活、享受生活;你要把你打算奉献给别人的东西留给自己品尝!我就是这么做的。"

"你……你看起来确实很享受。"

"我喜欢把每一天都当成我生命的最后一天来过。"

沙兰点点头。

"也就是说,我会躺在自己撒的一泡尿里,叫保姆再给我拿点布丁。"

沙兰差点被一口飓虫噎住。她的杯子已经空了,但知策走过来,把他的杯子塞进她手里,她大口喝了下去。

"力量就像一把刀,"知策坐下来说,"一把可怕而危险的刀,握在手里总会割到自己。我们刚才在开傻子的玩笑,但大多数人其实不傻,许多人只是恨自己没法掌控生活,所以他们才会变得如此暴躁,有时会做出极端的行为……"

"比如瞬息教。那些人声称见到了一个经过转变的世界降临。"

"要警惕所有声称能预见未来的人,沙兰。"

"当然除了你之外。你不是说,你能看出哪里需要你吗?"

"要警惕所有声称能预见未来的人,沙兰。"他重复道。

图腾在桌面上形成波纹，没有发出嗡鸣声，只是变化得更快了，迅速地形成一系列新形状。沙兰咽了口口水，惊讶地发现自己的盘子又空了。"瞬息教控制了誓约之门平台，"她说，"你知道他们每天晚上都在上面干什么吗？"

"他们在上面大快朵颐，尽情玩乐。"知策小声说，"瞬息教一般分为两派：一派是普通信徒，在街上游荡，装作灵体唉声抱怨；另一派是平台上的信徒，他们其实认识那只灵体——具体来说，就是那个叫作'狂欢之心'的生物。"

"也就是某个灭者。"

知策点点头。"沙兰，你要面对的敌人非常危险。这批信徒让我想起了我很早就认识的一群人，两者一样危险、一样愚蠢。"

"艾尔霍卡希望我混进去，到平台上启动誓约之门。这能做到吗？"

"也许能。"知策往后一靠，"大概吧。我是做不到，那尊法器的灵体反正不会服从我。既然你手上有适合的钥匙，而瞬息教也急于吸收新成员，你大可以吞噬他们，就像一团火焰需要新添的木柴那样。"

"那要怎么做？"

"带食物去。"知策说，"由于他们离'狂欢之心'很近，他们会受到那东西的驱使，变得喜欢吃喝和庆祝。"

"品尝生活的滋味吗？"沙兰援引他先前的感慨。

"不是。享乐主义向来不是享受乐趣，沙兰。正相反，享乐主义者沉溺在生活的美好之中，直到生活失去乐趣。这就像听音乐一样，非要把悦耳的音乐演奏得那么响亮，消除一切精巧之处，把美的东西都变成肉体之欢。然而他们的盛宴对你来说也是一个机遇。我曾经和他们的头目擦肩而过，不过我已经尽力了。只要你带去狂欢时吃的食物，我就能把你搞进去。只是我得提醒一句，单纯的塑魂术谷物是满足不了他们的。"

那就是一个挑战。"我得回去找其他人了。"沙兰仰望知策道，"你……你能不能和我一起走？能不能加入我们？"

知策起身来到门前，侧耳倾听。"很可惜，沙兰。"他回看沙兰，"我不是因为你才来的。"

沙兰深吸一口气。"我想学着改变世界，知策。"

"你已经知道该怎么学了，好好琢磨为什么要学吧。"他从门前退开，倚靠在墙上，"记得跟老板说，我一溜烟就跑没影了，叫他抓狂去。"

"老板——"

门突然开了，老板走了进来，看到沙兰独自坐在桌边，不由得愣了愣。知策灵巧地绕过门，从那人身后溜了出去。

"真该死，"老板左顾右盼，"晚上他是不准备干了吗？"

"我也不清楚。"

"他说过他会像对待国王一样对待我。"

"呃，他没有食言吧……"

老板收好盘子，匆匆走了出去。与知策的对话总是以一种奇怪的方式开始，并以一种奇怪的方式结束，从头到尾都很奇怪。

她不禁问图腾："你知道知策的底细吗？"

"不知道。"图腾说，"感觉……嗯……很像我的同类。"

沙兰从钱包里摸出几颗润石，交给倒霉的老板当小费，还发现知策偷了点钱。随后她就回裁缝店了，边走边盘算该怎么利用人脉去找食物。

69

免费畅食

植物枯萎了，空气也变冷了，虽然这让人觉得很难受，但塔城的某些功能仍在运作，比如气压就没有降低。

——出自1-1号抽屉中的第二颗皓石

卡拉丁吸入少量飓光，掀起体内的风暴。小小的风暴在体内呼啸，从体表腾起，同时萦绕在眼后，使眼球熠熠生辉。他正站在忙碌的集市广场上，所幸这点飓光还不足以让他暴露在明晃晃的日光之下。

这场风暴自柔刹诞生之初就肆虐无度，如同原始的舞蹈、如同远古的歌谣，随时渴望被利用。卡拉丁默默臣服，跪下来为一块小石头注入飓光，再施放风行术把它往上甩，恰好让它微微抖动，不至于蹿到空中。

周围很快便传来了可怕的惨叫。仓惶的民众喧哗起来，卡拉丁闪身躲避，呼出飓光，好让自己混入人群。他俯身躲到一尊花盆后面，跟沙兰和阿多林待在一起。这座靠立柱支撑，四面都是拱门的广场曾经开设了形形色色的商户，与裁缝店相隔几个街区。

受惊的民众不是挤进房屋，就是偷偷上了别的街道。动作慢的人只能用手抱头，群集在墙边。来到广场上的灵体组成了两道相互交缠的黄白色光线，它们发出的尖叫恐怖至极，犹如一头孑然一身的负伤野兽在临死前发出的嘶吼。

回想卡拉丁跟着萨尔与仆族同行的日子，他也只见过形似风灵的灵体，而眼前这些灵体则更像充溢着能量的明黄色润石，它们似乎没有瞄准卡拉丁用过的石头，而是在广场上转动，仿佛迷失了方向。

不久后，一个穿着宽松的虚渡从天上降下来，它的服装随着微风起伏，呈红黑两色。它一手持矛，一手举着三角长盾。

那根矛！卡拉丁心想。它很像骑枪，矛身较长，尖细的矛头能刺穿盔甲。卡拉丁不禁点头赞许。这是空战的神兵，不管是借位袭击陆军，还是遭遇飞到附近的敌人，都能派上用场。

灵体停止了尖叫。虚渡飘动在空中，扭头四顾，然后瞪着灵体说了些什么。灵体似乎又糊涂了。它们已经察觉了卡拉丁对飓光的使用，可能误以为那是法器在运作，可它们就是无法判定具体的位置。卡拉丁只注入了少量飓光，法术几乎一下子就失效了。

灵体逐渐散去，就像情绪灵常见的反应。虚渡被黑暗能量包围，在原处停留了好一会儿，等到附近的号角响起、昭示守城卫队正在靠近，才迅速升到空中。先前躲起来的人们纷纷逃开，庆幸自己捡回了一条命。

"嗨。"阿多林起身道。他正遵照艾尔霍卡的指示，利用幻象假扮忒夏芙的幺子——时年三十多岁、体形强壮、头顶光秃的梅勒兰·考尔军尉。

"我可以随意把飓光留在体内，而且没人会发觉。"卡拉丁说，"可一旦使出风行术，就会招来尖叫的灵体。"

阿多林瞥了沙兰一眼："我身上的幻象倒没有引来注意。"

"图腾说我们没他安静。"沙兰朝卡拉丁伸出拇指,"时间不早了,都回去吧,你们俩晚上不是还要见人吗?"

"宴会?"卡拉丁在裁缝店的陈列室里来回踱步。斯卡和德雷赫各挎着一根矛靠在门口。

"他们就是这副德性。"卡拉丁说,"城里都大难临头了,该怎么办?显然要摆宴会。"

艾尔霍卡建议他们通过参加宴会的方式来联络城里的光眼种家族。卡拉丁哑然失笑,觉得这根本行不通,但阿多林不费吹灰之力就找到了五六封邀请函。

"暗眼种辛辛苦苦地种田做饭,"卡拉丁说,"而光眼种呢?却闲得不得了,只会没事找事干。"

"喂,斯卡,"德雷赫说,"就算打仗了,你还出去喝酒吗?"

"喝啊。"斯卡说,"我那个村子里,每个月在防风堡还有两次舞会呢,哪怕男人去了边境打小仗,也还不是照办。"

"压根不是一码事。"卡拉丁说,"你选择站在光眼种那一边?"

"真的有选择吗?"德雷赫问。

几分钟后,阿多林"咚咚咚"地走下楼梯,一脸傻笑。他穿着搭配褶边衬衣的浅蓝色礼装,外面套着开襟燕尾服,上面的镶金工艺是店里的绝活。

"别告诉我,"卡拉丁说,"你是为了穿新衣服才安排我们住进裁缝店的。"

"拜托,卡尔。"阿多林对着陈列室里的镜子照了起来,"我得注意形象。"说完整了整袖口,又憨笑了一声。

尤克丝卡出来看了看,掸了掸阿多林的肩。"胸部好像收得太紧了,光明贵人。"

"正合身,尤克丝卡。"

"深呼吸。"

尤克丝卡抬起阿多林的手臂,摸了摸他的腰,嘴里喃喃自语,俨然是个风杀的手术师。卡拉丁见过父亲替人体检,但也没有靠得这么近的。

"直筒形的外套应该还是挺新潮的。"阿多林说,"我有本里亚弗的杂志。"

"已经过时啦。"尤克丝卡说,"上个风息季我还在里亚弗,军装风就失宠了。但他们制作那些杂志就是为了在破碎平原卖制服。"

"风操的!我都不知道自己落伍了。"

卡拉丁翻了个白眼,正好被照镜子的阿多林瞧见。阿多林只是转身鞠了一躬:"别担心,扛桥的小子,你大可以穿着衬得上你那张臭脸的衣服。"

"你还敢说我?瞧你这副鬼样子,就像跌进了一桶蓝油漆,又想抓一把干草擦身。"

"你不也是跟一坨风渣一样?"阿多林走过来,拍了拍卡拉丁的肩,"反正我们不讨厌你,毕竟每个男孩总会在雨后的院子里找到最称手的柴棍。"

阿多林走到斯卡和德雷赫身边,依次与他们握手。"你们俩期待今晚吗?"

"要看暗眼种的帐篷里都有什么样的菜。"斯卡说。

"帮我从主桌上顺点吃的吧。"德雷赫说,"光眼种的豪华宴会据说有特别香的糕点。"

"没问题。斯卡,你需要什么吗?"

"给我拿一个敌人首级模样的酒杯吧。"斯卡说,"要不就带一块糕点,七块更好。"

"我尽量吧。你们都留点心,要是听说还有好点的酒馆开着,我们明天就去。"阿多林从卡拉丁身前走过,往腰上佩了一把剑。

卡拉丁皱起眉头,先看看阿多林,再看看两个冲桥手,最后又把视线投向阿多林。"你说什么?"

"你又在说什么?"阿多林问。

"你要和冲桥手出去喝酒?"卡拉丁说。

"对啊。"阿多林说,"我跟斯卡和德雷赫是老交情了。"

"因为我和德雷赫抽空把殿下从悬崖边上拉了回来。"斯卡解释道,"为了报答我们,殿下就买了点小酒,和我们好好聊了聊。"

这时国王进屋了。他穿着和阿多林同款的制服,但显得更低调。他匆匆走过阿多林,准备到楼上去。"都准备完毕了吗?很好,来换脸吧。"

三人在沙兰门前停步。沙兰正在屋里念念有词地作画,身边围满了艺灵。她给了阿多林一个吻,卡拉丁从没见过他们俩这么亲密。随后,沙兰把阿多林变回了梅勒兰·考尔,艾尔霍卡则成了一个生着浅黄眼珠的光头长者,也就是达力拿麾下的高官,考尔将军。

看到沙兰投来目光,卡拉丁便说:"没事,不会有人认出我的。"

不知怎么的,换上了别人的脸,他总觉得自己在作假。

"那几道疤可不行。"艾尔霍卡说,"你不能引人注目,军尉。"

卡拉丁无奈地点点头,允许沙兰对着自己的头部施展织光术,消去奴隶烙印。沙兰分别递给卡拉丁和阿多林一颗润石,储存在里面的飓光维系着他们的幻象面具,如果润石褪光,伪装就会消失。

一行人启程了,斯卡和德雷赫也提着矛跟了上来,随时待命。茜尔从裁缝店楼上的窗户里窜出,沿着街道飞在他们前方。卡拉丁早前试图召唤她,让她化作瑛刃形态,之后居然没有引来尖叫的灵体,顿时他便觉得有如利器在手。

阿多林一下子就跟斯卡和德雷赫开起了玩笑。这三人一起出去喝酒的事儿，要是被达力拿知道了，可不会得到青眼。倒不是因为达力拿有什么成见，只是军中组织结构分明，将领不应和士兵称兄道弟，否则就会破坏军规，然而阿多林可以选择不去追究。

卡拉丁听着其他人聊天，想到自己原来的态度，不由得替自己感到害臊。这些天他其实挺高兴，外面是在打仗，城里的气氛更是剑拔弩张，好在他发现父母安然无恙，心里也踏实点了。

这对他来说并不鲜见，很多时候他心情都不差，可问题是，等他心情变差了，就很难记起开心的滋味了，反而会有种永远被黑暗笼罩的感觉。

开心的滋味，为什么这么容易遗忘？他就得一直沉沦下去？他为什么就不能留在别人赖以生存的阳光之下？

眼下已近黄昏，还有两小时日落。一行人走过几个广场，卡拉丁曾在类似的地方测试过飓能术。大部分广场已经变成了临时居住区，大肆涌入的难民只能干坐着过日子。

卡拉丁稍稍落在了队伍后面，阿多林注意到了，便折了回来，没有再跟旁人说话。"喂，你还好吧？"他问。

"我就怕召唤了碎瑛刃，会把自己弄得太显眼。"卡拉丁说，"今晚真该带根矛的。"

"你就让我教你怎么用佩剑吧。今天你是光眼种，晚上还要扮成卫队长，腰上不佩一柄剑，看着才奇怪。"

"没准我是徒手派。"

阿多林半路停下，冲卡拉丁笑道："你刚才说自己是'徒手派'？"

"你该知道，虔诚者里有练过徒手格斗的。"

"肉搏？"

"肉搏。"

"好吧，"阿多林说，"或者说'徒手派'，大家都是这么叫的。"

卡拉丁迎上他的目光,不禁也笑了:"这可是术语。"

"当然,比如'刀剑派',或者'长矛派'。"

"我以前认识一个'斧子派',"卡拉丁说,"他很擅长头脑战。"

"头脑战?"

"他会砍头。"

阿多林蹙起眉:"砍头……原来如此!"他嘿嘿直笑,拍了拍卡拉丁的背:"有时你说话还真像个女孩子。嗯……我是在夸你呢。"

"那就谢谢你了?"

"可你还是得多练练剑。"阿多林愈发激动,"我知道你爱用矛,技术也相当不错,这固然很好!但你已经不止是个矛兵了,你的位置很特殊,不用在阵列里替友军举盾,谁知道你会碰上什么?"

"我跟着扎赫尔练过几回。"卡拉丁说,"剑拿在手上,不至于没办法。但是……这有什么意义呢?我还是不太懂。"

"相信我,熟能生巧。要当好决斗手,就得掌握一门武器的用法;要当好步兵,可能就得注重于日常操练。你如果想做个超群的战士,那就必须随机应变,即便你自己不想用剑,也会遇到用剑的敌人。要学会击败对手,最好还是亲自实践,以对手的武器克制对手。"

卡拉丁点点头。阿多林说得有道理。只是很奇怪,他明明穿着光鲜亮丽的镶金制服,嘴巴上却在讨论实战。

先前我斗胆指控亚马兰,结果却被关进大牢,他是唯一一个替我说话的光眼种。

阿多林·寇林就是心肠好,不管他爱穿什么,身上是不是套着粉扑扑的蓝衣,这种人压根就不讨人厌。风操的,还非得叫人喜欢不可。

一行人到达了目的地,那座又高又窄的府邸对光眼种来说还不算太铺张,总共四层楼,容得下十几个暗眼种家庭。

"好了,"艾尔霍卡在一行人走近时说,"本王和阿多林会去接触光眼种,拉拢未来的盟友。两位冲桥手,你们要进帐篷,和暗眼种护卫聊聊,调查瞬息教的线索,或者问问城里还有没有别的怪事发生。"

"遵命,陛下。"德雷赫说。

"军尉,"艾尔霍卡对卡拉丁说,"你去光眼种护卫的帐篷,调查——"

"——那个叫天青的轩元帅。"卡拉丁立马接上,"得去问候守城卫队了。"

"正是。我们打算待得晚一点,因为喝醉的客人透露的消息可能比没喝醉的客人要多。"

一行人散开了,阿多林和艾尔霍卡向门童呈上邀请函,获准进场后便朝德雷赫和斯卡挥手,示意他们去设在院子里的帐篷,和其他暗眼种护卫一道吃喝。

至于那些没有领地的光眼种,也有专属的帐篷,只是他们没有资格入场赴宴。这顶帐篷对卡拉丁来说刚刚好,因为他已经扮成了一名光眼种护卫,可一想到要走进去,他就莫名地犯恶心。

于是他暂时留在外面,小声地跟斯卡和德雷赫打了个招呼,答应马上回来,顺便借了斯卡的矛,以防万一。他先去巡视宴会的场地,准备折返以后再按照艾尔霍卡的指示行动,然而周围光线充足,他便萌生出了再去城墙看看,了解守城卫队规模的念头。

他也想在外面多走走,于是信步来到附近城墙的墙脚,抬头数了数上面的岗哨,又低头望着天然的岩石基座,一手按在光滑的岩层上。

"喂!"不知是谁喊道,"什么人!"

卡拉丁叹了口气。看来守城卫队的一个分队正在此处巡逻。这段靠近墙脚的环城道路已被划入他们的管辖范畴,可再往城里去,却没人处理了。

卫队要干什么?卡拉丁没做亏心事,拔腿逃跑只会捣出乱子。他很清楚这点，所以才丢下矛，转身展开双臂。城里满是难民，卫队想必不会没完没了地找某个人的麻烦。

一支五人小队踏着重步走来，领队留着一撮黑色小胡子，脸上还有一对炯炯有神的浅蓝眼眸。那人打量着卡拉丁那件没有军衔标识的制服，还有地上那根矛，又看了看卡拉丁的额头，不禁皱起了眉。

卡拉丁抬手摸了摸额头上的烙印。沙兰不是覆了一层幻象在上面吗？

诅咒之地的，这家伙真要把我当作逃兵了。

"是逃兵吧？"带队的士兵劈头盖脸就问。

真该直接去参加那个风操的宴会的。

"听着，"卡拉丁解释道，"我不想惹事，只是——"

"要吃饭吗？"

"吃……饭？"

"逃兵都能白吃一顿。"

这我还真没想到。

卡拉丁抱着试一试的态度，不太情愿地撩起刘海，发现烙印还看得见。平时他把刘海放下来，一般是看不清楚的。

几个士兵大吃一惊，显然瞧见了烙印。怎么回事？沙兰创造的幻象莫非失效了？但愿别的伪装还能维持下去。

"打着'危险'烙印的光眼种？"带队的士兵问，"风操的，伙计，有点来头啊。"说完拍了拍卡拉丁的背，伸手指向前面的营房，"洗耳恭听。饭是免费的，随你吃。我发誓我们不会强迫你入队。"

这下机会来了。卡拉丁不是正想调查守城卫队的司令吗？还有比这群人更靠谱的消息来源吗？

于是他拾起矛，让队员们带他过去。

70

轩元帅天青

我不否认同胞灵发生了一些状况,但这不怪光辉骑士之间的分歧。我们对自身价值的认识则另当别论。

——出自1-1号抽屉中的第三颗皓石

守城卫队的营房散发着家的气息。这当然不是在说卡拉丁父亲的屋子(那儿总是弥漫着消毒剂和母亲用鲜花做的空气芳香剂的味道),而是卡拉丁真正的家。他用鼻子一闻,便想起了皮革和热菜,还有一群群士兵和抹在武器上的油。

墙上挂着蓝白两色的润石。从军装的肩章判断,营房容得下两支队伍。公用的大厅里摆满了桌子,几名持甲侍卫正在角落里忙活,缝补手里的皮坎肩或制服,其他士兵则在磨砺兵器,送出有节奏的铿锵声,让人安心。这是一支管理得当的军队才有的声响和气息。

他们烧的炖菜似乎不如石头烧的美味,卡拉丁早就被那个吃角族人的手艺惯坏了。不过看到有人给他盛了一碗,他还是不由得笑了起来。他在长木凳上落座,挨着一个如坐针毡的矮个虔诚者,那人正在替队员们往布片上描写铭文。

卡拉丁立马就喜欢上了这个地方,还有那些对轩元帅天青赞赏有加的士兵所展现出的精神面貌。时势造就不凡英雄,他们的元帅很可能是哪个在骚乱中揽得指挥权的中级军官,率军镇守城墙,将仆族逐出王都,为保卫塔冠城尽了一份力。

茜尔绕着屋顶上的椽子飞来飞去。士兵们纷纷问起新来的人是谁,刚才遇见卡拉丁的副官诺罗明(队里管他叫诺罗)欣然答道:卡拉丁此前擅离军队,被打上了丑陋的"危险"烙印。你应该看到了,那是撒迪亚斯的标记,偏偏出现在光眼种身上。

在场的队员显得很好奇,但没有人露出不安的神色,甚至有人放声叫好。风操的,卡拉丁可无法想象达力拿的部队也这么欢迎逃兵,假如对方还很危险,则更不可能。

卡拉丁就是想到这点才发现屋里隐约有种别样的气氛。士兵磨砺的兵器都带着缺口,持甲侍卫手上的皮衣已在战时被长枪划破,需要修补。桌边的位子空荡荡的,大多没有人坐,一旁还摆着杯子。

守城卫队显然蒙受了损失,尽管数量不大,队员尚能欢笑,但飓风在上,屋里还是有种紧张的气氛。

"你这'危险'的烙印是怎么来的?"诺罗问。

其他队员纷纷坐下。一个手背上毛茸茸的矮个子把一碗浓郁的炖菜放到卡拉丁面前,碗里盛着溻娄米饭和肉丁,还配了一块大饼。这是军中标配的伙食,自然由塑魂术生成,没什么味道,但很有营养。

"我和轩领主亚马兰发生了争执。"卡拉丁说,"我觉得他平白无故地杀了我的几个部下,他没承认。"

"亚马兰?"有人说,"伙计,你眼光还真高。"

"亚马兰我认识。"两手毛茸茸的队员说,"我当探子的时候,就背着别人替他跑过任务。"

卡拉丁诧异地看着他。

"最好别理'大胡子'。"诺罗副官说,"我们都见怪不怪了。"

"大胡子"其实根本没留胡子,没准那双毛茸茸的手就够他挣得这样的外号了。他给了卡拉丁一肘:"说来可精彩了,改天聊。"

"不经过轩亲王的同意,谁都不能把光眼种贬成奴隶。"诺罗副官说,"事情没这么简单。"

"确实。"卡拉丁只应了一句就继续吃炖菜。

"哦?"一名高个队员说,"有故事!"

诺罗咯咯直笑,朝屋里挥挥手:"怎么样?"

"你不是说不会强迫我吗?"卡拉丁边吃边回答。

"我是不会强迫你,可你不来,城里就找不着能比我们这儿吃得还好的地方了。"

"那你们的食物是哪来的?"卡拉丁舀了一勺炖菜放进嘴里,"这边不能用魂器,不然会引来尖叫的灵体。难道是储备粮?可城里的领主竟然没想过要挪用?"

"你相当敏锐。"诺罗副官莞尔一笑,"这可是队里的机密。不过只要你能来,总有炖菜和面包吃。"

"都是我做的。""大胡子"补充道。

"拜托,"高个子说,"你什么时候成做菜的了,'大胡子'?"

"我是大厨,别叫我做菜的。大饼的配方是我从山顶上学来的吃角族秘笈,最带劲的还是我怎么爬上去的……"

"明显是你掉下去以后才学的。"高个士兵调侃道,"谁叫你之前的队友把你踢出去了呢。"

大伙听罢哄堂大笑。屋里很暖和,角落里就有熊熊燃烧的火堆。卡拉丁坐在长凳上吃炖菜,觉得队里的氛围好极了,别人都让着他,还和他谈天。诺罗这个人,与其说他是个当兵的,不如说他是个自来熟的商贩,就想把手里的耳环卖出去,好让顾客送给恋人。他极力向卡拉丁示好,说队里衣食无忧,还说入队福利多,不仅有暖和的床铺睡，还不用频繁出勤，等飓风刮起来就能打几手牌。

卡拉丁又盛了一碗炖菜，回原位坐好后，才震惊地意识到了什么。

风操的，他们都是光眼种，对不对？

洗碗的士兵、做饭的厨子、缝衣的侍卫，屋里一个人都没落下。加入这样的队伍，士兵都要兼任一项职责，比如盔甲穿戴或战地医疗。由于守城卫队的营房氛围自如，卡拉丁先前没注意队员的眼睛，还以为他们也全是暗眼种。

当然，他知道多数光眼种士兵并非高官，也反复听说那些人就是平常人。如今坐在这间屋里，他终于明白了。

"那么，卡尔……"诺罗副官询问，"你怎么看？不如再考虑一下？"

"你们就不怕我叛逃？"卡拉丁反问，"要不再坏点，哪天我大发脾气怎么办？我没准是个危险分子。"

"那也要好过缺人吧。""大胡子"说，"你不是会杀人吗？这就够了。"

卡拉丁颔首道："介绍一下你们的指挥官吧，指挥官总是比较重要的。我才刚进城，有些事不熟悉，这个叫天青的轩元帅是谁？"

"你就亲自会会他吧！""大胡子"说，"每天吃晚饭那会儿他会来巡视，检查每一座营房。"

"嗯，是的。"诺罗附和道。

卡拉丁瞄了他一眼。副官似乎不太自在。

"轩元帅实在英勇。"诺罗连忙接上，"城里起了暴动，我们原先的长官死了，天青便领着一批人，在瞬息教打算趁乱夺取城门的关头守住了城墙。"

"他战斗起来就像虚渡一样。"另一名队员说，"那阵子我也在，眼看敌人就要赢了，天青却高举着一把瓦亮的碎瑛刃赶来支援。他把我们召集到一起,就连伤患也受到鼓舞,没有放下武器。风操的,我还以为是哪个灵体在替我们助威呢。"

卡拉丁眯起双眼:"别告诉我……"

他在饭后继续追问,队员们对天青赞不绝口,却没有表现出不对劲的地方。此人是碎瑛武士,可能是外地人,队员们原先不认识。等到他们前一任长官战死,上头的领主又不见踪影,天青才成了统帅。

不过,事情背后还有文章,队员们没有说出口。卡拉丁盛了第三碗炖菜,其实他更想拖延一点时间,看看轩元帅会不会真的出现。

不久后,门口传来一阵嘈杂声,队员们马上起立,齐齐敬礼。卡拉丁也站了起来,转头就见到一名高官带着随从走进屋里。轩元帅戴着链甲头套,手捧头盔,一袭锃亮的锁子甲,外面罩着鲜艳的无袖战袍,背后的披风是天青色,似乎比寇林家族传统的蓝色要浅。

此人竟是女子。

卡拉丁惊讶地眨眨眼,飞在上方的茜尔也抽了口气。轩元帅中等个子,可能比阿勒斯卡妇女稍微矮一点,留着顺直的齐腮短发,眼珠是橘黄色,腰上佩着闪耀的银柄笼手剑,不像是阿勒斯卡的设计,莫非就是队员们提到的碎瑛刃?这把剑外观确实稀奇,可她为什么不让它消失,而是随身携带?

消瘦的轩元帅板着一张脸,脸上有两道深深的伤疤。她两手都戴了手套。

"轩元帅是女的?"卡拉丁哑着嗓子问。

"要为元帅保密。""大胡子"说。

"保密?"卡拉丁问,"这也太显眼了。"

"要为元帅保密。""大胡子"重申道,别人也点点头,"给我闭嘴,行吗?"

闭嘴?风操的,这种事在沃林社会里压根不会发生,至少跟歌里唱的、故事里写的不一样。卡拉丁总共在三支军队里待过,却从没见过女人拿起武器，就连女斥候也只随身带刀。在他给琳等人配置武器的时候，就料到有人会闹腾，不过在光辉骑士之中，迦熙娜和沙兰已经开了先河。

天青允许部下就座，有人递上炖菜，她接过碗尝了一口，称赞起厨子的手艺，部下听了都欢呼起来。

她把碗递给一名随从，一切又恢复了正常。队员们有的在吃炖菜，有的在聊天，有的在忙活。天青走去和一些军官交谈，先是领队的军尉，再是他的几个副手。

一站到那些军官的桌边，天青就犀利地望了卡拉丁一眼。

她问："诺罗副官，新兵是哪位？"

"就是这位，长官！"诺罗答道，"他叫卡尔，经常走在外面的街上，被我们发现了。是个逃兵，额头上还烙了'危险'两个字。"

"居然是光眼种？风操的，你杀了什么人？"

"我的烙印跟我杀掉的人没关系，长官，反倒是我没杀掉的人打上去的。"

"士兵，你说的像是套话。"

"因为就是套话。"

这下总归要问下去了吧？可天青只是哼了一声。卡拉丁看不出她的年纪，但她脸上的伤疤可能让她显老了。

"你想入队吗？"天青问，"这儿有吃的。"

"老实讲，我不知道，长官。一方面是没人在乎我的过去，我不敢相信；另一方面，您显然来者不拒，我也比较犹豫。"

天青扭头问诺罗副官："你没带他去看？"

"还没，长官。才让他吃了点炖菜。"

"那换我去。卡尔，跟我来。"

天青等人希望展示的东西就在墙头，于是他们领着卡拉丁走上一段封闭的石阶。卡拉丁想要进一步了解天青是女人的所谓"秘密"，但是刚问出口，诺罗副官就摇了摇头，做了个"嘘"的动作。

他们没一会儿就在要塞顶上聚首。塔冠城的城墙是固若金汤的工事，造在城外的风刃山巅，贯穿周边的岩地，将全城围绕起来，犹如一顶倒置的冠冕，隆起的部位恰与山石的裂隙相呼应，高的地方据说有六十多尺，墙头的走道则有十尺宽。

城墙上还有许多哨塔，彼此相隔三百尺左右，大得可以容纳小分队乃至整支队伍执勤。

"我看你额头上的烙印，"天青对卡拉丁说，"大概能想到事情的经过。你在北部入伍以后，是想去破碎平原打仗吧？然而撒迪亚斯调兵北上，只是为了输送几个有经验的老兵，顺便从敌对的轩亲王那里夺取几块领地。到头来，你还是得跟自己人斗，非但没被派去替国王复仇，敌人还尽是些胆小的乡巴佬。是这样吗？"

"差不多。"卡拉丁坦承。

"从这种队伍里出来的逃兵，真是怪罪不得。"天青说，"我就不跟你计较了，士兵。"

"那这块烙印又怎么说？"

天青指着北方。夜幕终于降临，远处能看见一道光。

"只要飓风消停了，他们便会回到那个位置，让一部分军队驻扎下来。"天青小声道，"这一计还真是妙，不仅阻断了我们的补给，还不让我们察觉他们何时攻击。外头真是虚渡的兵力，卡尔。实在太难对付了。"

"外头假如是阿勒斯卡的兵力，那还没什么好担心的。打攻城战自然会有死伤,但不会有人一边想着篡位,一边还要在王都烧杀抢掠。不过虚渡就是虚渡,他们都是怪物,至少会把全城的人都当成奴隶使唤,往坏里说呢……"一番寻思之后,天青瞅了瞅卡拉丁,"幸好你还有个烙印,说明你很危险。城墙上的空间非常有限,我不能把每一个够格的人选都招进来。我需要的是那些有自觉的士兵。"

"所以您才带我过来?"卡拉丁问,"就为了让我看这一幕?"

"我希望你再考虑一下。"天青劝道,"要我说的话,加入守城卫队,就能改过自新。只要你和我们并肩作战,我们可以既往不咎。队员心里都有数,守备力量一旦落败,我们失去的就不只是这座城市了,整个国家也会不复存在。

"我们只消在外敌袭击的时候把城墙守住,别的事都无所谓。你可以选择离开,躲在城里的某个地方,祈祷我们能在没有你的情况下力挽狂澜。否则,你也只是死路一条。在这上面,你好歹可以战斗,好歹还有机会。

"我们不会强征你入队。你晚上就走吧,躺下来想想以后的事。万一哪天夜里这上面有人为你流血牺牲了呢?如果怪物攻进了城里,你就无计可施了吧?明天,如果你回到这边来,就能拿到守城卫队的徽章了。"

天青的这番话很有说服力。卡拉丁瞧了瞧茜尔,后者落在他肩上,对着天际的光亮凝视良久。

萨尔,你也在吗?你们和其他人是不是都被带到了这儿?萨尔年幼的女儿呢?那个会摘花、会把纸牌当宝贝似的抓在手里玩的孩子,现在还好吗?曾经一路上没给卡拉丁好眼色看的肯恩也在吗?虽然当时她是那么做了,但她没有限制卡拉丁的自由。

飓风在上,求他们不要再受到波及了。

卡拉丁跟着众人下楼。诺罗和其他队员都来欢送他,仿佛确信他会回来。这还是有可能的,但理由不是他们所想的那样。

卡拉丁回到设宴的宅邸外面，硬逼自己走进光眼种的专用帐篷，和几个护卫聊了起来，最后一无所获。阿多林和艾尔霍卡终于现身，他们的幻象面具倒是完好无损，怎么只有卡拉丁身上出了问题？沙兰交给他的润石还没有褪光。

卡拉丁叫上德雷赫和斯卡，在阿多林和国王准备回裁缝店的时候跟了上去。

"军尉，你在琢磨什么？"艾尔霍卡问。

卡拉丁眯起眼睛，说："我好像又找到了一个光辉骑士。"

71
人性之证

十一年前

由于没有足够的船只对拉萨拉斯发起两栖攻击，达力拿不得不采用更常规的方式。将阿多林送回塔冠城后，他从西面行军，并指派撒迪亚斯带兵从东面出发。两军逐步向天堑推进。

一路上，达力拿大部分时间都在刺鼻的烟气中穿行。那是从连在马车侧面的小香炉里飘出来的，伊薇一直在焚香祈求令使保佑她的婚姻。

他经常听到伊薇在车里哭，但她下车后，却总是显得从容自若。她会替他读信，并写下他的回复，还会在他和将领开会时做会议记录。从各方面来看，她都是十分理想的阿勒斯卡妻子，而她的痛苦击碎了他的灵魂。

他们最终抵达了环湖平原，穿过了只有在飓风期间才不会干涸的湖床。石壳木充分吸收了当地的水源，生长得相当巨大，有些比人的腰际还高，结出的藤条跟达力拿的手腕一般粗。

他随同马车骑行，马蹄在石地上踏出熟悉的节奏。焚香的气味飘了过来，伊薇把手伸出车侧的窗户，又往香炉里放了一张铭守符。他还没看清她的脸，她就把手收了回去。

欠风操的女人。阿勒斯卡人一般会利用此计让他内疚，迫使他屈服，但不管伊薇怎么认真地模仿，她都不是正宗的本地人。她为人真诚无欺，流下的眼泪都是真心的。她由衷地认为他们在雅克维德的争吵对婚姻不利。

对此他非常烦恼，他自己还不愿意承认。

一名年轻的斥候小跑上前汇报最新情况：先头部队已经在城市附近占据了理想的营地。目前还没有发生战斗，他也没料到会发生战斗。塔纳兰不会放弃天堑周围的城墙，就为了控制弓箭射程以外的地面。

这无疑是个好消息，然而达力拿还是想要冲斥候或是随便什么人发火。飓风之父啊，这场战斗来得还是不够快。他克制住自己，道了声谢，送走了女传令兵。

他怎么就这么把伊薇的任性放在心上？与迦维拉尔吵架，他向来不烦恼。风操的，以前就算和伊薇吵架，他也没有这么发愁过，实在是奇怪。虽然他能赢得部下的赞誉，也能名贯大陆，可如果没有得到伊薇的赏识，他就觉得自己算是失败了。他真的能以这种状态策马作战吗？

不，他不能。

那就想想办法。军队在布满石壳木的平原上蜿蜒行进，达力拿叫停伊薇所乘马车的车夫，把缰绳递给随从，自己翻身上了马车。

他在伊薇对面落座，伊薇咬了咬嘴唇。车厢里的味道很好闻，焚香的气息没有那么浓郁，路上的飓砂灰则被木头和布挡住了。坐垫是长绒的，盘子里放了一些干果，旁边还备了冰水。

"怎么了？"她关切地问。

"骑马骑得腿酸。"

伊薇偏过头："怎么不去拿药——"

"其实我腿不酸。"达力拿叹道，"我只是想谈谈，伊薇。"

"哦。"伊薇屈起膝盖靠在胸前，左袖已经松开、挽起，露出纤长的禁手。

"这不就是你想要的结果吗？"达力拿别开头，"你一路上都在祈祷。"

"祈祷令使软化你的铁石心肠。"

"那行，他们做到了。我上了这辆车，我们就好好谈一次。"

"达力拿，事情不是你想的那样。"伊薇伸手爱抚达力拿的膝盖，"我没有在为自己祈祷，而是在为那些你要杀的同胞祈祷。"

"那些叛乱分子？"

"那些人跟你毫无二致，只是出生在别的城市。要是外敌占领了你的家乡，你会怎么办？"

"我会挺身战斗。"达力拿回答，"他们也一样。强者称霸。"

"可你哪来的资格？"

"我有兵权在握。"达力拿耸耸肩，"如果全能之主希望我们主宰局面，那我们就赢了，否则只能认输。我更愿意相信，他想要检验谁才是强者。"

"就不能发发慈悲吗？"

"就因为我发了慈悲，我们才会落入这般境地。假如对方没有反抗的意思，接受我们的统治不是应该的吗？"

"但——"伊薇埋下头，双手放在腿上，"对不起，我不想再跟你吵架了。"

"没事。"达力拿说，"我喜欢看你挺胸抬头，据理力争的样子。"

伊薇挤去泪水，移开视线。

"伊薇……"达力拿说。

"我不愿见你受影响。"伊薇轻声说，"你身上的优点我都看在眼里,达力拿·寇林。你是一个了不起的人,面对心魔还能不懈斗争,有时你的眼神空洞得可怕,仿佛你整个人都变成了没心没肺的野兽。为了填补那份虚无,你张口吞噬人的灵魂,引来了那些痛灵。这实在让我魂不守舍,达力拿。"

达力拿在座位上动了动。"眼神空洞"?这话是什么意思?伊薇曾说人们会把不愉快的回忆储存在皮肤里,每个月都需要用石头把它们搓掉。难道就是这种感觉?西方人还真是迷信得出奇。

"伊薇,你究竟想要我怎么样?"达力拿轻声问。

"难道这回又是我胜利了?"伊薇郁郁地说,"又是一场让你见血的战斗?"

"我……我只是得知道你的需求,不然无法体谅你。"

"那就挡住你的心魔,今天别杀人。"

"连叛乱分子和他们的光明贵人都不杀?"

"你也饶过那孩子一命。"

"显然是失误。"

"不是失误,达力拿,这证明你还有人性。你问我,我想要你怎么样,这不是犯傻吗?你明明有职责在身。可我……可我只是不想再看你杀人。求你别再陷进去了。"

达力拿轻轻按住她的手。马车终于又慢下速度,到了一片没有长满石壳木的开阔地带,达力拿下车察看,发现五千先头坚兵已在等候,队列整齐划一。泰莱布果然带起了气势。

在弓箭的射程之外,一堵护墙拔地而起,却不见内里。城市隐藏在石崖天堑中,从湖面上吹来的西南风带着水草和飓砂的潮气。

穿着瑛甲的泰莱布大步上前。这套瑛甲其实属于阿多林。

而它本来就是伊薇的。

"启禀光明贵人,"泰莱布说,"不久前,有支规模不小的车队在重重守卫之下驶出了天堑。然而我们还没有着手攻城。您曾指示不要和他们发生冲突,我就派了些熟悉地形的斥候尾随,但没有截住车队。"

"很好。"达力拿从马夫手中接过缰绳,"不过,还请告知天堑内补给的来源,你们说不定会遭到攻击。现在就集结先头部队,领到我的后方。传话下去,命令他们列阵,以防万一。"

"长官?"泰莱布愕然道,"进攻之前,您不想让部队先歇一歇吗?"

达力拿二话没说便翻身上马,面朝天堑快步骑了出去。通常处变不惊的泰莱布这下也骂了一句才高声发令,随后疾步赶去集结先头部队,匆匆领兵到达力拿身后。

达力拿没有走太远,很快就到了拉萨拉斯的城墙附近。那里已经集结了叛军的士兵,主要是弓箭手。他们没料到袭击会来得这么快,但达力拿自然不会长期驻守在外,遭受风吹雨淋。

别再陷进去了。

可伊薇知道吗?他心中的饥渴杀意,在他看来就是一种奇怪的外在之物,是他的同伴。他的部下大多感同身受:这份激越便是参战的回报,理所当然。

持甲侍卫到位,达力拿翻下马背,把脚踩进铠靴,再伸展双臂。侍卫飞快地为他戴上胸甲和其他甲片。

"待着别动。"他对官兵们说,之后重新上马,把头盔挂在鞍头上。他策马来到战场,一手召唤出碎瑛刃扛在肩上,一手握住缰绳。

上次袭击天堑是多年之前的事了,他回想起迦维拉尔在前方飞奔,撒迪亚斯在后方咒骂,要求他们"慎重"的情景,小心地向前走着。距离城门还有一半路程时,他勒马等候。他已经处在射程范围内,要是再靠近一点,弓箭手很可能会开始放箭。

城墙上传来些许讨论声,他能够感受到士兵的焦虑和不安。他在原地坐了三十分钟,马儿静静地舔着地面,吃着从坑洞里探出头的草叶，城门终于吱嘎一声打开了。一队骑兵蜂拥而出，护送着两个骑马的男人。其中一人是光头，半边脸长着紫色胎记，他年纪很大，不像是达力拿饶过一命的男孩，可以忽略不计。

那么就应该是另一人了。那人更年轻，骑着白色骏马，披风在身后猎猎飘扬。他确实有股冲劲，差点比护卫骑得都快，还对达力拿怒目而视……不错，他就是光明贵人塔纳兰，老塔纳兰的儿子。当年掉进天堑后，达力拿击败了后者。那场激烈的战斗发生在木桥上和悬崖边的庭园中。

那群人停在五十尺开外。

"你是来讲和的吗？"脸上长着胎记的人喊道。

达力拿驱马靠近，免得高声说话。塔纳兰的护卫举起盾，扬起矛。

达力拿审视着他们，又仔细查看了防御工事。"措施很完备。如果我单独前来，城墙上的长杆手会把我推下去；墙头还挂着绳网，可以割开来把我缠住。"

"你到底有什么企图，暴君？"塔纳兰喝问道，话语中带着天堑人特有的鼻音。

达力拿让瑛刃消失，跃身下马，瑛甲在他落地时刮擦着岩石。"陪我走走，光明贵人。我向你保证，你若不犯我，我也不犯你。"

"你的话我能信吗？"

"上回我们在一起时，我做了什么？"达力拿问，"赢了你以后，我是怎么反应的？"

"你敲诈了我。"

"然后呢？"达力拿迎上年轻人紫色的双目。

塔纳兰打量着他，用一根手指轻敲马鞍，最终还是下了马。脸上有胎记的男人把手搭在塔纳兰肩上，但年轻的领主马上挣脱了。

"我不明白你想要达成什么结果，'黑荆棘'。"塔纳兰来到达力拿身边,"我们之间没什么好说的。"

"我想要达成什么结果?"达力拿陷入思索,"我也不确定。当说客的通常是我兄长。"他在两支敌对的阵营间迈步行走,塔纳兰也在一番踌躇后小跑跟了上去。

"军容齐整。"达力拿评论道,"有胆色。眼前是更强大的部队,军心却没有动摇。"

"因为他们杀敌心切,'黑荆棘'。很多人的父辈都死在你手里。"

"可惜了,我正要挨个把他们消灭。"

"那就放马过来。"

达力拿顿了顿,扭头端详较矮的男子。他们站在寂然无声的平原上,就连石壳木和草叶也知趣地缩了回去。"塔纳兰,你说我打过败仗吗?"达力拿轻声问,"我的名声你想必知道。你以为那都是吹出来的?"

年轻人晃了晃身子,回望他的护卫和谋臣所在的地方。"我宁可为了把你打倒而死,也不要举手投降。"

"那你最好想清楚。"达力拿说,"因为,如果我赢了,我就要以儆效尤。我会好好收拾你,塔纳兰。你那座洒满泪水的悲惨城市将会展现在所有胆敢忤逆我兄长的人面前。和我战斗,你要有绝对的把握,因为一旦开打,天堑中就只会留下寡妇和尸体。"

年轻的贵族吃了一惊,缓缓张开嘴:"我⋯⋯"

"我兄长试图通过对话和政治手段来拉拢你,"达力拿说,"可我只擅长一件事。如果说我兄长是缔造者,那我就是毁灭者。只是看在一个好女人流下的眼泪的分上,我违背了初衷,来为你提供另一种选择。让我们通融通融,这样你就能保住你的城市。"

"怎么通融?你杀了我父亲。"

"哪天也会有人把我杀了。"达力拿说,"到时候,我的儿子就会像你诅咒我的名字那样诅咒凶手的名字。但愿他们不会出于怨恨,而在一场无望的战斗中抛弃成千上万条生命。既然你想报仇,那好,我们一对一决斗。我借你瑛刃和瑛甲,我们平等对决。如果我赢了,你的臣民就要投降。"

"如果我打败了你,你的部队会撤退吗?"

"不大可能。"达力拿说,"我怀疑他们只会更加奋力地战斗。但他们不会杀了我,你也会赢回原属于你父亲的瑛刃。谁知道呢?也许你会击败军队,至少还有风操的更好的机会。"

塔纳兰冲达力拿皱起眉。"你不像我预想中的那样。"

"我始终如一,但今天……今天我不想杀任何人。"

话音刚落,他心中忽然燃起怒火。他真要避免期待已久的战斗吗?

"你有自己人和你作对。"塔纳兰冷不丁地说,"谁说轩亲王忠心耿耿?其中倒出了一个叛徒。"

"要是没有几个叛徒,我才觉得惊讶呢。"达力拿说,"不过没错,我们知道那个人在跟你共事。"

"可惜,"塔纳兰说,"他的手下不到一小时前还在这儿,你要是早点过来,就能抓住他们。迫于无奈,他们或许会加入我的行列,而他们的主子也会被拖进战争。"他摇摇头,转身向谋臣们走去。

达力拿失望地叹了口气。塔纳兰没有答应。也罢,本来就没有多少可能。他走回马前,翻身上马。

塔纳兰也上了马。在骑马回城之前,他朝达力拿行了个礼。"很遗憾,"他说,"但我别无选择。我不能在决斗中击败你,'黑荆棘'。如果我这么做了,那我就是傻子,不过……还是感谢你的提议。"

达力拿哼了一声,戴上头盔,掉转马头。

"除非……"塔纳兰说。

"除非?"

"当然了,除非这一直以来都是诡计,是你兄长和你我之间的阴谋。"塔纳兰说,"营造一场……虚假的叛乱,欺骗不忠诚的轩亲王,使他们露出马脚。"

达力拿抬起面罩,回过头来。

"也许我的愤怒是装出来的。"塔纳兰说,"自从多年前你袭击了这里,也许我们就保持着联系。毕竟你饶了我一命。"

"确实。"达力拿忽然一阵兴奋,"这也能解释为什么迦维拉尔没有立刻派我们的部队来对付你。我们一直以来都是共谋。"

"还有什么证据,能比刚才这段发生在战场上的离奇对话更充分?"塔纳兰回头看了看城墙上的士兵,"我的部下肯定觉得很奇怪,不过等他们听到真相,他们就会明白,曾有一名使者来过这里,从你的一个秘密敌人那儿给我们运送武器和物资。"

"你当然会得到奖赏,成为王国内合法的轩领主。"达力拿说,"或许还能坐上轩亲王的位置。"

"那今天就别打了。"塔纳兰说,"没有人会死。"

"没有人会死,或许除了那些真正的叛徒。"

塔纳兰望了望谋臣们,那个脸上有胎记的人徐徐点头。

"车队朝东走了,向着无主山岭去的。"塔纳兰伸手一指,"有一百名士兵和车夫,大概打算在一座叫作维德莱尔的小镇的驿站过夜。"

"那么这个叛徒是谁?"达力拿问,"是哪一位轩亲王?"

"你最好自己去查,因为——"

"究竟是谁?"达力拿质问道。

"光明贵人托洛尔·撒迪亚斯。"

撒迪亚斯?"不可能!"

"还是那句话,"塔纳兰说,"你最好自己去查。不过我会在国王面前作证,只要你遵守我们的……协议。"

"那还不快为我的部队打开城门。"达力拿伸手一指,"让你的士兵退下。我会保障你们的安全。"

说完,他转过身,策马向部队小跑而去,来到士兵之间。泰莱布跑上前迎接。"启禀光明贵人!"他说,"斥候已经返回,他们调查过那支车队了,长官,车队——"

"是轩亲王的吗?"

"是的,毫无疑问。"泰莱布说,"斥候不确定轩亲王是谁,但他们说,在队伍里见到了一个穿碎瑛甲的人。"

碎瑛甲?这说不通。

除非对方打算让我们输,达力拿心想,*那可能不是单纯运输物资的车队,没准是伪装起来的侧翼部队。*

趁着部队分心的时候,让一名碎瑛武士打到后方,会造成巨大的伤害。达力拿并不相信塔纳兰,至少不完全相信。然而……风操的,如果撒迪亚斯暗中派了一名碎瑛武士来到战场,达力拿也不能只派一队士兵去对付他。

"现在由你指挥。"他对泰莱布说,"塔纳兰要退守。把先头部队和当地人一同安排在防御工事上,但不要把他们撤下。其他士兵在战场上扎营,军官不得进入拉萨拉斯。这不是投降,我们要假装他一直站在我们这边,好让他保住面子和头衔。霍里拿,我需要一百名速度最快的精锐,准备立刻跟我一道行军。"

他的部下双双领命,没有提问。传令兵带着消息飞奔而去,整片区域热火朝天地行动起来,男男女女赶往四面八方。

仍有一人站在纷繁之中,满怀希望地双手抱胸。达力拿不紧不慢地策马过去,伊薇问他:"怎么样?"

"回营地去,给我兄长传个信,就说我们可能已经兵不血刃地拉拢了天堑的势力。"他顿了顿,补充道,"再跟他说,不要相信任何人。我们最亲密的一个盟友可能已经背叛了我们。我要去查清楚。"

72 落岩府

缘舞骑士正忙着转移塔城里的侍从和农夫,无暇派代表把他们的想法记录在这些宝石里。

那就让我来替他们做吧。这个决定对他们影响最大。光辉骑士会被各国收留,但这些无家可归的人要怎么办?

——出自抽屉4-17中的第二颗黄玉

这座城市带着心跳,浣纱觉得自己闭上眼睛就能听到。

她蹲伏在昏暗的屋内,双手触摸着被千千万万双脚踏平的石地。如果遇到一个人,岩石或许会取胜,但如果遇到全人类,却没有任何力量可以保护岩石。

城市的心跳就深藏在岩石中,苍老而缓慢,还没有发觉黑暗之物已经潜入。远古的灵体,都市的恶疾。人们对它闭口不提,更对王宫避之不及,每次说到王后,也只是抱怨虔诚者被杀的事,就好似站在飓风当中,却抱怨鞋子穿得太紧。

一阵轻轻的口哨声吸引了浣纱的注意。她抬起头来,扫视只有她自己、瓦沙尔和来时车辆的小卸货室。"我们走。"

说罢,浣纱缓缓打开门,进入宅邸。她和瓦沙尔都戴着新面孔。当前的浣纱长着硕大的鼻子和带酒窝的脸颊。

瓦沙尔的扮相则是沙兰在市场上见过的粗蛮男子。刚才的口哨是阿红吹的,意味着岸边没有危险,一行人便毫不犹豫地拐进走廊。

这座奢华的石宅围绕方形的天窗中庭建,精心修剪的页岩皮木和石壳木蓬勃生长,旁边有生灵起伏翻飞。中庭延伸至四楼,每一层周围都有走道。阿红在二楼,正倚着栏杆吹口哨。

不过,宅邸真正的亮点不是庭园,而是次第而下的瀑布,因为其中没有流水。

瀑布曾是流动的,但在很久以前,有个财大气粗的人发挥了丰富的想象力,雇来塑魂者将这些从四楼顶上奔涌而下的泉源进行改造,水花溅到地上,瞬间就被塑魂术转变成了别的材质。

浣纱沿着左手边的房间前进,头顶是一楼阳台的屋檐。曾经的瀑布洒落在她的右手边,如今已凝结成晶体。流水击打石地的形状被永远定格,水花四洒,璀璨闪亮。宅邸几经易手,尽管新任屋主近十年来一直想把它的名字改成无聊至极的"哈迪纳堡",人们还是喜欢叫它"落岩府"。

伴着阿红让人放心的口哨声,浣纱和瓦沙尔匆匆前行。下一道瀑布形状类似,却是由抛光的墩树木材制成,出奇地浑然天成,自上翻腾倾泻而下,在底部四散飞溅。

他们经过了左手边的一个房间,伊什娜正在里面和落岩府的现任女主人交谈。每一次灭世风暴的来袭都会造成破坏,但奇怪的是,它造成破坏的方式却与一般的飓风迥然不同。灭世风暴裹挟的雷电会带来极大的危险,异常的红色闪电不仅会引发火势、烧焦地面,还会击穿岩石、迸出岩石碎屑。

这座历史悠久的名宅被雷击轰出了一个窟窿。人们先补上了一堵难看的木墙，日后会用飓砂覆盖，再砌上砖头。光明女士娜娜纳芙指了指被木板封起来的洞口，又指了指地上。她是一名中年阿勒斯卡女子，发髻梳得简直跟她人一般高。

"东西要匹配，"娜娜纳芙对伊什娜说，"哪怕有一点点偏差都不行。等你带着补好的地毯回来，我要把它们摆在别的房间的地毯边上仔细检查！"

"知道了，光明女士。"伊什娜说，"但我没想到地毯损坏得这么厉害——"

"地毯是在深国织的，出自一个盲人之手。他跟着编织大师学了三十年，才准许制作自己的地毯！完成我的委托之后，他就去世了，这些地毯也就成了绝无仅有的珍品。"

"这我很清楚，您已经说过三次了……"

浣纱将中年女子的形象印入脑海，悄悄地和瓦沙尔从门口走过，继续沿着中庭前进。他们应当扮演伊什娜的帮工，可不能随意游荡。阿红注意到他们已经行动，就迈步往回走，与伊什娜会合。他原先借口如厕，但如果离开太久，也会引起注意。

口哨声戛然而止。

浣纱打开一扇门，拉着瓦沙尔进去，心脏咚咚直跳，因为就在外面，有两个护卫从二楼下来了。

"我还是觉得我们应该在晚上行动。"瓦沙尔低语。

"晚上守得可严了，宅子像要塞一样。"

护卫换岗的时间是上午，浣纱等人是赶早来的。理论而言，度过了一个不平静的夜晚，护卫通常会感到疲惫和无聊。

浣纱和瓦沙尔走进一间小藏书室。桌上的高脚杯里装着几颗润石，照亮了四周。瓦沙尔瞟了一眼，却没有动手。这次潜入宅邸的行动，意义远不止几枚齐普。浣纱放下背包翻了翻，取出笔记本和炭笔。

浣纱深吸一口气，让沙兰的人格浮现，依照先前的一瞥，飞快勾勒出娜娜纳芙的形象。

"真佩服你一直以来都是两个人。"瓦沙尔说，"你们表现得一点也不相像。"

"说到点子上了，瓦沙尔。"

"要是能分出来就好了。"瓦沙尔哼了哼，挠挠脑袋，"我挺喜欢浣纱的。"

"你不喜欢我吗？"

"你是我的上司，我高攀不起。"

他的话相当冒昧，但也直截了当，总能说明立场。他在门口听着动静，把门推开一条缝，追踪着护卫的去向。"这样吧，我们上楼，再沿着二楼的过道回来。拿走货物，塞进货梯，再去出口。风操的，要是没人醒着就好了。"

"那有什么意思？"沙兰大笔一挥，画完素描就站了起来，戳了戳瓦沙尔的体侧，"承认吧，你明明就很享受。"

"我紧张得像个头一天上战场的新兵。"瓦沙尔说，"我的手在抖，一听到声音就觉得有人发现我们了。浑身都不舒服。"

"看到没？"沙兰说，"多有意思啊。"她挤到瓦沙尔身边，透过虚掩的门往外望去。风操的，护卫在中庭附近就位了，无疑能听到娜娜纳芙本人的声音，假如沙兰顶着女子的脸面出去，肯定会引发警报。

是时候挥洒创意了。图腾嗡嗡作响，她陷入思索。能不能再让瀑布流动起来？还是创造奇怪灵体的幻象？不……不，不能搞得这么戏剧化，毕竟沙兰的戏剧天分已经随着她的人格而去。

浣纱要以自己的方式，像往常那样保持简单利落。她闭上双眼，呼出一口气，将飓光注入图腾体内，仅用织光术模仿娜娜纳芙在训斥伊什娜的地方呼唤护卫进屋的声音。既然老的招数就能奏效，那为什么还要想新的招数?只是为了显得与众不同才即兴发挥,浣纱觉得大可不必。

图腾带着伪造的声音出发,在走廊上引开了护卫。沙兰领着瓦沙尔走出藏书室,转过拐角走上台阶。她呼出飓光,随即被光雾笼罩,完全变为了浣纱,而浣纱又变为了不那么像浣纱的女子,脸上长着酒窝,最外面又附上一层幻象,变为了娜娜纳芙。

娜娜纳芙倨傲且健谈,她确信身边的每一个人都只是在寻找偷懒的理由。他们来到上一层,浣纱冷静而谨慎地迈开步子,注视着栏杆。栏杆究竟是什么时候被擦亮的?

"我倒不觉得有意思。"瓦沙尔走在她身边,"但我确实很享受。"

"那就有意思了。"

"赢了牌才有意思。不是一码事。"

瓦沙尔认真地扮演着角色,但她真该考虑雇佣更优雅的侍从。瓦沙尔就像头穿着衣服的猪,总是哼哼唧唧、四处游荡。

为什么不能让最上等的人手伺候她呢?她可是光辉骑士,不该和区区的逃兵为伍,他们看着就像沙兰宿醉后的作品,也许还是用牙齿咬住铅笔画出来的。

你太入戏了,她的一部分意识低声提醒,**小心点**。她环顾四周寻找图腾,但他仍然在楼下。

他们在二楼某个房间的门口停下。门是紧锁着的,她原计划让图腾开锁,但她没有耐心等待,况且一名侍从大师走过来了。

他一见到娜娜纳芙就鞠了一躬。

"见到我,你就这么行礼吗?"娜娜纳芙问,"头点得这么快,你从哪儿学的?"

"很抱歉,光明女士。"侍从大师身子弯得更低了。

"或许得给你点颜色瞧瞧,"娜娜纳芙说,"你才会好好反省。"她敲了敲门。"开门。"

"为什么——"侍从大师马上打住了,可能意识到女主人没有心情听他抱怨。他急忙上前解开密码锁,为女主人开门,一股调料的味道飘了出来。

"你可以去将功补过了。"娜娜纳芙说,"到屋顶上坐满一个小时。"

"光明女士,如果我得罪了——"

"如果?"娜娜纳芙伸手一指,"快去!"

侍从大师又鞠了一躬,堪堪才符合要求,然后才跑开。

"你可能做得太过火了,光明女士。"瓦沙尔摸了摸下巴,"她以难缠出名,而不是疯癫。"

"闭嘴。"娜娜纳芙大步走进房间。

她来到了宅邸的贮藏室。

一面墙上挂满了一架架干香肠,屋后堆放着一袋袋粮食,地板上铺满了一箱箱长根薯和其他种类的块茎,还有一包包调料和小罐的食用油。

瓦沙尔把门关上,赶忙把香肠塞进麻袋。娜娜纳芙不是急性子,这个地方很适合妥善储存食材并上锁。将食材带到别处……似乎是一种罪过。

或许她可以装模作样地搬进落岩府。那原先的女主人怎么办?娜娜纳芙显然没有冒牌货强,只需把她干掉,顶替她的位置,感觉就对了,不是吗?

寒意袭来,浣纱立刻褪下了一层幻象。风操的……风操的,刚才是怎么回事?

"无意冒犯,光明女士。"瓦沙尔把几袋香肠放进货梯里,"你完全可以站在那儿监督,或者只要放下一半自尊,就能帮点风操的忙,得到两倍的食物。"

"对不起,"浣纱抓起一袋米,"那女人的脑袋是个恐怖的地方。"

"我就说娜娜纳芙是出了名地难缠。"

是啊，浣纱心想，不过我指的是沙兰。

他们拿走了全部香肠、大部分长根薯和几袋米，迅速装满从楼下的卸货室接收大件货物的大货梯，把它降到了底楼。他们在门口等候，所幸阿红吹起了口哨。底楼再次安全了。两人赶紧走出去，由于不相信戴着娜娜纳芙面孔的自己，她还是维持着浣纱的形象。在外面等候的图腾哼了一声，挪到她的裤子上。

他们在下楼途中经过了一道由纯大理石制成的瀑布。沙兰一定会在瀑布前徘徊，对巧妙的塑魂术赞叹不已。幸好这次行动是浣纱主导。沙兰……沙兰太容易迷失，她要么会注重细节，要么会做不切实际的白日梦，而舒适安全的折中做法，对她来说是陌生的领域。

他们下了台阶，在受损的屋中与阿红会合，帮他把卷起来的地毯抬到卸货室。浣纱让图腾不声不响地为下面的货梯解锁，再派图腾引开那几个一直在往屋里运送木料的侍从。他们追着一只嘴里叼着钥匙的野貂的幻象跑远了。

浣纱、阿红和瓦沙尔一同展开地毯，在上面铺满从货梯里搬出来的一袋袋食物，再把地毯卷起来，抬进在卸货室等候的车子。正门的门卫应该不会注意到多出了几卷极其鼓胀的地毯。

他们又取来一块地毯，故技重施。正要返回时，浣纱却在卸货室的门口停下脚步。天花板上那是什么？她侧头仰望，发现有一摊古怪的液体正在往下滴。

是怒灵，她意识到，沸腾的怒灵汇聚在楼上，灼穿了地板。贮藏室就在他们的正上方。

"快跑！"浣纱转身就往车子的方向奔回去，没一会儿，楼上就有人喊了起来。

她慌忙坐到车座上，用芦秆猛抽拉车的红甲蟹。她的小分队和伊什娜会合，冲回卸货室，跳到开始一步一拖地往前挪动的车上。

"浣纱……"沙兰用芦秆猛抽红甲蟹的外壳,催促它前进。然而红甲蟹始终以惯常的速度爬行,车子缓缓地驶进院子里,前方的大门正在关闭。

"风操的!"瓦沙尔回头一看,"这还叫'有意思'吗?"

后方,娜娜纳芙冲出宅子,发髻摇摇晃晃。"拦住他们!是贼!"

"沙兰?"瓦沙尔问,"浣纱?管你是谁呢!风操的,他们带了十字弓!"

沙兰呼出一口气。

大门哐的一声在前方关闭。护卫走进小院,武器准备就绪。

"沙兰!"瓦沙尔吼道。

她站在车上,飓光绕着她打转。红甲蟹停了下来,她大胆地面对那些护卫。他们跌跌撞撞地止住脚步,惊讶得合不拢嘴。

后方,娜娜纳芙打破沉默:"你们这帮蠢货在干什么?为什么……"

她渐渐没了声音,忽然愣在原地。沙兰回头看她,恰恰戴着她的面孔。

两人有着相同的发型和特征,穿着相同的服装。沙兰连娜娜纳芙趾高气扬的态度都模仿得惟妙惟肖,她一横出手,车子周围的地上就冒出了灵体。一摊摊血泊剧烈沸腾,闪烁着异样的色泽;一块块碎玻璃如雨点般落下;一只只期灵形如纤细的触手。

沙兰变作的娜娜纳芙任由自己的形象扭曲变形,五官从面孔上滑落,如在墙上流淌的油漆般滴下,娜娜纳芙本人则尖叫着逃回了宅邸中。一名护卫张弓放箭,正中沙兰变作的娜娜纳芙头部。

真要命。

她的视野变暗了片刻。她回想起在王宫中被捅伤的经历,感到一丝慌乱。可她为什么要在意真正的痛灵是否混入了四周虚幻的痛灵呢?她马上站直,回头看着那些卫兵。她的面孔消解了,弩箭从太阳穴里伸出来。

护卫们都吓跑了。

"瓦沙尔，"她说，"把（拜）托打克（开）门。"她的嘴巴不灵光了，真奇怪。

瓦沙尔无动于衷，她又瞪了他一眼。

"哎呀！"他大喊一声，慌忙后退，被垫子上的地毯绊了一跤，摔倒在阿红身边，阿红则被滴状胶体般的惧灵包围，就连伊什娜也露出了看到虚渡的表情。

沙兰让所有外层幻象消失，直到留下浣纱的样子，只是平常的浣纱。"么（没）事。"浣纱说，"只是哄（幻）象。去克（开）门吧。"

瓦沙尔翻身下车，跑向大门。

"呃，浣纱？"阿红说，"那一箭……你流的血沾到衣服上了。"

"仿（反）正都有（要）扔。"她坐回到位子上，感觉舒服了点，图腾重新回到车上，从座位的另一端朝她蹿了过来，"新衣服就夸（快）做好了。"

照这样下去，她就得买好多衣服了。

他们驾着车子出了大门，接上瓦沙尔。没有一个护卫追来。脱身后，浣纱的思绪渐渐涣散。

那一箭可越来越烦人了。她的禁手也失去了知觉，实在讨厌。她戳了戳弩箭。飓光似乎治好了头上伤口周围的部位。她咬咬牙，想把弩箭拔出来，那玩意却卡在那儿。她的视线又变模糊了。

"我需要大吼（伙）帮顶（点）忙。"她指了指弩箭，吸入更多飓光。

瓦沙尔把弩箭拔了出来，让她眼前一黑。不久后，她恢复光明，躺倒在车子的前座上，用手摸了摸脑畔，却没有摸到任何凹洞。

"有时你真叫我担心。"瓦沙尔用芦秆驾着红甲蟹。

"不过要做的事都做好了。"浣纱放松地往后一靠,双脚架在车头。这只是她的想象,还是今天在街上排队的人看起来比前几天都饿?饿灵在人们脑边嗡嗡飞舞,形如褐色的斑点,抑或是有时能在腐烂的植物上找到的小飞虫。孩子们则在疲惫的母亲的腿上哭泣。

浣纱想到车里藏着的食物,羞愧地背过身。她能用这些东西做多少善事?她能擦干多少眼泪?又能平息多少饿肚子的孩子的哭声?

稳住……

比起马儿喂饱几张嘴,渗透瞬息教的任务明显更有裨益。她需要用这些食物获得准入资格,去调查知策所谓的……狂欢之心。

浣纱对灭者了解不多。她从来没有关注过虔诚者对要事的教导,更别提有关虚渡的古老民间传说和故事了。沙兰也知之甚少,自然想要找本这方面的书籍。

昨晚,浣纱回到沙兰和御前知策见面的客栈,知策人不在那儿,但给她留了言:

我还在努力打通教派的高层,给你开后门。每一个跟我聊过的人只是说,要用行动引起他们的注意。我是做得到,但违反城里的猥亵法肯定是不明智的,哪怕街上看守得不严。

那你就要用行动引起他们的注意。他们似乎会插手城里的一切事务,就像鬼血会那样在暗中观察。

或许她不必再等知策了,或许她可以同时解决两个问题。

"带我们去鸣铃市场。"她对瓦沙尔说,点名要去离裁缝铺最近的市场。

"在把车子还给商人之前,我们不是要把食物卸下来吗?"

"当然。"她说。

瓦沙尔望了她一眼,见她没有多做解释,就按照她的指示让红甲蟹转向。浣纱从车尾取出帽子和大衣穿戴好,用织光术遮住衬衣上的血迹。

她和瓦沙尔在市场的某栋屋前停车，周围的难民纷纷朝车厢内窥视，却只看到了地毯，瓦沙尔朝他们瞪了一眼，他们便四散而去。

"守住车子。"浣纱掏出一小袋食物，从车上跳下，信步向屋子走去。屋顶已被灭世风暴刮坏，正适合难民暂住，她照例在正屋里找到了格伦德。

她在城里的时候，有几次都是从格伦德那儿得到情报后再回来的。格伦德就是她初到市场那天用食物收买的灰头土脸的流浪儿。他似乎一直在这附近转悠，浣纱很清楚让本地孩童打探消息的价值。

这天，别的乞丐都出去找吃的了，格伦德独自待在屋里，用完好的手握着炭笔在小木板上画画，畸形的手则插在口袋里。一见到浣纱，他就兴奋起来。现在他不会再逃跑了。城里的流浪儿如果碰到一直在积极寻找他们的人，心里就会不安。

然而，等他们知道别人带来了吃的，情况就不一样了。

浣纱把一袋食物放到格伦德面前。格伦德努力表现出不感兴趣的样子，但一瞧见里面露出一根香肠，他就睁大了眼睛，那对深色的眸子简直就要从脸上鼓出来了。

"整整一袋？"他问。

"运气不错。"浣纱蹲下来，"有书的消息吗？"

"没有。"他戳了戳香肠，好像想看看她会不会突然把香肠收回去，"我啥也没听说。"

"听说了就告诉我。与此同时，你知道还有谁需要一点吃的吗？比如有谁人特别好，也特别应该分到粮食，结果却被忽略了？"

格伦德注视着她，试图理清她的立场。

"我还有多的可以给。"浣纱解释道。

"你要给他们吃的？"他说得就跟让飓虫从天而降似的。

"我肯定不是第一个。王宫以前也经常给穷人送吃的吧？"

"那是国王的事，普通人不管。"他上上下下地打量浣纱，"可你不是普通人。"

"对。"

"嗯……那就穆丽?她是裁缝,一直对我很好,可是她有好多小孩,养不起。她住在旧面包店旁边,屋子在第一个灭世之夜①就烧掉了。还有那些住在月光路上的公园里的难民小孩。你也知道,他们年纪很小,没人照顾。还有乔姆,他是鞋匠,胳膊摔断了……你要写下来吗?"

"我会记住的。"

他耸耸肩,给浣纱列举了一大堆人。浣纱谢过他,提醒他继续寻找她要的那本书。伊什娜已经奉沙兰之命拜访了一些书商,其中一人提到了一本名为《秘辛考》的书。这部作品比较新,讲的是灭者的情况,书商只有一件存货,不过书店在动乱中也被抢劫了,但愿黑市里会有人知道那些典册的去向。

浣纱连蹦带跳地走回车前。既然瞬息教希望她引起他们的注意,那就照办。格伦德的名单可能带有偏见,但就在市场中央停车,把一袋袋吃的往外抛,很可能会激起骚乱。这不比其他分送食物的方法差。

那个叫穆丽的裁缝的确有很多小孩,却没有什么办法养活他们。公园里的孩童的确就在格伦德所指的地方。浣纱给他们留下一堆食物便走开了,他们大为惊喜,争先恐后地吃了起来。

到了第四站,瓦沙尔才想明白:"你难不成要把吃的全部分掉?"

"不是全部。"浣纱半躺在座位上,车子驶向下一个目的地。

"那付给瞬息教的份儿呢?"

"总能再偷的。首先,我的内应说我们必须引起他们的注意。我想,一个穿白衣的疯女人坐着车,在市场上扔下一袋袋吃的,必然会

---

①灭世之夜(Evernight):灭世风暴过境的时段。

达到这个效果。"

"至少够疯了。"

浣纱把手伸回卷起的地毯里,抽出一根香肠递给瓦沙尔。"吃点东西吧。会好受一些的。"

他抱怨了一声,但还是接过香肠,咬了一口。

车厢在傍晚就空了。至于这么做到底能不能引起瞬息教的注意,浣纱并不确定,但风杀的,做点实事的感觉果然很棒。沙兰大可以去钻研书本、探讨谋略,浣纱才会担心真的在挨饿的人。

不过她没有把食物分完,而是让瓦沙尔留下了那根香肠。

73 分辨

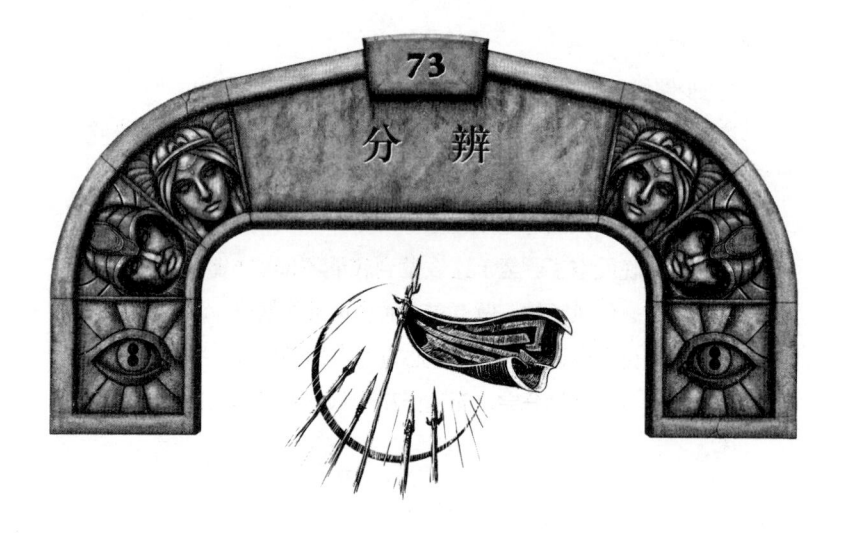

> 塔城的保护措施恐怕会失效，如果我们在这里都躲不过灭者，那还能去哪里？
>
> ——出自 3–11 号抽屉中的石榴石

"住嘴，'大胡子'。"维德说，"你根本没见过'黑荆棘'。"

"我见过！"另一名士兵说，"他夸了我的制服，看在我表现英勇的分上，还把随身带的刀送给我。"

"骗人。"

"注意，""大胡子"说，"你要是再打搅我们的兴致，小心卡尔捅你一刀。"

"在说我吗？"正走在巡逻队列里的卡拉丁问，"别算上我，'大胡子'。"

"瞧瞧这饥渴的眼神，维德，""大胡子"说，"他肯定想听到结局。"

卡拉丁等人不禁莞尔。他已经奉艾尔霍卡之命，正式加入了守城卫士的行列，而且立即被分配到了诺罗副官的小队，几乎不费吹灰之力。在他费心铸就第四冲桥队之后，塔冠城的这般经历，让他觉得有些太轻易了。

不过，他还是挺喜欢守城卫士，也很乐意在城墙脚下巡逻的时候听他们说笑打趣。单次巡逻就派六人似乎太多了，但天青要求他们结伴出动，所以卡拉丁就和"大胡子"、维德、诺罗一起，跟着一个由壮汉亚拉沃德和好心人瓦瑟勒夫组成的小队上路了。后面两个人里，瓦西勒夫是阿勒斯卡人，但显然有泰勒拿血统，他们一直想要找卡拉丁打牌。

卡拉丁不免心有愧疚地想起了萨尔和那些仆族。

"嗨，你绝对不会相信后面发生的事。""大胡子"继续讲道，"'黑荆棘'跟我说……噢，风操的，你压根没在听，是不是？"

"谁要听啊，"维德说，"我去看那家伙都来不及呢。"他朝队伍刚路过的什么人点点头。

"大胡子"嗤笑道："哈！你就非要看那只大公鸡不可？他以为自己在诱惑谁呢？"

"长着这身皮，太风杀的浪费了。"维德应和道。

卡尔开怀一笑，回头去看"大胡子"和维德发现的人。肯定是个蠢货，否则不会引起这么大的反应……

没想到是阿多林。

变脸后的王子穿着一袭新潮的黄衣，慵懒地靠在角落。当值的护卫德雷赫比他高几寸，正在津津有味地吃荞鞑卷。

"肯定有哪个王国，""大胡子"有板有眼地说，"国内一面旗帜也没有，因为那人全给买下来了，做成了外套。"

"哪里做的？"瓦瑟勒夫问，"我的意思是……风操的！那人是不是还会说：'要问我世界末日最需要做什么才好，那当然是做新外套了，还得加上闪闪发光的亮片。'"

一行人从阿多林身旁经过。阿多林朝卡拉丁一点头就移开了视线,说明一切正常,可以继续跟卫兵走。否则他会摇头,表示要立即抽身返回裁缝铺。

"大胡子"仍在偷笑。"我以前替斯提恩的商业大亨干活,"他有声有色地说,"有一次还得从染缸的一头游到另一头,就为了救亲王女儿的命。完事之后,身上的颜色也没那个花飓虫招摇。"

亚拉沃德嗤之以鼻:"风操的贵族,屁点用处都没有,只会瞎指挥,饭量还比老实人多一倍。"

"怎么能这么讲呢?"卡拉丁反驳道,"我是说,那人和我们差不多,都是光眼种。"此话一出,他便蹙起了额头,担心语气太做作。他心想:*我现在像你们一样是光眼种,眼睛要比暗眼种光亮。既然是光眼种,那必定会觉得当光眼种好。*为了避免瞳色的改变,他只能每天多次召唤茜尔。

"和我们差不多?""大胡子"问,"卡尔,你又在哪道石头缝里住过?你老家那些中间派的光眼种居然派得上用场?"

"有些人是派得上用场。"卡拉丁说。

今天出动的队伍里,包括"大胡子"和维德在内,几乎所有人都是十等光民,唯独诺罗例外。十等光民在光眼种等级制中地位最低,但卡拉丁没有给予过多关注。对他来说,光眼种只是光眼种罢了。

这群人的世界观截然不同。高于八等的非领主光民属于中层阶级,从队友们的观点来看,或许也自成一派,尤其是那些未参军的五六等光民。

可不同等级的光眼种,怎么会自然而然地就围着同类打转呢?十等光民有自己的传统和俗语,只会和同等的人通婚,要喝酒调侃,也不外乎去找这些人。卡拉丁没见过的世面多了去了,哪怕一切就在隔壁。

"某些中层的光民还是挺能干的，"卡拉丁说，"有人就擅长决斗。我们还不如走回去把那家伙招进来，反正他佩着剑。"

队友们用一种看疯子的眼神打量他。

"卡尔，我的奇仔，""大胡子"说了一句卡拉丁还没搞懂的俗话，"你品性不错，还善于发现别人的长处，这点我很欣赏。你也没有学别人，跟我一起吃了第一顿饭就不理我。"

"但你也要学着把世界看清楚，没碰上元帅那样的好官，就不能随便相信中等人。站那儿的家伙只会神气活现地指指点点，哪天外面攻进来了，要让他镇守城墙，他准保会吓得尿成一片，比那身黄衣裳还耀眼。"

"中等人就会搞宴会。"维德赞同道，"简直再好不过。井水不犯河水。"

怪了，卡拉丁心中五味杂陈。一方面，他希望揭发亚马兰的行径，还想对自己关爱的人反复控诉亚马兰的不仁不义，而另一方面……刚才被嘲讽的人可是阿勒斯卡第一剑客的有力竞争者阿多林·寇林，今天这身衣服确实是鲜艳了一点，然而只要队员们肯抽出五分钟时间和他交谈，便会发现他没有那么糟糕。

卡拉丁快快不乐地走在队伍里。巡逻时不带上矛，感觉很不对劲，他不由得开始寻觅乘风而行的茜尔。他身体的右侧佩着别人给他的剑，左侧挂着一根棍子，手里则拿着一只小圆盾。守城卫队教会他的第一招，就是在举盾的时候用右手拔剑出鞘。

除非虚渡最终来袭，卫队不会使用剑和棍，而是会在高处刺出特制的长矛。到了地上就不一样了，虽然城墙脚下的环城大道由卫队维护，平日里干净整洁，但城内的支路大多十分拥挤，想要跑到离城墙这么近的人，都是最贫困潦倒的。

"那些难民怎么不长脑子？"维德问，"不知道我们是抵御外敌的唯一一道防线吗？"

他们在小巷路过的许多难民，确实都满怀敌意地望着他们，但起码今天没人朝他们扔东西。

"他们看见我们吃东西了，"诺罗答道，"还闻到了从营房里飘出来的香味。这不是不长脑子，而是饿得慌。"

"反正半数人都是瞬息教的。""大胡子"指出，"改天我非得混进去，没准还要娶了大祭司。我在后宫很讨人厌，上次别的男人还妒忌我完全夺走了大祭司的注意力。"

"是你的祭品太好笑，她笑得都分神了？"维德问。

"其实是——"

"淡定点，'大胡子'。"副官说，"准备执行分配任务。"他把盾换到另一只手，掏出棍子。"都给我严阵以待，除了棍子不准使用别的武器。"

队员们掏出木棍。连自己人都要防着，这实在感觉不对劲。卡拉丁又回忆起在亚马兰军中服役的情景，那时总有人谈起征战破碎平原的荣耀，可他们也得在城镇附近风餐露宿，城里人看够了，脸也变得飞快，瞬间就起了敌意。军队确实是全民所需，但前提是他们得在别处开创伟业。

诺罗的小队与他们所在的次中队[①]的另一支小队会师。他们所在的次中队大约有四十人，两支小队执勤，两支小队待命，两支小队巡逻。会师后，十二人列好队，护送一辆红甲蟹车缓缓离开某座大营房的仓库，车上载着一堆封口的麻袋。

难民们围了过来，卡拉丁挥着棍子，不得不用盾推开一个离得太近的男子，所幸其他人看到这一幕便纷纷退去，没有跑向车子。

车子只驶过了一条街就停靠在城市的一座广场外。茜尔飞落到卡拉丁肩膀上："他们……他们好像很讨厌你。"

[①]次中队：阿勒斯卡军编制，官兵数小于五十人。

"他们讨厌的不是我这个人,"卡拉丁小声道,"而是我这身制服。"

"他们要是袭击你,你……你怎么办?"

卡拉丁也不知道。他进城不是为了与居民斗殴,可如果他拒不保护小队……

"风操的维拉兰特,他迟到了。"维德抱怨道。

"再等一会儿吧。"诺罗说,"没事的。有心的人都明白,这些食物终归会是他们的。"

好一个"再等一会儿",他们在维拉兰特的分配站排了几个小时的队。

在城市的更深处,一群穿着鲜艳的紫色衣服、戴着面具的人走了过来。卡拉丁不自在地看着他们鞭打自己的前臂,受到吸引的痛灵从周围的地上爬了出来,活像一只只剥了皮的手,然而这些痛灵比一般的要大,颜色异样……不像是人的手。

"我向黑夜的灵体祈祷!它们降临了!"打头阵的人高举双手,呼喊道,"它们驱走了我的痛苦!"

"噢,不……"茜尔低语。

"迎接它们吧!迎接带来变革的灵体!它们属于新的风暴、新的大陆、新的种族!"

卡拉丁抓住诺罗的胳膊:"长官,我们必须撤退,把粮食送回仓库。"

"我们奉命……"诺罗望了望愈发不友好的人群,忽然不说了。

这时,幸好有一队穿着红蓝两色制服的士兵前来,他们大概有五十人,转过拐角便伸出粗糙的手推开难民,嘴里叫嚣起来。诺罗叹了口气,声音大得简直滑稽。原来是维拉兰特的军队,他们一围住那批粮食,愤怒的人群就散开了。

"为什么要在白天这么干?"卡拉丁问一名军官,"为什么不干脆来我们的仓库,从那里护送粮食出去?为什么要做给别人看?"

一名士兵礼貌但坚决地把他从车旁挪开。军队围上去把车子驶开了,人们纷纷跟在后面。

小队回到城墙边,卡拉丁觉得自己就像一路游到泰勒拿后终于看见了陆地。他把手掌按在石壁上,感受着冰凉粗粝的纹路,从中获得了些许汲取飓光时才能体会到的安全感。先前那群民众手无寸铁,和他们搏斗本来很容易,不过作战训练只会教授作战方法,如何控制情绪又完全是另一回事。茜尔依偎在他肩上,沿路回望。

"都是王后的错。""大胡子"嘀咕道,"要是她没有杀那个虔诚者……"

"别说了。"诺罗喝道,深吸一口气,"全体都有,接下来是我们小队执勤,你们还有半小时的时间喝水、小睡,之后在城墙上的驻地集合。"

"被风吃了才好呢!""大胡子"径直朝楼梯走去,显然打算到上面的驻地休息,"我倒很乐意花点时间盯着敌军看,真是谢谢你了。"

卡拉丁和"大胡子"一起走上楼梯。他还是不知道此人的外号是怎么来的。小队中只有诺罗留胡子,只是他的胡子并不是特别有启发性。石头肯定会耻笑他,拿上剃刀和肥皂就把他的胡子舒舒服服地刮了。

"'大胡子',我们为什么要买通那些轩领主?"卡拉丁在攀登城墙时问,"我发现维拉兰特之流相当无能。"

"是啊。我们失去了真正有才干的轩领主,他们不是死在暴乱中,就是死在王宫。然而轩元帅知道办法。假如不跟维拉兰特那样的人分享,我们估计就得出手,以免他们夺走粮食。这样至少人民总能吃饱,我们也能盯牢城墙。"

他们经常是这个说法。队员身负防守城墙的职责,如果把眼光放得太远,过于积极地维持治安或者打击邪教,工作就会失去重心。城市必须屹立,就算城内有难,也不能被攻破。卡拉丁多少认同这一点。军队无法面面俱到。

可这个想法还是让他难受。

"你们什么时候才能把食物的制造方法告诉我?"卡拉丁低声问。

"我……""大胡子"在楼道里四处张望,凑了上来,"我也不清楚,卡尔。天青上任后,做的第一件事就是让我们袭击东门边的虔诚院,那里房子矮,离宫殿远。我在别的中队认识参加袭击的人。那里已经被闹事者占据。"

"他们有一件魂器,对不对?"

"大胡子"点点头。"城里只有一件魂器不在王宫中,当时……你懂的。"

"但要怎样使用才不会引来那些尖叫的灵体?"卡拉丁问。

"这个嘛,""大胡子"转换语气,"我不能把所有秘密都告诉你,可是……"他讲起了自己从赫达孜国王那儿学习使用魂器的故事。也许他不是最佳的信息来源。

"说起轩元帅,"卡拉丁打断他的话,"你注意到了吗?那个女人的碎瑛刃有些奇怪,剑柄和护手上都没有装宝石。"

"大胡子"瞪了他一眼,周身被透过楼道窗缝的光线照亮。称呼轩元帅为"女人",似乎总能激起反应。"这可能是轩元帅从来不让碎瑛刃消失的原因。""大胡子"说,"没准是哪里坏了呢?"

"也是。"卡拉丁说。除了光辉骑士专属的瑛刃,此前他只见过一把没有装宝石的瑛刃,那就是白衣刺客用过的荣刃,能赋予主人光辉骑士的力量。如果天青握有可以让她获得塑魂法力的荣刃,或许能解释那些尖叫的灵体还没有发现魂器的原因。

他们终于走上墙头,在阳光下打住脚步,回看错落的城市。风刃山残缺不整,丘陵连绵起伏。王宫踞于远端,一直被黑暗笼罩,守城卫队几乎没有去过背后那片城墙巡逻。

"你认识宫廷卫队的人吗?"卡拉丁问,"他们有谁还跟家里有联系什么的?"

"大胡子"摇摇头。"前不久,我差点就进宫廷卫队了。我听到有人在小声说话,卡尔,叫我也要加入。轩元帅说,我们必须充耳不闻。只要我们不去听,对方就没法把我们带走。"他把手搭在卡拉丁肩上,"卡尔,你提出的问题是很坦率,可你担心过头了。我们得把精力放在城墙上,而王后或者王宫的事,我们最好不要多嘴。"

"就像我们从来不说天青是女人。"

"那个女人的秘密——""大胡子"眉头一紧,"——我是说,轩元帅的秘密需要我们来守护。"

"那我们做得真是风操的差劲,但愿我们能更负责地守卫城墙。"

"大胡子"耸耸肩,手仍旧搭在卡拉丁肩上。卡拉丁头一次有所发现:"没有铭守符。"

"大胡子"瞧了瞧戴在胳膊上的传统白色臂带,本来要绑铭守符的地方空白一片。"对啊。"说着,他把手插进外套口袋。

"为什么没有?"卡拉丁问。

"大胡子"耸耸肩。"这么说吧,我很会分辨哪些故事是编的。没有神在守护我们,卡尔。"

他步履沉重地朝集合地点走去,那是城墙上众多哨塔中的一座。茜尔在卡拉丁肩上站了一会儿便走了起来,仿佛登上了无形的台阶。她穿过空气,站在与卡拉丁的视线齐平的位置,目送着"大胡子",少女素裙随风荡漾,可卡拉丁感受不到那阵风。"达力拿认为神没有死,"她说,"因为名叫荣誉的全能之主其实不是神。"

"你可是荣誉的一部分,这难道没有冒犯到你吗?"

"每个孩子最终都会认识到,自己的父亲其实不是神。"她看了看卡拉丁,"你觉得有人在守护着你吗?你真的以为外面什么都没有吗?"

面对神的一小部分，要回答这个问题真是奇怪。

卡拉丁在哨塔门口徘徊。他所在的队伍——第七次中队的第二小队，队名没有第四冲桥队那么响亮——在哨塔里有说有笑地收拾装备，处处砰然有声。

"我以前总把发生在自己身上的坏事当作神不存在的证据。"他说，"然而在某些最黑暗的时刻，我却把这条生命当作上天垂怜的证据，因为只有刻意的残忍才能给出合理的解释。"

他深吸一口气，仰望云端。他曾升上天空，在天空中寻得辉煌；他曾被赋予保护和捍卫的力量。

"可现在，"他说，"现在我就不知道了。恕我直言，达力拿的信仰未免太省事了。既然一个神被证明有缺陷，他就坚称全能之主不是神，而神一定另有其人？我不这么认为。所以……这也许根本不是我们能回答的问题。"

他走进要塞。两边都有从城墙通入的宽门，外侧的窄缝以及屋顶则为弓箭手提供了站位。他的右手边立着摆放武器和盾牌的架子和一张餐桌，上方有一扇俯瞰城市的大窗户，哨塔内的人可以通过信号旗得到具体的命令。

他把自己的盾牌放到架子上，这时鼓声响起，发出警报。茜尔从他身后蹿升起来，仿佛绳子忽然拉紧。

"城墙遇袭！"卡拉丁辨别鼓声，喊道，"装备好！"他匆忙来到房间的另一端，从沿墙排开的长枪中抓起一柄，扔给第一个过来的人。其他士兵赶紧服从信号，他继续分发长枪，诺罗副官和"大胡子"则把盾牌递出去。那是长方形的全盾，与在下面巡逻用的小圆盾形成鲜明的对比。

"列阵！"卡拉丁正巧抢在诺罗之前喊道。

*风操的，我压根不是他们的指挥官。*卡拉丁取下自己的长枪稳稳拿住，紧随只举着盾牌的"大胡子"走了出去。四支小队在城墙上

结阵，长枪挺立，盾牌交叠。排在中间的一部分人都像卡拉丁和诺罗那样，只用双手握着长枪。

汗水顺着卡拉丁的太阳穴流下。他曾在亚马兰军中接受过短暂的长枪阵训练。长枪阵旨在对抗重骑兵，是阿勒斯卡军事的新发展。他无法想象这会在墙头卓有成效。长枪很适合刺向敌阵，但很难维持尖头朝上，平衡性不佳。只是他们还能如何迎战融族？

另一支和他们共用集合地点的次中队端着弓在哨塔顶上列队。但愿在箭矢的掩护下，长枪阵的防御能起作用。卡拉丁总算看见了在空中疾驰的融族，他们正在靠近另一片城墙。

卡拉丁所在的次中队紧张等待，不是整理铭守符，就是调整盾牌。融族在远处与另一批守城卫士交锋，卡拉丁只能堪堪听到战吼声。从鼓楼传来的击鼓声持续不断，提醒众人留在原位。

茜尔飞了回来，焦急地在空中划来划去。有几个士兵从阵形中探出身子，似乎想要脱离队伍，冲向同伴们战斗的地方。

稳住，卡拉丁心想，但没有把话说出口，毕竟队伍不受他指挥。次中队的队长狄达诺尔军尉还未赶到，诺罗便成了长官，级别高过其他小队的副军尉。卡拉丁紧咬牙关，极力不让自己下达任何命令，幸好诺罗还是开口了。

"别想跑，希德。"副官叫道，"伙计们，架好盾牌，准备防御。现在冲过去很容易被下手。"

探出身子的士兵不情不愿地归队。融族最终飞走了。他们的袭击向来不长久，但袭击的力道很强。他们在城墙的不同区域测试反应速度，经常悍然闯入，搜查附近的哨塔。他们在为正式攻城做准备，卡拉丁认为他们也在寻找守城卫队自给自足的来源。

鼓声示意队伍撤退，卡拉丁所在的队伍兴意索然地回到哨塔中，被挫败感包围，心中郁愤难平。他们那么渴望战斗，士气又是那么高涨，结果只能干站着流汗，而其他人却战死了。

卡拉丁帮忙把武器摆好，盛了一碗炖菜，来到诺罗副官身边，后者正在外面的城墙上等候。传令兵用信号旗向城里的其他队伍示意，诺罗带领的队伍没有参战。

"很抱歉，长官。"卡拉丁低声说，"我保证不会再发生这种事。"

"嗯……这种事？"

"刚才我抢在您前面下达了命令。"卡拉丁说。

"哦！就这么脱口而出了，卡尔！你还真是盼着战斗。"

"也许吧，长官。"

"你想向队伍证明自己的实力？"诺罗揉了揉那一小撮胡须，"也好，我欣赏有热情的人。把头脑放清醒点，我想要不了多久，你就会当上小队长。"他的口气就像个自豪的父亲。

"请求离岗，长官。城墙前边可能有伤员需要医治。"

"伤员？卡尔，我知道，你说你接受过战场医护的培训，但等你赶过去，随军的手术师也已经到了。"

不错，军队会配备真正的手术师。

诺罗拍拍他的肩膀。"进去吃炖菜吧，待会儿够你活动的。不要看到危险就一个劲地冲过去，好吗？"

"我……我会尽量记住的，长官。"

他别无选择，只能走回哨塔，坐下来吃炖菜，茜尔也在这时落到他肩上。

74 迅灵

今天是我最后一次从高塔上跳下。我顺着塔身的东侧落到山脚,感受着风的吹拂。我会怀念这一刻的。

——出自 10 – 1 号抽屉中的蓝宝石

浣纱仰起头,透过市场里那间破旧商铺的窗户往里看,发现流浪儿格伦德就坐在惯常的位置,正小心翼翼地剥下一双旧鞋上的猪皮。他一听到浣纱的动静就丢掉工具,伸出完好的那只手去取匕首。

他看到是浣纱来了,便接住她抛过去的那包食物。这回食物的分量小了点,竟也有一些最近城里很稀罕的水果。男孩把包裹凑到深绿色的双眼前,显得……有些拘谨,真是奇怪的表情。

他还在怀疑我,浣纱心想,他以为总有一天我会叫他把这一切都还回去。

"阿玛和茜兰德去哪儿了?"浣纱问。她也为两名和格伦德同住的女子准备了包裹。

"搬去老铁匠的屋子了。"格伦德竖起拇指,指了指凹陷的屋顶,

"觉得这地方太危险。"

"你真不想搬走?"

"不想。"他说,"这下我活动身子时总算不用踢到别人了。"

浣纱与男孩作别,把手插进衣袋,以一袭新大衣和帽子御寒。在破碎平原或乌有斯麓待久了,她本想着塔冠城会暖和一些,但这儿恰逢严冬,同样很冷,或许也是灭世风暴将至的缘故。

接下来她去看望了育有三个女儿的穆丽。穆丽是二等暗民,对暗眼种来说地位很高。她当过裁缝,曾在雷沃拉尔附近的镇上开店,生意兴隆,如今却只能在风暴留下的水沟里搜寻老鼠和飓虫的尸体。

穆丽总喜欢说长道短,那些八卦虽然有趣,但通常毫无意义。浣纱过了一小时便抽身走出市场,随便找了个乞丐就把最后一个包裹放在他腿上。

老乞丐对着包裹闻了闻,兴奋地呼喊道:"是迅灵!"他轻轻给了另一个乞丐一肘,"快看,是迅灵!"他咯咯直笑,把手伸进包裹。他的同伴从睡梦中醒来,抓起一些面饼。

"迅灵?"浣纱问。

"就是你!"乞丐说,"是呀,是呀!我听说过你。你在城里到处抢劫有钱人!没人能阻止你,因为你是灵体!你可以穿墙而过。你戴着白帽子、穿着白外套,但也不是一直都是一个样,对不对?"

乞丐大吃起来。浣纱露出笑意,她的名声传开了。为了加强这一效果,她还派了伊什娜和瓦沙尔扮成自己的样子外出分发食物,瞬息教绝不会再无视她。她伸了个懒腰,如同小股红色旋风的腐化疲灵在空中围着她打转,图腾发出嗡的一声。她早前偷了一个商人的东西,那人还是亲自把她赶走的,以他这个年纪,身手算是灵活了。

"为什么?"图腾问。

"为什么?"浣纱问,"为什么天空是蓝的,太阳是亮的?为什么会刮风下雨?"

"嗯……为什么喂饱这么少人,你会这么开心?"

"因为这是我们力所能及的事。"

"从楼上跳下来也是我们力所能及的事,"他不加掩饰地说,仿佛并不理解自己所用的讽刺,"可我们不会这么做。你撒谎,沙兰。"

"我是浣纱。"

"你的谎言包裹着其他谎言。嗯……"他的口气带着困意。灵体也会困吗?"牢记你恪守的信条,牢记你道出的真相。"

她把手插进口袋。夜幕降临,夕阳沉落西边的天际,仿佛在逃离飓风之源和风暴。

真正激励她的还是她跟每个人的接触,以及人们眼中的光芒。把食物分给他们的感觉,要比计划中潜入瞬息教和调查誓约之门的部分真实得多。

*太狭隘了,*她心想,*迦熙娜肯定会这么说。我的思维太狭隘了。*

她在街上路过了呜咽受苦的难民。大量饿灵弥漫在空中,惧灵几乎遍及每个角落。她必须伸出援手。

哪怕只是杯水车薪。

阴影拉长,夜色渐浓,她低着头站在岔口,直到吟咏声响起才回过神来。她究竟在原地呆立了多久?

摇曳的光线为左边的街道染上了一抹原始的橙色,没有润石会显现出那种色泽。她走过去,摘下帽子并吸入飓光。她呼出一团光雾,随后横穿过去,拖拽而出的缕缕飓光将她笼罩,转变她的外形。

人们照常聚集在一起观看瞬息教游行,迅灵披着灵体的服装穿过人群。这种灵体的模样出自那本丢失在海中的笔记,形如发光的箭头,在飞鳗周围纷飞,迂回划过天空。

这身行头的正面全被拖在后面的布料包裹,手臂、腿部和脸部都被遮起。金色长流苏在背后飘扬,末端是箭头形状。迅灵在信徒中穿梭,甚至引来了他们的侧目。

我必须再努把力，她心想，我必须想想更出色的方案。

沙兰的谎言能否助她超越那个来自雅克维德乡村的可悲少女？那个对自己的行为一无所知，因而深深感到恐惧的少女？

信徒浅吟低唱，重复前排首领的语词。

"我们的时代已经逝去。"

"我们的时代已经逝去。"

"灵体降临。"

"灵体降临。"

"献出我们的罪恶。"

"献出我们的罪恶……"

没错……她能够感受信徒心中的自由，那是屈服之后的宁静。穿着灵体服装的游行队伍在街上涌动，将火把和提灯举向天空。何必多虑？迎接解脱，迎接变革，迎接风暴和灵体的到来。

迎接终结。

迅灵体味着他们的吟唱，让自己沉浸在他们的思想之中。此刻，她也化为信徒，脑海里响起低语声：

屈服吧。

献出你的激情、你的痛苦，还有你的爱。

抛弃愧疚。

迎接终结。

沙兰，我不是你的敌人。

最后一句话尤为扎耳，就如美人脸上的伤疤般突兀。

她缓过神来。风操的，她起初以为游行队伍可能会领着她去往誓约之门平台上的庆典，到头来却任由自己被黑暗支配。她瑟瑟发抖，停在原地。

其他人也在她周围止步。尽管她没有行走，灵体般的幻象流苏仍在她背后飘荡，但空中并没有风刮过。

信徒的唱诵戛然而止。一股股颜色黧黑的腐化敬灵在若干人脑畔进出，有些则落到了他们的膝盖上。对他们来说，她非但遮着面孔、裹着飘逸的布料，而且又不受风力和重力影响，看起来就像真正的灵体。

"灵体到处都有，"沙兰利用织光术扭曲自己的声线，对聚集的人群说，"你们追随的却是黑暗的灵体。它们小声劝你们自暴自弃，这是在撒谎。"

信徒们听得目瞪口呆。

"我们不需要你们的虔诚。灵体什么时候这么要求过？别再到街上手舞足蹈了，重新当回一个正常的男人和女人吧。脱下这些愚蠢的服装，回到你们的家庭中去！"

他们的动作还不够快，她便把流苏往上一送。飘扬的流苏相互缠绕，逐渐拉长。一道强光在她身上闪烁。

"走吧！"她喊道。

信徒们匆忙逃开，有人边走边把服装扔下。沙兰浑身发颤，等到只有她一个人时才让光芒消失。她让自己笼罩在黑暗中，迈步离开街头。

她从黑暗中现身后，又露出了浣纱的模样。风操的，她……她轻而易举就变成了信徒，难道她的心灵这么快就被腐蚀了吗？

她两手抱胸，无精打采地穿过街道和市场。换作迦熙娜，她足够坚决，必然会一直跟着他们走到平台脚下。即便那些在街上游荡的人大多没有特权赴宴，不准到上面去，她也会另有办法，或许可以顶替宴会上某个守卫的位置。

其实她很喜欢偷窃和分发食物的感受。浣纱希望成为古老传说中的街头英雄，害得沙兰没有拿出更合理的手段。

只是她想不出合理的手段。那是迦熙娜的风格，而沙兰无法成为迦熙娜。也许……也许她可以变成"光辉女士"，然后……

她抱着双臂靠在墙边，浑身冒汗、发抖，一边寻找着光源，终于在某条街的尽头看到了平稳的光亮。那是润石散发出的柔光，随之而来的声音似乎有些莫名。是笑声吗？

她急不可待地追上去，遇到了一群人。在诺梦苍蓝色的目光下，他们推翻箱子，围成一圈引吭高歌，由一人领唱。

沙兰注视着他们，手扶建筑外墙，乏力地用戴手套的禁手握着浣纱的帽子。他们的笑声不该更绝望吗？他们怎么会这么高兴？又怎么唱得出来？这一刻，那些人成了她眼中的怪物，超乎她的理解。

有时，她觉得自己就像个披着人皮的生物，堪比藏在乌有斯麓中的灭者，派出傀儡冒充人类。

是他，她心不在焉地注意到，*是知策在领唱。*

他再也没有在客栈给她留言。上次她到店里去问，老板说他已经搬走了，还强迫她付知策赊的账。

浣纱戴上帽子，转身沿着小小的街市走去。

✦

在到达裁缝铺之前，她将自己变回沙兰。浣纱总想追踪在守城卫队执勤的卡拉丁，这下只能勉为其难地放手。卡拉丁并不认识她，所以她可以接近他，假装想要认识他，也许还能调调情……

"光辉女士"为这个想法惊呆了。她对阿多林的誓言并不完善，但很重要。她尊敬阿多林，也很享受两人一起练剑的时光。

而沙兰……沙兰想要什么？这要紧吗？何必为她操心？

浣纱最终还是放手了。她把帽子和大衣叠好，利用幻象伪装成小包。她把沙兰穿着修身裙的幻象叠加到自己的衬衫长裤上，随后信步走进裁缝铺，发现德雷赫和斯卡正在打牌，争论哪种口味的荞鞑卷最好吃。还有不同口味吗？

沙兰向他们点点头，疲惫地走上楼梯。几只饿灵冒了出来，她才想起这天偷了东西，却没有给自己留下食物。于是她收起衣服，走到厨房。

只见艾尔霍卡正在喝酒，杯子里沉了一颗润石，那抹紫红色的光芒是房间内唯一的照明。他跟前的桌上摆着一张写有铭文的纸，罗列了他通过各方接触到的家族的名字。他划去了一些名字，但把其他名字都圈了出来，在一旁写下了他们大概能提供的武装兵力，一处的数目是五十，另一处的数目是三十。

沙兰去取了一些面饼和糖，艾尔霍卡便朝她举起发光的酒杯。"你裙子上的那个设计是怎么回事？看着……眼熟。"

沙兰低头一看，发现通常伏在大衣上的图腾已被复制到了修身裙幻象的一侧。"眼熟？"

艾尔霍卡点点头。他似乎没有喝醉，只是陷入了沉思。"以前，我总把自己当成像你那样的英雄。我想以父亲的名义称霸破碎平原，为流血牺牲报仇。事到如今，我们获得的胜利已经不再重要了，是不是？"

"当然重要。"沙兰说，"我们占领了乌有斯麓，击败了虚渡大军。"

他哼了一声。"有时我以为，只要我一味坚持，世界就会改变。然而，希望和期待是激神的迷信，是异端，一个虔诚的沃林教徒应当关心如何改变自己。"

献出你的激情……

"你有誓约之门或瞬息教的新消息吗？"艾尔霍卡问。

"没有。不过我有办法上去了，我想到了新点子。"

"很好。我大概很快就能集结军队，但兵力会少于预期。然而这取决于你的侦察。在出兵之前，我希望了解平台上的情况。"

"请再给我几天时间。我保证会上到平台。"

艾尔霍卡呷了口酒。"还能把我当成英雄的人，已经不剩几个了，光辉骑士。塔冠城。我的儿子。飓风啊，我上回见到他，他才出生没多久，现在他应该三岁了，还锁在王宫……"

沙兰把食物放下。"稍等。"她走去成衣间，从架子上取下素描本和铅笔，然后回到艾尔霍卡身边坐下来，摆出几颗润石照明，开始作画。

艾尔霍卡坐到桌对面，被发光的酒杯照亮。"你在干什么？"

"我还没有好好画过您的肖像，"沙兰说，"我想画一张。"

艺灵立刻在她周围出现，看似正常，但还是非常古怪，究其原因很难说清。

艾尔霍卡是个好人，至少他拥有一副好心肠。这难道不该是最关键的吗？他走过来，越过她的肩膀看她作画，但她已经不需要照着他的模样勾勒线条了。

"我们会拯救他们。"沙兰低语，"您会拯救他们。一切都会好起来的。"

艾尔霍卡默默地望着她打上光影，画完全稿。她一抬起铅笔，艾尔霍卡就从她身边伸手过去，放在画纸上。画中的艾尔霍卡被打倒在地，双膝跪下，衣衫褴褛，但他依然昂首仰望，放眼远方。他没有被打垮。他是如此高贵，充满王者之威。

"原来我是这个模样？"他低声问。

"没错。"至少是您潜在的模样。

"我……我能收藏吗？"

她为画作上了封胶，递给艾尔霍卡。

"谢谢。"风操的，他感动得快哭了！

沙兰一阵羞赧，收起画具和食物，匆匆离开厨房。她在住处碰上了伊什娜，这名矮小的暗眼种女子咧嘴笑着，先前以浣纱的面孔和打扮外出。

伊什娜举起一张纸片。"光明女士,我在分发食物的时候,有人把这个交给了我。"

沙兰皱着眉头接过纸片,上面写道:

下一场灭世风暴将在后天刮起。当晚,请独自携带食物赴宴,并在庆典外缘与我们见面。

75 一片血红

十一年前

达力拿翻身下马。

马匹的速度太慢了。

一阵迷雾从湖面飘来，让他想起很久以前的那一天，他与迦维拉尔和撒迪亚斯初次袭击天堑的情景。

随行的精锐之师是多年谋划和操练的产物，主要由弓箭手组成，他们不穿盔甲，受过长跑训练。马匹则威风凛凛，骑兵在短距离上的速度和机动性都赫赫有名，造日王就以投入一整支骑兵中队著称。

这些可能性令达力拿好奇：能培养士兵骑射吗？会有多大杀伤力？如果像深族侵略期间的传说所言，让马匹载着矛兵冲锋又如何？

然而在这天，他不需要马匹。士兵更适合长跑，况且他们也更擅长在崎岖不平的山坡和岩地上攀爬。前来侵扰的军队至今没有一支的行速比这支精兵中队快，精兵都是弓箭手，却精通剑术。他们受过无与伦比的训练，自身强大的耐力也是闻名遐迩。

达力拿没有亲自跟他们一起训练，因为他没空每天出操跑三十里路，幸而他有碎瑛甲来弥补。此刻，他身披盔甲，率领冲锋兵越过灌木丛和岩石，经过芦苇丛。那些芦苇伸出毛茸茸的茎须随风摇曳，一等他靠近就缩了回去。他的到来让草叶和树木都受到了惊吓。

他体内有两团火焰在燃烧。第一团火焰是瑛甲的能量，为他迈出的每一步提供动力；第二团火焰是激越感。撒迪亚斯是叛徒？不可能。他向来支持迦维拉尔，达力拿信任他。

然而……

我以为自己值得信任，达力拿心想，带头冲下山坡，身后涌来一百名士兵，*但我差点背叛了迦维拉尔。*

他要亲眼看看，弄清楚这支给天堑带去补给的"车队"里到底有没有碎瑛武士。不过一想到自己可能遭到了背叛，撒迪亚斯可能一直在跟他们作对，达力拿就陷入了某种特意的疯狂，只有激越感才能赋予他这么清晰的感受。

事关一个人、他的剑和他将要洒下的鲜血。

在奔跑的过程中，激越感似乎在他体内发生了变化，渗入他疲惫的肌肉，贯穿他的全身，成了一种力量。他们登上天堑以南一段距离的山坡后，他不知为何感到比出发时更有活力。

精兵中队小跑而来，达力拿停下脚步，铠靴刮擦石面。前方山下的峡谷口，有一群人争先恐后地拿起武器，显得非常慌张。是那支车队。车队的斥候肯定发现达力拿军在靠近。

他们先前还在扎营，不一会儿就丢下帐篷往峡谷里跑，以免被包抄。达力拿怒吼一声，召唤瑛刃，不顾部下的疲惫就冲下山坡。

对方的士兵穿着森绿和纯白两色制服，代表撒迪亚斯军。

达力拿来到山下，冲进已被废弃的营地，挥起渡誓横扫掉队的人，他们双眼灼烧，瘫倒在地。

等等。

他的势头不会让他停手。敌人的碎瑛武士在哪里？

有点不对劲。

达力拿率领部下进入峡谷追击敌兵,沿着一条宽阔的道路冲上崖壁。他边跑边高举渡誓。

如果对方是运送违禁补给的密使,为什么要穿撒迪亚斯军的制服?

达力拿愣在原地,部下蜂拥而至。那条路将他们从谷底带到了陡坡南侧大约五十尺高的地方,他没有看到任何碎瑛武士的踪迹。敌人在坡顶集结,他们的制服……

他眨眨眼。这……这不对劲。

他大喊着命令部下后撤,他的声音却被突如其来的轰鸣声淹没。轰鸣声如惊雷般震耳,伴着岩石撞击的可怕响声。大地颤动,他惊恐地转过身,发现碎石正从他右手边的陡崖上翻滚而下,就要直接落在他领兵而至的地方。

他只反应片刻,碎石就重重地砸到他身上。

顿时天旋地转,一片漆黑,但碎石还在滚落、还在砸下,迸出的熔融火星在他眼中闪过,忽然有什么重物狠狠砸在他的头上。

一切终于结束后,他发现自己躺在黑暗中,脑袋突突作痛,浓稠而温热的血液顺着脸颊淌下,从下巴处滴落。他感到自己在流血,却什么也看不到。他眼睛瞎了吗?

他的脸颊紧贴在岩石上。不,他眼睛没有瞎,只是整个人被碎石埋住了,头盔已被砸碎。他呻吟着挪动身子,脑畔的石面被从胸甲中渗出的飓光照亮。

不知何故,他在山崩中幸存了下来。他脸朝下俯卧着,身子被埋在碎石里。他又动了动,用眼角的余光看着一块落石就要从侧面扎进他的头颅。他静静躺着,头痛欲裂。他屈伸左手,发现护手甲和前臂护甲都破裂了,但右手的护甲还能运作。

这……这是陷阱……

897

撒迪亚斯不是叛徒。这是天堑人和当地的轩领主设计的陷阱，旨在引诱达力拿中圈套，再抛下落石砸死他。懦夫。他们很早以前也在拉萨拉斯用过这一计。他放松下来，轻声呻吟。

不，不能原地躺着。

他或许可以装死。这个想法是如此诱人，他闭上双眼，意识逐渐模糊。

他胸中猛地燃起一团火焰。

你遭到了背叛，达力拿。听好。士兵搜刮山崩残余的声音传了过来，鼻音清晰可闻，是天堑人。

塔纳兰让你来这儿送死！

达力拿冷笑一声，睁开双眼。那些人不会放任他躲在这座石冢中装死。由于他带着碎瑛武器，他们会找上他追回战利品。

他强打精神，利用覆有甲片的肩膀防止岩石滚落到暴露在外的脑袋上，但没有做其他动作。上方的士兵终于急切地说起话来，他得知他们发现了从石堆里探出来的盔甲披风，寇林家族的塔冠对铭衬着蓝色的底子，非常显眼。

他听到石头刮擦的声音，身上的负担一下子减轻了。激越感达到顶点，他脑畔的碎石向后滚去。

起来。

达力拿蹬了蹬套在铠靴里的双脚，用戴着护甲的那只手移开一块巨石，撑开足够的空间，好让自己站立。他从石冢中挣脱出来，摇摇晃晃地挺直腰杆，石块叮叮作响。

天堑人咒骂着，慌忙后退。他跳出洞口，铠靴刮擦石地，咆哮着召唤瑛刃。

盔甲的状况比他设想的严重，有四处不同的破损，导致行动迟缓。

四周塔纳兰军的士兵似乎双眼发光，聚集在一起冲他大笑，表情中流露出浓浓的激越感。他的瑛刃和正在逸出飓光的瑛甲映在他们深色的眼眸中。

鲜血顺着他的脸颊流下，他也回了他们一个大笑。

他们慌忙进攻。

※

达力拿眼前只有一片血红。

他堪堪回过神来，才发现自己正反复把一个人的脑袋往石头上砸。那人身后躺着许多双眼焦黑的尸体，高高堆在达力拿起身迎战敌兵的洞口周围。

他松手丢下死人的脑袋，呼出一口气，感觉……他究竟感觉到了什么？忽然只是一阵麻木，疼痛仿佛离他很遥远，就连愤怒也朦胧不清。他低头瞧了瞧自己的双手。他为什么没有用碎瑛刃，而是徒手战斗？

他侧过身面朝渡誓。渡誓从他捅过的一块岩石上伸出来，剑柄上的宝石开裂了。没错，他无法让剑消失，宝石的开裂妨碍了这一过程。

他跌跌撞撞地站起来，四处寻找敌人，但没有人前来挑衅。他的盔甲……有人在战斗时击碎了他的胸甲，他察觉到胸口处有一道刺伤。他几乎不记得了。

太阳低沉，峡谷陷入阴影之中。废弃的衣服碎片在他周围随着微风飘扬，尸体静静地躺着，万籁俱寂，就连那些飓虫般的物资搜集者都没了声音。

尽管浑身乏力，他还是包扎了最严重的伤口，握起渡誓放在肩头。从来没有一把碎瑛刃感觉如此沉重。

他向前走去。

一路上，他丢弃了笨重的碎瑛甲甲片。达力拿流了太多血，实在太多。

他全神贯注地迈开步子，一步又一步。

气势，战斗就要有气势。

他不敢走明显的路线，免得再遇到天堑人。他穿行于荒野，藤蔓在他脚下扭动，石壳木在他经过后才吐出藤条。

激越感重新涌来，催促他向前走。这场跋涉是斗争，是作战。夜幕降临，他丢开碎瑛甲最后一块甲片，只留下颈甲。如果有必要，其他部分均可再生。

继续前进。

在黑暗中，黑乎乎的身影似乎与他同行。他的眼角现出由红色迷雾组成的军队，冲锋陷阵的军队归于尘埃，随后又从阴影中冒出来，犹如澎湃的海浪不断瓦解和重生。其中不只有人的形象，还有无眼无珠的马的形象。动物在牢笼中挣扎，扼杀彼此的生命。死亡与斗争的阴影驱使他在夜色中前进。

脚下的路似乎永远没有尽头。时间失去了意义，永远也就不算什么。等他走近来自天堑的亮光，见到城墙上的士兵举着火把，心里其实很惊讶。月亮和星辰的指引让他找到了路。

他大步穿过黑暗，朝自己的营地走去。那里还驻扎着另一支部队，正是撒迪亚斯军，他们提前抵达了。再过几个小时，塔纳兰的诡计就不会得逞。

达力拿拖着渡誓，在石地上划出一道痕迹，发出轻微的刮擦声。他麻木地听着围坐在前方篝火边的士兵说话，有一人喊了声什么，他没有理睬，而是径直闯进亮处，迈出的每一步都毫不留情。两名年轻的蓝衣士兵高兴地对起口令，很快却闭上嘴，瞠目结舌地放下矛。

"飓风之父啊！"有人匆匆后退，"克勒克和全能之主在上！"

达力拿继续在营地中穿行。随着他的经过，士兵的哀号声响了起来，诉说着死亡和虚渡的景象。他朝指挥帐走去，似乎同样过了很久才到达。穿越几里路的时间，怎么会和走到几尺远的帐篷前的时间一样长？达力拿摇摇头，视线两侧泛出红色。

帐篷里的说话声穿透了帐布："不可能。士兵们都吓坏了。他们……不，根本不可能。"

帐帘猛然掀开，露出一个衣着光鲜、满头卷发的人。撒迪亚斯瞪大眼睛，为达力拿扶住帐帘。达力拿一步不停地径直走进去，渡誓在地上划出一条痕迹。

帐篷里的将领和军官都聚集在几盏润石提灯发出的暗淡光线下。光明女士卡拉米正在安慰哭哭啼啼的伊薇，雅莱则在细看满桌的地图。所有人的目光齐刷刷地射向达力拿。

"'黑荆棘'，这是怎么回事？"泰莱布问，"塔纳兰军一动手，我们就派了一队斥候去提醒您。当时已经有士兵被推下了城墙，后来据说中了埋伏，全军覆没……"

达力拿举起渡誓，猛地扎入边上的石地，然后叹了口气，总算放下了负担。他按住指挥桌的桌边，两手和两臂都沾满了血迹。

他轻声问："你派出的斥候，就是先前出去刺探车队的人？他们报告说，看到了一个领队的碎瑛武士。"

"对。"泰莱布回答。

"叛徒。"达力拿说，"他们和塔纳兰是一伙的。"塔纳兰可不知道达力拿有意讲和。此人设法买通了斥候队，妄图指使他们放出假情报，引诱达力拿匆忙南下，掉进陷阱。

这一切在达力拿与塔纳兰展开和谈之前就启动了，而且是精心预谋的。

泰莱布高声命令关押那些斥候。达力拿俯身查看桌上的作战地图，小声说："这可是攻城的地图。"

"我们……"泰莱布瞅了瞅撒迪亚斯，"我们认为国王陛下仍需一点时间才能赶来……嗯……替您报仇,光明贵人。"

"那也来不及了。"达力拿嗓音嘶哑地说。

"轩亲王撒迪亚斯……其实还有一个提议。"泰莱布说,"可国王陛下——"

达力拿望了撒迪亚斯一眼。

"他们打着我的旗号背叛了你。"撒迪亚斯扭头啐了一口,"除非他们真的怕了,否则类似的反抗还会时不时地骚扰我们,达力拿。"

达力拿缓缓点头。"得叫他们头破血流。"他低声道,"我要让他们吃点苦头,不论是男人、女人还是小孩,都得给我记着,背信弃义是不会有好下场的。一刻也不能等。"

"达力拿?"伊薇站起身,"老公?"她朝着指挥桌走来。

达力拿转身面对伊薇,伊薇马上停步,西方人特有的苍白肌肤更是没了血色。她不由得退却几步,两手捂住胸口,惊恐万状地看着达力拿,脚边冒出了惧灵。

达力拿照了照一盏带着锃亮金属外壳的润石提灯,那上面映出一张糊满暗红血污的脸,头发缠结,蓝眼圆睁,咬牙切齿。这相貌与其说是人,不如说是虚渡。他身上刀痕累累,恍如百道伤口,加垫的制服也支离破碎。

"不能这么做。"伊薇说,"你需要休息。先睡一觉,达力拿。缓个几天好好想想。"

他也确实累了……

"现在可是举国上下都嫌我们软弱,达力拿。"撒迪亚斯压低嗓音,"镇压叛乱的战线拉得太长了。以前你从不听我的,这回你可听好了:要想阻止这种事再次发生,就得严惩不贷,一个人都别放过。"

"严惩不贷……"达力拿胸中又燃起激越,其中交织着苦痛、愤怒和屈辱。他两手紧按指挥桌,让自己镇定。"我兄长派来的塑魂者是不是能变出两种东西?"

"她能变出谷物和油。"泰莱布答道。

"很好，叫她开工。"

"这是要增加食物补给？"

"不是。叫她弄些油，有多少宝石就变多少。来人，把我老婆领回营帐，让她缓解一下不必要的悲伤。其他人都给我集结起来，明早杀一儆百。原先我都跟塔纳兰约好了，要让拉萨拉斯的寡妇哭着求饶，可反观他们对我的态度，我都嫌下手轻了。"

"我打算彻底毁掉这个地方，只留下孤魂野鬼，让今后的十代人都吓得不敢重建家园。我们要让整座城市葬身火海，烧得连渣都不剩，这样谁都不会再流下眼泪。"

76 野兽

十一年前

达力拿同意更衣。他洗了脸和胳膊,让手术师验伤。

迷雾染红了他的视线,还是没有散去。他睡不着。迷雾不让他入睡。

抵达营地一小时后,他步履沉重地走回指挥帐,身上是干净了,但精神不太充沛。

将领们依照撒迪亚斯的指示,制定了新的一套攻取城墙的作战计划。达力拿检查了一番,并做了一些修改,但还是叫他们暂停制定向城内进军、实行清城的计划。他心中另有打算。

"光明贵人!"一名女信使来到营帐前,走了进来,"使节挂出休战旗,正要离城。"

"射死他。"达力拿面不改色地说。

"长官?"

"放箭射死他。"达力拿说,"杀光出城的人,任他们的尸体腐烂。"

"嗯，遵命，光明贵人。"信使闪身离开。

达力拿抬头望向撒迪亚斯，后者仍旧穿着碎瑛甲，在润石的光亮之下熠熠生辉。撒迪亚斯点头同意，朝旁边一指，想要私下谈谈。

达力拿从桌边走开。他本该更痛苦才对，不是吗？风操的……他浑身麻木，几乎没有任何感受，除了那股在内心深处酝酿的灼热。他和撒迪亚斯一同走出帐篷。

"遵照你的吩咐，"撒迪亚斯低声说，"文书那边我已经搪塞过去了。迦维拉尔不知道你还活着，他先前的命令是伺机攻城。"

"既然我回来了，他在后方发布的命令就失效了。"达力拿说，"士兵们会理解的，就连迦维拉尔本人也不会不同意。"

"没错，但为什么一直瞒着他？"

最后一轮月亮即将落山，天就快亮了。"撒迪亚斯，你对我兄长怎么看？"

"我们正需要他。"撒迪亚斯说，"他作风强硬，有魄力统领战局；在和平时期则态度温和，受到爱戴。他富有远见卓识。"

"你觉得他下得了手吗？"

撒迪亚斯陷入沉默。"不觉得。"他最后答道，"至少现在不觉得。我看你也未必。这不仅仅会造成死亡，还会彻底摧毁一个地方。"

"教训他们。"达力拿低声说。

"威慑他们。塔纳兰的计划很巧妙，但也很冒险。他知道自己获胜的机会取决于能否把你和你的碎瑛武器从战斗中排除出去。"撒迪亚斯眯起眼睛，"你以为那些士兵是我的部下，你居然相信我会背叛迦维拉尔。"

"我不放心。"

"那就听好，达力拿。"撒迪亚斯压低嗓门，"要背叛迦维拉尔，我会先掏出自己的心。我没有当国王的意思，做这种工作得不到什么赞美，更没有什么乐趣。我真心希望王国能够长存。"

"那就好。"达力拿说。

"实话告诉你,我以前还怕你会背叛他。"

"有一次就差一点,不过我及时停手了。"

"为什么?"

"因为在这片王国,"达力拿说,"必须有人能够去做该做的事,而这个人不能坐在王位上。继续拖住那些文书。如果我兄长能够明智地否认我们将要采取的行动,那就更好了。"

"很快就会有风声走漏出去。"撒迪亚斯说,"我们两支军队之间的对芦通信太频繁了。那些风操的玩意越来越便宜,大多数军官都买得起,可以远程打理家族事宜。"

达力拿大步走回营帐,撒迪亚斯紧随其后。被他插进石地的渡誓依旧留在原处,但持甲侍卫已经为他更换了剑柄上的宝石。

他把剑从石地里拔出来。"进攻的时候到了。"

正和其他将领站在一起的亚马兰扭头问道:"现在吗,达力拿?夜里进攻?"

"城墙上的火光够亮了。"

"要攻破城墙的防御是没问题。"亚马兰说,"不过,光明贵人,我可不想在夜里下到那些垂直的街道作战。"

达力拿与撒迪亚斯对望了一眼。"幸好你不必这么做。传话下去,让士兵们准备好油和火把,马上出发。"

轩元帅佩雷特霍姆接到命令,开始安排具体工作。达力拿把渡誓扛在肩上。*是时候带你回家了。*

不到半小时,士兵们就攻上了城墙,这次没有碎瑛武士带领。达力拿体力虚弱,他的碎瑛甲也是一团糟。撒迪亚斯向来不喜欢太早暴露自己,而泰莱布无法独自冲锋。

军队采用寻常的方式派兵搬运攻城梯,那些人不是被落石压死,就是被箭矢射穿。最终他们突破防御,在激烈的血战中占领了一段城墙。

激越感成了达力拿心中的一块疙瘩，丝毫没有满足，但他已经疲惫不堪，只能继续等待。泰莱布和撒迪亚斯终于加入战斗，击溃了最后一批守军，将他们从墙头推了下去。他们掉进了深渊中的城市。

"我需要一支精兵小队，"达力拿轻声对附近的传令兵说，"还有一桶油。让他们在城墙内接应我。"

"遵命，光明贵人。"那名少年兵说完便跑开了。

达力拿在战场上阔步前行，经过了倒地士兵血淋淋的尸体。他们几乎成排成排地死在了一波波箭矢射中的地方。他还经过了一堆穿白衣的尸体，那附近是使节先前被杀的地方。他被初升的太阳照得暖洋洋的，穿过敞开的城门，走进包围天堑的环形石墙。

撒迪亚斯在那儿接应他，盔甲的面罩已经抬起。因为劳累，他的脸颊比平时更红润。"他们就像虚渡那样战斗，打得比上次还凶残。"

"他们很清楚会发生什么。"达力拿朝悬崖边走去，但在半路上停了下来。

"这回我们检查过陷阱了。"撒迪亚斯提醒道。

达力拿继续前进。天堑人让他中招两次，他头一次就该吸取教训。他在悬崖边停步，俯瞰建造在一座座平台上的城市。城市耸立在不断变宽的崖壁上，气势恢弘，是人类智慧和勇气的丰碑，难怪居民自视甚高，还要抵抗。

"烧了它。"达力拿说。

弓箭手聚集在一起，准备放箭，而其他士兵则把一桶桶油和沥青滚上来，准备浇在火上。

"城里有成千上万人，长官。"泰莱布在他身边低声道。

"这座王国必须尝到反叛的代价。今天我们要表明态度。"

"不服从就得死？"泰莱布问。

"当时我也是这么让你选择的，泰莱布。你很聪明，选择了服从。"

"那城里的平民呢？那些没有机会选择的人呢？"

撒迪亚斯在附近哼了一声。"只要让王国的每一个贵族都受到对不服从的惩罚，就能避免今后更多的死亡。"他从助理手中接过一份报告，走到达力拿面前，"你说得没错，斥候是叛变了。我们收买了其中一人交代同伙，并将处决其他人。他们的计划显然是要把你从军中孤立出来，妄图杀了你。就算你只是被拖住了脚步，天堑人也还是希望他们的谎言能够促使军队在没有你率领的情况下胡乱发起进攻。"

"他们并不指望你迅速赶到。"达力拿说。

"也不指望你有那么顽强。"

士兵们拔开油桶的塞子，把油倒进天堑，浸透城市的上层，随后扔下火把，让桩子和栈道起火。城市的地基正是易燃物。

塔纳兰军的士兵试图在天堑外部组织反击，但他们放弃了有利条件，以为达力拿还会像以前那样征服和掌控。

他看着火势蔓延，火灵在火中升起，似乎比平常更大，而且更加……愤怒。他留下一脸肃穆的泰莱布，走回去召集剩余的精兵。卡达什军尉带来了五十人，还有两桶油。

"跟上。"达力拿绕过天堑的东缘，那里的地缝很窄，可以铺设小桥穿过。

下方传来人们的尖叫、哀号和求饶声。人们从房屋中涌出，惊恐地大喊大叫，逃到了栈道和通往凹地的阶梯上。许多房屋熊熊燃烧，把剩下的人困在了里面。

达力拿带领小队沿着天堑的北缘前进，最终抵达了某处。他的部队原地等候，准备杀死任何试图突围的士兵，但敌人只顾着在对面进攻，基本已被击退。火势还没有爬升到这里，但撒迪亚斯麾下的弓箭手已经射杀了几十个想要从这个方向逃走的平民。

目前，通往城内的木质坡道已经畅通无阻。达力拿带队下了一层，来到他记忆深刻的位置：那扇嵌在墙上的暗门。如今门面换成了金属材质，由两名紧张不安的天堑士兵守卫。

卡达什的部下用短弓射倒他们，这让达力拿很恼火。战斗如此激烈，却无法满足激越感。他跨过一具尸体，试着打开那扇不再隐蔽的门。门依然紧锁着。看来这次，塔纳兰决定保障安全，而非保守秘密。

不幸的是，渡誓已经归来。达力拿轻而易举地切断了钢制铰链。他后退一步，那扇门向前打开，开到了栈道上，震得木头摇摇晃晃。

"把这些点燃，"他指着木桶，"再滚进去，把躲在里面的人都烧死。"

士兵们连忙服从，很快岩石通道里就有一阵黑烟涌出。没有人试图逃跑，但达力拿似乎听到了从里面传来的哀号。他观望良久，直到黑烟和热气把他驱赶回去。

他身后的天堑正在变成一口充满黑暗和火焰的夺命坑。达力拿沿着斜坡退到石崖顶上，弓箭手点燃了他身后最后几段栈道和坡道。这里还要过上很久才能重新住人。飓风的侵袭是一方面，但这片大地还面临着一种更可怕的势力，它携着一把碎瑛刃。

达力拿从一排排士兵面前经过，士兵们一脸恐惧，静静地守在天堑的北缘。如果达力拿和迦维拉尔在早年的征战中允许去城里劫掠，这些士兵中的不少人就不会追随他们。至于那些耿耿于怀的人……他以前经常找借口阻止此类事的发生。

他抿起嘴巴，压下激越感。他不允许自己乐在其中。这一丝体面还是可以保住的。

"光明贵人！"一名士兵朝他招手，"光明贵人，您得看看这个！"

悬崖下方，往城里再走一层，就有一座美轮美奂的白色宫殿。宫殿外的栈道上，有一群人争先恐后地想要到达门前，但木质栈道着了火，挡住了去路。达力拿认出了先前见过面的塔纳兰二世，大吃一惊。

他想回家？达力拿推测。宫殿上层的窗户现出黑黑的人影，似乎有一个女人和几个孩子还留在里面。不，他想去找他的家人。

塔纳兰终究没有躲在那间安全屋内。

"扔一根绳子下去，"达力拿说，"把塔纳兰拉上来，但要射死他的护卫。"

天堑中飘出的烟雾越来越浓，被火光照得通红。达力拿咳嗽几声，向后退去，看着部下把一根绳子放到下面平台上还没有起火的地方。塔纳兰犹豫了一下才抓住绳子，让达力拿的部下把他拉上去。他的几个护卫想要爬上附近着火的斜坡，却被箭矢射中。

塔纳兰被拖到悬崖边，衣服被烟雾熏黑。"求求你。"他说，"救救我的家人，求求你。"

达力拿能听到他们在下面惨叫。他小声下达命令，精兵队便让寇林正规军后撤，面朝燃烧的天堑开辟出一片宽阔的半圆形区域，只有达力拿和他的心腹能看着俘虏。

塔纳兰瘫倒在石地上。"求求你……"

"我是一头野兽。"达力拿轻声道。

"什么——"

"野兽。"达力拿说，"被喝促之后，就会做出反应；被鞭打之后，就会变得野蛮。人们可以利用它掀起风波和骚乱，但麻烦的是，一旦它野性大发，就不能吹个口哨把它唤回来。"

"'黑荆棘'！"塔纳兰吼道，"求求你！救救我的孩子。"

"我在很多年前就犯了一个错误。"达力拿说，"我不会再这么犯傻了。"

然而……惨叫声不绝于耳。

达力拿军的士兵紧紧扣着塔纳兰，达力拿转身背对他，走回到火坑边。撒迪亚斯刚刚带着一支中队赶到，但达力拿没有搭理他们，还是把渡誓扛在肩头。烟气刺痛了达力拿的鼻子，让他眼泪汪汪。空气被热量扭曲、染红，他看不到天堑对面的其他军队。

这就像是在俯瞰诅咒之地。

达力拿长舒一口气，忽然备感疲劳。"够了。"他扭头对撒迪亚斯说，"就让城里剩下的人从下面的峡谷口逃出去吧。我们已经发出了信号。"

"什么？"撒迪亚斯迈步走过来，"达力拿——"

一连串巨响打断了他的话。不远处，城市的一整片区域都塌陷在了火中，那座宫殿和其中的住户随之倒下，火星四溅，木屑纷飞。

"不！"塔纳兰吼道，"不！"

"达力拿……"撒迪亚斯说，"我已经按照你的命令在下面布置了一个大队的兵力和弓箭手。"

"我的命令？"

"你说过要杀光出城的人，任他们的尸体腐烂。我在下面派驻了人手，他们已经向平台的支柱射了箭，烧毁了通往城下的栈道。城市的火势从顶上和底下两个方向蔓延，已经阻止不了了。"

木头开裂，城里塌陷的区域越来越多。激越感如潮水般翻涌，达力拿把它按了下去，"我们做得太过分了。"

"胡说！如果人们可以就这么走出去，我们给出的教训就没有多大意义了。"撒迪亚斯瞥了塔纳兰一眼，"最后还要把这个人了结，决不能再让他跑掉了。"他伸手拔剑。

"让我来吧。"达力拿说。一想到又要杀人，他就开始犯恶心，可他还是强打起精神，毕竟这是背叛他的人。

达力拿走上前，塔纳兰还想跳起来战斗，值得称道。几名精兵把这个叛徒推倒在地，而卡达什军尉只是站在悬崖边，低头看着下方的破坏。达力拿体会到了火坑的热度，那是如此可怕，反映出了他内心的一种感受。不可思议的是，他的激越感……并不满意，依然是那么饥渴，似乎……似乎无法得到餍足。"

塔纳兰倒地痛哭。

"你不该背叛我。"达力拿低声道，举起渡誓，"至少这一回，你没有躲在洞里。我不知道你让谁躲在那儿了，但你给我记着，那人已经死了，被我用着火的油桶解决了。"

塔纳兰眨眨眼，仰头狂笑，一副疯疯癫癫的样子。"你不知道那人是谁？可你连我们的使节都杀了。你这个可怜的傻瓜，你这个倒霉的大蠢货。"

达力拿揪住塔纳兰的下巴，不过那人还被他的部下扣着。"你说什么？"

"那个女人来过，"塔纳兰说，"她是来劝降的。你怎么能把她漏掉？你连家人也看不牢吗？你放火烧掉的那个窟窿……没有我们的人躲在里面，人人都知道，现在那里是座监狱。"

达力拿浑身冰凉，一把扼住塔纳兰的喉咙，渡誓从指间滑落。他掐住那人的脖子，要求他收回前言。

塔纳兰死前，嘴上还带着淡淡的狞笑。达力拿踉跄后退，突然无法站直。鼓舞人心的激越感呢？"都折回去，"他冲精兵队喊道，"搜查那个洞。快……"他渐渐没了声音。

卡达什气色虚乏地跪在岩地上，跟前是一摊呕吐物。一些精兵跑去执行达力拿的指令，却从天堑边上退了回来，因为从燃烧的城市中腾起的热量实在太惊人了。

达力拿咆哮着起身冲向火光，无奈火势太猛，就连一度无敌的他，也得自认渺小。此刻，他的行动毫无价值、毫无意义。

一旦它野性大发，就不能吹个口哨把它唤回来。

他屈膝跪下，久久没有站起，直到士兵扶他起来，带着他一瘸一拐地走离热气，回到营地。

六小时后,达力拿站在营帐的桌边,盯着桌上那具盖着白床单的尸体。他背起抖得厉害的双手,多少是不想让别人看到。

文书的私语声从他身后传来,如同训练场上利剑破空的响动。泰莱布的夫人卡拉米带起话题,坚称伊薇叛变。要不然还能怎么解释?轩亲王夫人的焦黑尸体竟出现在敌方的安全屋内。

叛变一说似乎合情合理:伊薇打定主意对亲卫下毒,之后连夜潜逃。至于她是多久以前叛变的,以及她是否召集了背叛达力拿的斥候队,文书们并没有把握。

达力拿走上前,轻抚惨白而光滑的床单。*蠢女人。*文书们并不真正了解伊薇。她绝非叛徒,只是去了天堑劝降。她早就注意到了达力拿的眼神,见丈夫没有手软的意思,便尽己所能出了一份力。全能之主保佑她。

达力拿连站都站不稳。激越感弃他而去,让他心灰意冷,痛苦不堪。

他掀开床单的一角。伊薇的左脸已被烧黑,模样令人反胃,但右脸由于抵着石面,竟完好无损。

他心想:*都是你的错。你好大的胆子!怎么可以这么糊涂,这么不让人省心。*

这不是他的错,不需要他负责。

"达力拿,"卡拉米上前道,"你该歇会儿了。"

"她没有出卖我们。"达力拿斩钉截铁地说。

"一切总会水落石出——"

"她没有出卖我们。"达力拿喝道,"卡拉米,发现她尸体的事,不要声张,就说……我老婆昨晚被暗杀了。极少数知情人士必须严守秘密。要让民众以为她死得光荣,今天放火屠城的行为纯粹是为了报复。"

达力拿咬紧牙关。他率领的部队训练有素,多年来都没有对平民实行屠杀和抢劫,但早些时候,他们却彻底焚毁了一座城市。让他们以为将军夫人死于谋杀,能够减轻他们的负罪感。

卡拉米冲达力拿会心一笑,神情透着倨傲。谎报伊薇的死因其实还有第二重目的,只要卡拉米和那些首席文书自以为知道一个秘密,她们就不太可能刨根问底。

反正不是我的错。

"节哀顺变,达力拿。"卡拉米说,"飓风总会过去,凡人经历的痛苦也会消失。"

达力拿把尸体留给他人处理,正要动身离开,却听到了死在天堑里的人的惨叫。这就怪了。他停下脚步,疑惑不解。周围似乎无人留意。

就是这幽幽的惨叫。他也许幻听了,耳边似乎都是孩子的声音,被他遗弃在火海中。无辜的死者齐声求救、求饶。

伊薇的声音赫然入耳。

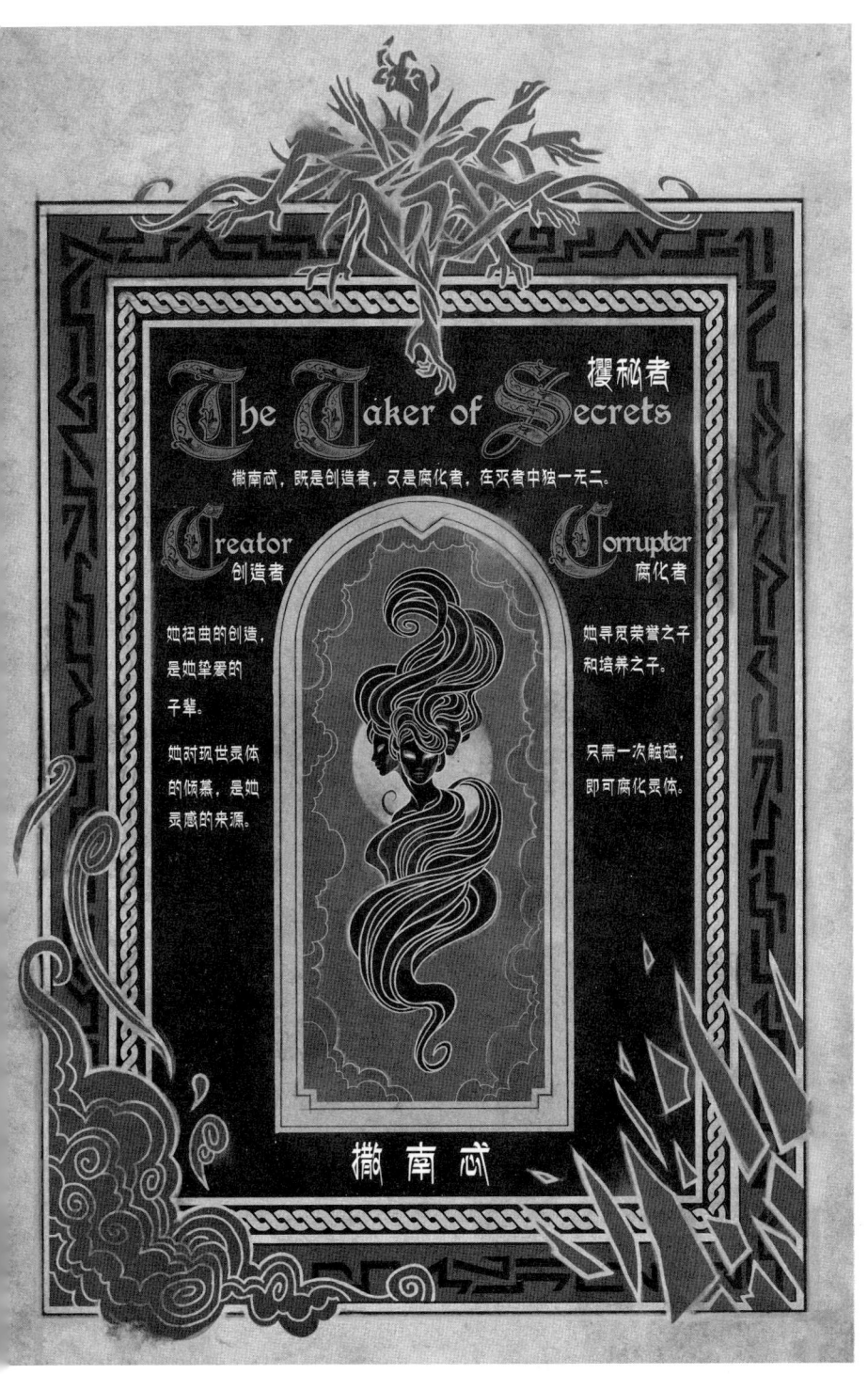

The Taker of Secrets

攫秘者

撒南忒，既是创造者，又是腐化者，在灭者中独一无二。

Creator
创造者

她扭曲的创造，是她挚爱的子辈。

她对现世灵体的倾慕，是她灵感的来源。

Corrupter
腐化者

她寻觅荣誉之子和培养之子。

只需一次触碰，即可腐化灵体。

撒南忒

《秘辛考》书影：攫秘者

77

避风

仇恨的残余势力必须得到处理。就算没有来自诅咒之地的主人,那些名为"仆族"的生物却仍在奋力作战。

——出自30-20号抽屉中的第一颗绿宝石

卡拉丁冲过街道。"慢着!"他喊道,"这里还有人!"

就在前方,一个留着稀疏八字胡的人正吃力地关上厚重的木门,但还没关上木门就卡住了。卡拉丁趁机蹿了进去。

那人冲他骂了几句,这才带上门。黑乎乎的墩树材质的木门发出一声闷响,那人上完锁就退了回去,让三个比他年轻的人闩上厚门闩。

"时间掐得真准,战士。"留八字胡的人注意到了卡拉丁佩戴的守城卫队肩章。

"不好意思。"卡拉丁递给那人几颗润石,付了入场费,"可是还有几分钟才起风。"

"现在刮新的飓风了,还是小心为上。"那人说,"多亏大门卡住了,不然你还进不来。"

茜尔坐到铰链上,晃荡着两腿。卡拉丁能进屋未必是运气好,毕竟风灵的一个经典把戏就是把人的鞋子黏在石头上,但他还是能理解看门人的犹豫。灭世风暴的来袭并不总是符合学界的预报,上一场就提早了好几个小时,出乎大众的意料,所幸灭世风暴的风速不及普通的飓风快,只要有意识地注意天色,就来得及寻找避风的场所。

卡拉丁捋了捋头发,朝酒馆里走去。这儿充其量只是一座防风堡,但却是很时髦的去处,只有富人才会在此打发飓风肆虐的时光。酒馆有一间大堂,砌着厚厚的石墙,墙上自然没有窗户,一个男招待正在靠后的地方替人倒酒,周围有一圈包厢。

卡拉丁看到沙兰和阿多林正坐在边上的包厢里。沙兰没有换脸,只有阿多林扮成了梅勒兰·考尔的样子,魁梧、秃顶,身高没有多少变化。卡拉丁在原地逗留片刻,望着被阿多林的蠢话逗笑的沙兰。她好像完全被迷住了,还用禁手戳了戳阿多林的肩膀。这没什么不好的,现在人人都应该有一些能带来光明的寄托,然而……她不时投来的目光,似乎不属于同一个人,这是怎么回事?她的笑容变了,眼神几乎不怀好意……

你看走眼了,他心想,迈开大步走上前去,引起了两人的注意。他叹了口气,在包厢里落座。现在他正好休息,随时可以在城里逛逛。他还对别人说,他要自己找地方避风,飓风过境后,才会准时参加夜巡。

"扛桥的小子,你可算来了。"阿多林说。

"我忘了时间。"卡拉丁用手指轻点桌面。他不喜欢待在防风堡里,简直就像在坐牢。

室外轰雷滚滚,宣告灭世风暴的来袭。城里人大多会留在家中,难民们则会去公用的防风堡。

这座付费的防风堡宾客稀少,旁边坐了人的桌子寥寥无几,包厢也没几个人在用,光是谈谈事情倒能不受打扰,但老板就不开心了,因为人们没有能挥霍的球币。

"艾尔霍卡人呢?"卡拉丁问。

"在抓紧最后的时间制定计划呢,连飓风也不顾了。"阿多林说,"今晚他要去见选定的光眼种,而且……他表现不赖,卡尔,至少笼络了几支军队,虽然不如我想象中多,但不是没有用处。"

"或许能找到另一位光辉骑士?"沙兰试问,瞥了卡拉丁一眼,"你有什么发现?"

卡拉丁飞快汇报了他了解到的情况:守城卫队可能拥有一件魂器,肯定用了什么可以生产食物的方法。他还抖出了自己新近发现的一件事,说守城卫队已经掌握了城内的绿宝石储备。

"天青这个人……实在很难懂。"卡拉丁把话说完,"她每晚都来营房检查,却从不讲她自己的事。据说有人见到她用剑劈开了石头,但剑柄上没有装宝石。我觉得那可能是把荣刃,像是白衣刺客用过的武器。"

"是吗?"阿多林往后一靠,"倒是能说明很多问题。"

"夜巡结束后,我的队伍会和她一起吃晚饭。"卡拉丁说,"我打算探探情况。"

一名女侍前来点单,阿多林买了酒。他通晓光眼种在这方面的习惯,不用提醒就给卡拉丁点了一份不含酒精的饮料,因为卡拉丁待会儿还要执勤。他给沙兰点的是一杯紫酒,着实叫卡拉丁吃了一惊。

女侍点完单就走了。阿多林朝卡拉丁伸出手:"让我看看你的剑。"

"我的剑?"卡拉丁瞅了瞅蜷缩在包厢后侧的茜尔。她喃喃自语,佯装没听到灭世风暴扫过岩石的隆隆喧嚣。

"不是那把,"阿多林说,"是你的佩剑。"

卡拉丁低头一看,那把剑就横在他的座位旁边。他差点忘了自己还佩着剑,不由得松了口气。这把剑的剑鞘头几天还会磕磕碰碰呢。他解开搭扣,把剑放在桌上给阿多林看。

"好剑。"王子说,"保养得不错。他们分配给你的时候就是这个模样?"

卡拉丁点头承认。阿多林拔剑出鞘,举了起来。

"有点短。"沙兰评论道。

"这是单手剑,沙兰,是近战步兵的兵器,再长就不实用了。"

"再长的话……不就是碎瑛刃了吗?"卡拉丁问。

"嗯,也是,碎瑛刃已经不能用任何标准来衡量了。"阿多林举剑挥了几下就插了回去,"你头上的轩元帅,我喜欢。"

"这又不是她的兵器。"卡拉丁取回佩剑。

"你们俩比较完了吗?"沙兰问,"我可有了点重大发现。"她用力把一本大开本的书摊到桌上。"我有个线人总算找到了一本赫熹写的《秘辛考》,版本比较新,但评价不好。作者认为灭者都具有显著的特性。"

阿多林掀起封面,看了起来。"那么……书里有没有讲到剑的事儿?"

"唉,你给我闭嘴。"沙兰半开玩笑似的拍了拍阿多林的胳膊,真有点烦人。

就这么看着他们两个人,确实不太舒服。卡拉丁当然很喜欢他们,却见不得他们在一起。他只好强迫自己环顾四周。室外风声呼啸,桌边坐着的光眼种都在借酒水消磨时间。卡拉丁努力不去想象那些难民挤在闷热的公用防风堡里的样子,怀里抱着仅有的那点财产和物品,心里企盼着他们被迫留下的那些东西能够熬过风雨。

"书中声称灭者共有九个,"沙兰说,"和达力拿见到的幻象如出一辙,不过别的说法都是灭者共有十个。它们很可能是上古的灵体,历史可以追溯到人类社会和文明诞生之前。"

"这九个灭者,据说在灭世期间横行霸道,但没有被亚哈里提安全数摧毁。作者坚称当今仍有活跃的灭者,她的观点在我看来正确无误,因为我们有过相关的经历。"

"塔冠城里不是也有一个?"阿多林说。

"我想……"沙兰说,"我想可能还有一个,阿多林。称为'攫秘者'的撒南忒也在城里,达力拿在幻象里提到过。灵体一旦被撒南忒触碰,就会扭曲腐化。这具体是什么效果,我们也在城里见识过了。"

"那另一个是谁?"阿多林问。

"是亚舍芒。"沙兰轻声道,从小包里取出一把小刀,心不在焉地桌面上刻了起来,"亚舍芒又叫'狂欢之心',书中关于他的内容比较少,但讲到了他是怎么引诱人们耽于享乐的。"

"城里有两个灭者,"卡拉丁说,"你确定吗?"

"极其确定。知策一口咬定亚舍芒就在城里,而王后在暴乱发生之前的举动,似乎也是明摆着的。至于'攫秘者',我们都亲眼见过被她扭曲的灵体了。"

"这两个灭者,要怎么对付?"卡拉丁问。

"先想想怎么对付其中一个吧。"阿多林说,"在塔城的时候,我们与其说是打赢了,不如说是吓走了对方,沙兰甚至说不清自己是怎么做到的。这本书有什么见解?"

"没有。"沙兰耸耸肩,往桌上的刻痕吹了口气。她刚才刻了一只被酒客引来的管状腐化荣灵。"作者只说,一看见颜色不对劲的灵体,就该马上搬去别的城镇。"

"半路上还有部队堵着呢。"卡拉丁说。

"没错,而且你的体臭居然还没熏跑他们,也是神奇。"沙兰动手翻书。

卡拉丁皱起眉。就是这种话让他搞不懂沙兰。这家伙本来对他好好的,下句话就会对他不客气,却装得再正常不过。可她从来不对别人这么说话,就算要开玩笑也不会这样。

你这女人到底有什么毛病?他暗暗想道。他们曾在破碎平原的深渊里有过亲密接触,不仅在飓风期间紧紧相拥,还彼此交换了真心话。她觉得尴尬吗?所以才会时不时地对他发火?

然而这无法解释她那些异样的目光和笑容。她怎么会如此心照不宣地朝他眨眼睛?

"赫熹的记载中,灭者非但能扭曲灵体,还能扭曲人心。"沙兰说,"王宫里的事或许就是这么发生的。今晚,等我混进瞬息教的宴会,我们就能多知道点东西了。"

"你一个人去,我不放心。"阿多林说。

"不只有我一个人,还有别人跟我去。"

"一个洗衣女工,两个逃兵。"卡拉丁说,"要都是盖兹那样的人,还是别太相信他们,沙兰。"

沙兰翘起下巴:"起码我手下的士兵会找准时机溜出军营。他们才不会干站着任人射箭。"

"我们都相信你,沙兰。"阿多林连忙给卡拉丁使了个眼色,仿佛在劝他就这么算了,"那座誓约之门确实得去看看。"

"万一打不开怎么办?"沙兰问。

"那我们就只能撤回破碎平原了。"卡拉丁说。

"艾尔霍卡不会丢下家属不管。"

"那我就带上德雷赫和斯卡赶去王宫,"卡拉丁说,"夜里飞进高层的阳台,抢在起飓风之前接走王后和小王子,然后我们一起飞回乌有斯麓。"

"人接走了,王城就陷落了。"阿多林抿起嘴。

"就不能守住王城吗?"沙兰问,"也许能坚持一阵子,等到我们带着实打实的军队回来。"

"那也得花上好几个月。"阿多林接话道,"守城卫队……规模有多大?四支大队?"

"一共有五支。"卡拉丁答道。

"才五千人?"沙兰问,"这么少?"

"对城市的守备部队来说,规模已经算大了。"阿多林解释道,"建造要塞的目的是让少数兵力抵挡多数兵力,但敌人有一个意想不到的优势:会飞的虚渡,以及被他们的盟友侵害的城市。"

"是啊。"卡拉丁说,"守城卫队一腔热血,但还是经不起专门的袭击。外面有数以万计的仆族,他们就快发起进攻了。我们没有多少时间了。融族会扫荡过来,占领城墙的各部分,他们的军队也会跟上来。如果要守住王城,就得让光辉骑士和碎瑛武士来扳回劣势。"

卡拉丁和沙兰互相看了一眼。他们所属的光辉骑士团还未做好战斗准备。风操的,卡拉丁的部下几乎没有适应天空,怎么能指望他们与那些轻松乘风飞翔的怪物作战?他又怎么能保护王城和部下?

三人沉默不语,聆听着外面的雷声震颤着防风堡。卡拉丁喝完饮料,心想这要是石头调制的就好了,这时他发现一只古怪的飓虫紧贴在凳子的一侧,身子圆鼓鼓的,长着许多条腿,背上还有一块奇异的褐色花纹。他伸手把虫子弹开。

真恶心。就算城里的气氛再怎么紧张,老板至少可以把屋子打扫干净。

灭世风暴终于过去了,沙兰挽着阿多林的胳膊走出酒馆,目送卡拉丁匆匆跑向营房,准备夜巡。

或许她也该这么渴望动手。这天她还得偷点食物,好让她晚上接触瞬息教徒的时候满足他们的需求。这应该很容易。瓦沙尔已经习惯在伊什娜的指导下策划行动，手法相当娴熟。

但沙兰还是犹豫着不走，享受着阿多林的陪伴。在成为浣纱之前，她想要留下，和阿多林在一起，而浣纱……浣纱则不太在意阿多林。对浣纱来说，阿多林太俊秀、太迟钝、太正统，作为盟友是不错，但她没有一丁点兴趣跟他谈恋爱。

沙兰挽着阿多林的胳膊，与他同行。人们已经在城里四处走动，打扫卫生了。与其说这是出于公民责任，不如说是为了搜刮物资。沙兰不由得想起了在飓风过后出洞享用植物的飓虫。附近的观赏石壳木果然在房门边吐出一簇簇藤条，绽放的绿藤和叶片衬托在褐色的城市画布上。

不远处的一块绿地被灭世风暴裹挟的红色闪电击中，已经烧光了。

"哪天我真要带你去参观叵罗瀑布。"阿多林说，"只要找对角度，就能看到瀑布次第而下，不知为何又流回顶上的景致。"

途中，沙兰不得不跨过一只从断裂的树干里伸出半截身子的死水貂。这趟散步并不怎么浪漫，但挽着阿多林胳膊的感觉还是很自在，哪怕他戴着虚假的面孔。

"嘿！"阿多林说，"我还没来得及看素描本呢。你说过要给我看的。"

"我带错素描本了，你不记得了吗？我就只好把东西刻在桌子上了。"沙兰咧嘴一笑，"别以为我没看到你趁我不注意的时候上去赔钱。"

阿多林哼了一声。

"在酒馆的桌子上刻字，这是常有的事嘛。"

"是啊，是啊，刻得是不错。"

"可你还是觉得我不该这么做。"沙兰捏了捏他的手臂，"噢，阿多林·寇林，你真不愧是达力拿·寇林的儿子。我不会再犯了，好吗?"

他满脸通红地说:"你答应过要给我看素描的。我不在乎你是不是带错了素描本。我好像很久没看过你的画儿了。"

"我带错的这本没什么好看的。"沙兰伸手在小包里掏了掏,"最近我的精力不太集中。"

阿多林还是让她把本子递过去,她暗暗高兴。阿多林翻阅起最近的画作,注意到了某几页上的变异灵体,但他最为流连的却是沙兰为自己的人物收藏所画的难民。画中有一位带着女儿坐在阴影中的母亲,面朝天际遥望着曙光;还有一个在沿街地铺四周打扫的壮汉,以及一名正从窗口探出身子的光眼种少女,秀发飘飘,只穿着睡袍,禁手扎在小袋中。

"沙兰!"阿多林说,"真好看!是你的巅峰之作。"

"不过是速写而已,阿多林。"

"太美了。"说完,他翻到另一张图,立刻怔住了。画中是他穿着新装的样子。

沙兰涨红了脸。"就当你没看到吧。"她想要拿回素描本,而阿多林又欣赏了一番才听从催促,把本子递回来。沙兰松了口气。后面一页恰好画着卡拉丁,倒不是说她会因此而尴尬,毕竟她画过各种各样的人,不过最好还是以阿多林的肖像告结。另外那张图已经带有了浣纱的品味。

"你越画越好了,如果你还能进步的话。"

"大概吧。不过我也不知道这里面有多少是我自身的进步。《光辉真言》中提到过,很多织光骑士都是艺术家。"

"那么织光骑士团就喜欢招募你这样的人。"

"要么就是飓能术能让织光骑士更擅长绘画,赋予他们针对其他艺术家的不公正优势。"

"那我也拥有针对其他决斗手的不公正优势。我从小就接受最好的训练，我生来就健康强壮，我父亲有钱请来世界上水平最高的对手，我的身材让我比其他男人更有力量。难道这意味着我赢了就不配得到赞誉吗？"

"你没有借助超自然的力量。"

"可你还是得努力呀，我知道你很努力。"阿多林边走边搂紧她。别的阿勒斯卡情侣都会在公众场合保持距离，但阿多林是被一位喜欢拥抱的母亲养大的。"你也知道，有件事我父亲总爱抱怨，他问碎瑛刃有什么用。"

"嗯……我想碎瑛刃很明显是用来砍人的，其实砍了却不见血，所以——"

"但为什么只有剑？我父亲还问过，为什么古代的光辉骑士从来不为人们制造工具。"阿多林捏了捏她的肩膀，"你的力量能让你成为更优秀的艺术家，我很开心。我父亲的看法是错误的。光辉骑士可不仅仅是军人！不错，他们是创造了不可思议的武器，但他们也创造了不可思议的艺术！这场战争结束后，我们也许可以为他们的本领找到其他用途。"

风操的，他的热情真令人陶醉。他们朝裁缝铺走去，沙兰不愿意和他分离，但浣纱确实需要去执行这天的任务。

我可以成为任何人，沙兰心想，发现有几朵欢灵飘荡而过，犹如一串打着旋的蓝色叶片，*我可以变成任何事物*。阿多林值得拥有比她好得多的伴侣，而她……她能成为那样的人吗？她能打造出一位完美的新娘，让外表和举止都配得上阿多林·寇林吗？

那样就不是她了。她其实是条伤痕累累的可怜虫，表面修饰得光鲜亮丽，内心却是一团乱麻。她已经为阿多林掩盖了这一切，为何不能更进一步？"光辉女士"就可以做他的完美新娘，而她确实喜欢他。

这个念头让沙兰心里发凉。

快到裁缝铺门前时，沙兰放心让阿多林独自走回去了，便强迫自己从他怀中抽身。她用闲手握了握他的手。"我得走了。"

"你要等到日落才能去见瞬息教的人。"

"我得先去偷点食物当作入场费。"

阿多林仍不放手。"你要怎么办，沙兰？你要成为谁？"

"任何人都行。"她答道，踮起脚亲吻他的脸颊，"谢谢你成为你自己，阿多林。"

"其他人都被选走了。"他小声嘀咕。

这也没有阻止我。

他目送着她闪过转角，她的心怦怦直跳。在她的人生中，阿多林·寇林就像日出一般温暖。

浣纱的人格逐渐浮现，她不得不承认，有时她更喜欢暴风雨，而不是太阳。

她检查了一下物资的投放点。那地方在一栋楼的角落里，如今已是一片废墟。阿红早就把装着浣纱服装的背包放好了。她抓起背包，去找合适的位置换衣服。

世界末日已经来临，但末日的景象似乎在飓风平息之后才最真实。垃圾散落一地，没来得及去避风的人们不是在倒塌的棚屋里就是在街边呻吟。

这就好像每一场飓风都试图把他们从柔刹抹去，而他们只有靠着勇气和好运才能活下来。如今有了两场风暴，情况就更糟糕了。如果他们击败了虚渡，灭世风暴还会存在吗？不管战争胜利与否，灭世风暴是不是已经开始以某种方式侵蚀他们的社会，一切会不会以他们都被卷入大海而告终？

她吸尽小包中装有的润石的飓光，一边走一边感受着面部的变化。飓光如炽热的火焰般在她体内腾起，在她变成阿多林见过的画中人后，便逐渐暗淡下去，化为灰烬。

她变成了那个顽强地在自己的小地铺周围清扫的可怜人，仿佛想要在一个疯狂的世界中保有些许掌控。

她变成了那个不知道青春期的快乐去向了何处的光眼种女孩,不但没有机会穿上自己的第一件修身裙去参加舞会,而且家中被迫收留了从邻镇逃来的几十名亲戚;由于街上不安全,只能被关在家中过日子。

她变成了那个带着孩子坐在黑暗中的母亲,遥望着天际和若隐若现的太阳。

她更换了一张又一张面孔,体验了一段又一段人生,如此强烈、如此迷人、如此鲜活。她吸气、吐气,又哭又笑,尽情享受着自身的存在。多少希望,多少生命,多少梦想。

她解开修身裙侧边的扣子,让修身裙滑落。她丢下装着厚书的小包,小包落地时砰然作响。她只穿着内衣向前走去,禁手无遮无拦,感受着拂过肌肤的风。她依旧身披幻象,而幻象并未宽衣,所以不会有人看到。

绝不会。真有人看清过她吗?她在街角停下脚步,穿戴着变幻莫测的面孔和服装,享受着自由的感觉,看似穿衣实则裸露的肌肤在风的亲吻下颤抖不已。

四周的人们吓得躲进了屋里。

不过是另一只灵体罢了,沙兰的三重人格同时想道,*这就是我的本质。我是情感的世俗化身。*

她朝两侧举起手,毫无遮拦却隐秘无形。她与城里的人们同呼吸。

"嗯……"图腾从她脱下的裙子上抽开身,"沙兰?"

"也许吧。"她依依不舍地说。

最终,她让自己全然融入了浣纱的人格。她立刻摇了摇头,取走衣服和小包。幸好没被偷,蠢姑娘。她们可没空诗兴大发。

浣纱在一棵参天大树旁找了一个僻静的位置,这棵树的根部一直沿着墙壁向两边延伸。她迅速把内衣整理了一下，穿好衬衫长裤，戴上帽子，拿手镜照了照自己，然后点点头。

行了，是时候去见瓦沙尔了。

他正在知策住过的那间客栈里等候。"光辉女士"还希望能再次遇到他，进行更彻底的盘问。瓦沙尔避开焦躁不安的老板的耳目，在私人包间里摆出几颗润石，照亮他买来的地图。这些地图详尽地标出了浣纱打算下午前去的宅邸。

"那地方叫'族陵'。"瓦沙尔在浣纱就座时解释道，并把自己买来的素描给她看，上面绘制了建筑的大厅，"对了，这些雕塑全是塑魂术的产物。他们是家族的宠臣，被变成了风操的石像。"

"这在光眼种之间表示荣誉和尊重。"

"真瘆人。"瓦沙尔说，"等我死了，请好好地把我的尸体烧掉。不要让我在你的后代品茶时一直干瞪着眼。"

浣纱心不在焉地点点头，把沙兰的素描本放在桌上。"从里面挑选一个身份吧。看这张地图，宅子的贮藏室就在外墙上。由于时间很紧，我们的做法不妨简单点。先让阿红引开别人，再用沙兰的碎瑛刃切开一个口子，直接进去拿食物。"

"要知道，族陵里有好大一笔钱。忒尼特家族的财富可是……"一见浣纱的表情，瓦沙尔就打住了，"那就不想着发财了。"

"我们搞到能收买瞬息教的食物就出去。"

"成。"瓦沙尔选中了那幅画着正在地铺周围清扫的男子的素描，出神地盯着看，"你知道的吧？在你把我从匪徒改造成士兵后，我就觉得该金盆洗手了。"

"不是一码事。"

"怎么不是一码事？我们那时候偷的也主要是食物，光明女士。我们只想活下去，什么都不想记得。"

"那你现在还是什么都不想记得吗？"

他闷哼一声。"不,我想不是了。我晚上是睡得好点了,对吗?"

这时房门打开了,老板端着饮料匆匆进入,瓦沙尔惊叫一声,浣纱却一脸诙谐地回过头。"我不想有人打扰。"

"可我端来了饮料!"

"这已经打扰到我们了。"浣纱指了指门外,"我们口渴了会叫你的。"

老板抱怨了几句,便端着托盘退了出去。*他起疑了,浣纱心想,他以为我们在和知策搞什么鬼,就想过来打探。*

"是时候去别的地方开会了吧,瓦沙尔?"她回头瞧着餐桌。

却发现那里坐着别人。

瓦沙尔不见了,取而代之的是一个指节粗大、穿着整洁罩衫的秃顶男子。沙兰看了看桌上的图画,又看了看一旁暗淡无光的润石,再回望瓦沙尔。

"不错,"她说,"可你忘了后脑勺的部分,纸上没有画出来。"

"啥?"瓦沙尔皱着眉问道。

浣纱把手镜递给他看。

"你为什么把他的脸盖到我的脸上?"

"我没有。"浣纱起身道,"你刚才慌神了,就变成这样了。"

瓦沙尔戳了戳自己的脸,仍旧疑惑地照着镜子。

"头几次肯定总是偶然的。"浣纱把手镜掖好,"把这些东西收起来。我们按计划执行任务,不过明天你就不用潜入别人的宅子了,我希望你练习如何使用飓光。"

"练习……"瓦沙尔好像终于明白了,褐色的眼睛睁得大大的,"光明女士!我才不是什么风操的光辉骑士。"

"当然不是。你可能只是骑士扈从,我想大多数骑士团都有这个配置,但你也许可以获得提升。沙兰在宣誓之前,也时断时续地创造过好多年的幻象,只是她那阵子脑子糊里糊涂的。我很小的时候就得到了我的剑,后来……"

她深吸一口气。所幸浣纱没有经历过那些日子。

图腾发出嗡鸣,以示提醒。

"光明女士……"瓦沙尔说,"浣纱,你真的以为我……"

风操的,他好像要哭了。

浣纱拍拍他的肩膀。"我们没时间可以浪费了。四小时后,瞬息教的人会等着我,指望我拿出丰厚的食物作为入场费。你不会有事吧?"

"不会,不会。"他说。幻象终于消解,瓦沙尔本人如此激动的样子倒是更加引人注目。"我能办到。让我们去有钱人那儿偷点东西,然后交给一些疯子吧。"

78 狂欢

光辉骑士当中的学者已经联合起来,我们的目标是切断敌人的虚光供应,阻止他们继续转化,并给我们带来作战优势。

——出自30-20号抽屉中的第二颗绿宝石

浣纱已经暴露。

她为此烦扰,而车上装满了偷来的食物,正往瞬息教指定的地点驶去。她靠着一袋米躺在车尾,双脚架在一块纸包的熏制猪腰腿肉上。

"迅灵"正是浣纱,她是先前一直在分发食物的人。因此,为了加入狂欢,她必须使用原有的身份。

敌人知道她长什么样。为了不暴露浣纱,她是不是应该营造一个全新的人格、一张假面孔?

然而浣纱的身份本来就是假的,她的一部分意识提醒道,随时可以抛弃。

她强忍住那部分意识。浣纱的身份太真实、太重要,不能随便抛弃。作为沙兰就轻松多了。

初月升起,一行人来到通往誓约之门平台的阶梯前。瓦沙尔将车停好,浣纱跳下车,衣摆飞扬。两名守卫打扮成火灵,身上缀着金红两色的流苏。他们体格强壮,阶梯附近靠着两根矛,表示这两个人在加入瞬息教之前可能当过兵。

一名女子在他们之间奔忙,戴着只露出双眼的白色面具。浣纱眯起眼睛。那张面具让她想起了穆里兹在鬼血会的老师伊雅蒂,但伊雅蒂戴着的面具形状截然不同。

"迅灵,我们不是叫你一个人过来吗?"女子说。

"你要我一个人卸下这些东西?"浣纱朝车尾挥挥手。

"我们会处理的。"女子平静地说着,走了上来。一名守卫举起火把,而不是润石灯,另一名守卫则放下了车子的后挡板。"嗯……"

浣纱猛一转身。那声"嗯"……

两名守卫开始卸下食物。

"其他的你们都可以拿走,除了那两只做了红色记号的袋子。"浣纱伸手一指,"那些是我要给穷人的。"

"我可不知道这有商量的余地。"信徒说,"这是你要求的。你一直在城里散播传言,说你想要加入狂欢。"

显然是知策的杰作。浣纱得谢谢他。

"你来这里做什么?"信徒好奇地问,"迅灵,所谓的市场英雄,你到底有什么目的?"

"我只是……一直听到一个声音,说我们的时代已经终结,而我应该屈服,迎接灵体的时代。"她扭头看着誓约之门平台,发现平台顶上正有橙色的亮光升起,"答案就在上方,对吗?"

她用眼角的余光看到那三个人互相点头。她似乎通过了某种测试。

"你可以登上通往启迪的台阶了。"戴白色面具的信徒对她说,

"你的向导会在平台顶上与你见面。"

她把帽子丢给瓦沙尔，对上他的眼神。食物卸完后，他会离开这里，在几条街之外观察誓约之门平台的边缘。如果遇到麻烦，她会从平台上跳下，指望飓光治好她的伤。

她登上了台阶。

卡拉丁通常喜欢飓风过后的城市带给他的感觉：干净、清新，洗去了污垢和垃圾。

夜巡结束了。他检查完辖区，确保飓风过后万无一失，现在正站在城墙顶上等候还在收拾装备的队友们。太阳刚刚落山，该吃晚饭了。

他在下面认出了因雷击而留下疮痍的房屋。一小群变异的风灵飞舞而过，划出一道道强烈的红光。不知为何，就连四周的气息也不太对劲，弥漫着霉变和潮湿的味道。

茜尔静静地坐在他的肩膀上，直到"大胡子"等人涌进楼梯间。他终于加入他们的行列，走到下面的营房。有两支次中队聚集在那里准备用餐，一支是卡拉丁所在的队伍，另一支是与他们共用空间的队伍。今晚，另一支队伍大约有二十人会在城墙上执勤，但其他人也都在场。

卡拉丁到了没多久，两支队伍的长官就叫部下集合。卡拉丁排到"大胡子"和维德中间，一等天青进门就抬手敬礼。她像往常那样穿着战服，胸甲、锁子甲和披风一应俱全。

今晚，她决定做一次正式的检阅。卡拉丁和队友们立正站好，她便沿着队列走过，悄声对两名长官说话。她仔细地看了看几把剑，询问三两下属是否有什么需要。卡拉丁觉得自己好像在类似的队列里站过一百次，他浑身冒汗，希望司令能发现一切井然有序。

这是常态。她没有在做那种旨在切实发现问题的检阅，而是留给部下机会，让他们在轩元帅面前展示自我。当她告诉他们，他们可能是她有幸带领过的最佳战队时，他们个个都很得意。卡拉丁确信亚马兰也说过同样的话。

不管是不是老生常谈，这种话都激励了部下。获准解散后，他们高声向轩元帅表示赞许。在战争时期，人人都渴望鼓舞士气，也许这就是"最佳战队"增多的原因。

卡拉丁走到军官餐桌前。他没费多大工夫就受邀与轩元帅共进晚餐。诺罗真心想要提拔他为副官，而其他队友大多惧怕天青，不敢坐在她的桌边。

轩元帅把披风和那把奇怪的剑挂在钩子上，没有摘下手套。尽管她穿着胸甲，没有显露出胸部，但她的脸型和身材显然属于女性。她是很典型的阿勒斯卡人，肤色和头发都是阿勒斯卡人特有的，浅橙色的双眼炯炯有神。

她肯定在西部当过佣兵，卡拉丁心想。西格吉尔对他说过，女性可以在西部作战，尤其是成为佣兵。

晚餐是一顿简单的咖喱饭。卡拉丁吃了一口，他已经很熟悉塑魂术造出的谷物的余味了。米饭有种挥之不去的怪味，虽然拌的咖喱缓解了口感，但厨师却用煮过的淀粉来增稠，也让咖喱带上了同样的怪味。

他坐在离餐桌中央比较远的地方，天青正在那儿和两名长官对话。终于有一人走开了，说要上厕所。

卡拉丁思考片刻便端起盘子，走过去坐到空位上。

※

浣纱来到平台顶端，进入了一个像是小村庄的地方。这儿的虔诚院比破碎平原上的神殿小得多，却漂亮得多。那是一片精美的石造建筑群，有着倾斜的楔形屋顶，尖头指向飓风之源。

观赏性的页岩皮木生长在大多数建筑的底部，被培育并雕刻成涡形图案。浣纱将此景印入脑海，方便沙兰作画，但她的注意力却集中在更深处的火光上。碍于其他建筑的遮挡，她看不到誓约之门的控制室，只能看到左方的宫殿在夜幕下熠熠生辉，窗户都亮着。宫殿通过一条带有顶篷的走道与誓约之门平台相连，这条走道叫作日光廊，正由一小队士兵把守着去路，而在暗中只能看到他们黑乎乎的身影。

台阶顶端，有个大腹便便的男子坐在页岩皮木边上，离她很近。"欢迎！我是你今晚的向导！你是第一次参加狂欢吧？是有可能会……迷失方向。"

他穿着虔诚者的袍子，浣纱留意到。他的袍子撕破了，上面似乎沾满了各种食物的残渣。

"每一个登上平台的人都会获得新生。"男子从座位上跳下来，"你现在名叫……嗯……"他从口袋里掏出一张纸。"我写在哪儿了？算了，反正也不重要。你现在名叫'绮希'，好听吧？能到这上面来，真是好样的，你会找到城里真正的乐趣。"

他把双手插回口袋，望向某条道路的尽头，肩膀一沉。"好了，我们走吧。"他说，"今晚要尽情狂欢。乐趣总有那么多，要好好享受……"

"你叫什么？"

"问我吗？哦，嗯，别人叫我卡拉特。大概吧？我不记得了。"他慢悠悠地往前走着，顾不得看她是不是跟了上来。

她急着要去平台的中心，自然跟了上去。不过，刚路过第一座建筑，她就到了狂欢的区域，只得停下脚步观看。地上燃着熊熊篝火，火焰随风搅动，噼啪作响，让浣纱沐浴在热气中。腐化的火灵在火中舞动，呈现亮蓝色，外形比正常的火灵更尖利，不知为何。沿路的桌子上堆满了食物，不仅有蜜汁肉，还有一**叠叠**裹着糖衣的面饼，以及水果和糕点。

形形色色的人从旁经过，偶尔会直接用手从桌上捞起食物。他们欢笑、呼喊，许多人曾是虔诚者，穿着棕色长袍，其他人则是光眼种，只是他们的衣服……似乎破烂不堪。这么形容很贴切，因为男子的套装缺了外套，女子的修身裙的裙摆也由于刮擦地面而变得参差不齐，左袖从肩膀处被撕开，不知丢弃在了哪儿。

他们如鱼群般移动，从右边涌到左边。她认出了一些穿着残破军装的士兵，既有光眼种，又有暗眼种，他们似乎没有注意到站在一边的浣纱和卡拉特。

要去誓约之门的控制室，必须穿过人流才能更往里走，可她刚迈出脚步，卡拉特就抓住她的胳膊，把她带进人流。

"我们必须待在外围，"他说，"可不能往里走。别生气，你得……你得潇洒地享受世界末日。"

她勉为其难地让卡拉特拽着自己走。也许还是绕着平台转一圈为好。然而刚开始没多久，她就听到了那个声音。

放手吧，

放弃你的痛苦，

尽情享乐，

迎接终结。

图腾在她的大衣上嗡鸣，声音消失在许多人大笑和饮酒的声音中。卡拉特把手指伸进某种奶油甜点，舀起一把就送进嘴里，一边自言自语，眼神变得呆滞。尽管别人都笑了起来，甚至跳起了舞，大多数人也还是露出了同样呆滞的目光。

她感到图腾在大衣上震动。这似乎抵消了那些声音，让她头脑清醒。卡拉特从桌上端起一杯酒递给她。这一切是谁布置的？侍从又在哪里？

食物琳琅满目，摆了一桌又一桌。人们在路过的建筑中活动，寻欢纵欲。浣纱想要穿过狂欢的人群，但卡拉特拉着她不放手。

"所有人第一次来的时候都想往里走，"他说，"可你不行。好好享受吧，享受这种感觉。这不是我们的错吧？我们没有辜负她，只是在做她要求的事。别惹麻烦，姑娘。没有人想要……"

他死死抓着浣纱的胳膊，浣纱只能等到他们经过另一座建筑时才把他往那边拽。

"要找个伴儿吗？"他麻木地问，"行，这是可以的。假设你能找到还算清醒的人……"

他们走进那座曾用于冥想的建筑。建筑内部满是单间，散发着浓烈的香火味，每处壁凹里都摆着可以焚烧祈祷符的火盆，眼下已被用来进行另一种体验。

"我只是想休息一会儿。"她告诉卡拉特，朝一间空屋里窥视，发现墙上有一扇窗户，也许可以从那里溜出去，"这一切太让我不知所措了。"

"哦。"他回头看了看经过的狂欢，左手仍旧沾满了甜酱。

浣纱走进室内，在卡拉特试图跟上的时候说："我需要一个人待一会儿。"

"我应该要看着你的。"卡拉特说道，不让她关门。

"那就看着吧，"她在屋里的长凳上坐下，"远远地看着。"

他叹了口气，坐在走廊地上。

现在怎么办？又是一张新面孔，她心想，他是怎么叫我的来着？绮希，意为"奥秘"。她把早先绘制的市场女子的回忆抽取出来，而沙兰在她的脑海中为服装加笔，让女子穿上同样破烂的修身裙并露出禁手。

这样就行了。她希望自己能画出来，但她可以办到。只是要拿她的看守怎么办？

他或许听得到那些声音,她心想,我可以利用这一点。于是,她用手按住图腾,施展织光术模拟那些声音。

"去吧,"她低声说,"贴在外面走廊的墙上,挨着他。"

图腾发出一声轻哼作为回应。她闭上双眼,隐约听到她模拟的言语悄悄地在卡拉特身旁响起。

尽情享乐。

举杯畅饮。

加入狂欢。

"你打算就这么坐着?"卡拉特叫住她。

"嗯。"

"我去拿点喝的。不要离开。"

"好的。"

卡拉特站起来,小跑出去。趁着那人还没返回,她把浣纱的幻象附着在一颗红宝石马克上,让它留在原地,显示出浣纱靠在长凳上休息、闭着眼睛轻声打鼾的样子。

绮希来到走廊上,从卡拉特身边经过。卡拉特目光呆滞,没有多看她一眼,只是在走廊上坐下,端着一大杯酒盯着浣纱。

绮希加入了室外的狂欢。外头的一名男子笑了笑,抓住她的禁手,好像要把她拉向一个房间。她躲开了,穿过人潮,偷偷往里走去。"外围"区域似乎环绕了整座誓约之门平台。

秘密还在更靠近中心的地方。没有人阻止绮希离开外围的人群,她来到两座建筑之间,朝内部区域走去。

※

卡拉丁在天青对面坐下,别人便不再闲聊,军官餐桌一下子安静下来。

轩元帅抬起戴着手套的双手,十指交叉放在面前。"你叫卡尔,对吧?"她问,"额头上打着奴隶烙印的光眼种。你在守城卫队过得怎么样?"

"这是一支组织有序的军队,长官,而且队里竟会欢迎我这样的人。"卡拉丁朝轩元帅背后点点头,"我从没见过有人这么随意地对待碎瑛刃。您只是把它挂在钩子上吗?"

同桌的人明显都在屏息观望。

"我不是特别担心会有人拿走。"天青说,"我相信这些部下。"

"但这样还是太惹眼了,"卡拉丁说,"甚至有些胡来。"

桌对面,与天青隔了一个座位的诺罗副官默默地朝卡拉丁举起双手,做出恳求的姿势,仿佛在说:"别把事情搞砸,卡尔!"

天青却笑了:"我从没听你解释过那道表示'危险'的烙印的由来,士兵。"

"我从没好好向您解释过,长官。"卡拉丁说,"我不喜欢那段让我留下伤疤的记忆。"

"那你又是怎么流落到这座城市的呢?"天青问,"撒迪亚斯的领地远在北方,从那边到这边,据说有好几支虚渡的军队夹在中间。"

"我飞过来的。那您呢,长官?您不可能早在围城开始之前就进城,更早之前根本没人谈论您。都说您是在卫队需要您的时候才出现的。"

"也有可能我一直都在城里,只是混入了人群。"

"那您脸上的伤疤呢?它们也许不像我的烙印那样明摆着'危险'二字,但同样让人过目不忘。"

同桌的长官和副官都半张着嘴盯着卡拉丁。他或许逼得太紧,大大超越了本分。

但他向来不擅长遵守本分。

"人们也许不该质疑我的到来。"天青说,"要感谢有人在城市需要他们的时候挺身而出。"

"我是很感谢。"卡拉丁说,"你在部下之间的名声是对你的褒奖,天青。在极端时期,很多事情可以被原谅,但你最终还是需要坦白。你的部下有资格知道到底是谁在指挥。"

"那你呢,卡尔?"她舀起一勺其实是男性食品的咖喱饭,津津有味地吃了起来,"他们有资格了解你的过去吗?你也不该坦白吗?"

"也许吧。"

"你该知道,我是你的指挥官。我提出问题时,你要回答。"

"我回答了。"卡拉丁说,"如果这不是你想听的答案,那你提出的问题估计也不怎么样。"

诺罗大抽一口冷气。

"换作你呢,卡尔?你说的话处处是暗示。如果你想要答案,为什么不直接问?"

风操的,说得没错。卡拉丁一直在绕开严肃的问题。他直视轩元帅的双眼,说:"为什么不让任何人讨论你的女性身份,天青?不要晕,诺罗。你会让大家难堪的。"

那名副官低下头,砰的一声把额头抵在桌面上,轻声抱怨着。一旁的队长则涨红了脸,卡拉丁之前不太跟他交流。

"那是他们自己想出来的把戏。"天青说,"他们是阿勒斯卡人,需要一个借口来解释他们为什么要听一个女人下达军令,假装那是某种神力所为,而不是男性的自尊。我觉得这整件事都很蠢。"她凑上前。"老实告诉我,你是来追逐我的吗?"

追逐你?卡拉丁歪过头。

不远处传来鼓声。

他们花了点时间才反应过来这意味着什么,就连卡拉丁也是如此。他和天青几乎同时一跃而起。"拿起武器,准备战斗!"卡拉丁喊道,"城墙遇袭!"

誓约之门平台靠里的一圈,到处都是在地上爬的人。

绮希站在边缘,看着众多穿着破烂华服的男男女女从她身边爬过,他们或是嬉笑、呻吟,或是喘息,似乎都深受某种别样情绪的影响。他们干瞪着眼睛,不加掩饰地露出张狂的表情。她觉得自己认出了几个消失在王宫中的光眼种,这些人的特征符合相关的描述,但仅凭他们目前的状态,很难分辨到底是谁。

一名长发拖在地上的女子望向她,龇牙一笑,牙龈还在流血。她两手并用地爬来爬去,修身裙被撕碎、褪了色,身后跟着一名戴着戒指的男子,戒指闪耀着飓光,与那身破衣烂衫形成鲜明对比。他傻笑不止。

桌上的食物已经腐烂,爬满了朽灵。绮希站在边缘,犹豫不决。她应该待在外围,因为她不属于这里。她身后有丰盛的美食,还有笑声和狂欢,这些似乎将她拉了回去,邀请她加入永恒而愉悦的漫步。

在外围,时间并不重要。她可以忘记沙兰,忘记她所做的一切,只要……只要屈服……

图腾哼了一声。浣纱猛一抽气,让绮希的人格抽离出来,织光术消解了。风操的,她必须远离这个地方。她的头脑受到了影响,那是一些奇怪的效应,甚至对她来说也不例外。

但现在还不是时候。她拉紧大衣,小心穿过满是爬来爬去的人的街道。没有篝火照亮前路,只有空中的月亮洒下的月光和人们佩戴的首饰发出的光亮。

风操的,人们都去哪儿了?他们的呻吟声、闲聊声和嘈杂声追随着她,她穿过街道,匆忙来到一条夹在两栋虔诚院之间的阴暗道路上,朝中心的控制室走去,应该就在前面。

她脑海中的声音由一段段低语声组合成一种澎湃的韵律，一幕幕印象砰然作响，随后是片刻停顿，接着又是一阵澎湃，几乎就像……

她来到屋宇之间，走进一座被萨拉斯的月光染成紫色的广场。她没有发现控制室，却发现了一团蔓生的异物。某种物质覆盖了这一整座建筑，就像子夜之母裹住乌有斯麓地下的宝石柱一般。

那团黑乎乎的东西搏动着，如人腿一般粗的黑色脉络从里面伸出来，与附近的地面融为一体。那是一颗心脏，以不规则的节奏跳动着，不是她自己心跳的"怦咚怦咚"，而是"咚怦怦咚"。

屈服吧。

加入狂欢。

沙兰，听我说。

她回过神来。最后一个声音截然不同。她以前听到过，不是吗？

她往边上一看，发现自己投在地上的影子朝向迥异，迎着月光，而非顺着月光洒下的方向。影子缓缓移到墙上，眼部是两个白洞，微微发亮。

我不是你的敌人，但那颗心脏是个陷阱，要小心。

鼓声从远方的城墙上响起。虚渡正在进攻。

听着鼓声，她唯恐身份暴露，从而引来融族的追踪，再加上那颗怦怦跳动的心脏，以及周围一圈又一圈的古怪游行队伍，这一切险些将她压垮。

此刻浣纱掌握了主动。她已经完成了目标，侦察了这个区域，并获得了有关誓约之门的信息，是时候离开了。

她转过身，强行换上绮希的面孔，穿过爬行、呻吟的人流，回到满是狂欢者的外围，然后溜了出去。

她没有查看向导的情况，而是走到誓约之门平台的边缘，头也不回地跳了下去。

79 雷霆回响

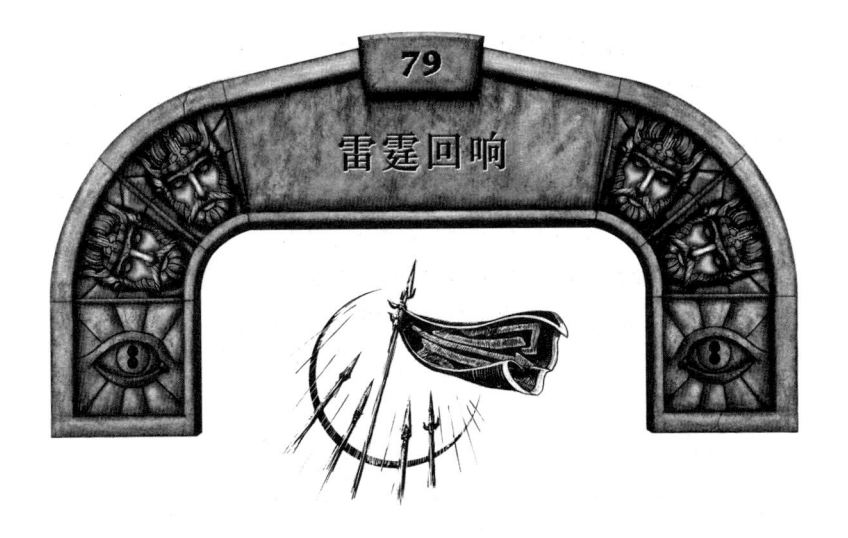

> 灭者或许可以像普通的灵体那样被捕获,这推动了我们的发现。必须使用一种特殊的牢笼,还得让梅里什出手。
>
> ——出自 30-20 号抽屉中的第三颗绿宝石

卡拉丁和轩元帅天青并肩奔上阶梯。鼓声震天,犹如飓风过后的雷霆回响。他数着节拍。

风操的,遇袭的正是这段城墙。

"让那些怪物下诅咒之地去吧!"天青嘟哝道,"我肯定遗漏了什么,就像黑底白字……"她瞥了卡拉丁一眼。"说吧,你到底是谁?"

"那你又是谁?"

两人冲出楼梯间,来到墙头,进入一片混乱的景象。执勤的士兵点亮了塔楼顶上的巨大油灯,为昏暗的城墙提供照明。融族拖着深紫色的光芒,在他们之间俯冲而下,用染血的长枪攻击。

士兵不是在地上惨叫,就是两两挤作一团。他们举着盾牌,仿佛想要躲避从天而降的噩梦。

卡拉丁和天青交换眼神，彼此点头会意。日后再谈。

她冲向左边，而卡拉丁冲向右边，喝令队友列阵。茜尔在他脑畔打转，既关切又焦急。卡拉丁从地上抄起一面盾牌，抓住一名士兵的胳膊把他转过来，并握紧盾牌。盾牌相接，一根长枪锵的一声砸在金属盾面上，震得卡拉丁浑身发颤。虚渡飞了过去。

那些受伤流血的士兵身上爬满了腐化的痛灵，卡拉丁忍痛没有理会。他把第八次中队分散的残余人员聚集起来，而他所在的队伍则跌跌撞撞地停在楼梯间外。这些人也是他们的战友，和他们共用一间营房。

"注意右边和上面！"茜尔喊道。

一个虚渡飞驰而过，卡拉丁竭力用盾牌拨开那人的长枪。另一个虚渡紧随其后，穿着迎风招展的深红色长裙，飞行的方式几乎令人着迷……直到她用长枪把狄达诺尔队长钉在墙垛上，然后把他举起来，扔了出去。

他哀号着坠向地面。卡拉丁差点打乱阵形跑过去，但还是强迫自己待在队列中。他本能地想要从口袋里装着的润石中吸取飓光，但还是忍住了。将飓光用于风行术会招来尖叫的灵体，而且在黑暗中，哪怕仅仅吸入些许飓光，也会暴露他的身份。融族会共同攻击他，而他会冒着破坏拯救全城的任务的风险。

这天，他通过纪律、秩序和保持冷静的头脑来最大程度地保护他人。"第一小队和第二小队，跟着我！"他喊道，"瓦迪拿，你来指挥第五小队和第六小队，叫他们交出长矛，拿上弓，到塔顶上去。诺罗，你来指挥第三小队和第四小队，全体在哨塔门前的过道上就位。我的手下在这边守着。快，快！"

他们连忙执行命令，没有人抱怨。远处传来了轩元帅的吼声，但卡拉丁找不到机会查看她的状况。受他指挥的两支小队终于结成了盾墙，一具人类的尸体忽然砸到附近的甬道上，似乎是从很高的地方摔下来的,也有可能是被风行术甩到空中才掉下来的。大部分伤员都是第八次中队的弓箭手,他们像是被虚渡从塔顶击落的。

我们打不过这些怪物,卡拉丁心想。虚渡从四面八方俯冲而来,在这种攻击下,不可能维持通常的阵形。

茜尔化为少女外形,疑虑地看着他。他摇摇头。没有飓光他照样可以战斗。他早在会飞之前就保护过他人了。

他开始高声下令,但一名融族飞了过去,用一面大盾牌挡开守城卫士的长矛。他们还没来得及调整方向,另一名融族就重重地落到他们中央,害得他们站立不稳。怪物体内冒出一股紫光,它把长枪挥来挥去,仿佛那是一根巨大的木棍。

卡拉丁本能地闪开,极力握好长矛。阵形瓦解后,融族咧嘴一笑。他是男性,让人联想到仆族智者,层层壳甲从前额延伸下来,在有着红黑两色大理石纹理的脸颊上凸起。

卡拉丁平举长矛,那个怪物却猛扑上来,用手按住卡拉丁的胸口。他感到自己变轻了,但也突然仰面倒下。

那家伙对他施放了风行术。

卡拉丁往后倒去,仿佛跌下了悬崖,顺着城墙落向一群手下。融族想让卡拉丁砸到他们身上,却犯了个错误。

天空是属于他的。

卡拉丁立刻对风行术作出反应,眨眼间就调整了方向。他沿着走道坠下,落向高耸的岗哨。他的手下仿佛被困在了悬崖上,惊恐地朝他转过身来。

卡拉丁用矛尖戳向石面,移动到一侧,从手下身边呼啸而过,以免撞上他们。茜尔化为光缎跟上了他,而他翻转腾挪,双脚冲着下方的哨塔,沿着走道坠落。

他让自己正好能落进敞开的门口,然后丢下长矛,在穿过门口时抓住门边。他猛地一停,双臂痛得直抗议,但这个动作减慢了他的速度，当他晃荡着松开手的时候，他从门口落下，经过了像是粘在墙上的餐桌，最后落在了正对着门口的墙上。他走到另一扇门前，透过门口可以看到他安置诺罗小队的甬道，只见"大胡子"和维德举矛指向天空，一脸焦急。

"卡拉丁！"茜尔说，"上面！"

他抬起头，仰望他刚刚穿过的门口。对他施放过风行术的虚渡握着长枪飞了下来，蜿蜒地绕过塔楼，准备挥出长枪袭击另一侧的"大胡子"等人。

卡拉丁咆哮一声，沿着塔楼的内墙跑了起来，借着餐桌往上一撑，翻出了窗户。

他在半空中撞向虚渡，将那人的长枪拨到一边。

"离我的人远点！"

卡拉丁紧紧抓着怪物的衣服，在这座昏暗城市的上空旋转，距离地面有几十尺。城市闪耀着润石的光芒，光芒来自窗户或提灯。虚渡将他们甩到更高处，误以为升得越高，就越能胜过卡拉丁。

卡拉丁握紧左手，同时伸出右手召唤茜尔，使其化为长刀。茜尔马上显形，卡拉丁便将那把小型碎瑛刃捅进怪物的腹部。

虚渡闷哼一声，用发出红光的深邃双眸望着他，随即丢掉长枪，不顾身子在空中打转，奋力伸出双手去抓他，妄图把他撑开。

他们即便受了伤也能存活，卡拉丁心想，在那人掐住他的脖子时咬紧牙关，就像光辉骑士一样。是虚光支撑着他们。

卡拉丁还是忍着没有吸取自己储备的飓光。融族让他们在空中翻转，用卡拉丁听不懂的语言大喊大叫。卡拉丁承受着对方施予的风行术，试图用碎瑛刀割断怪物的脊柱。这件武器锋利得出奇，但就目前而言，双方的力量优势和定向障碍才是更重大的因素。

虚渡哼了一声，将自己朝下甩向城墙，连带着仍未松手的卡拉丁。他们迅速掉落，在二连或三连风行术的作用下，旋转、吼叫着坠向城墙甬道。

卡拉丁！茜尔的声音在他脑海中响起，我感觉到了某种……和它的力量有关的东西。往上刺向心脏。

城市、战斗和天空……一切都变得模糊不清。卡拉丁把刀深深扎入怪物的胸口，往上一推，寻找着……

碎瑛刀碰到了一个又脆又硬的东西。

融族眨眨眼，眼中的红光熄灭了。

卡拉丁一个转体，把虚渡挪到身下，重重地落在城墙甬道上。他从尸体上弹了出去，砰的一声摔在石板上。他呻吟几句，双眼一阵阵作痛。迫于本能，他吸了一口飕光来治疗坠落造成的损伤。

飕光在他体内奔涌，接合断骨、修复器官，一瞬间就耗尽了。他强忍着不再补充飕光，直起身子晃了晃脑袋。

虚渡挨着他躺在甬道上，双眼无神，已经死了。

其他融族开始在前方撤退。他们飞走了，留下一群委顿不堪的守城卫士。卡拉丁摇摇晃晃地站起来。这片城墙显得空荡荡的，只有死者和垂死者。他没有认出任何人，因为他摔落的地方距离队伍所在的位置大概有五十尺远。

茜尔落到他的肩头，拍了拍他的脑袋。城墙上满是痛灵，它们爬来爬去，形似剥了皮的手。

这座城市注定要毁灭了，卡拉丁心想，在一名伤员身边跪下，飞快切开一件掉落的斗篷，准备用来包扎，风操的，我们大概都要完蛋了。我们远没有做好迎战这些怪物的准备。

看来至少诺罗的小队活了下来。他们沿着甬道小跑过来，聚集在卡拉丁杀死的虚渡周围，用矛尾轻戳尸体。卡拉丁为前一个伤员系好止血带，再来到另一个伤员跟前，为他的头部做包扎。

军医很快涌到了城墙上。卡拉丁后退几步，身上血迹斑斑，他的心情与其说是疲惫，不如说是愤怒。他转向围在他身边的诺罗和"大胡子"等人。

"你杀掉了一个。""大胡子"摸了摸系着空白铭守符的胳膊,"风操的,你居然杀掉了一个,卡尔。"

"你们打倒了多少?"卡拉丁问道,发现自己从来没问过这个问题,"前几周的袭击中,守城卫队杀掉了多少虚渡?"

他的手下面面相觑。

"天青赶走了几个,"诺罗说,"他们害怕她的碎瑛刃,可是要说杀掉虚渡……这还是第一次,卡尔。"

风操的。而且更糟糕的是,他杀死的虚渡还会重生。除非令使再次建立牢笼,否则卡拉丁绝不可能真正杀死一名融族。

"我需要和天青谈谈。"他沿着甬道往前走,"诺罗,汇报战况。"

"无人战死,长官,不过瓦瑟勒夫胸口挨了一刀。他在接受手术师的治疗,应该能挺过去。"

"很好。小队成员都跟着我。"

他发现天青正在哨塔附近检查第八次中队的损失。她已经脱下斗篷托在一只手上,斗篷裹住了前臂,有一部分垂了下来。她那把无鞘的长碎瑛刃闪着银光。

卡拉丁走到她面前,制服的袖子被刚杀死的虚渡的鲜血染黑。天青显出疲态,举剑一指:"看看吧。"

光芒照亮了天际。是润石的光芒,千千万万颗润石,远比他在前几个晚上看到的要多,笼罩着这一带的风光。

"那是一整支敌军。"天青说,"我敢拿我红色的性命打赌。今天早些时候,他们不知怎么就穿过了那场风暴。没有多少时间了。等下一场飓风刮来,他们必然会发动进攻。最多还有几天。"

"天青,我需要了解内情。"卡拉丁说,"你是怎么给部队弄到食物的?"

她抿起嘴。

"他杀掉了一个,轩元帅。""大胡子"在他身后轻声说,"风操的……他解决了一个。他抓着不放手,就像骑在一匹风操的马上,然后驾着那浑蛋飞越了天空。"

那名女子端详着卡拉丁,他不情不愿地召唤茜尔。茜尔化为碎瑛刃,诺罗惊讶得眼珠都快迸出来了,维德则差点晕过去,但"大胡子"只是咧嘴笑笑。

"我奉艾尔霍卡国王和'黑荆棘'之命前来。"卡拉丁把茜尔变成的碎瑛刃扛在肩上,"我有责任拯救塔冠城,你们也该跟我对话了。"

天青冲他微笑道:"那就跟我来吧。"

80 无 知

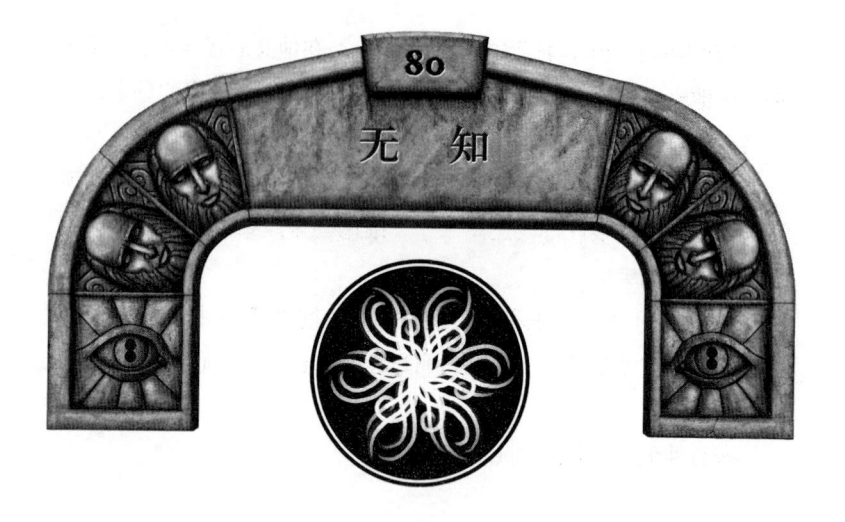

巴阿多弥什兰也像仇恨那样,和仆族之间有着某种程度的联结。她能够提供虚光,提升强力形态的功效。我们的突击队要把她禁锢起来。

——出自30-20号抽屉中的第四颗绿宝石

格伦德没有待在那间破商铺的角落里,那是他惯常的位置。

灭世风暴期间,这里的情况并不好,屋顶下陷得更厉害了,缠结的树枝被风吹进窗户,堆得满地都是。浣纱皱起眉头,叫着格伦德的名字。逃离誓约之门平台后,她已经与瓦沙尔会合,瓦沙尔一直依照指示在等她。

她派瓦沙尔回去向国王报告。她本人或许也该前往,但她无法摆脱那场狂欢之行所带来的异样的不安。早早返回只会让她有太多时间思考。

浣纱倒是想要出去干活。怪物和虚渡是她无法理解的东西,但挨饿的孩子……她总能为他们做点什么。她带上剩下的两袋食物,去帮助城里的人们。

前提是她能找到他们。

"格伦德?"浣纱再次呼唤道,又往窗口凑了凑。以前每到这时候,他总是很活跃。也许他最终还是像别人那样搬出了这间屋子,又或者他还没有从避风所里回来。

她转身要走,而格伦德总算跌跌撞撞地进了屋子。小顽童把畸形的那只手塞进口袋,对她皱皱眉。奇怪了,平时她来的时候,他似乎都很高兴。

"怎么啦?"她问。

"没啥。"格伦德说,"以为是别人呢。"说完冲她灿烂一笑。

浣纱从袋子里掏出几块面饼。"今天恐怕没多少,不过我还是想着一定要过来看看。你给的有关那本书的情报很有用。"

格伦德舔了舔嘴唇,伸出双手,浣纱便把面饼扔过去。他迫不及待地咬了一口,问:"你接下来需要什么?"

"暂时没什么需要的。"浣纱答道。

"拜托,肯定有我能帮上忙的地方。你肯定需要什么吧?"

怎么这么着急,浣纱心想,到底有什么隐情?我又错过了什么?

"我会再想想的。"她说,"格伦德,你没事吧?"

"哦,当然没事,一切都很好!"男孩顿了顿,"除非不应该这样?"

图腾在浣纱的大衣上轻哼。她同意了。

"过几天我会再来,到时候应该会有很大的收获。"浣纱向男孩脱帽致意,回到市场里。天色已晚,但人们迟迟不走。灭世风暴过后,没有人愿意独自待着。有些人朝城墙望去,那里是被融族袭击过的地方。不过这种事几乎天天发生,所以没有引起太大的骚动。

浣纱引来了更多注意,这是她不愿意看到的。她放弃了颜面,把自己展露在他们眼前。

"格伦德会撒谎，对不对？"图腾低声问。

"对。可我不确定为什么，也不知道怎么回事。"

她在市场里穿行，抬起一只手放在面前，一挥手指，脸部就改变了。她摘下帽子折起来，暗中施放织光术，让它看上去就像一口水袋。每一处变化都很细小，没有人会注意到。她把头发塞进大衣，让它看上去短一点，最后合上大衣，更换了底下的衣服。等她脱下大衣叠好，她就不再是浣纱了，而是成了她早先绘制过的市场守卫。

她把大衣夹在腋下，在一个拐角处逗留，等着看会不会有人路过这里寻找浣纱。她一个人也没看到。不过，要辨认盯梢者，她跟伊什娜做过的训练还不够多。她穿过人群，又回到了格伦德居住的商铺。她在墙边徘徊，随后慢慢走向窗前，侧耳聆听。

"……就说不该给她那本书。"屋里响起一个声音。

"可悲，"又响起一个声音，"太可悲了！只能做到这样吗？"

浣纱听到了一声闷哼和一声哀号。是格伦德。她低声咒骂，连忙透过窗口往里看。一群暴徒正在大嚼她带来的面饼，而格伦德就躺在角落里，捂着肚子啜泣。

浣纱感到一阵愤怒，一摊摊怒灵也立刻在她周围涌出，红橙两色四处飞溅。她对着那帮人吼了一声，朝门口奔去。暴徒们马上散开了，但有人一棍子砸到格伦德头上，送出令人作呕的吱嘎声。

等浣纱来到格伦德身边，那帮人已经消失在了屋宇深处，后门砰的一声关上了。图腾化作碎瑛刃在她手中显形，然而飓风之父啊！她不能追上去。她不忍心把这个可怜的孩子丢在这里。

浣纱让图腾化作的碎瑛刃消失，跪了下来，被格伦德脑袋上血淋淋的伤口吓坏了。他伤得很重，颅骨破裂，血流不止……

格伦德眨眨眼，昏沉沉地说："浣……浣纱？"

"风操的，格伦德。"她低语，"我……"她又能怎么办？"救命……救命啊！有个小孩受伤了！"

格伦德抽泣一声,喃喃地说着什么。浣纱凑近聆听,感到自己很没用。

"我……"格伦德小声说,"我恨你。"

"没事了。"浣纱说,"他们都不在了。他们……他们都跑了。我会救你的。"得赶快包扎。她用随身的匕首去割衬衫的下摆。

"我恨你。"格伦德小声说。

"是我,格伦德,不是别人。"

"你就不能离我远点吗?"他嘟哝道,"他们把人杀光了。我的伙伴们,还有塔伊……"

浣纱把割下的衣料按在脑袋的伤口上,男孩疼得龇牙咧嘴。"嘘,别用力。"

"我恨你。"他重复道。

"我给你带过吃的,格伦德。"

"都是你把他们引来的。"他恶狠狠地说,"你大摇大摆地把吃的扔出去,你以为别人注意不到?"他闭上眼睛。"他们只好整天坐着,等……等你。我活下去的意义就是等你。如果你来的时候我不在这儿,或者我想把吃的藏起来,他们就会打我。"

"有多久了?"浣纱轻声问道,心中的自信动摇了。

"从你来的第一天起,欠风操的女人。我……我恨你……别人也是。我们都……恨你……"

她和格伦德坐在一起,看着他逐渐放缓呼吸,最后断了气。她终于跪了回去,手捧沾满鲜血的衣物。

可以让浣纱来应对,她见证过死亡。这在街头……是家常便饭……

太难熬了,难以承受。

沙兰眨眨眼,从眼角挤去泪水。图腾嗡鸣道:"沙兰,那个男孩说还有'别人'。'别人'?"

风操的！她一跃而起，闯入夜色，慌忙中丢下了浣纱的帽子和大衣。她朝穆丽的住处跑去，穆里是一位母亲，当过裁缝。沙兰穿过市场，来到那名妇女居住的公寓。公寓里很拥挤，她穿过公用室，发现穆丽还活着，正待在她的小单间里，不由得松了口气。那名妇女匆忙把衣服扔进一只麻袋，她的大女儿也抱着一只类似的麻袋。

穆丽抬眼看到仍是浣纱形态的沙兰，暗暗咒骂着。"是你。"她眉间一皱，显得是那么陌生。她平常都很友善。

"格伦德的事，你已经知道了？"沙兰问。

"格伦德？"穆丽没好气地说，"我只知道猛爪帮因为什么事发火了。我不能冒这个险。"

"猛爪帮？"

"姑娘，你是有多无知？掌管这一带的帮派一直让暴徒监视我们，要等到你下一次来。监视我的那个人跟另一个人碰头，他们悄悄吵了一架就走了。我听到了自己的名字，所以我要赶快离开。"

"他们是不是抢走了我带给你的食物？风操的，他们杀了格伦德！"

穆丽停下脚步，摇了摇头。"可怜的孩子。还不如让你死了呢。"她骂骂咧咧地收拾着麻袋，把几个孩子推到公用室里。"我们总是得坐在这儿，等着你和你那一袋袋风操的食物。"

"对……对不起。"

穆丽带着孩子们遁入夜色。沙兰目送她们离开，感到麻木而空虚。她静静地在穆丽的空屋里坐下，手里还拿着沾着格伦德血迹的衣料。

81 伊希和姐妹

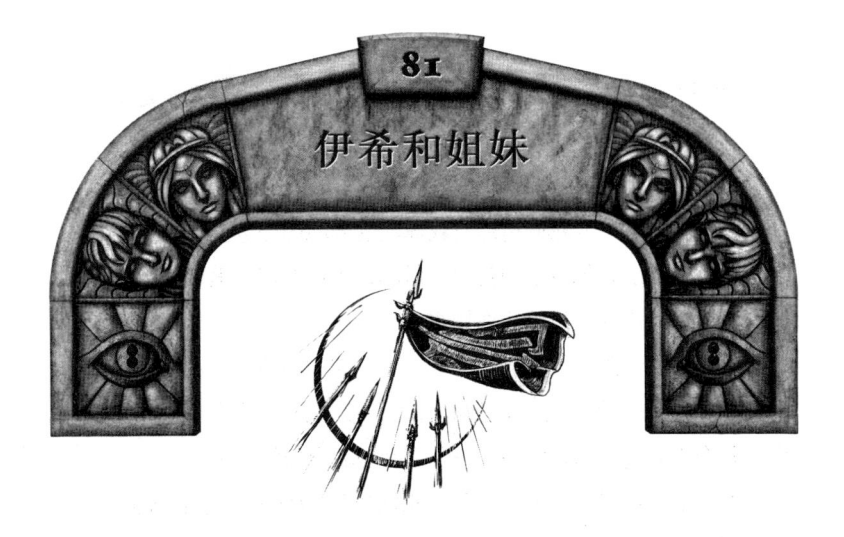

我们并不确定这会对仆族产生什么影响,但至少应该能剥夺他们的强力形态。梅里什很有信心,但库佐多之女纳扎却警告说,这会有意想不到的副作用。

——出自 30 - 20 号抽屉中的第五颗绿宝石

"我叫卡拉丁。"卡拉丁站在营房大厅里说。这里已经按照轩元帅的命令被清场了,诺罗的小队应卡拉丁的要求留了下来,天青还请来了麾下主要的军官哈迪拿大队长,后者身板结实,长着双下巴。除了他们以外,屋里只有一位坐立不安的虔诚者,正在为队伍画铭守符。

润石散发出柔和的蓝光,洒在多数人围坐的桌上。卡拉丁则站在脸盆边,用湿抹布清洗手上的血迹。

"'卡拉丁',"天青若有所思,"是个高贵的名字。你来自哪个家族?"

"大伙就叫我'飓风恩护者'。如果你需要国王命令的证据,我可以安排。"

"既然谈都谈了,就假装我相信你吧。"天青说,"你想要我们怎么样?"

"我想要了解你们的做法。你们使用了魂器,却没有引来尖叫灵体的注意,这其中的秘密可能对我拯救塔冠城的任务至关重要。"

天青点点头,起身走向营房的后部,用钥匙打开里屋的门。卡拉丁看过几眼,里面只放着些许物资。

等其他人都跟着进去后,天青把一个细钩插进两块石头之间,打开暗销,移走一块石头。后面露出一个扳手,她用手一拉,开启门洞。几个人拿起润石,照亮了一条直通城墙中部的窄廊。

"长官,您在风刃山里凿了一条隧道?""大胡子"震惊地问。

"隧道在我们出生之前就有了,士兵。"哈迪拿大队长说,"这是一条连接岗哨的密道,能抄个近路,还有一些通到顶上的暗梯。"

一行人只得鱼贯而入。"大胡子"跟在卡拉丁背后,"吱嘎吱嘎"地走进促狭的通道。"嗯,卡尔,你……你跟'黑荆棘'熟吗?"

"没人比我更熟了。"

"那么……咳咳……你知道的——"

"你们其实没有结伴去淳湖游泳吧?"卡拉丁说,"队里应该都猜到了,'大胡子'。"

"也是。""大胡子"回头看了看别人,轻轻吐出一口气,"我觉得你不会相信事情的真相,因为那其实是亚泽尔的大帝……"

这条凿石而建的隧道让卡拉丁想起了乌有斯麓的岩层。一行人走到地上的一扇活板门旁,待天青用钥匙开门,便爬下一小段带有滑轮的升降绳梯,来到一间堆满米袋的大仓库。卡拉丁举起一枚润石,照亮了犬牙交错的墙壁。墙上有不少地方被剜出了窟窿,显得凹凸不平。

"我大概每天夜里下来一次,用剑切下石块。"天青用戴手套的手指了指,"我就怕城里的地基塌陷,但又想不出别的办法。还能从哪儿弄到足够的石材?起码不能引起更多注意吧?"

他们在仓库的另一头发现了另一扇上锁的门,天青叩了两次门就开了。里面没那么宽敞,倒是有位年迈的女虔诚者跪在一块石砖旁,手上戴着一枚独特的法器,里面嵌着绿宝石,光芒耀眼。

女虔诚者有着非人的容貌,皮下似乎长着藤蔓,藤蔓从眼角伸出来,在脸上铺开。

她起身向天青鞠躬,手上的魂器是真的。所以……天青没有亲自上阵?"怎么回事?"卡拉丁问,"尖叫的灵体为什么没有来找你?"

天青指了指四壁,卡拉丁头一次留意到那些光可鉴人的金属墙板。他皱起眉头,摸了摸其中一块,觉得冷冰冰的。这该不会是钢板吧?

"王宫出了怪事没多久,"天青说,"就有个拉着蟹车的人来到营房门前,车后边放着这些金属板。他是个……奇怪的家伙,以前跟我交流过。"

"他的脸是不是有棱有角的?"卡拉丁推测道,"他是不是很毒舌?还会突然变得傻乎乎的,有什么就说什么?"

"我明白了,你认识他。"天青说,"他提醒我们,只能在铺了金属板的房间里施放塑魂术。据我们所知,那些灵体是感觉不到我们了,可惜对芦的通信也中断了。"

"我们让可怜的伊希和她姐妹交替使用魂器,不停地忙活。对她俩来说,养活整座城市是不可能的,但我们至少能让军队保持强大,还能留有一些兵力。"

该下诅咒之地的,卡拉丁心想,打量着反光的墙壁。要想在这里运用风行术而不被发现,还真不方便。

"好了,'飓风恩护者',"天青说,"我已经把我们的秘密透露给你了,现在你也该告诉我了,国王怎么能指望一个人——哪怕是一名碎瑛武士——来拯救这座城市?"

"塔冠城里有一个式样古老的装置,"卡拉丁说,"可以瞬间远距离传送一大群人。"他扭身面对天青等人。"寇林军正等着与我们会合,我们只需要启动这个装置,但只有少数人可以操作。"

士兵们一脸惊愕,唯有天青提起精神:"当真?你没开玩笑?"

卡拉丁点点头。

"好极了!我们去办吧!装置在哪儿?"

卡拉丁深吸一口气:"嗯,这恰好是问题所在……"

82 起立的女孩

> 这一定会终结这场战争,实现令使对我们的承诺。
> ——出自30-20号抽屉中最后一颗绿宝石

沙兰蜷缩在某个地方,她忘了是哪儿。

有一阵子,她一直是……所有人。一百张面孔循环交替,她在他们身上寻求安慰。她肯定能找到一个不会痛苦的人。

附近的难民都逃走了,说她是一只灵体。在寂静中,他们为她留下了那一百张面孔,直到她的飓光耗尽。

这样就只剩下沙兰了,何其不幸。

黑暗。一根蜡烛熄灭了,一声尖叫戛然而止。她什么也看不到,脑海里浮现出一些画面:

她的父亲,在她唱着摇篮曲勒死他的时候,脸色逐渐变得青紫。

她的母亲,双目焦黑地死去。

缇恩,被图腾化作的碎瑛刃刺穿。

卡波萨,因为中毒而在地上颤抖。

幺伯,"风之愉悦"号上那名无可救药的水手,葬身大海深处。

一位无名的马夫,被鬼血会的成员杀害。

如今是格伦德,脑袋被砸开了花。

浣纱曾试图帮助这些人,结果却让他们的生活变得更糟。浣纱这个谎言忽然变得明显起来。她没有在街头露宿过,也不知道如何帮助他人。假装拥有经验,并不意味着她真的拥有经验。

浣纱一直在心里对自己说,沙兰可以处理大局,可以处理虚渡和灭者。现在她必须面对自己不知道该怎么办的事实。她无法到达誓约之门。那儿由一只古老的灵体看守,而它能够侵入她的脑海。

整座城市都指望着她,可她甚至连一个小乞丐都救不了。当她蜷缩在地板上时,格伦德的死似乎就是其他一切的缩影,是她的善意变成傲慢的缩影。

无论她走到哪里,死亡都纠缠着她。她戴上的每一张面孔都是一个谎言,假装她可以阻止死亡。

她就不能做一个不会痛苦的人吗?哪怕就一次?

光芒推动着前方的影子,又长又细。她眨眨眼,一时愣住了。她已经有多少天没有见过光明了?一个人影走进了她那间简陋斗室外的公用间。她还待在穆丽居住过的那个长长的房间里。

她轻声抽泣。

来客把光芒带到她的门口,然后小心翼翼地走进来,背靠着墙,在她对面坐下。房间很狭窄,来客的腿伸出来,碰到了她身边的墙壁。她屈起双腿,膝盖抵在胸前,头枕在膝盖上。

知策没有发话。他把润石放在地上,任由她沉默。

"我早该知道的。"她终于低语道。

"也许吧。"知策说。

"分发这么多食物,只招来了掠食者,真是愚蠢。我本该把注意力集中在誓约之门上。"

"还是那句话,也许吧。"

"这太难了,知策。当我换上浣纱的面孔时……我……我必须像她那样思考。如果她占据上风,要想看得更广,就更难了。而我想让她占据上风,因为她不是我。"

"杀死那个孩子的盗贼团伙已经得到了处置。"知策说。

她抬头看着他。

"市场上的一些人手听说了发生的事,"知策续道,"终于组成了他们谈论了很久的民兵队伍。他们冲向猛爪帮,迫使他们交出凶手,然后解散。很抱歉没有尽早行动,我被其他任务分散了注意力。告诉你一个好消息,你分发的食物还有一些在他们的总部。"

"这值得付出那个男孩的生命吗?"沙兰小声问。

"我无法判断一条生命的价值,我可不敢尝试。"

"穆丽说最好让我死了。"

"由于我缺乏判断生命价值的经验,我不太相信她会以某种方式得到这种经验。你试图帮助市场上的人们,却几乎失败了,这就是生活。你活得越久,失败得越多。失败是生活美满的标志,而只有毫无用处的人才能过上没有失败的生活。相信我,我实践过。"

她吸了吸鼻子,移开目光。"为了逃避回忆,我只能变成浣纱,但我没有她假装拥有的经验,我也没有经历过她的生活。"

"不,"知策轻声说,"你不是经历过更残酷的生活吗?"

"但不知为什么还是那么天真。"她断断续续地深吸一口气。她必须制止这一切。她知道自己必须克服脾气,返回裁缝铺。

她愿意这么做。她会把这一切和她忽略的其他一切都抛到脑后,放任自流。

知策往后一靠。"你听过'起立的女孩'的故事吗?"

沙兰没有回答。

"那是一个发生在很久以前的故事。"知策用双手拢住地上的润石,"当时和现在不一样,有一堵墙阻挡飓风,所有人却视而不见。只有一个女孩在某一天抬起头来思考了一番。"

"为什么会有一堵墙?"沙兰小声问。

"哦,原来你真的知道?很好。"他俯下身子,对着地上的飓砂灰吹了吹。飓砂灰回旋上升,组成一个女孩的形象,暂时给人一种她站在一堵墙边的印象,随后却化为尘埃。他又吹了一次,飓砂灰盘旋得更高了,但还是落了下来,归于尘埃。

"能帮帮忙吗?"他把一袋润石从地上推给沙兰。

沙兰叹了口气,拾起袋子吸入飓光。飓光在她体内肆虐,要求她加以运用,于是她站起来,呼出一口气,将飓光织成以前创造过一次的幻象:一座质朴的村庄里,一名少女伫立仰望,望向远处极高的一堵墙。

由于幻象的缘故,房间似乎消失了。沙兰设法将墙壁和天花板描绘得恰到好处,让它们消失在景观中,化为景观的一部分。她没有让它们隐形,只是把它们掩盖起来,好让自己和知策看上去就像站在别处。

这……这超出了她以前的水平。但她真的在这么做吗?沙兰摇摇头,走到围着长围巾的女孩身边。

知策则走到另一边。"嗯,"他说,"不错,但不够黑暗。"

"什么?"

"我以为你知道这个故事。"知策说着,轻拍空气。色彩和光线从幻象中褪去,他们站在夜晚的黑暗中,只有一簇微弱的星光照明。高墙在他们面前就像一个巨大的污点。"在那个时代,世界上没有光明。"

"没有光明……"

"当然,即使没有光明,人们也要活下去,对不对?人们都是这样的。我斗胆猜测,这是他们学会的第一件事。所以他们在黑暗中生活,在黑暗中耕作,在黑暗中进食。"他朝身后挥了挥手。人们在村子里跌跌撞撞,摸索着进行不同的活动,借着星光才能勉强看清。

在这样的背景下,尽管看起来很奇怪,但她讲过的故事中,有一些片段还是说得通的。当那个女孩走到人们面前,问他们为什么会有一堵墙的时候,他们发现自己很容易忽视这个问题,原因很明显。

幻象遵循着知策的话语,而戴围巾的女孩向好几个人询问高墙的事,得到的回答都是"别翻过去,不然你会没命的"。

"于是,"知策说,"她决定只有自己爬到墙上才能找到答案。"他瞥了沙兰一眼。"她是愚蠢还是勇敢?"

"我怎么知道?"

"回答错误。她既愚蠢又勇敢。"

"这不愚蠢。如果没有人提问,我们就永远学不到东西。"

"那她长辈的智慧呢?"

"他们没有解释为什么她不能问那堵墙的事!没有理由,没有道理。听长辈的话,和像大家一样害怕是有区别的。"

知策笑了,手中的润石照亮了他的脸庞。"有趣吧?这么多故事的开头都是一样的,结局却截然相反。一半故事里,女孩没有理会父母,只是游荡到森林里,然后被吃掉了;另一半故事里,她发现了伟大的奇迹。而很少有小孩会说:'没错,我不能去森林里。我很高兴爸爸妈妈对我说,那里是怪物住的地方。'"

"这就是你想教给我的东西?"沙兰厉声说,"自己做主和不听好建议之间的细微差别?"

"我不擅长教别人。"他挥了挥手,而女孩在漫长的跋涉后到达了墙边,开始攀登,"幸好我是个艺术家,不是老师。"

"人们能从艺术中学到东西。"

"这是亵渎!如果具备了功能,艺术就不是艺术了。"

沙兰翻了个白眼。

"就以这根叉子为例。"知策挥了挥手,她的一部分飓光就从她身上脱离,在他手上打转,并在黑暗中化成一根飘浮的叉子的形象,"它有一个用处:拿来吃东西。如果一位能工巧匠要装饰它,这会改变它的功能吗?"那根叉子生出复杂的压纹,呈现生长的叶子的形状。"不,当然不会。不管有没有装饰,它的功能还是一样的。艺术是不起作用的部分。"

"可它使我快乐,知策。这就是一种作用。"

他咧嘴一笑,叉子消失了。

"我们不是在讲一个女孩爬墙的故事吗?"沙兰问。

"是的,但是故事要讲很久,"他说,"我在找事情给我们做。"

"我们可以直接跳过无聊的部分。"

"跳过?"知策大吃一惊,"跳过一个故事的一部分?"

沙兰打了个响指,幻象随之改变,他们在黑暗中站到墙头。戴围巾的女孩艰难地攀爬了许多天,终于在他们旁边挺身站了起来。

"你伤了我的心。"知策说,"接下来发生了什么?"

"女孩找到了台阶。"沙兰说,"她意识到,高墙不是为了阻挡外面的东西,而是为了阻挡她和她的同胞。"

"为什么?"

"因为我们是怪物。"

知策走到沙兰身边,默默搂住她。她颤抖着,转身把脸埋进他的衬衣里。

"你不是怪物,沙兰。"知策呢喃道,"噢,孩子,这个世界有时候是可怕的,而且有些人会让你相信,你也是可怕的。"

"我本来就是。"

"你不是。因为你看,事情的趋向恰恰是相反的。你没有因为与这个世界的联系而变得更坏,但这个世界却因为与你的联系而变得更好了。"

她依偎着他，浑身发颤。"我该怎么办，知策？"她低语，"我知道……我知道我不该这么痛苦。我不得不……"她深吸一口气。"我不得不杀了他们，我必须这么做。可我现在念出了真言，不能再无视它了，所以我应该……应该也死了算了，因为都是我干的……"

知策朝一边挥挥手，戴围巾的女孩还在那儿俯瞰新世界。她放在脚边的那个长长的背包是什么？

"那么你还记得余下的故事吗？"知策温柔地问。

"这不重要。我们已经找到了故事的寓意：高墙阻挡的是人。"

"为什么？"

"因为……"她以前向图腾展示这个故事的时候，是怎么告诉他的？

"因为，"知策伸手一指，"墙外是神的光。"

忽然，一片辉煌喷薄而出，明亮的强光照亮了墙外的景致。当光芒照耀在他们身上时，沙兰猛地一吸气，而戴围巾的女孩也抽了一口气，第一次看到了五彩缤纷的世界。

"她下了阶梯，"沙兰低声说，看着女孩从阶梯上跑下来，围巾在身后飘扬，"躲在住在这一边的生物当中。她悄悄接近光源，把光明带了回去，带到了另一边，带到了……暗影之地。"

"确实如此。"知策在这一幕结束时说，而戴围巾的女孩走到宏伟的光源前，伸手掰下了一小块。

一场不可思议的追寻。

女孩拼命登上阶梯。

又疯也似的奔下阶梯。

村子里第一次出现了光明，紧接着飓风来袭，翻涌着越过高墙。

"人们遭受苦难，"知策说，"但每一场飓风都会带来新的光明，因为既然被夺走，就再也无法复原了。尽管历尽艰辛，人们还是不会选择被打回原形，因为他们能看清了。"

幻象渐渐消失，只剩下他们两人站在楼房的公用间里，一边是穆丽的斗室。沙兰挣脱知策的怀抱，为自己趴在他的衬衣上哭泣而羞愧。

"你希不希望被打回原形，什么都看不清？"

"不希望。"她小声回答。

"那就活下去，让你遭受的失败成为你的一部分。"

"这听起来……很像故事的寓意，知策，仿佛你想做一些有用的事。"

"嗯，我曾说过，我们都会偶尔失败。"他伸手向两边一挥，仿佛正从沙兰身上拂去什么。飓光从她的左右两侧袅袅冒出，形成两个一模一样的沙兰。她们站在那里，生着红发和斑驳的脸庞，穿着属于别人的飘逸白色大衣。

"知策……"她一愣。

"嘘。"他走到其中一个幻象前，审视着它，同时用食指轻敲下巴，"这个可怜的女孩身上发生了很多事，不是吗？"

"不少人遭受过更多痛苦，但也过得很好。"

"过得很好？"

沙兰耸耸肩，无法驱走她道出的种种真相。她隐约记起自己一边勒死父亲一边对着他歌唱的情景，还有她所辜负的人们，以及她所造成的那些问题。左侧的幻象随即倒抽一口气，背靠着墙摇了摇头，然后瘫倒下去，蜷成一团，头靠在腿上。

"可怜的傻瓜。"沙兰低语，"她所做的一切努力，只让世界变得更糟。她被父亲打垮，接着又把自己打垮。她一无是处，知策。"她咬紧牙关，不由得冷冷一笑。"这其实不是她的错，但她还是一无是处。"

知策哼了一声，指了指站在他们身后的另一个幻象。"那一个呢？"

"没有什么不同。"沙兰说着,厌倦了这个把戏。她为第二个幻象赋予同样的回忆:父亲、赫拉兰、对迦熙娜的辜负,以及一切的一切。

沙兰的幻象浑身一僵,咬牙切齿地站在原地。

"没错,我明白了。"知策信步走到她面前,"没有什么不同。"

"你对我的幻象做了什么?"沙兰质问。

"没什么。它们的每一个细节都一样。"

"当然不是。"沙兰说着,轻拍幻象,感受着它。一种感觉从中涌过她全身,带着回忆和痛苦,而它们受到了抑制……

原谅。为了她自己。

她倒吸一口气,把手指缩回来,像是被咬了一口。

"受到伤害是可怕的。"知策说着,走到她身边,"这非但不公平,而且令人畏惧。然而,沙兰……你还是可以活下去。"

她摇摇头。

"你的其他意识之所以占据上风,"他低语,"是因为它们似乎更有吸引力。除非你有自信回到催生它们的意识当中,接受你自己的身份,否则你永远不能掌控它们。"

"那我就永远掌控不了了。"她眨眨眼,挤去泪水。

"不。"知策朝那个依旧挺立的幻象点点头,"你会的,沙兰。如果你不相信自己,你能相信我吗?因为在你身上,我看到了一个比任何谎言都要美妙的女人。我向你保证,这个女人是值得守护的。你是值得守护的。"

她也朝那个仍然站着的幻象点点头。"我无法成为她。她不过又是捏造出来的。"

两个幻象都消失了。"在这里,我只看到了一个女人。"知策说,"她就是起立的那一位。沙兰,她一直都是你。你只需要承认这一点。"他对她耳语道:"受到伤害也没关系。"

他拿起背包,从里面展开一样东西:浣纱的帽子。他把帽子塞到她手心里。

晨光竟然照耀着门口。她是不是在这儿待了一整夜,蜷缩在这间斗室里?

"知策?"她问,"我……我做不到。"

他微笑道:"有些事我是知道的,沙兰。这就是其中之一。你做得到。找到平衡。接受痛苦,但不要认为那是你活该。"

图腾哼了一声,表示赞赏。然而这不像知策说的那么简单。她吸了口气,觉得……浑身一颤。知策收拾好自己的东西,背起背包。他笑了笑,走到晨光下。

沙兰松了口气,觉得自己很蠢。她跟着知策走到晨光下,来到还没有完全苏醒的市场。她没有在外面看到知策。他有办法出现在不该出现的地点,但又不出现在别人意料中的地点。

她拿着浣纱的帽子走在街上,觉得自己穿着大衣和裤子很奇怪。一头红发,禁手却戴着手套。她应该躲起来吗?

为什么?这感觉……挺自在。她一路走回裁缝铺,探头朝里张望。阿多林坐在屋里的一张桌子旁,睡眼惺忪。

他站直身子。"沙兰?我们好担心!瓦沙尔说你早该回来了!"

"我——"

他拥抱她,而她放松地投入他的怀抱。她感到……好受多了,但还没有复原。一切仍未得到解决,但知策说的话里,有些东西……

在这里,我只看到了一个女人,她就是起立的那一位。

阿多林还是抱了她一段时间,好像他需要让自己安心似的。"我当然知道你没事。"他说,"我是说,你基本上是杀不死的,对不对?"最后,他抽开身,依然按着她的肩膀,低头看了看她的衣服。她应该解释一下吗?

"不错。"阿多林说,"沙兰,真时髦,红配白。"他后退几步,点点头。"是尤克丝卡给你做的吗?让我看看你戴的帽子。"

噢,阿多林,她心想,戴上帽子。

"外套有点太松了,"阿多林说,"但风格真的很搭。醒目、利落。"他侧过头。"腰上别一把剑会好看些。也许……"他渐渐打住话头。"你听到了吗?"

她转过身,皱着眉头。外头传来声音,听起来像是在行军。"这么早就有游行?"

他们望着窗外的街道,发现卡拉丁正和似乎有五六百人的军队一起走来,他们都穿着守城卫队的制服。

阿多林轻轻叹了口气。"当然了,他现在可能是他们的领队什么的。风操的扛桥小子。"

卡拉丁带领部下径直走到裁缝铺门前。沙兰和阿多林走出去迎接他。沙兰听见艾尔霍卡急匆匆地走下屋里的楼梯,对着他明显在窗外看到的东西大喊大叫。

卡拉丁正在和一个身穿盔甲的女人说话,后者把头盔夹在腋下,脸上有两道伤疤。轩元帅天青比沙兰预想的要年轻。

士兵们看到阿多林,然后是已经换好衣服的国王,都安静下来。

"原来你是这个意思。"天青对卡拉丁说。

"'飓风恩护者'?"艾尔霍卡问,"这是怎么回事?"

"您一直想要派一支军队进攻王宫,陛下,"卡拉丁说,"嗯,我们准备好了。"

83

血色突围

> 我们这些异唤骑士被正式任命为无瑕宝石的守护者，承担起了保护这颗俗称"荣明珠"的红宝石的重任。请把这段话记下来。
>
> ——出自20-10号抽屉中的皓石

阿多林·寇林用一捧冷水洗脸，然后用毛巾擦干净。他花了大半个晚上为沙兰没有归来的事担心，觉得很累。楼下的店铺里传来了其他人咚咚的脚步声，他们在为发动进攻做最后的准备。

进攻王宫，他多年的家园。他深吸一口气。

然而有些不对劲。他坐立不安，检查了腰间的匕首和衣袋里的应急绷带，还有绑在前臂上的铭守符——那是沙兰应他的要求给他做的，意为"决心"——终于意识到是什么在困扰他。

他召唤碎瑛刃。

这把剑底部很厚，有一掌宽，正面如游动的鳗鱼般蜿蜒起伏，背面有细小的水晶凸起。没有鞘能装下这样的武器，也没有凡人的剑能模仿它，否则就会变得异常沉重。人们一眼就能认出碎瑛刃，这才是重点。

在洗手间里,阿多林把武器握在身前,看着自己在金属剑身上留下的倒影。"我没有带母亲的项链,"他说,"也没有依照我以前常常遵循的其他传统。我从来都不需要这些,我只需要你。"

他深吸一口气。"我想……我想你曾经是活着的。别人说,他们碰到你的时候,能听到你的惨叫。哪怕你已经死了,却不知为何还能感到痛苦。很抱歉,我对此无能为力,但还是……谢谢你。谢谢你这么多年来的帮助。如果能安慰到你的话,今天我要利用你去做一些好事。以后我会尽量一直这样利用你。"

他让瑛刃消失,感觉好多了。当然,他还带着另一件武器——他腰间那把又细又长的匕首,用来刺向穿盔甲的士兵。

用这把匕首捅穿撒迪亚斯的眼睛,是多么令人满足。他还是不知道该感到羞耻还是自豪。他叹了口气,照了照镜子,然后又迅速做了一个决定。

不久后,他走下楼梯来到正厅,身穿寇林制服。他的皮肤怀念剪裁合身的套装,怀念套装更柔软的丝绸和更舒适的版型,但他发现,穿着这件制服走路,他的身板能挺得更直,哪怕他内心深处有些担忧,怕自己不配再承载代表父亲的铭文。

他朝艾尔霍卡点点头,后者正在和那个叫作轩元帅天青的奇女子交谈。"我手下的斥候被迫撤了回来,"她说,"但他们看得足够清楚了,陛下。虚渡的军队就在这里,他们实力雄厚,今明两天肯定会发动进攻。"

"好吧,"艾尔霍卡说,"我想我明白你为什么非要掌管卫队。我不能把你当做夺权者绞死。干得好,轩元帅。"

"不胜……感激?"

沙兰、卡拉丁、斯卡和德雷赫正站着看王宫的地图。他们需要记住布局,而阿多林和艾尔霍卡自然早就知道了。沙兰决定不换下先前穿过的那身迷人的白衣。在袭击中,它会比裙子实用。飓风啊,女人穿上大衣长裤,真有种别样的味道。

艾尔霍卡离开了,留下天青听取一些部下的汇报。附近的屋内,几名光眼种男子向他敬礼。他和阿多林前一天晚上向这些轩领主表明了身份。当时,他们需要做的只是甩开驱动幻象的润石,让他们的真面目显露出来。

这些轩领主当中,有一部分是投机者,但很多人都是忠臣。他们带来了大约一百兵力,不如卡拉丁从守城卫队带来的那么多,但艾尔霍卡似乎还是为自己召集人手的行动而自豪,这也是应该的。

他和阿多林一同来到商铺门口附近,加入光辉骑士的行列。艾尔霍卡招呼那些轩领主也加入进来,然后语气坚定地问:"各位都清楚了吗?"

"冲进宫殿,"卡拉丁说,"抢占日光廊,穿过去以后,上到誓约之门平台,守住那个地方。沙兰则要尽力驱走灭者,就像她在乌有斯麓所做的那样。然后我们启动誓约之门,把军队带到塔冠城。"

"控制室完全被那颗黑色的心脏盖住了,陛下。"沙兰说,"我不太明白我是怎么驱走子夜之母的,我当然也不知道能不能在这儿做到同样的事。"

"可你愿意尝试吧?"国王问。

"我愿意。"她深吸一口气。阿多林捏了捏她的肩膀,让她安心。

"风行骑士,"国王说,"我交给你和你部下的任务是,将颐淑丹王后和继承人救出来,带到安全的地方。如果誓约之门能启用,我们就带他们过去,否则你必须带他们飞出城。"

阿多林看了看那些轩领主,他们似乎坦然接受了这一切:光辉骑士的到来,以及国王做出的突袭王宫的决定。他有点感同身受。虚渡、灭世风暴、城里腐化的灵体……最终,人们不会再为发生在自己身上的事而震惊。

"从日光廊走过去,确定是最佳路线吗?"卡拉丁问道,指着德雷赫手中的地图,手指从王宫的东殿沿着日光廊移到誓约之门平台。

阿多林点点头。"的确是前往誓约之门的最佳路线。从高台外面的窄楼梯冲上去,那才要命。最好的办法就是登上宫殿门前的台阶,用碎瑛刃把门砍倒,然后奋力从大厅入口去东殿。从那里可以往右拐,上到国王的寝宫,或者直接穿过日光廊。"

"我可不想在这条通道上战斗。"卡拉丁说,"我们必须假设,融族会伙同宫廷卫队加入战斗。"

"如果他们真的来了,我也许可以引开他们的注意力。"沙兰说。

卡拉丁哼了一声,没有再抱怨。他和阿多林都看出来了,这不会是一场轻松的战斗,守军有很多可以利用的伏击点。但他们还能怎么办?

远处已经响起鼓声,是从城墙上传来的。卡拉丁望向众人。

"又是一次袭击?"一名轩领主问。

"情况更糟。"卡拉丁答道,而天青在他们身后轻声咒骂,"那是城市受到攻击的信号。"

天青推开裁缝铺的前门,其他人也跟着出去。这里的六百名士兵隶属于守城卫队,其中一些人拿着矛和盾走向远处的城墙。

"稳住,伙计们。"天青叫道,"陛下,我的大多数部下陷入无望的战斗,一个一个地在城墙上死去。我之所以在这里,是因为'飓风恩护者'说服了我,让我相信只有夺下那座宫殿才能救他们。所以,如果要这么做,就趁现在。"

"那就出兵!"艾尔霍卡说,"轩元帅,诸位光明贵人,向你们的军队传话。组织好队伍!听我的命令,向王宫进军!"

阿多林转过身,一些融族沿着远处的城墙从空中飞驰而过,是敌方的飓能者。风操的。他摇摇头,急忙来到尤克丝卡和她丈夫身边。他们目睹了这一切——一支军队来到家门口,众人为发动进攻而做准备——充满困惑。

"如果城市守住了,"阿多林说,"你们就不会有事。但如果城市沦陷了……"他深吸一口气。"来自其他城市的报告显示,不会有大规模的屠杀。虚渡是来占领地盘的,不是来消灭居民的。我还是建议你们做好逃出这座城市前往破碎平原的准备。"

"破碎平原?"尤克丝卡问道,惊呆了,"可是光明贵人,那地方有几百里远啊!"

"我知道。"他皱着眉头说,"非常感谢你们收留我们。我们会尽力阻止这一切。"

不远处,艾尔霍卡走近那个和天青一同前来的胆怯虔诚者,他一直在急急忙忙地为士兵们画铭守符。艾尔霍卡抓住他的肩膀,把一样东西塞到他手里,把他吓了一跳。

"这是什么?"虔诚者紧张地问。

"一支对芦。"艾尔霍卡说,"出兵半小时后,你要联系乌有斯麓,并提醒他们,让军队做好从誓约之门转移到这里的准备。"

"我不能使用法器!那些尖叫的灵体——"

"冷静,兄弟!敌人可能会因为太专注于攻击而忽视你。但即使他们注意到你,你也必须冒这个险。我们的军队必须做好准备。都城的命运可能就取决于此。"

虔诚者点点头,脸色发白。

阿多林加入部队,极力平复紧张的情绪。只不过又是一场战斗罢了。他经历过几十次乃至几百次这样的战斗。然而风操的,他习惯的战场不是街道,而是空旷的石地。

一小群守城卫士在附近轻声交谈。"我们不会有事的。"其中一人说。他是个矮个子,胡子剃得干干净净,但手臂上却毛茸茸的。"跟你说,我在城墙上看到我自己的死神了。她朝我飞过来,长枪正对着我的胸口。我盯着那双红色的眼睛,看到自己死了。然后……他出现了,像离弦的箭一样从塔楼的窗口冲出来,撞到虚渡身上。虚渡那一枪本来会要了我的命,但他改变了我的命运。我敢发誓,那时他身上在发光……"

我们正在进入诸神的时代,阿多林心想。

艾尔霍卡高举碎瑛刃,下达命令。他们在城里行进,从忧心忡忡的难民身边走过。一排排建筑房门紧闭,仿佛在为飓风的来临做准备。终于,王宫像一大块黑曜石般在军队前方拔地而起,石料似乎都变了色。

阿多林召唤碎瑛刃,而这一幕似乎给附近的士兵带去了安慰。他们向靠近城墙的城北片区进军。在这里可以看到融族在攻击军队。一阵古怪的撞击声响起,阿多林把它当成了另一组鼓声,直到一个脑袋出现在离他们最近的城墙顶端。

风操的!那个脑袋上有一张巨大的楔形石脸,让他想起了某种巨壳生物的样子,但它的眼睛只是两个从深处发亮的红点。

怪物用一条胳膊把自己抬升起来。它似乎不及城墙高,但体形仍然庞大。融族"嗡嗡"地飞来飞去,而它沿着城墙拍打,像扫落飓虫那样扫落守城卫士,然后砸向一座哨塔。

阿多林发觉自己和大部队都驻足下来,凝望着这骇人的景象。大地颤抖着,石块滚落到几个街区之外,砸在房屋上。

"继续前进!"天青喊道,"风操的!他们想闯进来,抢在我们之前到达王宫!"

怪物撕碎了哨塔,将一块马匹大小的巨石抛向他们。看着巨石朝自己和军队飞来,阿多林目瞪口呆,感到无能为力。

卡拉丁乘着一道流光腾空而起。

他撞上了石块,并随之滚动,在空中翻转腾挪,身上的光芒急剧减弱。

巨石猛地一震,不知为何改变了势头,从卡拉丁身上飞出去,就像一颗卵石从桌上弹开。它被抛到墙头,差一点命中怪物。阿多林隐约听到灵体发出尖叫,但它的叫声很快被石块掉落的声音和街上行人的喊声淹没了。

卡拉丁从背包里汲取飓光,为自己补充能量。他携着他们从乌有斯麓带来的大部分宝石,那是一大笔绿宝石储备,用于执行任务和开启誓约之门。

德雷赫在一旁升空,接着是斯卡,他施放风行术,把沙兰也甩了上来。阿多林知道她基本上是不朽的,但在这里、在前线上看到她,感觉还是很奇怪。

"我们会引开融族的注意力。"卡拉丁向阿多林喊道,指着一群从空中朝他们的方向飞来的人影,"如果办得到的话,我们会夺取日光廊。你们从王宫进去,在东殿与我们会合!"

他们飞驰而去。不远处,那个怪物开始敲击那儿的城门,把木料砸得四分五裂。

"前进!"天青吼道。

阿多林冲上前去,跑到艾尔霍卡和天青身边。他们抵达宫殿广场,奔上台阶。台阶顶端的士兵穿着非常相似的制服(呈黑色和更深的蓝色,但仍是寇林制服),他们纷纷后退,关上了王宫的正门。

"国王亲卫队,听好!"阿多林喊道,指向一群穿红色制服的士兵,他们被指派为艾尔霍卡的亲卫队,"国王劈砍时,一定要注意他的侧翼!大门倒下以后,不要让敌人来攻击他!"

士兵们涌上台阶,沿着宫殿前廊的前方就位。他们举着矛,但有些人是光眼种。阿多林、天青和艾尔霍卡各自走到台阶顶上一扇单独的门前。王宫的屋檐由粗大的立柱支撑,能保护他们不被巨兽抛出的石块砸中。

阿多林咬紧牙关,将瑛刃插进厚实的木制宫门和墙壁之间的缝隙,飞快地往上一挥,劈开了铰链和闩在里面的门闩。他在另一侧又挥了一剑,让宫门散开,然后回到原位。宫门轰然向内倒塌。

宫殿里的敌兵立刻用矛攻击,想要刺中阿多林。他闪身后退,不敢挥剑。单手握持碎瑛刃是非常困难的,哪怕不用担心砍到自己人。

阿多林往边上一跳,让守城卫队攻击门口的敌兵,自己则挪到一队和轩领主乌里米尔共同前来的士兵旁边,切穿一段墙体,临时凿了一个门洞,让士兵把它推开。他沿着前廊往外走,又接连凿了两个门洞。

凿完后,他透过门洞窥视艾尔霍卡,发现后者已经从砍倒的宫门走了进去,眼下就在宫殿里。艾尔霍卡一手持剑挥舞,另一手举着盾。他在敌兵中间打开一个口子,已经杀了几十个人。

当心点,艾尔霍卡,阿多林心想,记住,你没有穿碎瑛甲。阿多林指向一队士兵。"增援国王亲卫队,确保国王的优势,不要让他落败,否则就叫我。"

他们抬手敬礼,阿多林便退了回去。天青已经砍倒了她面前的宫门,但她的碎瑛刃没有另外两人的长。她率领士兵进行更保守的攻击,削去朝她的部下刺来的矛的末端。阿多林望着她刺中一个试图推进的敌兵,敌兵的双眼竟没有灼烧,但他的皮肤确实在他丧命时变成了一片奇怪的死灰。

先祖之血啊,阿多林心想,她的碎瑛刃怎么了?

即使所有门户都打开了,进入王宫的速度也还是很慢。宫殿里的士兵在门后结成环形盾墙,战斗方式大多是用短矛互刺。一些守城卫士的队伍带来长矛,攻破王宫守军的阵列,准备发动猛攻。

"大家有没有从侧翼保护过碎瑛武士?"阿多林对离他最近的一小队士兵说。

"没有,长官。"一名士兵说,"但我们做过训练……"

"那就只能这样了。"阿多林说着,用双手握持瑛刃,"我会从中间那个门洞进去。跟紧点,别让矛刺到我的肋部。我会注意不砍到你们。"

"遵命,长官!"小队长说。

阿多林深吸一口气,走到门洞前。宫殿里枪矛林立,就像俗话中常说的白脊巢穴。

在阿多林的命令下,他身旁的一名士兵面对他的部下,单手做出倒计时的动作。就在最后一根手指放下时,门口的士兵纷纷后退。阿多林冲进宫殿大厅,那里铺着大理石地板,有着高高的拱顶。

敌人朝他投掷了十几根矛。他压低身子,肩膀上挨了一记。他双手一挥,砍中一群士兵的膝盖。敌人瞬间倒下,他们的腿因为碎瑛刃的劈砍而坏死。

四名士兵跟着他进来,在他两侧举起盾牌。阿多林向前挥剑,砍去矛的前端,劈向握矛的手。风操……他的敌人也太沉默了。虽然他们中剑后会痛得惨叫,也会在使劲时发出闷哼,但除开这些,他们似乎默不作声,仿佛黑暗扼杀了他们的情绪。

阿多林把瑛刃高举过头,摆出石姿剑的剑式,精准地朝下挥击,用一套谨慎克制的手法接连砍倒敌人。他的部下保护着他的侧翼,而瑛刃宽大的攻击范围保护着他的正面。

敌兵双眼冒火,盾牌防线摇摇欲坠。"后退三步!"阿多林对部下喊道,改用风姿剑,大开大阖地向外劈扫。

在决斗的激情和美感中,他有时会忘记碎瑛刃是多么可怕的武器。但来到王宫后,他在摇摇欲坠的阵线中横冲直撞,一切再明显不过。他一下子就杀了八个人,彻底摧毁了防线。

"上!"他喊道,用瑛刃一指。士兵们从门口涌入,直接抢占了大厅入口。不远处,艾尔霍卡昂首挺胸,高声下达命令,手中狭长的碎瑛刃闪闪发光。士兵们倒下、死去、咒骂,他们的声音汇成战斗的喧嚣。这便是斗争的代价。

敌阵终于溃散,从大到无法坚守的大厅入口撤退,去往通向东殿的狭窄走廊。

"把伤员拖出来!"天青喊道,走了进去,"第七中队,守住大厅的远端,确保敌人不要冲回来。第三中队,扫清两翼的障碍,确保不出任何意外。"

奇怪的是,天青已经脱下斗篷,把它半缠绕在左臂上。阿多林从没见过这种情况,也许她习惯了穿碎瑛甲作战。

阿多林喝了点水,让手术师给他包扎那道浅伤口。虽然宫殿的深处感觉像洞穴,但入口处却相当壮观。大理石墙壁打磨得光可鉴人,楼梯宏伟气派,宫殿中央铺着大红色的地毯。他小时候在王宫里玩蜡烛,还把地毯烧着过。

割伤包扎完毕,他来到天青、艾尔霍卡和几位轩领主身边,发现他们正在打量通往东殿的宽阔走廊。敌人在那里结成了一道密不透风的盾墙,已经安定下来。第二排士兵端好十字弓,严阵以待。

"这将是一场血色的突围。"天青说,"我们会寸步不让。"

外面撞击城门的声音终于安静下来。

"他们进来了。"阿多林推测道,"那个缺口离这里不远。"

轩领主沙戴哼了一声。"也许我们的敌人会反目?我们能指望虚渡和宫廷卫队打起来吗?"

"不能。"艾尔霍卡说,"使王宫陷入黑暗的势力属于敌人,他们现在迅速地打到了我们这儿。他们知道誓约之门带来的危险。"

"同意。"阿多林说,"仆族的军队很快就会涌进王宫。"

"召集你们的人手,"艾尔霍卡对众人说,"由天青指挥进攻。轩元帅,你必须打通这条走廊。"

一位轩领主看向那名女子,清了清嗓子,但还是决定什么也不说。

天青神色严峻地命令弓箭手使用短弓来削弱敌人。但那堵盾墙是用来抵挡箭矢的,所以天青下达了命令,她的部下便一步步向防守森严的敌人逼近。

阿多林别开眼睛，而走廊变成了血肉横飞的杀场，弩箭一波波地砸在士兵身上。守城卫队也配有盾牌，但他们不得不冒险前进。

阿多林向来不擅长这方面的战场作战。风操的，他想要在阵前带头冲锋，可他心中理性的那一面知道这是愚蠢的。在这种进攻中，不能让碎瑛武士冒险，除非他们穿着碎瑛甲。

"陛下，"一名军官穿过入口，对艾尔霍卡喊道，"我们发现了一件怪事。"

艾尔霍卡朝阿多林点点头，让他去处理。阿多林庆幸有事可干，便小跑过去，与那人碰头。"怎么样？"

"营房的门关上了，"那人说，"从外面上了锁。"

怪了。阿多林跟在那人后面，走过一个临时收治点。两名手术师跪在地上，照料着在第一次袭击中受伤的士兵，身边围满了痛灵。等天青率军强行通过那条走廊，他们就会忙碌得多。

入口的西侧建有王宫的营房，是士兵的庞大驻地。天青的一群部下端详着房门，而那扇门确实被人用金属条从外面锁上了。从碎裂的木片来看，不管里面有什么，对方都想要出去。

"打开。"阿多林说着，召唤碎瑛刃。

士兵们小心翼翼地掀开金属条，缓缓打开门，有一人拿出一些润石来照明。他们没有发现怪物，而是找到了一群穿着宫廷卫队制服、浑身脏兮兮的人。他们一听到外面的嘈杂声就聚集在一起，而看到阿多林后，有几个人屈膝跪下，宽慰地向全能之主发出赞美。

"殿下？"一个肩膀上系着军尉绳结、显得较为年轻的阿勒斯卡人说，"噢，阿多林王子，是您啊。还是说……这是某种残酷的骗局？"

"是我。"阿多林说，"西丁？风操的，老兄！你长了胡子，我快认不出你了。发生什么事了？"

"长官！王后有些不对劲，先是杀了那个虔诚者，然后又处决了光明贵人卡维斯……"他深吸一口气，"我们是叛徒，长官。"

"她裁撤了卫队，长官。"另一人说，"看我们拒不服从，就把我们关在这儿，几乎把我们忘了。"

阿多林松了一口气。原来整支卫队没有就这么随她而去……好吧，这卸下了他肩负的一个负担，一个他自己都没有意识到的负担。

"我们要夺回王宫。"阿多林说，"西丁，召集你的部下，到主入口处与手术师会合。他们会给你们做检查，也会给你们水喝，听取你们的汇报。"

"长官！"西丁说，"如果你们要冲进王宫，我们也想加入。"其他不少人都点点头。

"你们也想加入？伙计们，你们已经在这里关了好几周了！我不指望你们还能胜任作战。"

"好几周？"西丁说，"肯定只有好几天吧，光明贵人。"他抓了抓胡子，而那把胡子似乎与这个观点相冲突，"自从被丢进这里以来，我们只吃过……啥，三次饭？"

还有几个人点头称是。

"带他们就医。"阿多林对带着他过来的斥候们说，"不过……把矛拿给那些自称还有力气的人。西丁，你的部下可以当预备队。不要把自己逼得太紧。"

阿多林回到主入口处，路过一位手术师，后者正在治疗一名身穿宫廷卫队制服的男子。对手术师来说，不管伤患是不是敌人，他们都在救治任何需要他们关注的人。这固然很好，但那名男子却干瞪着眼睛，不像普通的伤患那样哭泣或呻吟，只是小声自言自语。

我也认识他，阿多林反应过来，在脑海中搜寻他的名字，多德？不错，就是多德，反正我们是这么叫他的。

他向国王报告了自己的发现。前方，天青的部下为了夺取那条走廊，正在做最后的努力。他们留下了几十名奄奄一息的士兵，而那些人的鲜血把地毯染成了更深的红色。阿多林明显能听到一个声音，那些话语越过战斗的喧嚣，越过在墙上回荡的战吼，轻轻地传来，不知为何刺中了他的灵魂。

激情。甜美的激情。

宫廷卫队终于放弃了那条走廊，从另一端两扇宽阔的双开门撤退。双开门通往东殿，不容易防御，但敌人显然想要争取尽可能多的时间。

一些士兵把尸体清理到旁边，为阿多林和艾尔霍卡开路，好让他们砍倒双开门。然而，还没等他们出手，木门就开始摇晃。阿多林后退几步，习惯性地摆出风姿剑的起手式，准备劈向破门而出的东西。

门开了，露出一个发光的身影。

"飓风之父啊……"阿多林低声道。

卡拉丁浑身闪耀着强烈的光辉，双眼如同两团蓝色的烽火，冒出缕缕飓光。他握着一根足有十二尺长的璀璨金属矛，身后的斯卡和德雷赫也通体发亮，看上去一点也不像那两个曾在破碎平原上保护阿多林的和蔼可亲的冲桥手。

"东殿安全了。"卡拉丁说着，嘴里吐出飓光，"被你们逼退的敌人已经往楼上逃了。陛下，我建议您派天青的部下到日光廊上去，守住那个地方。"

阿多林弯腰走进东殿，后面跟着大批士兵，天青高声发令。正前方是日光廊的入口，那条通道是开放式的，阿多林不仅在上面看到了卫兵的尸体，还看到了三具显眼的蓝衣尸体，不由得大吃一惊。那三人分别是卡拉丁、斯卡和德雷赫。难道是幻象？

"总比击退他们有效。"沙兰走到他身边，"会飞的虚渡被城墙上的战斗分散了注意力，所以他们一认为冲桥手倒下了，就离开了。"

"我们先把宫廷卫队的另一股势力赶回了虔诚院。"卡拉丁伸手一指,"我们需要一支军队来铲除他们。"

天青望向艾尔霍卡,艾尔霍卡点头同意,她便开始下令。沙兰咂咂舌头,在阿多林绑着绷带的肩膀上戳了一下,但他向她保证,这没什么大不了的。

国王大步穿过东殿,抬头看着宽阔的楼梯。

"陛下?"卡拉丁叫道。

"我要带领一支军队到王室寝宫上去。"艾尔霍卡说,"必须有人查明颐淑丹出了什么事,还有这一整座风操的城市出了什么事。"

卡拉丁眼中的光芒渐渐消失,飓光即将耗尽。他的衣服似乎耷拉下来,他的双脚则更坚实地落在地上。他忽然又像个正常人了,阿多林觉得更放松了。

"我和他一起去。"卡拉丁轻声对阿多林说着,为自己挑出两颗璀璨的绿宝石,再把那包绿宝石递给他,"带上斯卡和德雷赫,把沙兰送到灭者那儿。"

"听起来不错。"阿多林说。他选出一些士兵和国王同行,其中包括一支守城卫士队伍和少数几名轩领主带来的战士。经过一番思考,他又加上了西丁和半数曾被囚禁在王宫中的士兵。

"那些士兵没有服从王后的命令。"阿多林对艾尔霍卡说着,朝西丁点点头,"不管这里是什么情况,他们似乎没有受到影响,而且他们会比守城卫队更了解王宫。"

"好极了。"艾尔霍卡说完便走上台阶,"不要等我们。如果光明女士达瓦成功了,就直接去乌有斯麓,把我们的军队带回来。"

阿多林点点头,迅速向卡拉丁行礼——两手握拳,手腕相交,正是第四冲桥队的队礼。"祝你好运,扛桥的小子。"

卡拉丁微微一笑,银色的矛在他予以回礼时消失了,他连忙跟在国王身后。阿多林小跑着来到沙兰身边,后者正顺着日光廊望出去。天青已经率领部下夺取了这条通道,但还没有登上另一边的誓约之门平台。

阿多林把手搭在沙兰肩膀上。

"它们在那里。"她低语,"这次有两个。昨天晚上,阿多林……我只能跑掉。那场狂欢侵入了我的头脑。"

"我听到过。"他重新召唤瑛刃,"我们会共同面对,就像上次一样。"

沙兰深吸一口气,将图腾召唤为碎瑛刃。她用普通的剑姿将瑛刃举在胸前。

"架势不错。"阿多林说。

"多亏有个好老师。"

他们走在日光廊上,路过了倒下的敌兵和一个死去的融族,后者似乎被他自己的长枪钉在了岩石的缝隙里。沙兰在尸体旁边徘徊,但阿多林拽着她一直走到虔诚院门前。天青麾下的士兵在他的命令下前进,与这里的宫廷卫士交战,确保开出一条通往中心的路。

等待期间,阿多林来到高地边缘,打量这座城市。这里是他的故乡。

而他的故乡在沦陷。

离他们最近的城门已被完全攻破,仆族如潮水般从城门涌向王宫,也有人通过攻城梯队上到城墙,后者还在别的地点向城内推进,包括御花园附近。

那头巨大的石兽沿着城墙内侧移动,伸手拍打哨塔。一大群服装各异的人涌上塔兰街,途经一座风刃山。是瞬息教的信徒吗?他不确定他们扮演了什么角色,但仆族也在往那个方向涌入城市。

我们可以解决的,阿多林心想,我们可以把军队带进来,守住王宫所在的山丘,再退回到城墙那边。他们拥有几十名碎瑛武士,还拥有第四冲桥队的成员和其他飓能者。他们可以拯救这座城市。

他只需要把他们带到这里。

天青很快领着三十人的队伍前来。"进去的通道安全了，不过还有一小群敌人守在中央。我留下了几名士兵搜查附近的房屋。看起来，你提到的那些在昨晚狂欢的人，他们就昏睡在里面，一动也不动。即使我们去戳他们，他们也没有反应。"

阿多林点点头，带头向高地中心走去，沙兰和天青跟在后面。他们经过了天青军的阵线，那些士兵正守着街道。他很快就看到敌人的主力集结在虔诚院建筑之间的小径上，挡住了通往誓约之门控制室的道路。

由于塔冠城深陷困境，阿多林受到紧张局势的刺激，一个箭步上前，在敌人中间横扫，用瑛刃灼烧他们的双眼。他攻破他们的阵线，但有个落单的人险些侥幸击中他，还好斯卡举盾格挡，像是凭空出现的一样，然后挺矛刺穿那个卫兵的胸口。

"我现在欠你多少？"阿多林问。

"我可没想要算这个。"斯卡咧嘴一笑，吐出亮光。

德雷赫也加入进来，他们便追击着溃败的敌人，途经国王圣堂，最终抵达了控制室。阿多林以前一直以为那里是追忆堂，只是虔诚院的另一部分。正如沙兰所提醒的那样，一团蔓生的黑色物质覆盖了那座建筑，如一颗漆黑的心脏般搏动着，深色的脉络像树根那样延伸开来，随着心脏的跳动而跳动。

"风操的……"德雷赫低声道。

"好了。"沙兰说着，向前走去，"守着这块区域。我会尽力的。"

84

能拯救的人

> 敌人又向热病岩堡推进了。是什么让他们对这个地方如此感兴趣？真希望我们能知道答案。他们是不是想夺取拉尔艾洛林？
> ——出自19-2号抽屉中的第三颗黄玉

卡拉丁冲上宽阔的楼梯，身后跟着大约五十名士兵。

飓光在他体内跳动，让他一步一跃。融族曾花了些时间在日光廊上攻击他，但在沙兰使诈后不久就离开了。他只能认为，攻城战消耗着敌人的注意力，这样他或许可以运用自己的力量，而不会立即招来报复。

艾尔霍卡带头前进，双手握着瓦亮的碎瑛刃。他们在楼梯口拐弯，冲上另一段楼梯，每走一步就离大部队更远，但艾尔霍卡似乎并不在意。

"上楼，"卡拉丁轻声对茜尔说，"检查每层楼是不是有埋伏。"

"遵命，长官阁下，光辉骑士阁下。"说完她就飞走了。片刻后，她又飞了下来。"三楼有很多士兵，但他们正从楼梯间撤退，看起来不像是埋伏。"

卡拉丁一点头，伸手碰了碰艾尔霍卡的胳膊，让他慢下脚步。"我们还有人要迎接。"卡拉丁指向一队士兵，"国王不知道在哪儿失去了他的护卫，现在由你们来保护他。如果我们投入战斗，你们不要让敌人包围陛下。"他指向另一群士兵。"你们是……'大胡子'？"

"哎，卡尔？"那名敦实的守城卫士犹豫了一下，敬了个礼，"嗯，长官？"他身后是诺罗、维德、亚拉沃德和瓦瑟勒夫……卡拉丁在守城卫队的整个小队。

诺罗耸耸肩。"失去了原先的队长，我们就没有合适的领导者了。我想我们应该跟着你。"

"大胡子"点点头，揉了揉缠绕在右臂上的"好运"铭文。

"很高兴有你们在。"卡拉丁说，"不要让敌人包抄我的侧翼，但尽量给我腾点空间。"

"不要挤你，"诺罗副官说，"也不要让其他人挤你。行，长官。"

卡拉丁看向国王，点了点头。两人走上最后几级台阶，来到楼梯口，进入一条宽阔的石廊，地板中央铺着地毯，除此之外却没有任何装饰。卡拉丁本以为这座宫殿会更奢华，但看起来，就算在这里，就算在王室的权力中心，寇林家族也还是偏爱堡垒般的建筑。

茜尔说得没错，是有一支敌兵队伍在走廊上一字排开，手握战戟或十字弓，似乎只想等在原地。卡拉丁准备运用飓光，他可以凭借一种力量将飓光涂抹在墙上，使弩箭在飞行中转向，但他的本领还远远不精。这是他最不了解的力量。

"你们没看见我吗？"艾尔霍卡喝道，"你们不认识你们的君主吗？难道受了灵体的影响，你们已经疯魔到连自己的国王都要杀了吗？"

风操的……那些士兵几乎没有呼吸。起初他们动也不动，随后有几个人回望走廊深处。远处是不是传来了声音？

王宫中的士兵立即散开队形,退了回去。艾尔霍卡咬紧牙关,带头跟着他们,每走一步都让卡拉丁更焦急。他没有军队来严守退路,只能在每个岔口安插两名部下,并指示他们,如果看到有人从十字走廊上走过来,就大喊一声。

他们经过一条走廊,墙边摆着一排令使雕像,至少有九尊,少了一尊。卡拉丁派茜尔前去查看,却感到更加暴露。除了他以外,似乎每个人都认识路。这是正常的,但也让他产生了随波逐流的感觉。

他们终于抵达了王室寝宫,大门敞开着,十分诱人。卡拉丁在一条向左分岔的走廊附近拦住部下,距离大门还有三十尺远。

即使从这里望出去,他也能看到门后的房间终于显露出些许他所期待的奢华装潢:华贵的地毯、铺张的家具,处处都布满刺绣或镀金装饰。

"左边窄点的走廊上有一些士兵。"茜尔说着,飞回到他身边,"前面的房间里倒是一个士兵也没有,但是……卡拉丁,王后在里面。"

"我听到了,"艾尔霍卡说,"那是她的声音。她在唱歌。"

我认得这个调子,卡拉丁心想。王后轻柔的歌声有些耳熟。他想建议别人慎重点,但国王已经匆匆前进,一队士兵忧心忡忡地跟了上去。

卡拉丁叹了口气,安排好剩余的士兵。一半人留下来,守着他们的退路;另一半人则在左侧走廊上列阵,盯着宫廷卫队。风操的,如果出了岔子,就会发生血战,国王将进退两难。

不过,这也是他们前来的原因。循着王后的歌声,他走进了房间。

沙兰走到那颗黑暗的心脏前面。尽管她对人体解剖的研究不像她

所希望的那样深入——她父亲认为这不是女子该做的事——但在阳光下,她还是能轻易看出它的形状不对劲。

这不是人类的心脏,她下了结论,也许是仆族的心脏。抑或是一只呈心脏形状的巨型深紫色灵体,生长在誓约之门的控制室上。

"沙兰,"阿多林说,"我们快没时间了。"

他的话音让她觉察到了周围城市的现状:士兵们在一街之隔交锋;城墙上的岗哨接连失守,远处的鼓声渐渐平息;空气中烟雾弥漫,一声轻柔而凄厉的号叫划过,似乎是成千上万人在城市沦陷的混乱中所发出的呼喊的回声。

沙兰首先试探性地把图腾化作的碎瑛刃刺入心脏。那团物质只是在剑身周围裂了开来。她砍了一剑,灵体被切开,又在后面愈合。那么,是该试试她在乌有斯麓的做法了。

沙兰颤抖着闭上眼睛,把手按在心脏上。它感觉很真实,犹如温热的血肉。就像在乌有斯麓时那样,触碰这个物质让她觉察到它、感受到它、了解到它。

它试图把她卷走。

王后坐在靠墙的梳妆台前。

她的模样和卡拉丁预想的差不多。她比艾尔霍卡年轻,留着一头阿勒斯卡式黑色长发,正在梳头。她的歌声渐渐低了下去,转为哼唱声。

"颐淑丹?"艾尔霍卡问。

她把目光从镜子前移开,咧嘴一笑。她有一张瘦削的脸,端庄的双唇涂成绛红色。她从座位上起身,轻步走到他身边。"夫君!你终于回来了?你战胜了我们的敌人,为你父亲报了仇?"

"是的。"艾尔霍卡皱眉道,动身向她走去,但卡拉丁抓住他的肩膀,把他拦下。

王后的目光落到卡拉丁身上。"是新来的护卫吗,亲爱的?实在太邋遢了。你应该找我商量的。你要维护自己的形象。"

"迦维①去哪儿了,颐淑丹?我儿子去哪儿了?"

"他在和伙伴们玩耍呢。"

艾尔霍卡看着卡拉丁,朝边上努努嘴,似乎在说"看看能找到什么"。

"保持警惕。"卡拉丁低声道,开始在房间里搜寻。他经过一堆吃剩的大餐,每一块水果都只被咬了一口,还有些糕点和蜜汁肉串。从他注意到的朽灵来看,食物应该腐烂了,但并非如此。

"亲爱的,"艾尔霍卡与王后保持着距离,"听说最近城里出了些……麻烦。"

"我名下有个虔诚者想要复辟神权统治。我们真该加强对虔诚会的监督,并不是每个男女都适合当神职人员的。"

"你把她处决了。"

"当然,她妄图推翻我们。"

卡拉丁绕过一堆用上好的木料制成的乐器。

在这儿,茜尔的声音在他脑海中响起,在房间的另一头,梳妆屏风的后面。

他经过了左侧的阳台。如果他没记错的话——尽管这个故事被反复讲述,他还是听过十好几个不同的版本——迦维拉尔和白衣刺客就是在搏斗的时候,从那座阳台上掉下去的。

"颐淑丹。"艾尔霍卡说着,嗓音满是痛苦。他上前一步,伸出手。"你气色不好,请跟我走吧。"

---

①迦维诺尔的昵称。

"气色不好？"

"王宫里有一股邪气。"

"邪气？夫君，你有时候还真傻。"

卡拉丁来到茜尔身旁，朝梳妆屏风后面瞧了一眼。屏风被推到了墙边，隔出一小片空间，有个两三岁的孩子蜷缩在那儿，浑身发抖，手里抓着毛绒士兵玩具。几只散发着微弱红光的灵体正在他身上啄来啄去，就像挑拣尸体的飓虫。男孩想要转过头去，一些灵体却拉扯着他脑后的头发，直到他抬起头来，而别的灵体则在他面前盘旋，呈现出可怕的形状，就像脸部融化的马匹。

卡拉丁迅速冒起一股怒火，立刻反应过来。他咆哮一声，从空中握住茜尔化成的瑛刃，一把小匕首从雾中成形。他向前挥出匕首，刺中一只灵体，把它钉在木墙板上。他从未听说可以用碎瑛刃去砍灵体，但这确实有效。灵体轻声尖叫，伸出上百只手刮擦着瑛刃和墙壁，最后似乎化成了许多小碎片，消散而去。

另外三只红色灵体惊慌地飞走了。卡拉丁感到茜尔在他手中颤抖，轻轻发出呻吟。他松开手，而她化为娇小的女子形态。"这……这太吓人了。"她低声说着，飘落到他肩膀上，"我们刚才……就这么杀了一只灵体？"

"它活该。"卡拉丁说。

茜尔只是依偎在他肩膀上，紧紧环抱着自己。

那个孩子抽泣着，身穿小号的制服。卡拉丁回望国王和王后，先前没有听清他们的对话，但他们咬牙切齿，语调愤怒。

"噢，艾尔霍卡，"王后说，"你实在是太浑然不觉了。你父亲有着远大的计划，可你……你只想活在他的影子里。你去打仗，对大家都好。"

"这样你就能待在这儿……做这种事？"艾尔霍卡说着，朝宫殿一挥手。

"我延续了你父亲的事业！我发现了秘密，艾尔霍卡。是灵体，古老的灵体，人们可以和它们建立纽带！"

"纽带……"艾尔霍卡嚅动着嘴巴，好像不理解自己说出的这个词。

"你见过我的光辉骑士吗？"颐淑丹问道，露齿一笑，"也就是王后亲卫队？我做到了你父亲做不到的事。噢，他是找到了一只古老的灵体，但他始终没有发现与它建立纽带的方法。然而，我解开了这个谜团。"

在王室寝宫的昏暗光线下，颐淑丹的双眼闪闪发亮，逐渐泛出深红色的光芒。

"飓风在上！"艾尔霍卡说着，后退几步。

该走了。卡拉丁伸出手，想把孩子抱起来，但那个男孩却尖叫着从他身边逃开。这终于引起了国王的注意。艾尔霍卡飞奔过去，掀开梳妆屏风，喘了口气，挨着儿子跪下。

名叫迦维诺尔的孩子哭着从父亲身边跑开。

卡拉丁回望王后。"你为此计划了多久？"

"为我丈夫的归来？"

"我不是在问你，我是在问那个远在你之上的东西。"

她笑道："耶利拿为我效劳。还是说，你指的是'狂欢之心'？亚舍芒没有意志，只是一股消耗的力量，没有思想，有待驾驭。"

艾尔霍卡低声对儿子说了些什么，卡拉丁没听到，但那个孩子不哭了。他抬起头，眨掉眼泪，终于让父亲抱起来。艾尔霍卡把孩子抱在怀里，孩子则紧紧抓着穿着蓝盔甲毛绒士兵玩具。

"快走。"卡拉丁说。

"但……"国王望向王后。

"艾尔霍卡，"卡拉丁说着，抓住国王的肩膀，"做能够拯救的人的英雄。"

国王迎上他的目光，点点头，紧抱着年幼的孩子向门口走去。卡拉丁立即跟上，两眼一直不离王后。

她大声叹了口气，跟在他们后面。"我就怕会这样。"

他们回到阵列中，开始沿着走廊撤退。

颐淑丹在国王寝宫的门口停了下来。"我不再需要你了，艾尔霍卡。我把宝石吞到身体里，掌控了耶利拿的力量。"一股黑烟开始在她身边翻腾，仿佛被无形的风吹拂着。

"快点！"卡拉丁对部下说着，吸入飓光。他感受到了。当他们踏上台阶时，他就察觉到了这一切的走向。

最后，颐淑丹喝令士兵进攻，这几乎是一种解脱。

※

献出这一切吧，那些声音在沙兰脑海中低语，**献出你的激情、你的渴望、你的期待和你的失落。屈服吧。你的感受就是你的自我。**

沙兰沉浸其中，迷失了方向，就像置身在大海深处。那些声音从四面八方围绕着她。一个声音轻轻诉说她的痛苦，她就变成了一个哭泣的女孩，一边唱着歌，一边用项链紧紧勒住一根粗壮的脖子；另一个声音轻轻诉说她的饥饿，她就变成了一个衣衫褴褛的街头流浪儿。

激情，恐惧，热情，厌倦，憎恨，欲望。

每次心跳过后，她都会变成一个全新的人。那些声音似乎为此兴奋，它们刺激着她，显得愈发疯狂。沙兰在一瞬间有了上千个身份。

但哪一个才是真正的她？

每一个都是。一个新的声音传来，是知策吗？

"知策！"她惊叫道，仿佛在暗处，深海的生物将她包围，试图咬她，"知策！求求你。"

每一个都是你，沙兰。为什么只能有一种情绪、一类感觉、一个

角色和一种人生？

"她们支配了我,知策。浣纱、'光辉女士'和其他所有人,她们在吞噬我。"

那就支配她们,就像国王支配臣民那样。让沙兰变得强大,其他人都得折腰。

"我不确定能不能做到!"

那片黑暗汹涌颤动。

接着……消退了?

沙兰没有感到自己改变了什么,但那片黑暗还是退却了。她发现自己跪在控制室外的冰冷石地上。巨大的心脏变成污泥逐渐融化,仿佛爬行一般,同时在身前喷出一股股黑色液体。

"你做到了!"阿多林说。

真的吗?

"守好那间房子。"天青对麾下的士兵下令。德雷赫和斯卡就在附近,浑身发光,表情严肃,衣服上沾着新鲜的血迹。他们一直在战斗。

沙兰摇摇晃晃地站起来。与虔诚院的其他建筑相比,她面前的小圆屋显得微不足道,但它却是一切的关键。

"这会很棘手,天青。"阿多林说,"我们必须向城里反击,把敌人赶出去。风操的,但愿父亲已经做好战斗准备了。"

沙兰恍惚地眨眨眼,不禁觉得自己失败了,一事无成。

"第一次传送只针对控制室。"阿多林说,"之后,她会把整座平台都换走,包括建筑和所有东西。我们希望在那之前就把军队调回王宫。"阿多林扭头打量着回去的路。"国王怎么这么慢?"

沙兰走进控制室,里面跟她在破碎平原发现的那一间差不多,但维护得更好,拼花地砖都是奇珍异兽的图案,其中就有一头生着爪子、皮毛如貂的巨兽,还有一只像条大鱼的动物。壁灯闪耀着宝石的光芒，其间悬挂着落地镜。

沙兰走向锁眼般的控制装置，将图腾召唤为碎瑛刃。她端详着图腾，然后抬起头来，照着墙上的一面镜子。

另一个人站在镜子里。那是一名女子，黑发垂到腰间，身穿一件古色古香的飘逸无袖长服，简单束着腰带。沙兰摸了摸自己的脸。她为什么要戴上这层幻象？

镜中的映像没有模仿她的动作，而是压了上来，抬手按住玻璃。倒映的房间渐渐消失，那个身影扭曲变形，成了一道漆黑的影子，眼部是两个白色的洞。

光辉骑士，影子喃喃道，**我叫撒南忒。我不是你的敌人。**

卡拉丁的部下冲下楼梯逃离寝宫，后排的队伍却扎堆聚集在楼梯间旁边的走廊上。王后亲卫队在后方布阵，垂下十字弓。卡拉丁高举茜尔化成的碎瑛矛，来到两队士兵之间，将一摊飓光注入地面，拉动弩箭朝下改道。他没有运用这种力量的经验，一部分弩箭还是不幸扎进了盾牌，甚至是人的脑袋。

卡拉丁低吼一声，深吸一口飓光，光芒喷薄而出，他皮肤上的光亮照耀着王宫走廊的墙壁和天花板。王后的士兵们纷纷退避，仿佛那是有形之物。

他隐约听到了尖叫的灵体对他的行为的反应。他施放风行术让自己飞升起来，恰好悬浮在离地几尺的高度。王后的士兵们眨了眨眼，好像光线太强烈似的。后卫队长最终宣布彻底撤退，卡拉丁的部下便冲下楼梯，只有诺罗的小队留了下来。

王后的一些士兵开始试探着朝他逼近，于是他落回地面，撒腿跑下台阶。"大胡子"带着小队加入他的行列，王后的士兵们追了上来，异常沉默。

不幸的是，楼下传来了别样的回声，不仅有交战的喧嚣，还有熟悉的歌声。

仆族智者的歌声。

"后卫队！"卡拉丁喊道，"在台阶上列阵，面朝楼上！"

他的部下听从了命令，转身将矛和盾对准下楼的敌人。卡拉丁用风行术把自己往上甩，一个翻腾，双脚踩到天花板上，接着闪身就跑，进入高耸的楼梯间，从部下的脑畔经过，最后到达了底楼。

打头阵的士兵在东殿与仆族军队交锋，但敌人已经把他们困在楼梯间内，因而多数人无法下去战斗。

卡拉丁解除风行术，伴着一大片光雾，翻身落在仆族阵前。他的几名部下血淋淋地倒在敌人矛下，呻吟着，哭喊着。卡拉丁怒火中烧，放低茜尔化成的碎瑛矛。是时候大开杀戒了。

他看清了面前那名仆族的脸。

是萨尔：前奴隶、牌手、父亲。

卡拉丁的朋友。

沙兰看着镜子里的身影，而它开口说话。"你究竟是什么？"

我被称作"攫秘者"，那个身影说，**或者曾经如此。**

"你是一个灭者。它们是我们的敌人。"

我们被创造，又被毁灭，她赞同道，**但不是的，不是敌人！**那个身影又变成人形，但双眼仍然散发着白光。它把手按在玻璃上。**去问我的儿子吧，求你了。**

"你属于仇恨的一方。"

那个身影左顾右盼，仿佛吓到了。**不，我属于我自己，现在只属**

于我自己。

沙兰考虑了一番，看着那道锁眼。只要把图腾化成的瑛刃插进去，就能启动誓约之门。

不要这么做，撒南忒乞求道，**光辉骑士，请你聆听我的请求。亚舍芒是故意逃走的，这是个陷阱。我被迫触动了这尊设备的灵体，不让它按照你的意愿运作。**

卡拉丁的斗志蒸发了。

他原本活力充沛，随时准备投入战斗保护自己的部下，然而……

萨尔也认出了他，不禁倒吸一口气，抓住卡拉丁认识的另一名同伴肯恩，伸手一指。女子咒骂一声，那群仆族便连忙离开台阶，留下了死去的人类士兵。

卡拉丁的部下趁着这个空当从台阶上挤下来，进入大厅，蜂拥到卡拉丁身边。他垂下矛，大吃一惊。

偌大的柱厅一片混乱。天青的士兵们从日光廊冲进来，迎上从王宫后面上楼的仆族——他们可能是通过那边的花园闯进来的。国王抱着儿子站在正中央的一群士兵中间。卡拉丁的部下设法下了楼梯，王后亲卫队也跟着冲了过来。

一切演变成了混战。战线瓦解，队伍溃散，士兵独自或成双作战。这是战地指挥官的噩梦。数百名士兵打成一团，惨叫、战斗、死去。

卡拉丁看着他们，看着他们所有人：萨尔和其他仆族为维护自由而战；获救的卫兵为国王而战；天青的守城卫队为都城沦陷而惊恐；王后亲卫队自认为在忠心地服从命令。

在那一刻，卡拉丁失去了一些宝贵的东西。他总能让自己相信，战争是敌我之间的较量，保护自己所爱的人，杀死其他人。然而……然而他们不应该死。

他们都不应该死。

他一愣，僵在原地。自从他加入亚马兰军的那时候起，这种事就没发生过。碎瑛矛形态的茜尔在他指间消失，散作雾气。他怎么能战斗？他怎么能杀死那些只是在尽力而为的人？

"住手！"他终于怒吼道，"住手！不要自相残杀！"

不远处，萨尔用矛捅穿了"大胡子"。

"住手！求求你们！"

诺罗随即捅穿贾利作为回敬，那又是卡拉丁认识的仆族。前方，围着艾尔霍卡的卫兵都倒下了，王后亲卫队的一员设法将战戟的尖头刺入国王的胳膊。艾尔霍卡倒抽一口气，痛得丢下碎瑛刃，改用另一条胳膊抱紧儿子。

王后的亲兵后退几步，瞪大了眼睛，仿佛头一次看到国王。在他困惑不解的那一刻，天青麾下的一名士兵趁机把他砍倒。

卡拉丁大叫着，眼泪流了下来。他恳求他们住手，恳求他们聆听。

他们没有听到。萨尔——温柔的、一心只想保护女儿的萨尔——死在了诺罗剑下，而诺罗则被肯恩的斧子劈开了脑袋。

诺罗和萨尔倒在"大胡子"身边，后者瞪着死气沉沉、茫然无神的双眼，手臂伸开，铭守符被鲜血浸透。

卡拉丁重重跪下。他身上的飓光似乎把敌人吓跑了，所有人都离他远远的。茜尔在他身边打转，请求他听一听，可他听不到。

*国王……*他麻木地想道，*得去……去找艾尔霍卡……*

艾尔霍卡跪倒在地，一手抱着惊恐万状的儿子，一手举着……一张纸？一张素描？

卡拉丁仿佛能听到艾尔霍卡吞吐说出的真言。

生……生先死……

卡拉丁脖子上的寒毛竖了起来。艾尔霍卡身上开始微微发光。

强……护弱……

"快说，艾尔霍卡。"卡拉丁低语。

行……行胜果……

混战中现出一个人影。那是个又高又瘦的男人，如此眼熟。莫阿什像仆族那样穿着棕色制服，似乎笼罩在一片幽暗中。战局一瞬间转向了他。他身后是守城卫队，身前是溃不成军的宫廷卫队。

"莫阿什，不……"卡拉丁小声说着，无法活动。飓光耗尽，他感到疲乏无力。

莫阿什把矛放低，刺穿了艾尔霍卡的胸口。

卡拉丁放声号叫。

莫阿什把国王按倒在地，踹开哭泣的小王子，用靴子抵住艾尔霍卡的喉咙，不让他起身，然后拔出矛，同样刺穿了艾尔霍卡的眼睛。

莫阿什握稳武器，审慎地等待着，国王身上微弱的亮光逐渐淡去，继而熄灭。国王的碎瑛刃从雾气中显形，哐当一声落在他身边的地上。

艾尔霍卡——阿勒斯卡的国王——死了。

莫阿什把矛拔出来，瞧了瞧那把碎瑛刃，一脚把它踢开。他望着卡拉丁，手腕相碰，默默地行了第四冲桥队的队礼，手中的矛滴下艾尔霍卡的鲜血。

战斗中止了。卡拉丁的部下全军覆没，残余的人手沿着日光廊逃离大厅。王后亲卫队的一员抱起年幼的王子，把他带走了。面对逐渐壮大的仆族军队，天青的部下一瘸一拐地撤了回去。

王后走下楼梯，浑身被黑烟环绕，双眼放出红光。转变已经发生，奇异的晶体如甲壳般刺破了她的皮肤。她的胸前有一颗宝石，仿佛取代了心脏，透过衣裙熠熠发光。

卡拉丁扭回头，向国王的尸体爬去。不远处，王后亲卫队的一员终于注意到他，抓住了他的胳膊。

接着……传来了光芒。明亮的飓光涌入房间，两名光辉骑士忽然从日光廊现身。德雷赫和斯卡横扫敌人，用矛和风行术将他们逼退。

不一会儿，阿多林便托起卡拉丁的两腋，把他往后拽。"该走了，扛桥的小子。"

85

日后再悲伤

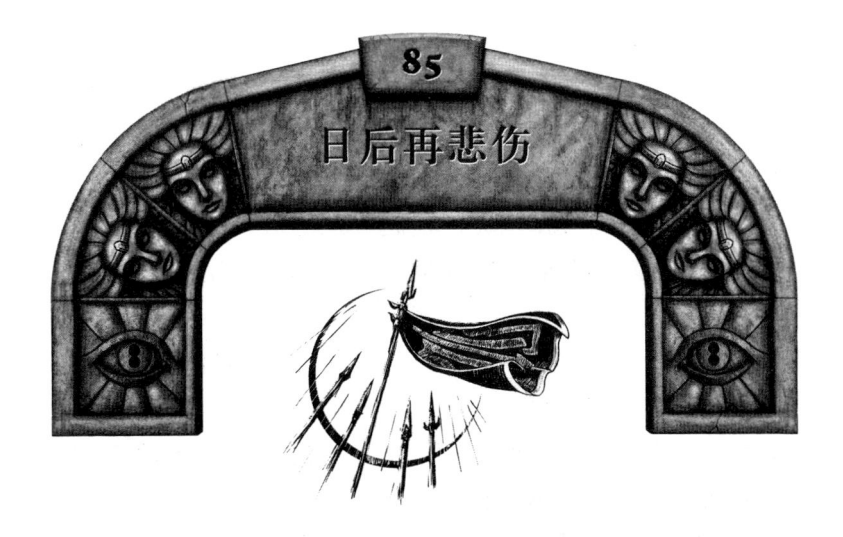

不要告诉任何人。我不能说出去,只能私下里谈。我都预见到了。

——出自 30-20 号抽屉中一颗特别小的绿宝石

见到艾尔霍卡的尸体,阿多林压下自己的情绪。这是父亲最初教给他的作战要领。

日后再悲伤。

阿多林把卡拉丁拽了出去,走在日光廊上,而斯卡和德雷赫守住退路,鼓励最后一名守城卫士跑到安全的地方,或者跛行过去。

卡拉丁跌跌撞撞地往前走,似乎没有受伤,但他瞪着呆滞的双眼,背后承载着那种无法用绷带包扎的伤口。

他们终于涌出日光廊,来到誓约之门平台上。天青的部下坚守在那里,手术师跑去救治在东殿的血战中生还的伤员。斯卡和德雷赫落到平台上,守住通往日光廊的道路,以防王后亲卫队或仆族跟过来。

阿多林一个趔趄,停下脚步。从这个角度,他可以俯瞰城市。

飓风之父在上。

数万仆族从破损的城门和附近的城墙涌入塔冠城。散发着黑光的人影从空中飞过，似乎就在附近结阵，也许是为了攻击誓约之门平台。

阿多林认清了一切，承认了可怕的事实：都城已经沦陷。

"全军注意，守住平台。"他不由得说，"但传话出去，我要带各位去乌有斯麓。"

"长官！"一名士兵说，"平民挤在平台底下，想要上台阶。"

"由他们去吧！"阿多林大喊，"尽量让更多人上来。拦住任何想要登顶的敌人，没有逼不得已，不要和他们交手。我们要弃城了。十分钟内没上来的人都会被留下！"

阿多林急忙向控制室走去。卡拉丁跟在后面，一脸茫然。他经历了这么多，阿多林心想，我没想到会有什么困扰他的事，就连艾尔霍卡的……

风操的，日后再悲伤。

天青守在控制室门口，手里拿着那只装满宝石的背包。但愿这些宝石足够让所有人到达安全的地方。

"光明女士达瓦叫我让所有人都出去。"轩元帅说，"装置出了问题。"

阿多林低声咒骂，走了进去。沙兰跪在地上，照着一面镜子。卡拉丁从后面进来，靠墙坐在地上。

"沙兰，"阿多林说，"我们得马上走。"

"但——"

"城市沦陷了。你要传送整座平台，不止是控制室。我们要尽量把更多人带到安全的地方。"

"我有部下在城墙上！"天青说。

"他们不是死了，就是溃败了。"阿多林咬牙说着，"我也不希望这样。"

"国王——"

"国王死了,王后也投敌了。我命令我们撤退,天青。"阿多林与那名女子四目相对,"死在这里,我们不会有任何收获。"

她抿紧嘴唇,却没有再争辩。

"阿多林,"沙兰低声道,"那颗心脏是个骗局。我没有赶走它,它是故意离开的。我想……我想虚渡也是在短暂的战斗后,故意留下卡拉丁和他的部下的。他们之所以允许我们来这儿,是因为誓约之门被困住了。"

"你怎么知道?"阿多林问。

沙兰歪过头,"我在和她说话。"

"她?"

"撒南忒,人称'攫秘者'。她说,如果我们动用这个装置,就会陷入灾难。"

阿多林深吸一口气。

"动手就是了。"他说。

动手就是了。

沙兰明白其中的含义。他们怎么能相信属于仇恨一方的古老灵体?也许沙兰真的赶走了那颗黑色的心脏,而为了不让人类逃脱,撒南忒陷入慌乱,正在拖延时间。

沙兰移开目光,不再看着镜子里那个乞求的身影。别人都见不到撒南忒,沙兰已经向天青确认过了。

"图腾?"她低声问,"你觉得呢?"

"嗯……"图腾轻轻地说,"谎言,好多谎言。我不知道,沙兰。

我不能告诉你。"

卡拉丁瘫倒在墙边,茫然地瞪着眼睛,仿佛行尸走肉。她不记得见过卡拉丁这种状态。

"做好准备。"沙兰站起来,将图腾召唤为碎瑛刃。

信任不属于我,镜中的身影说,**你不会给我的孩子们一个家,现在还不会**。

沙兰将瑛刃推进锁眼,锁眼与图腾相融合,匹配图腾的形状。

我会展示给你看,撒南忒说,**我会努力的。我的承诺并不牢靠,因为我无法了解,但我会努力的**。

"努力什么?"沙兰问。

努力不杀你。

这话余音不散,沙兰启动了誓约之门。

86

方能有人伫立

> 听我的灵体说，还是留下记录为好，那我就开始了。大家都说我很快就会念出第四信条真言，从而获得护甲，但我就是觉得自己做不到。难道我就不应该有帮助别人的想法吗？
> ——出自10-12号抽屉中的蓝宝石

达力拿·寇林立正站好，双手交握背在身后。从乌有斯麓的阳台可以望得很远，但他眼前只有无边无际的虚无，以及白云和山岩，又丰富又单调。

"达力拿，"纳瓦妮走过来，把手放在他的胳膊上，"拜托，至少进屋吧。"

别人以为他病了，以为他在誓约之门平台上晕倒，是心脏的问题或者疲劳引起的。医生建议他休息。然而，如果他不再站直，如果他屈服折腰，那些回忆恐怕就会把他击垮。

有关他在天堑的所作所为的回忆。

孩童求饶的哭声。

他强压下情绪。"有什么新消息吗?"他问道,为颤抖的嗓音而难堪。

"没有。"纳瓦妮说,"达力拿……"

已有消息通过对芦从塔冠城传来,那支对芦不知为何还能使用。小分队计划对王宫发起进攻,试图抵达誓约之门。

外面集结着寇林军、亚拉达军和罗伊翁军,他们在乌有斯麓的一座誓约之门平台上挤得满满当当,等着被带到塔冠城加入战斗,结果什么都没发生。时间悄悄流逝,距离第一次通笔已经过了四个小时。

达力拿闭上嘴,直视前方,盯着那片广阔的景致,像战士般肃立。他会这样等待,哪怕他从来都不是真正的战士。他指挥过部下,命令过新兵站队,也检查过队列,但他自己……他自己却跳过了这一切。他在血腥的暴乱中发动过战争,并没有小心谨慎地排兵布阵过。

纳瓦妮叹了口气,拍拍他的胳膊,然后回到房间里,和塔拉梵吉安以及一小群文书和轩亲王坐在一起,等待塔冠城的消息。

达力拿站在微风中,希望自己能放空头脑,摆脱回忆,继续假装自己是个好人。但问题是,他已经屈从于某种幻想,而每个人都是这么告诉他的。他们说,"黑荆棘"在战场上是一个可怕的人,但他还是很诚实;他们说,达力拿·寇林,他会公平地和对手战斗。

伊薇的哭声和受害孩子的泪水道出了真相。噢……噢,全能之主在上,他怎么能承受这种痛苦?如此鲜活,重获新生?可为什么要祈祷?并没有全能之主在注视着他们。如果曾经有过,如果他还存有一丝正义,那么荣誉早就把达力拿·寇林这个骗子清除出这个世界了。

我居然有脸谴责亚马兰为了得到一把碎瑛刃而杀光一小队士兵的行为。而达力拿出于程度更轻的理由烧光了一整座城市,害死了成千上万人。

"你为什么要和我建立纽带?"达力拿小声问飓风之父,"你不该选择一个正义的人吗?"

正义？是你在为这些人伸张正义。

"那不是正义，而是屠杀。"

飓风之父隆隆作响：我亲自烧毁过、破坏过城市，我能看出来……是的，我现在看到了一个不同，那就是痛苦。在纽带建立之前，我没有看到过。

让飓风之父越来越了解人类的道德规范，会不会换来失去纽带的下场？为什么这些被诅咒的记忆又回来了？他就不能再忘却一阵子吗？足够他组建联盟，为保卫人类做准备？

那是懦夫的路线：祈盼无知。他显然走了懦夫的路线，虽然他还是不记得自己拜访夜妖的情形，但他知道自己提出了什么要求：从这个可怕的负担中解脱，有能力欺骗自己，假装自己没有做过如此恐怖的事。

他转身走回房间。他不知道该如何面对，不知道该如何承受这个负担，但这一天，他需要专注于拯救柔刹。可惜，在对城市的情况没有更多了解之前，他无法制定作战计划。

他走进厅堂，政府的核心人员都聚集在这儿。纳瓦妮等人围着对芦坐在沙发椅上，等待着消息。他们摆出塔冠城的作战地图，探讨战略，但几个小时过去了，仍旧杳无音信。

就这么一无所知地坐在这里，真是令人沮丧。这给了达力拿大量时间去思考、去回忆。

塔拉梵吉安没有和其他人同坐，而是坐在他惯常的位置上，对着屋角的取暖法器。达力拿走了过去，腿脚酸痛，背部僵直，终于让自己在塔拉梵吉安身边落座，发出轻轻的呻吟。

在他们面前，一颗鲜红的宝石散发着热量，用更安全、但也更乏味的机制取代了炉火。

"很抱歉，达力拿。"塔拉梵吉安终于说，"我相信很快就会有消息的。"

达力拿点点头。"感谢你在亚泽尔人来访时所做的一切。"

亚泽尔人昨天到乌有斯麓进行了初步访问，只是达力拿忽然找回了从前的记忆，一直在恢复。好吧……其实他现在还在恢复。他对来访者表示欢迎后就告退了，塔拉梵吉安主动提出带领他们参观。纳瓦妮说，亚泽尔的政要都被这位年迈的国王迷住了，他们打算很快返回，就结盟的可能性召开一次更深入的会议。

达力拿倾身向前，盯着那台加热法器。亚拉达和考尔将军一直在后方讨论，如果他们在誓约之门启动之前落败，该如何收复塔冠城的城墙。

"你有没有突然意识到，"达力拿低语，"你不是大家所认为的那个人？"

"有。"塔拉梵吉安小声回答，"但类似的时刻才更令人畏惧：我意识到我不是自己所认为的那个人。"

飓光在红宝石中翻卷、搅动，陷于囹圄，不得解脱。

"我们曾经谈过，"达力拿说，"一名领主被迫在绞死一个清白的人和释放三个杀人犯之间做选择。"

"我记得。"

"做出那样的决定后，一个人要怎么活下去？尤其是他最终发现自己做出了错误的选择？"

"这就是牺牲，对不对？"塔拉梵吉安轻声道，"必须有人承担责任；必须有人被拖垮、被摧毁；必须有人玷污自己的灵魂，好让别人活下去。"

"可你是一位明君，塔拉梵吉安。你不是靠谋杀来登上王位的。"

"这要紧吗？一个含冤入狱的人？一起通过适当的警力就能阻止的巷子谋杀案？那些被冤枉的人洒下鲜血，这等负担总要安放在某处，而我就是牺牲品。我和你，达力拿·寇林，我们都是牺牲品。社会献祭了我们，我们蹚过浑水，还别人一个干净。"他闭上双眼，

"须得有人倒下，方能有人伫立。"

这些话与达力拿多年来说过、想过的东西很相似，但塔拉梵吉安的版本却不知为何有些扭曲，缺乏希望和生机。

达力拿凑上前去，浑身僵硬，觉得自己老了。两人许久没有说话，直到别人开始骚动。达力拿焦急地站起来。

对芦正在书写。纳瓦妮倒吸一口气，抬起禁手捂住嘴巴。忒夏芙面色苍白，而梅·亚拉达往椅背上一靠，一脸愁容。

芦笔突然不写了，倒在纸页上，滚了几下。

"怎么？"达力拿喝问，"上面写了什么？"

纳瓦妮看了看他，又把目光移开。他依次与考尔将军、亚拉达对视。

恐惧笼罩着达力拿。先祖之血啊。"上面写了什么？"他求问。

"王……王都沦陷了，达力拿。"纳瓦妮低语，"有个虔诚者报告说，虚渡的军队占领了王宫。他……他没发来几句话，消息就断了。看来他们发现他了，而且……"

她紧闭双眼。

"光明贵人，"忒夏芙接着说，"您派出的队伍显然失败了。"她咽了口口水。"守城卫队的残兵已被俘虏并关押起来。都城沦陷了。没有关于国王、阿多林王子和那些光辉骑士的消息。光明贵人……来信就断在这里。"

达力拿重重地坐回到椅子上。

"全能之主在上，"塔拉梵吉安低声道，灰色的双眸映出加热法器的光芒，"非常抱歉，达力拿。"

87 此地

> 晚安，亲爱的乌有斯麓；晚安，亲爱的同胞灵；晚安，诸位光辉骑士。
>
> ——出自29－29号抽屉中的红宝石

誓约之门的控制室摇晃着，仿佛被巨石砸中。阿多林一个踉跄，跪倒在地。

接踵而来的是清晰的撕裂声，还有一道刺目的闪光。

他的胃猛地一抽。

他从空中落下。

沙兰在不远处尖叫。

阿多林撞上了一块坚硬的表面，冲击力非常强，他滚到一边，从一座白色石台的边缘摔了下去。

他跌入了某种物质。是水吗？不，感觉不对劲。他在其中扑腾，那不是液体，而是成千上万颗晶珠，每一颗都比存有飓光的润石小。

阿多林拼命挣扎，惊慌失措地沉了下去。他快死了！他会闷死在这片无垠的晶珠海中。他——

有人抓住了他的手。天青把他拉起来，扶着他回到平台上，晶珠从他的衣服上滚落。他咳嗽几声，觉得呛到了，但他嘴里只进了几颗珠子。

飓风之父啊！ 他呻吟着，环顾四周。天色颇为异样，漆黑一片，布满了古怪的云层，它们似乎无限延伸到远方，犹如空中的道路，通往一轮小而遥远的白日。

晶珠海四处蔓延，成千上万个微小的光点盘旋在上空，犹如烛火。沙兰走了过来，在他身边跪下。卡拉丁在不远处站起来，晃了晃身子。这座圆形的石台就像晶珠海中的岛屿，大致处在控制室的位置。

有两只巨大的灵体悬浮在空中，就像拉伸过的真人，高约三十尺，宛如哨兵，一只颜色漆黑，一只颜色通红。他起初以为它们是雕像，但它们的服装却在空中飘荡。它们动了动，一只灵体转眼俯视着他。

"噢，糟糕，"旁边传来一个声音，"糟糕透了。"

阿多林望了过去，发现说话的是一个穿着笔挺黑衣的生物。不知为何，它身上的长袍似乎是用石头做的，原本是脑袋的地方有一个不断变化的球体，充斥着线条、棱角和不可名状的尺寸。

阿多林一跃而起，慌忙后退，几乎撞上了一名年轻女子。后者皮肤雪白，泛着蓝色，身上的裙子薄如蝉翼，随风荡漾。她背后站着另一只灵体，衣衫褴褛，头发粗厚，灰褐色的面容似乎由紧绷的绳索结成，双眼已被剜去，如同一张被刀划过的画布。

阿多林环视四周，点了点人数。岸上没有其他人，除了空中那两只巨大的灵体和平台上那三只小一些的灵体，只有阿多林、沙兰、卡拉丁和天青。

誓约之门似乎只把控制室里的人带走了，但它把他们带到了哪儿?

  天青仰望天空。"该下诅咒之地的,"她轻声道,"我恨这个地方。"

(第三部分·完)

飓光志
[卷三]

渡誓
Oathbringer